Sandra Rehle

Frühlingserwachen

auf

Gracewood Hall

Das Buch

Die junge Annie Taylor hat sich gut in ihrem Leben als alleinerziehende Mama eingerichtet. Mit den ersten warmen Sonnenstrahlen zieht der Frühling auf Gracewood Hall ein und wirbelt alles gehörig durcheinander.

Plötzlich sieht Annie ihren alten Freund Matt mit ganz anderen Augen.

Und dann steht auch noch ihr Ex mit großen Plänen vor der Tür und bittet um eine zweite Chance.

Die Autorin

Sandra Rehle schreibt zeitgemäße Liebesromane, für moderne Frauen und Männer, die ihre Träume und Visionen leben (wollen). In ihrer Gracewood-Hall-Reihe kreiert sie eine Welt voller Entspannung, Humor und Wertschätzung, so dass du dich gut unterhalten UND inspiriert fühlst. Die Autorin lebt mit ihrer großen Liebe und den zwei gemeinsamen Kindern im wunderschönen Hamburg.

Sandra Rehle

Frühlingserwachen

auf

Gracewood Hall

Bibliographische Information der Deutschen Nationalbibliothek:
Die Deutsche Nationalbibliothek verzeichnet diese Publikation in der Deutschen Nationalbibliographie; detaillierte bibliographische Daten sind im Internet unter dnb.dnb.de abrufbar.

© 2019 Sandra Rehle
Herstellung und Verlag: BoD - Books on Demand, Norderstedt
Covergestaltung: Sandra Rehle & Digitale PrePress GmbH, Ludwigshafen
Covermotiv: ©Shutterstock.de
ISBN: 978 - 3 - 7481 - 9018 - 9

Kapitel 1

„Und Annie, hast du schon alles für Poppys Geburtstag beisammen?", erkundigte sich Mrs. Cuthbert beim gemeinsamen Betten beziehen. Es war Mitte April und der Frühling hielt langsam Einzug auf Gracewood Hall.

„Mehr oder minder. Es werden ja deutlich mehr Erwachsene als Kinder kommen. Außer ihrer kleinen Freundin Daisy habe ich noch zwei Kinder aus der Krabbelgruppe eingeladen." Annie zuckte mit den Schultern und knöpfte den Kissenbezug zu. „Meine Mutter macht sich schon ganz verrückt. Schließlich ist an diesem Wochenende auch Ostern! Am liebsten würde sie eine schicke Dinnerparty daraus machen! Die halbe Nachbarschaft kommt sowieso schon." Annie verdrehte die Augen. „Als ob Poppy sich dafür interessieren würde!"

Mrs. Cuthbert lachte: „Naja, in ungefähr zwölf Jahren sieht das sicher anders aus!"

„Bestimmt, aber bis dahin halten wir uns an Schokokuchen und Papierschlangen." Energisch klopfte Annie das Kissen glatt und griff nach dem Nächsten.

„Keine Luftballons?", wunderte sich Mrs. Cuthbert.

„Die sind auch aus Plastik", erinnerte Annie sie.

Mrs. Cuthbert guckte ein wenig schuldbewusst. „Ach, stimmt. Ich bewundere dich, wie konsequent du das machst."

„Einer muss ja anfangen nachhaltiger zu leben." Annie zuckte mit den Schultern. „Kommen Max und Liz eigentlich auch zum Osterfest?", fragte sie dann. Maxwell und Liz hatten sich letztes Weihnachten auf Gracewood Hall kennen und lieben gelernt. Nigel und Arthur hatten sich mit der lebenslustigen Bloggerin Liz in ihrem letzten

Urlaub angefreundet. Maxwell war ein alter Schulfreund von Nigel und gehörte schon fast zur Familie Bedford.

Mrs. Cuthbert schüttelte den Kopf: „Nein, sie meinten die Feiertage seien eine gute Gelegenheit, Zeit mit Liz Familie in Deutschland zu verbringen."

„Dann ist es ihnen also ernst?"

„Soweit ich weiß, suchen sie wohl eine größere Wohnung in London..." Schwungvoll streckte Mrs. Cuthbert ihre Arme nach oben, damit der Bettbezug über die Decke gleiten konnte. „Ich weiß gar nicht, wozu sie eine größere Wohnung brauchen. Mein Walter und ich haben es, gerade in der ersten Zeit, nie weit voneinander entfernt ausgehalten."

„Tatsächlich?", Annie wackelte mit den Augenbrauen und grinste.

„Was denn?", wunderte sich Mrs. Cuthbert und griff nach dem nächsten Bettbezug. „Das wird ja wohl heutzutage nicht anders sein!"

„Mich brauchen Sie da nicht so fragend angucken!", rief Annie. „Meine Erfahrungen sind mehr als übersichtlich. Dass ich ein Kind habe, heißt noch gar nichts!" Wieder half Annie beim Beziehen der Decke.

„Ach Mädchen, deine Zeit kommt schon noch!" Mrs. Cuthbert sah sie mitfühlend an. Auch wenn man es Annie nicht anmerkte, mit 22 Mutter zu werden, war nicht ihr ursprünglicher Plan gewesen. Zusätzlich hatte sie der Vater des Kindes mit der Verantwortung allein gelassen. Also hatte sie ihr Studium unterbrochen und war zurück zu ihren Eltern nach Beddingsham gezogen. Seither arbeitete Annie aushilfsweise im Herrenhaus, während ihre Mutter auf Poppy aufpasste. Annie schüttelte lachend den Kopf.

„Sie brauchen sich um mich keine Gedanken machen! Ich vermisse das gar nicht." Sie holte die Tagesdecke und gemeinsam legten sie sie über das Bett. Den fragenden Blick von Mrs. Cuthbert bemerkte sie nicht.

„Außerdem habe ich überhaupt keine Zeit mir den Kopf verdrehen zu lassen. Schließlich habe ich Pläne!" Annie griff nach zwei kleinen Kissen und warf sie schwungvoll in die Mitte des Bettes. „Die hat Liz sicherlich auch und daher braucht sie ihr eigenes Arbeitszimmer!"

„Da wirst du recht haben!" Mrs. Cuthbert ließ einen letzten, prüfenden Blick durch das Zimmer schweifen. „Es geht mich ja auch überhaupt nichts an."

„Mrs. Cuthbert, niemand würde je auf die Idee kommen, Sie würden tratschen!"

„Weil es nicht so ist", bestätigte die Haushälterin und öffnete die Tür zum nächsten Schlafzimmer. „Jetzt erzähl, was machen deine Pläne?"

„Ach, es wird großartig! Seit gestern weiß ich, dass ich für Poppy ab August einen Platz im Kindergarten haben werde!" Schwungvoll stellte Annie ihren Korb ab.

„Das sind gute Neuigkeiten!", freute sich Mrs. Cuthbert. „Das ging jetzt doch schneller als gedacht!"

„Ja, nicht wahr? Ich stand auf der Warteliste für die Vorzugsplätze. Alleinerziehend zu sein hat anscheinend auch Vorteile!" Annie grinste schief. Mrs. Cuthbert schnaubte nur, während sie begann die Bezüge aufzuknöpfen.

„Ach Mrs. Cuthbert, ich freu mich so. Ich dachte, ich müsse noch ein Jahr länger warten. Aber nun kann ich schon früher zurück an die Uni." Annie drehte sich einmal schwungvoll um sich selbst und die Tagesdecke wirbelte wie ein Ballkleid um sie herum. Mrs. Cuthbert schüttelte grinsend den Kopf und stülpte den Bezug über das erste Kissen. „Kannst du dein Studium denn genau so wieder aufnehmen?"

„Das steht noch nicht hundertprozentig fest. Da spielen noch so viele Faktoren rein." Annie zuckte mit den Achseln. „Ich muss sehen, wie flexibel die Stundenpläne sind, ob ich eventuell in Teilzeit studieren kann, wie viele Punkte ich machen muss und so weiter."

„Und was wird mit der Arbeit hier?"

„Naja, ich brauche das Geld. Also werde ich wohl versuchen, alles unter einen Hut zu kriegen." Annie verschloss die Knopfleiste. „Die Bewerbungsphase ist im Sommer und das Semester beginnt erst im Oktober. Bis dahin habe ich noch genug Zeit mir einen Schlachtplan zurechtzulegen." Zuversichtlich klopfte sie das Kissen auf.

***

Matthew Gardner war gerade mit dem Ausmisten der Ställe fertig geworden. Es war der erste schöne Tag seit Wochen und die Pferde waren auf der Koppel. So beschloss er spontan, dem Stall einen großen Frühjahrsputz zu gönnen. Im Laufe des Winters hatte sich in allen Ecken ordentlich Staub angesammelt. Nachdem er jeden Winkel gefegt hatte, holte er den Hochleistungsreiniger aus dem Schrank. Den Reiniger konnte er nicht einsetzen, wenn die Tiere im Stall waren. Auch er mochte den Lärm nicht sonderlich. Aber damit schaffte er es, das ganze Gebäude an einem Tag zu reinigen, denn selbst die Fenster bekam er mit dem Gerät sauber. Energisch setzte Matt sich den Gehörschutz auf. Das Schöne am Putzen war, dass man dabei seine Gedanken schweifen lassen konnte und am Ende hatte man das Resultat seiner Arbeit direkt vor Augen.

Poppys zweiter Geburtstag stand vor der Tür. Er hatte schon das perfekte Geschenk! Im Internet hatte er tolle Sortierspiele gesehen und sofort nachgebaut. Es war genau das Richtige!

Unglaublich, dass es schon zwei Jahre her war, dass er Annie zufällig ins Krankenhaus gefahren hatte. Er hatte die Zäune der äußeren Koppel repariert, als sie hochschwanger um die Ecke stapfte. Matt waren fast die Augen ausgefallen, als er sie sah. Schon etliche Male hatte er ihr gesagt, sie solle nicht so weite Strecken alleine laufen. Aber sie wollte ja nicht hören. Er fand es unverantwortlich von ihr. Das hatte er ihr natürlich auch diesmal gesagt!

„Das geht dich gar nichts an!", hatte Annie patzig erwidert. Und dann war ihre Fruchtblase geplatzt!

Er hatte sie in seinen Wagen verfrachtet und ins Krankenhaus gefahren. Auf der Entbindungsstation war sofort hektische Betriebsamkeit ausgebrochen, denn Annie hatte bereits heftige Wehen gehabt. Eigentlich hatte er unauffällig verschwinden wollen, aber sie hatte einfach nicht seine Hand losgelassen. Die Hebamme hatte ihn sowieso für den Kindsvater gehalten und so war er unversehens bei dem größten Wunder seines Lebens dabei gewesen.

Poppy hatte es ziemlich eilig gehabt auf die Welt zu kommen. Mit ihrem knallroten Gesicht und dem dichten schwarzen Haar hatte sie wie eine kleine Mohnblüte ausgesehen, eben wie eine kleine Poppy. Matthew seufzte wieder, er hatte sich sofort und unsterblich in die Kleine verliebt.

***

Auch Laura Taylor nutzte das milde Wetter zum Großreinemachen. Sie hatte schon die erste Ladung Wäsche in dem kleinen Reihenhausgarten aufgehangen, nun putzte sie die Fenster im Erdgeschoss. Laura genoss die milde Frühlingsluft, die hereinwehte. Währenddessen wuselte ihre fast zweijährige Enkeltochter um sie herum. Poppy war ein ruhiges Kind, das sich fast von Anfang an immer gern mit sich beschäftigt hatte. Ein wenig erinnerte Poppy sie an ihren Mann Robert. Auch der liebte es, still zu sitzen und die Welt um sich herum zu betrachten. Gerade untersuchte die Kleine einen ihrer Holzbausteine. Dieser hatte innen ein Prisma und warf durch den Sonnenschein bunte Lichtflecken auf den Fußboden. Der Anblick der versunkenen Kleinen ließ Laura lächeln und gleich darauf seufzen. Sie hatte sich für ihre Tochter ein leichteres, sorgloseres Leben gewünscht. Annie sollte nicht wie sie selbst zehn bis zwölf Stunden-Schichten im Krankenhaus schieben oder wie ihr Vater von früh bis spät nach anderer Leute Pfeife tanzen müssen.

Auf einmal warf Poppy ihren Baustein in die Ecke und zupfte ihrer Oma am Hosenbein. „Na, mein Schatz, hast du Hunger?" Laura legte den Lappen aus der Hand und beugte sich zu ihrer Enkeltochter herunter. Die Süße sah sie strahlend an. „Unga!", sagte sie und streckte die Arme nach Laura aus.

„Na, dann werden wir uns etwas Feines machen!" Laura nahm ihre Enkeltochter hoch. „Das Putzzeug räumt Oma weg, wenn du dein Schläfchen machst." Wie zur Bestätigung kuschelte sich Poppy an sie und legte ihren Kopf auf ihre Schulter.

„Ach meine Süße, Oma hat dich lieb!" Mit dem Kind auf dem Arm ging Laura in die Küche, um die Reste vom gestrigen Dinner aufzuwärmen.

***

„Also wann kommt nochmal die Braut?", fragte Nigel Bedford seinen Lebensgefährten Arthur. Beide saßen in Arthurs Arbeitszimmer und sprachen die anstehenden Aufgaben der Woche durch. Es war fast zwei Jahre her, dass Nigel die Idee hatte, das Herrenhaus seiner Familie für Veranstaltungen zu vermieten. Denn es war immer schwieriger geworden, das Haus allein durch den umliegenden Wald und dessen Nutzung für die Holzwirtschaft zu erhalten. Vorher hatten beide bereits Lehraufträge an der Universität angenommen, was aber dauerhaft keine zufriedenstellende Lösung gewesen war.

„Morgen um 11 Uhr. Den Termin wirst du aber allein machen müssen, da bin ich unterwegs", antworte Arthur und blätterte dabei durch den Kalender.

„Irgendwelche Sonderwünsche von denen ich wissen muss?" Nigel tippte auf seinem Smartphone herum.

„Das kann ich dir nicht sagen. Die Braut heißt Mindy Miller, mehr weiß ich nicht. Sie schien irgendwie abgelenkt." Arthur zuckte mit den Achseln. „Am Donnerstag kommt Katie Webster, gemeinsam mit ihrem Verlobten. Ihr Termin steht wohl schon fest, sie wollen am 2. September heiraten."

„Gut, ist notiert. Was ist mit Ostern? Brauchen wir noch irgendwelche Geschenke für die Kinder?" Nigel schaute hoch.

Arthur schüttelte den Kopf. „Soweit ich weiß, wollte deine Mutter sich um die Geschenke für Claire und Henry kümmern. Sie wollten übermorgen aus Berlin wieder zurück sein."

„Es ist so unglaublich, was Liz Blogbeiträge alles bewirkt haben!" Nigel strahlte. „Wir haben viel mehr Anfragen und dass *Mum* jetzt auch noch eine Ausstellung in Deutschland bekommen wird, damit hätte ich nie gerechnet!"

„Das ist ja noch nicht alles, was Liz bewirkt hat!"

„Keine Sorge, ich vergesse schon nicht, dass sie es war, die Max aus seinem emotionalen Eisloch geholt hat!" Nigel seufzte tief. „Es wäre so wundervoll, wenn wir ihre Hochzeit hier auf Gracewood feiern würden!"

Arthur lachte. „Immer langsam Schatz! Seit Weihnachten sind gerade mal vier Monate vergangen. Andere Paare heiraten erst nach Jahren."

„Ach was!" Nigel wischte Arthurs Einwand beiseite. „Die Zwei sind füreinander bestimmt. Das sieht ein Blinder! Seinem Schicksal kann man sich nicht entziehen", sagte er entschieden und schaute Arthur auffordernd an „oder hast du vergessen, wie schnell das bei uns damals ging?!"

Arthur lächelte und rückte näher an Nigel heran. „Wie könnte ich das vergessen?", sagte er und schaute ihm tief in seine blaugrünen Augen. „Du bist die Liebe meines Lebens. Mit dir möchte ich steinalt werden." Zärtlich griff Arthur nach Nigels Hand und küsste ihn sacht.

Nigel seufzte abermals und lehnte sich an Arthur. „Aber du musst zugeben, dass es ganz wundervoll wäre, wenn Max und Liz hier auf Gracewood heiraten würden."

„Ja, das wäre es!", stimmte Arthur ihm lächelnd zu. Er drückte Nigel einen Kuss aufs Haar. „Aber bis es soweit ist, üben wir mit Mindy Miller!"

„Sie heißt nicht wirklich Mindy Miller, oder?", Nigel konnte sich ein kleines Grinsen nicht verkneifen.

„Sei nicht so!", entgegnete Arthur, musste aber unwillkürlich ebenfalls schmunzeln. „Keiner kann etwas für seinen Namen. Sie ist bestimmt sehr nett! Außerdem wird sie bald einen anderen Nachnamen haben." Wie immer versuchte Arthur, in allem das Gute zu sehen. Sein Respekt und seine Liebe für alle Menschen waren Teil seiner Persönlichkeit. Es war diese Eigenschaft, in die Nigel sich als Allererstes verliebt hatte. Er bewunderte Arthur für sein aufrichtiges Interesse und Mitgefühl, das dieser jedem den er traf, entgegenbrachte. Dennoch konnte er sich ab und zu eine kleine Lästerattacke nicht verkneifen.

„Bestimmt!", sagte Nigel daher und grinste noch breiter. Arthur schüttelte nur nachsichtig den Kopf. „Du weißt, dass wir jeden Auftrag brauchen, den wir kriegen können", erinnerte er Nigel sanft.

„Und du weißt, dass ich diese Hochzeiten wirklich will." Nigel sah Arthur in die Augen. „Ich bin ein Profi. Ich werde jeder Braut alle Wünsche von den Augen ablesen, weil es mir Spaß macht und weil es hilft Gracewood Hall zu behalten."

Arthur lächelte Nigel warm an und gab ihm einen leichten Kuss. „Sollen wir weitermachen?"

Nigel nickte.

„Ich habe überlegt, eine Nacht länger in London zu bleiben und deine Eltern vom Flughafen abzuholen."

„Das ist eine gute Idee. Darüber freuen sie sich bestimmt. Außerdem hättest du dann noch Zeit meine Hemden vom Schneider zu holen", freute sich Nigel.

Arthur musste lachen. „Wusste ich es doch, dass dir meine Idee gefallen würde! Brauchst du sonst noch etwas?"

***

Es war bereits Mittag, als Matthew die Putzmittel wegräumte. Während er sich zufrieden in dem nun deutlich saubereren Stallgebäude umschaute, bemerkte er, wie hungrig er in der Zwischenzeit geworden war. Matt beschloss, bei Mrs. Cuthbert vorbei zu schauen. Sie hatte immer irgendeine Köstlichkeit parat. Ganz in Gedanken nahm er die Ecke des Gewächshauses besonders eng und prallte unversehens gegen Annie. Er fing den Wäschekorb auf, bevor er ihr runterfallen konnte.

„Ann! Was machst du denn hier?", rief er aus. „Musst du nicht längst zu Hause sein?"

„Ja, und solltest du nicht bei den Pferden sein?", erwiderte Annie grummelig, auch sie hatte nicht mit ihm gerechnet.

„Entschuldige bitte, ich habe mich nur erschrocken!", gab Matt zurück. „Aber normalerweise bist du um diese Uhrzeit wirklich auf dem Heimweg", fügte er hinzu.

„Wenn du noch länger im Weg rumstehst, komme ich tatsächlich zu spät, um meine Ma abzulösen."

„Ich helfe dir", sagte er.

„Danke, das ist nett von dir!"

„Nett? Na, vielen Dank auch! Nett ist die kleine Schwester von...", spöttelte Matt, aber Annie unterbrach ihn lachend.

„Du weißt genau, wie ich das meine!" Sie überholte ihn und öffnete die Tür zum Trockenraum. Es war ein altes Gewächshaus, das er selbst umgebaut hatte, um dort auch bei schlechtem Wetter Wäsche energiesparend trocknen zu können.

Matt stellte den Korb ab und zog das erste Bettlaken hervor. Annie tat es ihm gleich. „Ann, was hältst du davon, wenn ich Poppy in den nächsten Tagen mit zu den Lämmern nehme? Ich weiß doch, wie gern sie Tiere mag und das Wetter soll sich halten", fuhr Matt fort.

„Das musst du nicht machen."

„Weiß ich doch. Aber ich bin gern mit Poppy zusammen. Ich mag die Süße. Außerdem dachte ich, dass du auch mal wieder einen freien Tag gebrauchen könntest."

„Dann heißt das also, dass du mal wieder nur Zeit mit meiner Tochter verbringen willst!", erwiderte Annie prompt und ihre Augen blitzten herausfordernd.

„Du kannst uns sehr gern begleiten. Ich würde mich freuen." Er blickte sie offen an und zwinkerte. „Wenn du allerdings etwas zu erledigen hast, dann verstehe ich das sehr gut."

Annie rang mit sich, einerseits wäre ein wenig freie Zeit verlockend, andererseits würde sie gern sehen, wie Poppy auf die kleinen Lämmer reagierte. Sie befestigte das letzte Wäschestück an der Leine. „Ich gebe dir Bescheid", sagte sie und bückte sich nach dem Korb.

„Ich freue mich drauf." Matt lächelte wieder.

„Danke für deine Hilfe! Ich muss jetzt wirklich los." Sie schenkte ihm ein kurzes Lächeln. „Sehen wir uns nachher noch?"

„Bestimmt, aber ich muss dringend einkaufen." Matt schloss die Tür und sah ihr hinterher. Wie gern würde er ihr öfter helfen!

***

Eilig radelte Annie den Hügel ins Dorf hinab. Wenn Matt nicht gewesen wäre, würde sie wirklich zu spät kommen und ihre Mutter auch. Ein schneller Blick auf ihre Armbanduhr verriet ihr, dass sie noch drei Minuten hatte. Also trat sie fester in die Pedale. Sie begann zu schwitzen, aber ihr blieb keine Zeit sich vom Schal zu befreien oder den Mantel aufzuknöpfen. In ihrer Hast sah sie weder, dass die Bäume zu blühen begonnen hatten, noch nahm sie den köstlichen Duft des Frühlings wahr. Die alte Uhr am Marktplatz zeigte 12.44 Uhr an. Sie hatte noch eine Minute, dann musste ihre Mutter los, um ihre Spätschicht im Krankenhaus anzutreten. Annie nahm die nächste Kurve haarscharf und bog falsch in die Einbahnstraße ein. Gott sei Dank war Beddingsham nicht so groß. So kam ihr auch diesmal bei dem gewagten Manöver kein Auto entgegen. Anderthalb Minuten später blieb sie mit quietschenden Bremsen stehen. „Bin da!", keuchte sie, als sie ihre Mutter fertig angezogen in der offenen Tür stehen sah.

„Endlich!" Genervt drückte Laura ihr das Babyphone in die Hand und rannte los zum Bus.

„Entschuldige!", rief Annie ihr keuchend hinterher. Laura winkte ohne zurückzublicken ab und rannte weiter. Während Annie ihr hinterher sah, zerrte sie sich den Schal vom Hals und legte ihn zusammen mit dem Babyphone in ihren Fahrradkorb. Ihr Mantel wanderte direkt hinterher. Deutlich entspannter schob sie ihr Rad in den Garten und schloss es an. Sie musste wirklich pünktlicher Feierabend machen! Sie hatten ein solches Glück, dass die Klinikleitung ihrer Mutter so verständnisvoll war und ihre Wünsche bei der Planung der Dienste berücksichtigte. Annie kramte ihr Handy hervor und schrieb ihrer Mutter eine Nachricht.

Im Haus angekommen, hatte sich ihr Atem bereits wieder normalisiert. Eine gute Sache hatten diese rasanten Fahrten zwischen ihrem Zuhause und dem Herrenhaus, sie war nach der Schwangerschaft wieder recht gut in Form. Ein Blick in den Flurspiegel zeigte ihr eine junge Frau mit geröteten Wangen und wachem Blick. Seit Poppys Geburt war sie nicht sehr oft dazugekommen, zum Friseur zu gehen und ihre schwarzen Locken waren länger denn je. Gut, ein paar Pölsterchen waren an Bauch und Po noch zu

15

erkennen, aber die würden auch noch verschwinden. Auch wenn sie ihr nicht unbedingt gefielen, machte Annie sich deshalb keine großen Sorgen. Aktuell war eben kaum Zeit für Sport. Sie zuckte mit den Schultern und zog endlich ihre Schuhe aus.

Auch wenn ihr das Babyphone anzeigte, dass ihre Tochter noch schlief, schlich sie auf leisen Sohlen in ihr Zimmer, um einen Blick auf die süße Maus zu werfen. Vorsichtig schob Annie die Tür einen Spalt auf und lugte hinein. Poppy lag gemütlich eingemummelt in ihrem Kinderbett und schnuffelte ein wenig. Im Zimmer war es frisch, ihre Mutter hatte das Fenster geöffnet. Das erklärte auch, warum die Zuckerschnute noch schlief. Als sie ganz klein gewesen war, hatte sie stundenlang im Kinderwagen draußen im Garten geschlafen. Annie seufzte leise, als sie spürte wie die Liebe zu ihrer Tochter in ihr aufwallte. Mittlerweile war ihr so egal, unter welchen Umständen Poppy in ihr Leben getreten war. Dieses Kind war ein Geschenk!

Ebenso leise wie sie gekommen war, ging Annie in die Küche hinunter. Geschenk hin oder her, die Chance in Ruhe einen Kaffee trinken zu können, wollte sie sich nicht entgehen lassen. Dabei könnte sie auch noch mal auf der Homepage der Uni schauen, ob sich nicht noch ein paar offene Fragen klären ließen.

***

Völlig abgehetzt ließ sich Laura auf einen Platz im Bus fallen. Immer noch genervt pellte sie sich aus ihren verschiedenen Kleidungsschichten. Auch wenn die vielbeschriebenen Hitzewallungen noch auf sich warten ließen, für solch eine Hetze war sie wirklich zu alt! Ausgerechnet heute war ihr alter Mini in der Werkstatt. Leider ließ der sie in letzter Zeit öfter im Stich. Laura schloss die Augen und sandte ein Stoßgebet zum Himmel, dass er ihr noch eine Weile erhalten bliebe und die

Werkstattrechnung milde ausfallen möge. Dabei kramte sie in ihrer Tasche nach ihrem Wasser und nahm einen großen Schluck. Langsam beruhigte sich ihr Atem wieder und sie schwitzte nicht mehr so. Wenigstens musste sie sich im Krankenhaus sowieso umziehen. Sie wollte sich gar nicht vorstellen, so erhitzt im Büro sitzen zu müssen. Manchmal hatte das Schwesterndasein doch Vorteile.

Ihr Handy brummte. Annie hatte ihr eine Nachricht geschickt.

"SORRY! xoxoxo"

Laura schüttelte nachsichtig lächelnd den Kopf. Sie hatte den Bus ja noch gekriegt. Sie sandte Küsse zurück und steckte das Handy entschlossen weg. Sie wollte jetzt noch nicht an die Arbeit denken. Dafür war nachher noch genug Zeit. Lieber guckte sie aus dem Fenster oder ging noch einmal die Vorbereitungen für Poppys zweiten Geburtstag durch. Energisch holte sie ihren Kalender aus der Tasche und schlug ihn auf.

***

Robert Taylor warf einen Blick auf die Uhr. Er würde sich einen Tee holen und versuchen wenigstens einen Teil der Rechnungen zu verbuchen, die sich auf seinem Schreibtisch türmten. Wie so oft, war für den Nachmittag noch ein Meeting geplant. Wie immer sollten die Umsätze gesteigert werden. Warum er als einfacher Buchhalter dabei sein sollte, wusste er beim besten Willen nicht. Es war nicht so, dass er seinen Job nicht mochte. Ganz im Gegenteil, das korrekte Verbuchen von Zahlen kam seinem ruhigen Naturell entgegen. Aber auch er war nur ein Mensch und würde sich über ein wenig Anerkennung von seinem Chef freuen.

Daher hatte er Annie immer dazu angehalten, stets ihr Bestes zu geben. Sie sollte einen guten Beruf erlernen, um unabhängig sein zu können. Da seine Tochter ein Mathe-Ass war, verwunderte es keinen, dass sie sich an der Uni für *International Business and Management* eingeschrieben hatte. Alles war super gelaufen, bis sie plötzlich mitten im fünften Semester vor ihrer Tür gestanden hatte, sehr traurig und sehr schwanger.

Robert schnaubte. Mehr als seinen Vornamen hatte sie ihnen nicht verraten und dass er von dem Kind wusste, aber augenscheinlich nichts mit ihnen zu tun haben wollte. Über das mangelnde Verantwortungsgefühl des jungen Mannes konnte er wirklich nur den Kopf schütteln. Aber egal wie er es drehte und wendete, seine Tochter war genauso beteiligt gewesen.

Er richtete sich auf und atmete tief durch. Vielleicht war es sogar ein Segen, dass er sie sitzen gelassen hatte, sonst müssten sie sich jetzt mit ihm herumschlagen.

„Robert?" Sein langjähriger Kollege Martin hatte an den Türrahmen geklopft. „Wollen wir uns noch einen Tee holen, bevor wir los müssen?"

„Gerne." Robert stand auf. „Ich komme."

***

Der Rechner war gerade hochgefahren, da kratzte es im Babyphone. Annie horchte auf.

Ob Poppy wieder einschlief?

Nein. Die Süße war wach. Anscheinend hatte sie gut geschlafen, denn sie fing an, ein fröhliches Lied zu singen. Annie musste lachen. Wenn das so war, dann konnte sie noch den letzten Schluck von ihrem Kaffee trinken, bevor sie hochging. Sie beschloss außerdem, den Rechner anzulassen. Vielleicht ergab sich später noch die Möglichkeit nach ein oder zwei Dingen zu recherchieren.

Poppy sang immer noch, als Annie mit dem Babyphone in der Hand ins Zimmer trat. „Hey, wer singt denn da so schön?", flötete sie.

Poppy saß in ihrem Gitterbettchen und streckte grinsend ihre Arme aus. *„Mommy*! Hoch!"

Annie hob ihre Tochter hoch und begann sie sofort abzuküssen. „Meine Süße! Na, hast du gut geschlafen?" Die Kleine quiekte vor Vergnügen, als Annie anfing lustige Pupsgeräusche auf Poppys Pausbäckchen zu machen.

„So *Sweetheart*, dann machen wir dich mal frisch und danach gibt es noch etwas Leckeres!" Annie setzte sie auf den Wickelplatz. Eine richtige Wickelkommode hatte sie sich nicht leisten können. Deshalb hatte Annie zusammen mit Matt ihr altes Kinderzimmermöbel umgebaut. „Was hältst du von einem Apfel, mein Schatz?"

„Appel!" Poppy klatschte begeistert in die Hände. Annie begann Poppys Windel zu wechseln.

„Fein! Dann bekommst du einen!", versprach Annie und verwickelte ihre Tochter in ein Gespräch über Poppys Vormittag mit Oma. Poppy antwortete ernsthaft mit den Worten, die sie bereits sprechen konnte, begleitet von freudigem Nicken oder heftigem Kopfschütteln. Annie staunte immer wieder, wie gut diese Art von Kommunikation klappte. Unvorstellbar, wie es sein wird, wenn sie sich mit ihrer Tochter irgendwann über Kinofilme oder Musik unterhielt!

Kapitel 2

Matthew hatte es geschafft. Er hatte zwar nicht pünktlich Feierabend gemacht, aber doch beinahe und beflügelt durch das gute Wetter stand er nun gut gelaunt im Supermarkt und belud seinen Einkaufswagen mit diversen Vorräten. Gerade als er überlegte, sich mal wieder ein Glas Schokocreme fürs Frühstück zu gönnen, stand sie, wie aus dem Nichts, neben ihm.

„Matt! Das ist ja eine Überraschung!"

Zu Tode erschrocken drehte er sich zu ihr um. „Becks!", stieß er hervor. Sie kam noch einen Schritt näher.

„Habe ich dich erschreckt?", fragte sie und beugte sich erwartungsvoll zu ihm.

Automatisch kam er näher und küsste sie auf die Wange. Rebecca musste gerade aus dem Büro gekommen sein. Sie sah wie immer fantastisch aus. Irgendwie schaffte sie es, sich sexy und doch stilvoll zu kleiden. „Becks, ich..."

„Matt, ich bin wirklich böse auf dich! Du wolltest dich melden!" Becks zog einen Schmollmund und legte ihm die Hand auf die Brust.

Oh Mann, da hatte er scheinbar ganz schön was angerichtet. Sie hatten sich vor einem Jahr kennengelernt, es war am Abend nach Poppys erstem Geburtstag gewesen. Das wusste er deshalb noch ganz genau, weil Annie sich an diesem Abend lang und breit darüber ausgelassen hatte, dass sie froh war, sich jetzt nicht auch noch mit einer Beziehung herumschlagen zu müssen. Das waren genau ihre Worte gewesen. Total niedergeschmettert war er danach in den nächstbesten Pub gefahren, um sich volllaufen zu lassen. Etwas, was er sonst nie tat und zu dem es auch nicht wirklich gekommen war. Nach seinem vierten Bier hatte auf einmal Becks vor ihm gestanden. Sie hatten einen tollen Abend gehabt. Er hatte geflirtet wie noch nie in seinem Leben. Es kam ja auf nichts an. Alles war ihm egal. Er wollte nur Spaß haben. Er hatte sich gefühlt, als wäre er Nick Bedford, der jüngste Spross der Bedfords. Seines

Zeichens herumreisender Fotograf und Junggeselle, der für seine Frauengeschichten regelrecht berüchtigt war. Ob die alle der Wahrheit entsprachen, interessierte niemanden. Hauptsache es war unterhaltsam.

Das war der Beginn einer ebenso heißen, wie schnelllebigen Affäre gewesen. Matt hatte bald gemerkt, dass er nicht der Richtige für sie war. Rebecca Hunter war schön und mondän und wünschte sich ein Leben wie in einem Hochglanzmagazin. Luxuriöse Reisen um die Welt, genauso wie eine moderne Eigentumswohnung im skandinavischen Design. Er hatte das Gefühl gehabt, sie hätte bereits alles durchgeplant, die große Hochzeit genauso, wie das süße Baby im Arm ihres erfolgreichen Ehemannes. Nur, dass er diese Rolle nicht ausfüllen konnte und wollte. Irgendwie hatte er nicht den Mut gehabt, ehrlich zu ihr zu sein und deswegen nur etwas von einer Pause gemurmelt und dass er sich melden würde. Er hatte wirklich gehofft, ihr nicht mehr über den Weg zu laufen. Schließlich wohnte sie in Canterbury und er in Beddingsham. Matt seufzte innerlich. Sie war wirklich eine tolle Frau und hatte etwas Besseres verdient. Aber das konnte er ihr ja schlecht hier im Supermarkt sagen. Also nickte er schon zustimmend, als sie vorschlug noch etwas trinken zu gehen. *Shit*, was tat er denn da? „Becks, sorry, ich kann nicht."

„Wirklich nicht?"

Immerhin probierte sie nicht, ihn zu überreden.

„Ja. Tut mir leid. Ich bin schon verabredet." Es war keine Lüge, versuchte er sich einzureden. Er hatte schließlich wirklich vorgehabt, bei den Taylors vorbeizufahren. Trotzdem verkraftete er Becks Enttäuschung schlecht. „Ein anderes Mal! Ich melde mich bei dir!"

Becks lächelte tapfer. „Aber nicht wieder ein halbes Jahr warten!" Sie küsste ihn zum Abschied auf die Wange und ging.

Mit einem schlechten Gewissen sah er ihr hinterher. Verdammt! Warum hatte sie ihm nicht freudestrahlend einen Verlobungsring unter die Nase halten können? Missmutig blickte Matthew in das Regal. Ihm war der Appetit auf Schokocreme vergangen. Er war ja kein Kind mehr. Schade eigentlich. Erwachsensein wurde ja so dermaßen überschätzt! Matthew schnaubte und stieß seinen Einkaufswagen missmutig in den nächsten Gang.

***

Gedankenverloren saß Annie am Küchentisch und schaute ihrer Tochter beim Abendessen zu. Der Nachmittag war wie im Flug vergangen, denn Poppy hat der Sinn nach Spiel und Spaß gestanden und Annie auf Trab gehalten. Aus ihrer Internetrecherche war nichts geworden und selbst die Zubereitung des Essens war heute eine Herausforderung gewesen. Dabei hatte Annie nur einen Gemüseauflauf machen wollen. Irgendwann war die Zeit knapp geworden, deshalb gab es jetzt für *Princess Pops* rohe Paprika und Möhre und dazu ein Butterbrot, während der Auflauf gerade zehn Minuten im Ofen war. Annie seufzte.

„Na Süße, schmeckt es dir?", fragte sie um die Stille zu füllen. Poppy schenkte ihr ein Grinsen und widmete ihre Aufmerksamkeit wieder dem Abendbrot. „*Mommy* dachte ja, dass Matt heute noch vorbei kommt. Er war schon eine Weile nicht mehr hier. Findest du nicht?"

Poppy gab ihr keine Antwort. Entweder verstand sie nicht, was sie ihr sagte oder sie fand es überflüssig. Woher sollte man wissen, was genau in ihrem Kopf vorging. Annie überlegte dennoch laut weiter: „Ich schreibe ihm kurz eine Nachricht. Er wollte mit dir einen Ausflug zu den Schafen machen, weißt du?!" Annie hangelte nach ihrem Handy und begann zu tippen, obwohl sie sich selbst sonst auch an die Regel hielt, dass Handys am Esstisch verboten waren.

„Hey Matt, wie geht's? Nochmal danke für deine Hilfe heute! Ich war echt spät dran…"

Annie ließ das Handy sinken. Sollte sie noch nach dem Ausflug fragen? Unsicher schaute sie auf das Display. Wie sie hatte schwanger werden können, obwohl sie immer ganz genau überlegte und alles drehte und wendete, bis sie sich endlich entschied, verwunderte sie immer noch.

Sie entschied sich, die Nachricht so zu lassen und fügte noch hinzu:

„Poppy lässt dich grüßen! Wir sehen uns, Gruß Ann."

„*Mommy*! Mehr!", forderte Poppy. Annie lächelte sie an.

„Möchtest du noch ein Brot essen? Wieder mit Butter?"

Poppy nickte begeistert und Annie schmierte los. Als die kleinen Happen auf Poppys Teller lagen, schloss jemand die Haustür auf.

„Horch!" Annie schaute ihre Tochter an und hob den Zeigefinger. „Wer kommt denn da?"

Da ertönte auch schon die Stimme von Robert Taylor aus dem Flur. „Wo sind denn meine zwei schönen Mädchen?" Noch im Mantel steckte er seinen Kopf in die Küche und strahlte Poppy an.

„*Grannpa*!", rief sie und hob begeistert ihre kleinen Arme. „*Grannpa*, hoch!"

Robert trat ein und hauchte seiner Enkelin einen Kuss auf den Kopf. „Gleich, mein Schatz. *Grandpa* muss erst richtig ankommen und sich die Hände waschen." Annie bekam auch einen Kuss auf ihre Wange gehaucht. „Ist das Essen schon fertig?", fragte er und schielte in den Ofen.

„Ich sehe mal nach." Annie stand auf und warf einen Blick auf den Auflauf. „Ich glaube, er braucht noch eine Weile", sagte sie entschuldigend.

Robert war wieder in den Flur gegangen, um seinen Mantel aufzuhängen. „Kein Problem. Dann warten wir.“

„Unsere Prinzessin hatte heute Nachmittag keine Lust alleine zu spielen und da habe ich es einfach nicht schneller geschafft“, erklärte ihm Annie.

Robert musste unwillkürlich lächeln. Genau solche Sätze hatte er vor guten zwanzig Jahren schon einmal gehört, als er von der Arbeit nach Hause kam. Wie sich alles im Leben wiederholte. Immer noch lächelnd trat er wieder in die Küche und wandte sich an seine Enkelin. „Na Poppy-Moppy, wie geht es dir? Bis du schon fertig mit deinem Abendbrot?“ Poppy strahlte ihn an und nickte.

„Süße, erst Hände waschen, dann kann *Grandpa* dich auf seinen Schoß nehmen.“ Annie hatte schon einen feuchten Lappen in der Hand und begann routiniert die Essensspuren von ihrer Tochter zu entfernen. Robert setzte sich und seufzte. Das Meeting war genauso verlaufen, wie er es sich gedacht hatte.

„Dein Tag war wohl auch nicht so toll“, stellte Annie fest und überreichte ihm eine saubere Poppy.

„Ach“, winkte er ab. „Sprechen wir nicht drüber.“

Während sich ihr Vater mit seiner Enkeltochter unterhielt, checkte Annie ihr Handy. Matthew hatte noch nicht geantwortet. Das sah ihm gar nicht ähnlich. Wenn er nicht gerade mit den Pferden unterwegs war, schrieb er immer sofort zurück. ‚Sei nicht so ein Kontrollfreak!‘, schalt sie sich selbst. ‚Er wird sich schon melden, wenn er Zeit dazu hat.‘ Entschlossen legte sie das Handy weg und begann die Reste von Poppys Abendessen aufzuräumen.

***

Matthew saß auf seiner Couch mit einem Bier in der Hand und grübelte. Ganz automatisch hatte er den Fernseher eingeschaltet und seinen Streamingdienst ausgewählt. Über den Bildschirm flackerte nun irgendeine neue Serie. Aber Matt sah gar nicht richtig hin. Er fragte sich, warum er an einem Mittwochabend allein in seinem Cottage saß und das einzige, das auf ihn wartete, die Fertigpizza im Ofen war.

Annie hatte ihm eine Nachricht geschickt, auf die er nicht antworten mochte. Er hatte ein schlechtes Gewissen deswegen. Wieso eigentlich? Er war schließlich zu nichts verpflichtet.

Verdammt, er könnte sich jetzt mit Becks in ihrem Bett vergnügen. Aber irgendetwas hatte ihn davon abgehalten, mit ihr zu gehen. Matthew lachte bitter auf. Er wusste, was ihn abgehalten hatte. Es war die Hoffnung, dass es mit Annie doch noch klappen würde. Dass sie eines Tages aufwachen und in ihm mehr sehen würde als nur ihren guten Freund.

Die Türklingel riss ihn aus seinen Gedanken. Seufzend stand er auf. Das konnte eigentlich nur einer sein.

„Gott sei Dank bist du da, Mann!" Connor McGregor schob sich vollbepackt an ihm vorbei ins Haus. „Funktioniert dein Netz? Bei mir geht nichts mehr und das Spiel fängt gleich an!" Matts bester Freund seit Kindertagen hatte schon Bier und Chips auf dem Couchtisch abgelegt und die Fernbedienung in die Hand genommen, noch bevor er seine Jacke ausgezogen hatte. „Hast du 'ne Pizza im Ofen? Es riecht so. Ich habe so einen Kohldampf, das glaubst du nicht!"

Matthew schnaubte: „Du hast immer Hunger."

„Jaja, aber jetzt bin ich wirklich kurz vor' m Verhungern." Connor sah ihn zum ersten Mal richtig an. „Ist alles ok mit dir? Du siehst fertig aus."

„Klar, was soll sein." Matt winkte ab und wandte sich Richtung Küche. „Ich hol die Pizza."

„Prima!" Connor wandte sich wieder zum Fernseher um und suchte den richtigen Sender. „Kannst du auch noch 'nen Salat machen? Mit diesem geilen Dressing?", rief er Matt hinterher.

Matthew verdrehte die Augen. Das war wieder typisch Connor! Er aß sonst immer nur irgendwelches Fertigzeug. Es sei denn, er fand jemanden, der für ihn kochte. Dann wurde er zum Gourmet. Während Matt begann den Salat zuzubereiten, rief Connor ihm den Verlauf des Fußballspiels zu. Matt grinste, der Abend versprach ja doch noch ganz nett zu werden.

***

Es war spät. Poppy schlief schon längst, Annies *Dad* schaute sich im Wohnzimmer noch die Spätnachrichten an und Annie saß in der Küche vor ihrem Laptop. Ihre Internetrecherche hatte sie längst erledigt. Jetzt surfte sie nur noch sinnlos vor sich hin.

Matthew hatte noch immer nicht auf ihre Nachricht geantwortet. Unwillkürlich zuckte sie mit den Achseln. Morgen früh sah sie ihn sicherlich auf Gracewood Hall.

Annie ließ ihre Gedanken schweifen. Ihre Mutter hatte sie gebeten richtige Einladungskarten für Poppys anstehenden Geburtstag zu schreiben. Annie hielt das für Zeitverschwendung. Es wussten doch alle bescheid, wann die Party stattfinden sollte. Alle außer Edward. Poppys Vater.

Sie hatte ihn in seinem vorletzten Semester kennengelernt und war sofort hin und weg gewesen. Er war groß und sportlich und auf eine aufregende Art selbstsicher. Das ganze Sommersemester schwebte sie wie auf Wolken. Selbst in der Klausurenphase hatte er ihr ständig Nachrichten geschrieben. Auf einer Sommerparty, als alle Prüfungen vorbei waren, musste es passiert sein, weil sie sich nicht mehr an alle Details der Nacht erinnerte. Außerdem hatten sie sonst immer sehr auf Verhütung geachtet. In den Semesterferien wurden seine Nachrichten langsam immer weniger. Aber das war ihr nicht wirklich aufgefallen, weil sie viele Hausarbeiten schreiben musste und er auch eine Zeitlang im Ausland gewesen war.

Als sie sich das erste Mal übergeben hatte, hatte sie es auch auf den Stress des beginnenden Wintersemesters geschoben. Zwei Tage später saß sie dann heulend auf der Toilette, den positiven Schwangerschaftstest in der Hand. Sehr nervös und doch voller Hoffnung war sie einen Tag später zu ihm gegangen, um ihm von dem Baby zu erzählen. Sie hatte nicht erwartet, dass er sich freuen würde. Aber sie hatte doch gehofft, dass Edward sich genauso souverän verhalten würde, wie sonst auch.

Im Gegenteil, er hatte sich fürchterlich benommen und ihr die schlimmsten Dinge an den Kopf geworfen. Tränenüberströmt war sie aus seinem Zimmer gerannt. Bei der Erinnerung daran wurde Annie heute noch übel.

Monate später war sie zu dem Schluss gekommen, dass sein Ausbruch nur eine Schockreaktion gewesen war. Aber da hatte sie schon in Beddingsham bei ihren Eltern gewohnt und sich nicht mehr getraut zu ihm zu gehen.

Als man begann es ihr anzusehen, hatte sie das Semester abgebrochen, obwohl es eigentlich nicht nötig gewesen wäre. Sie hätte es ganz normal beenden können und sogar noch ein paar Wochen Pause gehabt vor Poppys Geburt. Aber seine gemeinen Worte hatten sie sehr verunsichert. Als wenn sie die Schwangerschaft geplant hatte. Im Gegenteil! Sie machte sich selbst Vorwürfe, dass ausgerechnet ihr das passiert war! Sie war doch immer diejenige mit dem geradlinigen Lebensplan gewesen. Sie mochte sich gar nicht vorstellen, was die anderen jetzt von ihr hielten. Außerdem konnte sie es nicht ertragen, zu sehen, wie er mit den anderen unbeschwert lachend über den Campus schlenderte, während ihr Leben eine völlig neue Richtung eingeschlagen hatte.

Irgendwann begann sie sich auf das Baby zu freuen. Von da an war sie sich sicher gewesen, dass Edward sich ebenfalls freuen würde. Er brauchte nur mehr Zeit. Sie hatte angefangen ihm lustige, kleine E-Mails mit den

Ultraschallbildern zu senden. Geantwortet hatte er nie. Aber zur Geburt hatte er Poppy eine wertvolle, silberne Rassel geschickt und zum ersten Geburtstag ein riesengroßes Stoffpferd auf dem sie irgendwann würde reiten können. Es wieherte sogar. Also schickte sie ihm weiterhin E-Mails mit Bildern von ihrer wunderschönen gemeinsamen Tochter.

Sie konnte und wollte einfach nicht glauben, dass es das gewesen sein soll. Schließlich hatten sie sich wirklich gut verstanden, damals an der Uni. Er war immer so selbstsicher gewesen, nie um eine Antwort verlegen. Vor sich selbst, konnte sie es ruhig zugeben. Sie hatte ein bisschen zu ihm aufgeschaut.

Auch wenn sie mittlerweile eine andere war als damals, sehnte sie sich manchmal nach jemanden, der das Zepter übernahm. An den sie sich anlehnen konnte.

Natürlich würde sie ihn auch diesmal zum Geburtstag einladen. Dabei dachte sie vor allem an Poppy, redete sie sich ein. Ihre Tochter sollte nicht ohne Vater aufwachsen. Am besten, sie schrieb ihm jetzt gleich, dann hatte er genug Zeit um seinen Besuch hier einzuplanen. Er schien immer sehr beschäftigt zu sein. Sie hatte ihn ein paarmal gegoogelt und wusste daher, dass er nach seinem Uniabschluss einen Job in einer renommierten Londoner Anwaltskanzlei angefangen hatte.

∗∗∗

„Mann, das war ein klasse Spiel!" Zufrieden lehnte sich Connor zurück. „Dann erzähl doch mal, was ist dir vorhin so über die Leber gelaufen?", fragte er interessiert und stopfte sich eine Hand voll Chips in den Mund.

„Ich verstehe nicht, was du meinst" antwortete Matt betont gleichgültig.

Connor zog lediglich eine Augenbraue hoch und griff wieder in die Chipstüte.

Um Zeit zu schinden, nahm Matt einen Schluck aus seiner Bierflasche. Er seufzte innerlich. Er wusste, dass sein bester Kumpel ihn nicht eher in Ruhe lassen würde, bis er alles erfahren hatte. Er war wie ein Pitbull, hatte er sich einmal festgebissen, ließ er nicht mehr los. „Ich habe Becks getroffen", sagte Matt dann auch ergeben.

„Was?" Connor richtete sich auf. „Und dann sitzt du hier und guckst mit mir das Spiel?"

„Ja."

„Aber – die Frau ist der Wahnsinn!" Connors Augen begannen zu leuchten.

„Hmm", bestätigte Matt und nahm einen weiteren Schluck Bier.

„Oh. Du bist immer noch scharf auf Annie." Connor ließ sich wieder zurückfallen.

„Ich bin nicht scharf auf Annie!", gab Matt heftig zurück und wieder zog Connor nur eine Augenbraue hoch.

Matt wand sich. „Ja, okay", gab er zu, „ich finde sie sexy. Aber ich will mehr, verstehst du?"

„Dann sag es ihr endlich!"

Matt schnaubte ungläubig. „Als wenn das so einfach wäre!"

„So schwer kann es ja nicht sein!" Connor wandte sich zu Matt um. „Notfalls zeigst du es ihr!"

„Und wie? Soll ich ihr etwa rote Rosen schicken?", wandte Matt sarkastisch ein.

„Das wäre auch eine Möglichkeit. Ich hatte zwar eher an eine heiße Nummer im Stall..."

Ohne zu zögern, stieß Matt seinen Ellenbogen in Connors Seite.

„Au!" Connor rückte ein wenig weiter weg. „Du musst nicht gleich grob werden, nur weil ich ausspreche, was du dir vorstellst!"

„Ich will nicht, dass du so über Ann sprichst", stellte Matt klar. „Tut es sehr weh?"

„Wofür hältst du mich? Für ein Weichei?" Connor hob angriffslustig die Fäuste. „Wir haben schon lang nicht mehr getestet, wer von uns der Stärkere ist!"

Matt musste lachen und stand auf. „Lass gut sein. Willst du noch ein Bier? Du kannst auch hier schlafen..."

„Ich wusste nicht, dass du sooo einsam bist!", frotzelte Connor und bekam dafür ein Kissen an den Kopf.

Kapitel 3

„Mommy!" Poppy rüttelte an ihrem Gitterbettchen. „*Mommy*! *MOMMY*!" Benommen rollte sich Annie auf die andere Seite und lächelte ihre Tochter verschlafen an. „Guten Morgen mein kleiner Biowecker!" Ein Blick auf ihren Digitalwecker zeigte ihr, dass es 5.59h war. Genau wie jeden Morgen.

„*Mommy*! Hoch!" Poppy freute sich sichtlich, dass ihre Mutter sie gehört hatte.

Annie stand auf und hob Poppy aus dem Bett, nur um direkt wieder in ihr eigenes zu fallen. Begeistert quietschte die Kleine auf und wollte sofort anfangen zu hüpfen. „Nee, nee, meine Süße." Annie zog das Kind zu sich herunter und drückte sie an sich. „Erst wird noch gekuschelt." Annie schnupperte an Poppys Haar und streichelte sie. „Wir müssen leise sein. Oma schläft noch."

Poppy strampelte sich frei und schaute Annie ernst an. „*Mommy*! Buch!"

„Ja, gut." Annie seufzte, sie hätte gern länger mit ihrer Tochter gekuschelt. „Such dir eins aus. Ich lese dir dann vor."

Poppy rutschte vorsichtig vom Bett und ging zum Regal unter dem Fenster. Dort standen ihre Bücher und daneben eine Holzkiste mit Spielsachen.

Voller Hoffnung, dass ihre Tochter eine Weile beschäftigt sein würde, schloss Annie schnell ihre Augen und versuchte wieder einzuschlafen. Manchmal klappte das.

Meistens nicht.

***

Pünktlich wie jeden Morgen stand Arthur auch heute um sechs Uhr auf und ging ins Bad. Er beeilte sich, denn er musste nach London. Die britische Kommission für Forstwirtschaft traf sich zu einer Besprechung, an der er teilnehmen wollte. Noch immer machten die Erlöse aus der Nutzung des Waldes einen Großteil der Einnahmen von Gracewood aus und daher war es wichtig, informiert zu sein. Oder auch Entscheidungen der Kommission in die richtige Richtung zu lenken, soweit dies möglich war.

Außerdem wollte er sich auch auf die Suche nach einem Geschenk für Nigel zum Geburtstag machen. Die Möglichkeit, Richard und Vivien Bedford vom Flughafen abzuholen, kam ihm da als Grund für einen längeren Aufenthalt gerade recht.

Als er aus dem Bad kam, schlief Nigel immer noch. Arthur schüttelte lächelnd den Kopf. Sie waren beide wirklich sehr verschieden. So leise wie möglich zog er sich an und ging anschließend zum Frühstück hinunter.

***

Munter schloss Mrs. Cuthbert die Außentür der Küche auf. Der flotte Spaziergang über die Felder und durch den Wald weckte jeden Morgen ihre Lebensgeister. Jetzt im Frühling war der natürlich besonders schön. Die Luft war erfüllt vom beginnenden Leben. Mrs. Cuthbert hatte auch dieses Jahr wieder das Gefühl das Sprießen der Blüten regelrecht hören zu können. Die Cuthberts wohnten schon seit vielen Jahren in dem Verwalterhaus am anderen Ende des kleinen Wäldchens. Genauso lang lief Mildred Cuthbert jeden Morgen zu Fuß zum Herrenhaus, während ihr Mann Walter Cuthbert sich auf sein Fahrrad schwang und eine erste Strecke durch den Wald fuhr, um nach dem Rechten zu sehen.

Später trafen sie sich in der Küche auf ein kleines zweites Frühstück und um die anstehenden Aufgaben zu besprechen.

Langweilig war die Arbeit ihnen noch nie geworden, sinnierte Mrs. Cuthbert, während sie das Teewasser aufsetzte. Ganz zu Beginn hatte noch die alte Mrs. Bedford, Richards Mutter, hier im Haus gewohnt und auf die Einhaltung der Traditionen des englischen Landadels bestanden. Dass Richard sich ausgerechnet in eine amerikanische Künstlerin verlieben musste, hatte für einigen Unmut gesorgt. Als er sie dann sogar heimlich in Amerika geheiratet hatte, hatte die alte Mrs. Bedford erst getobt, dann wochenlang geschmollt und schließlich auf einer prunkvollen Hochzeit auf Gracewood Hall bestanden. Die jungen Leute hatten sich gefügt, wenn auch nur fürs Erste.

Schließlich waren die Auseinandersetzungen erst weniger geworden, als Richards Mutter zu ihrer Schwester nach Hampshire gezogen war. Mrs. Cuthbert seufzte, das war schon so lange her und nun deckte sie den Frühstückstisch für den Lebensgefährten des Erben in der Küche! Sie schmunzelte. Die Zeiten änderten sich und das war auch gut so!

***

Müde quälte Matthew sich aus seinem Bett. Er hatte mehr schlecht als recht geschlafen. Die merkwürdigsten Träume hatten ihn nicht zur Ruhe kommen lassen. In der Sekunde, in der der Wecker geklingelt hatte, hatten sie sich auch schon verflüchtigt. Er fühlte sich wie gerädert. So musste es als Achtzigjähriger sein! Er schlurfte ins Bad und spritzte sich kaltes Wasser ins Gesicht. Ein Blick in den Spiegel verriet ihm, dass er auch nicht aussah wie 26. Ergeben drehte er die Dusche auf. Der Tag konnte nur besser werden.

Eine Viertelstunde später hatten heißes und kaltes Wasser gute vierzig Jahre weggespült. Er war zwar noch immer nicht ausgeschlafen, aber immerhin einigermaßen wach. Der Duft von frischgebrühtem Kaffee drang in seine

Nase. Connor war also schon aufgestanden. Als Matt in die Küche kam, saß er dann auch gut gelaunt am Küchentresen und schmierte sich einen Toast mit Erdbeermarmelade.

Connor schaute auf und fing laut an zu lachen. „Wenn du dich nur halb so scheiße fühlst, wie du aussiehst…"

Geschickt fing er die Küchenrolle auf, mit der Matt nach ihm warf. „Ehrlich Mann, was haste denn gemacht in der Nacht?" Connor musste immer noch lachen.

Matt zog es vor zu schweigen. Erst einmal goss er sich einen Kaffee ein und trank einen großen Schluck. „Danke!", sagte er und hob die Tasse.

„Kein Problem." Connor biss von seinem Toast ab. Er glückste immer noch vor sich hin. „Wollen wir am Wochenende was unternehmen? Wir könnten mal wieder in die große Stadt und um die Häuser ziehen."

„Mal sehen." Matt zuckte unbestimmt mit den Achseln. „Ich weiß noch nicht, was sonst noch ansteht."

Connor griff nach einem weiteren Toast und meinte eindringlich: „Mein Freund, du brauchst mal wieder richtig Spaß!"

„Ich sag ja, klingt gut", beschwichtigte Matt und begann sein Mittagessen vorzubereiten. Ursprünglich hatte er vorgehabt die Reste seines Abendessens mitzunehmen, aber gestern Abend war er ja zu deprimiert zum Kochen gewesen. Also mussten für heute Sandwiches reichen.

„Machst du mir auch eins?", fragte Connor und stand schon auf. „Ich spring noch schnell unter die Dusche und dann bin ich weg."

Matt nickte, aber das sah Connor schon gar nicht mehr. Es war noch etwas Zeit, stellte Matt nach einem Blick auf die Küchenuhr fest. Wenn er sich beeilte, konnte er noch die Steaks für heute Abend marinieren. Dann hätte er morgen auf jeden Fall etwas anderes zum *Lunch*.

***

„Guten Morgen Mrs. Cuthbert", grüßte Arthur, als er die Küche betrat. „Wie geht es Ihnen?"

„Arthur!" Mrs. Cuthbert wandte sich um. „Guten Morgen! Hervorragend, danke. Und selbst?"

Arthur musste grinsen. Es war jeden Morgen dasselbe. Wie ein Pingpongspiel. „Ebenso!"

Er setzte sich an den Tisch. „Heute ist ja die Tagung der Forstwirtschaftskommission. Ich habe mir überlegt, dass ich in London übernachten werde, um morgen Richard und Vivien abzuholen."

„Das ist eine gute Idee. Sie werden sich bestimmt freuen." Mrs. Cuthbert schenkte Arthur Tee ein. „Was möchtest du heute zum Frühstück? Rührei und Toast oder etwas von dem Porridge?"

„Das Rührei bitte und ist noch etwas von dem Obstsalat da?", überlegte Arthur.

„Ja, hier ist noch etwas." Mrs. Cuthbert holte einen Glasbehälter aus dem Kühlschrank.

„Machen Sie mir doch einen kleinen Happen Porridge zum Obst?"

„Gern." Mrs. Cuthbert verrührte bereits zwei Eier mit etwas Milch in einem Becher. Je weniger Personen sich im Herrenhaus aufhielten, desto unkomplizierter liefen die Mahlzeiten ab. War die Familie vollständig versammelt mit allen drei Bedfordkindern und den Enkeln Claire und Henry, dann nutzten sie den Blauen Salon als Speisezimmer.

Wie jeden Morgen surfte Arthur die neuesten Nachrichten im Netz ab. Es waren nicht nur Wirtschafts- und Lokalnachrichten, auch Liz Blog gehörte dazu. Seit sie sich im vergangenen Jahr auf Bali im Urlaub kennengelernt hatten, las Arthur regelmäßig, worüber Liz berichtete. Dass sie nun schon seit zwei Monaten zu dritt in London lebten, hatte sie auf ihrem Blog noch nicht erwähnt. Arthur erinnerte sich, dass Maxwell erzählt hatte, dass sie es nicht sofort heraus posaunen wollten. Ihre Romanze hatte so stürmisch begonnen und ihre Liebe war noch so frisch, da musste nicht noch Liz gesamte Followerschaft mitfiebern. Schließlich wollten sie auch die Privatsphäre von Max Tochter Lilly schützen.

Gerade als Mrs. Cuthbert Arthur die Eier hinstellte, ging die Küchentür auf und Matthew kam herein.

„Guten Morgen!", grüßte er. „Arthur, ich hatte gehofft, dass ich dich noch erwische."

„Guten Morgen, Matthew. Was gibt es?" Arthur deutete auf einen Stuhl und Matt setzte sich. Mrs. Cuthbert griff nach einem Becher und schenkte Tee ein. Ohne die beiden Männer zu unterbrechen, stellte sie den Becher vor Matt. Dieser lächelte sie dankbar an und fuhr fort.

„Ich wollte heute den Misthaufen umsetzen. Es soll in den nächsten Tagen trocken bleiben."

Arthur nickte. „Ja, das ist eine gute Idee. Dann haben wir das vor Ostern und der ersten Hochzeit erledigt."

„Das dachte ich mir. Den Stall habe ich gestern bereits auf Vordermann gebracht. Er ist jetzt bereit für einen Besucheransturm oder auch für eure Pressesache." Matthew freute sich sichtlich.

Auch Arthur lächelte. „Toll, vielen Dank. Ich werde erst morgen am späten Nachmittag wieder hier sein, zusammen mit Richard und Vivien."

Matt erhob sich. „Viel Spaß in London."

„Danke!" Arthur zog sich seinen Teller heran und begann zu frühstücken.

Matt wandte sich an Mrs. Cuthbert: „Vielen Dank für den Tee. Ich nehme ihn mit und bringe den Becher später wieder."

„Aber nicht vergessen!", antwortete die Haushälterin.

„Bestimmt nicht", rief er noch beim Herausgehen. Dann fiel die Tür ins Schloss und weg war er.

Mrs. Cuthbert schmunzelte über seine Energie und griff nach ihrem Kalender, bevor sie sich setzte. Es war ein großes, schweres Buch, worin sie nicht nur alle Termine eintrug, sondern auch die Essenspläne und die Einkaufslisten notierte. Selbst ihre Aufgaben für die Veranstaltungen auf Gracewood Hall vermerkte sie dort. Arthur und Nigel hatten ihr zwar angeboten einen digitalen Kalender anzulegen, aber sie hatte dankend abgelehnt. Sie brauchte einfach etwas zum Anfassen. Selbst ihre Ausgaben für den Haushalt von Gracewood vermerkte sie auf Papier.

„Ich sehe gerade, dass heute Vormittag ein Besichtigungstermin ist. Wissen wir schon irgendetwas Konkretes über die Braut und ihre Wünsche?" Mrs. Cuthbert sah Arthur fragend an.

Dieser schüttelte den Kopf.

„Mindy Miller, richtig?"

Arthur musste grinsen, als ihm Nigels Reaktion auf den Namen wieder einfiel. „Nein, sie war am Telefon recht kurz angebunden und wirkte irgendwie abgelenkt."

„Gut, dann mache ich ein paar Petit Fours und andere Kleinigkeiten." Mrs. Cuthbert überlegte. Arthur und Nigel hatten entschieden, dass bei jeder Besichtigung Tee und ein paar Kostproben der Küche gereicht werden sollten. Sie waren der Meinung, dass sich die zukünftigen Bräute dadurch viel wohler fühlen und damit deren Entscheidung für Gracewood Hall als Location positiv beeinflussen würden.

„Wissen wir denn wie viele Personen kommen werden?", wollte Mrs. Cuthbert wissen.

Wieder schüttelte Arthur den Kopf. „Leider nein. Ich hatte keine Chance zu fragen."

„Macht nichts. Wir kriegen das schon hin." Mrs. Cuthbert klappte energisch den Kalender zu und stand wieder auf. „Annie ist heute ja auch wieder da. Sie müsste eigentlich gleich eintreffen."

„Ich werde mich dann auch fertig machen." Arthur stand ebenfalls auf. „Und nach Nigel sehen." Er ging zur Tür. „Ach so, können sie mir bitte etwas zu trinken für unterwegs fertigmachen. Ein Lunchpaket brauche ich nicht. Dankeschön!"

Mrs. Cuthbert nickte zur Bestätigung und begann das schmutzige Geschirr wegzuräumen. In Gedanken ging sie bereits ihre Vorräte durch und überlegte, was sie für den Termin heute vorbereiten könnte.

***

Mit dem Teebecher in der Hand marschierte Matt los. Viel Mist produzierten die vier Pferde und das Pony ja nicht, aber genug um ihn als Dünger zu nutzen. Der Haufen befand sich hinter dem Stallgebäude. In weiser Voraussicht hatten sie die Fläche zum Umsetzen direkt mit eingeplant. Also schritt Matt als erstes die Fläche ab, wohin er den Mist umlagern wollte und kontrollierte die Lehmschicht mit den Rasengittern auf irgendwelche Schäden. Anschließend ging er in den Stall, wo die Pferde schon ungeduldig auf ihn warteten.

„Jaja, ich komme ja schon", antwortete Matt ihnen auf ihr Wiehern. Neugierig streckten sie ihre Köpfe heraus und verfolgten, wie Matt das Futter holte und verteilte. Er würde sie heute erst einmal auf dem Paddock direkt am Stall lassen und erst später auf die große Koppel bringen. Er hätte Arthur vorschlagen sollen, einen großen Ausritt am Wochenende zu machen. Die Tiere brauchten dringend mehr Bewegung. Vor allem jetzt, wo der Frühling da war. Als alle friedlich fraßen, holte Matthew die Schubkarre für den Pferdemist und begann mit der Umlagerung. Die Sonne brach durch die Wolken hervor und Matt war froh, dass er sich damals gegenüber seinem Vater durchgesetzt hatte.

Den ganzen Tag in einem Büro und unter künstlichem Licht zu verbringen, hätte ihn krank gemacht. Davon war er heute noch genauso überzeugt, wie vor acht Jahren, als er sich für eine Ausbildung zum Pferdewirt entschieden hatte.

„Du bist ja schon auf!", staunte Arthur, als er ins Schlafzimmer trat. „Ich wollte dich gerade wecken!"

Nigel stand oberkörperfrei vor seinem Schrank und wollte gerade ein Hemd raussuchen. Er grinste. „Gegen einen Guten-Morgen-Kuss habe ich trotzdem nichts!"

Arthur trat lächelnd auf ihn zu. „Nicht?"

„Nein." Nigel grinste und kam noch ein Stück näher. „Ich überlege sogar, ob ich die Suche nach einem passenden Hemd noch etwas verschieben sollte." Verführerisch strich er mit seinen Lippen über Arthurs. Mit einem Ruck zog Arthur ihn an sich und vertiefte den Kuss. Nigel seufzte. Was hatten sie für ein Glück! Trotz der vielen gemeinsamen Jahre hatte die Leidenschaft nicht abgenommen! Gut, auch sie hatten ihre Herausforderungen und Krisen gehabt. Aber wer hatte die nicht?!

Sanft löste sich Arthur von ihm. „Ich fürchte, daraus wird heute nichts. Ich möchte ungern meinen Zug verpassen."

„Wie? Jetzt muss ich bis morgen Abend warten?!" Nigel stemmte die Hände in die Hüften und spielte den enttäuschten Liebhaber. Arthur lachte auf, dann beugte er sich wieder vor. Er begann kleine Küsse auf Nigels Hals zu verteilen. „Ich dachte, ich hätte dich gestern Nacht bereits dafür entschädigt...", flüsterte er heiser.

Nigel durchliefen wohlige Schauer und er schloss die Augen. Genüsslich schmiegte er sich an Arthur.

„Schatz?", fragte Arthur zwischen zwei Küssen.

„Mmh."

„Fährst du mich zum Bahnhof?"

Nigel seufzte. „Natürlich." Er öffnete die Augen und lächelte. „Ich zieh mir nur schnell was über und trinke eine Tasse Tee."

„Danke!" Arthur lächelte zurück und gab ihm einen dicken Schmatz. „Ich komme gleich runter!"

**

Als Annie ihr Fahrrad am Küchengarten abstellte, war sie guter Dinge. Das morgendliche Beschäftigungsmanöver hatte diesmal gut geklappt und Poppy hatte sie noch fast fünfzehn Minuten schlafen lassen. Was hatte sie doch für eine wunderbare Tochter! Jetzt saß Poppy mit ihrer Oma zum zweiten Frühstück in der Küche, während sie selbst an einem tollen Ort arbeiten konnte.

Heute sollte auch wieder eine Besichtigung stattfinden. Das fand sie immer besonders spannend. Die unterschiedlichen Bräute zu sehen und zu hören, was sie planten und wie sie sich ihre Hochzeit vorstellten, brachte ein wenig Romantik in Annies Leben.

Ihr fiel ein, dass Matt immer noch nicht auf ihre Nachricht geantwortet hatte!

Wieso dachte sie beim Thema Romantik an Matt? Verwirrt schüttelte sie den Kopf und nahm schwungvoll die vier Stufen, bevor sie die Küchentür öffnete. Wie in vielen Herrenhäusern hatte auch Gracewood Hall einen großen Souterrainbereich, der das Erdgeschoss zu einem Hochparterre erhöhte. Ursprünglich hatten sich alle hauswirtschaftlichen Räume inklusive der Küche im Untergeschoss befunden, aber Nigels Ururgroßvater hatte eine Vorliebe für sehr heißes Essen gehabt und die Küche kurzerhand ein Stockwerk nach oben verlegt.

„Guten Morgen Mrs. Cuthbert!", rief Annie vergnügt. „Wie geht es Ihnen heute? Wissen Sie schon etwas über die heutige Braut?", sprudelte es aus ihr heraus, während sie ihre Jacke aufhing.

„Guten Morgen Annie!" Mrs. Cuthbert sah von dem Backbuch auf, in dem sie geblättert hatte. „Ich weiß nur, dass ich nichts weiß."

„Das verstehe ich nicht." Annie warf ihr einen fragenden Blick zu.

„Die zukünftige Braut heißt Mindy Miller und kommt um 11 Uhr. Mehr kann ich dir nicht sagen."

Annie wusch sich die Hände und nickte. „Aha. Dann machen wir Petit Fours und verschiedene Häppchen?"

Mrs. Cuthbert musste lachen. „Du kennst mich schon sehr gut, Annie Taylor!"

Annie lächelte verschmitzt und wandte sich zur Speisekammer, um alles herauszusuchen, was sie brauchen würden.

„Ach sehen Sie mal", rief Annie, „wir haben noch weißen Thunfisch und Krabben! Wir könnten eine Art Sushi machen." Annie kam mit vollen Armen wieder hervor. „Ich habe da letztens ein tolles Video im Internet gesehen!"

„Sushi? Zum Tee?", wunderte sich Mrs. Cuthbert.

In diesem Moment ging die Tür auf und Nigel kam herein. Er trug sein „amerikanisches Clubsacko", wie er sein dunkelblaues Jackett mit dem goldenen Emblem nannte, und weiße Hosen. Es war eine Mischung aus Kreuzfahrt und Hamptons. „Sushi zum Tee passt hervorragend zu jemanden, der MINDY MILLER heißt!", erklärte er bestimmt. „Guten Morgen, die Damen. Was haben Sie denn sonst noch geplant?", fragte Nigel gut gelaunt und schenkte sich eine Tasse Tee ein.

„Guten Morgen Nigel, du bist heute früh aber fröhlich!", staunte Mrs. Cuthbert.

„Wie das wieder klingt!", wunderte sich Nigel und Annie verschwand schnell wieder in der Speisekammer, damit er ihr Grinsen nicht sah. „Ich bin doch immer gut gelaunt!"

Mrs. Cuthbert hob nur fragend eine Augenbraue und Annie schlug sich in der Speisekammer die Hand vor den Mund, um nicht laut loszulachen. Bekanntermaßen war Nigel der einzige Bedford, der ein ausgesprochener Morgenmuffel war.

„Na gut", gab er zu, „ich bin wirklich neugierig auf die Braut!"

„Nigel Bedford, du wirst dich von deiner besten Seite zeigen und niemanden schon von vornherein wegen seines Namens verurteilen!", erklärte Mrs. Cuthbert streng.

„Natürlich nicht! So etwas würde mir nie in den Sinn kommen!", erwiderte Nigel frech. Er trat zu der Haushälterin und legte ihr versöhnlich den Arm um die Schulter. „Ach Mrs. Cuthbert, machen Sie sich mal keine Sorgen, ich werde mich schon benehmen!"

Mrs. Cuthbert musste schmunzeln, auch wenn die Bedfordkinder längst erwachsen waren, Schlingel blieben sie doch! „Hoffentlich!", sagte sie nur.

„Außerdem wollte ich Arthur zum Bahnhof fahren."

„Ich glaube, ich habe jetzt alles." Annie war wieder zu ihnen getreten und ordnete die Vorräte auf der Arbeitsplatte. „Wir werden noch ein paar Petit Fours vorbereiten", informierte Annie ihn und kam damit auf seine eigentliche Frage zurück.

Ein verzücktes Lächeln trat auf Nigels Gesicht. Die kleinen Kunstwerke aus Biskuitteig mit Marzipanüberzug und Cremefüllungen aller Art liebte er ganz besonders. „Perfekt!", freute er sich. „Dann halte ich mich jetzt beim Frühstück zurück!"

„Besser du hältst dich auch beim Gespräch zurück", antwortete Mrs. Cuthbert. Nigel wollte schon protestieren, da ergänzte sie: „Wir heben dir in der Küche welche auf!"

Wieder versöhnt nahm sich Nigel Tee und Toast. In der Pfanne auf dem Herd hatte er noch Reste von Arthurs Rührei entdeckt. Butter und Marmelade standen bereits auf dem Tisch. Zufrieden mit sich und der Welt setzte er sich an den Küchentisch und begann mit seinem Frühstück.

Währenddessen begann Mrs. Cuthbert die Eier für den Biskuitteig aufzuschlagen und Annie hatte ihr Smartphone in der Hand und suchte das neue Rezept heraus.

Über das Surren der Küchenmaschine hinweg meinte Nigel schließlich: „Ich glaube, ich gehe noch bei Rosemary

Davis vorbei und besorge ein paar Blumen. Ich habe das Gefühl, die könnten heute wichtig sein." Schnell stand er auf und räumte sein Geschirr beiseite, noch im Hinausgehen griff er nach seinem Handy und wählte die Nummer vom Blumenladen.

Annie sah Mrs. Cuthbert von der Seite an. „Ich glaube, wir brauchen dringend..."

„...eine bessere Routine", ergänzte die Haushälterin.

„Ein Businessplan könnte auch nicht schaden", Annie zuckte mit den Schultern.

„Nigels Stärke ist die kreative Umsetzung", dachte Mrs. Cuthbert laut.

„Ja, und Arthur hat genug mit den Ländereien zu tun", ergänzte Annie.

Inzwischen war der Biskuitteig fertig geschlagen und Mrs. Cuthbert ließ ihn langsam auf ein Backblech fließen. Konzentriert achtete sie darauf, dass er sich gleichmäßig verteilte.

„Also", begann Annie, „das was ich im Sinn hatte, passt doch nicht so gut. Daher schlage ich vor, ich backe ein paar Minibrötchen und die belegen wir einmal mit einer Art Krabbencocktail mit Wildkräuterdressing und einmal klassisch mit Roastbeef, Camembert und einem Walnussdressing." Annie hielt Mrs. Cuthbert ein Foto auf ihrem Handy hin. „Wir haben alles dafür da. Ich habe im Kühlschrank nachgesehen."

Mrs. Cuthbert warf einen kurzen Blick auf den kleinen Bildschirm. „Klingt gut." Sie nahm das Backblech und griff nach der Ofentür. Annie war schneller und öffnete sie für sie. Als das Blech im Ofen war und Annie die Tür geschlossen hatte, richtete Mrs. Cuthbert sich wieder auf und drückte eine Hand in ihren unteren Rücken.

„Was hältst du davon, wenn wir noch kleine Miniquiches mit Spargel und Bärlauch machen. Damit haben wir noch eine vegetarische Alternative und zusätzlich backe ich noch eine größere für Nigel zum Dinner. Er ist heute Abend allein."

„Ach, die Konferenz für die Waldbesitzer ist heute?", fragte Annie nach und sortierte ihre Vorräte neu. Alles was sie doch nicht brauchte, wanderte zurück an seinen Platz in die Regale der Speisekammer.

„Ja. Außerdem wird Arthur noch einen Tag länger in London bleiben, um Vivien und Richard vom Flughafen abzuholen." Mrs. Cuthbert baute die Küchenmaschine um, damit sie beginnen konnte die Creme für die Füllung herzustellen.

„Das ist nett von ihm." Annie seufzte. Nette Männer waren leider rar.

Mrs. Cuthbert sah sie prüfend an, sagte aber nichts. Sie hatte es als junge Frau nicht leiden können, wenn die alten Weiber ungefragt ihre Meinung kundgetan hatten. Am schlimmsten war es, wenn sie dann auch noch Recht behalten hatten. Schrecklich. Manche hatten ihren Hohn regelrecht ausgekostet. So wollte sie nie sein. Ihr war schon damals klar gewesen, dass sie ihren Rat nur denen erteilen wollte, die ihn hören wollten.

Annie bat nicht um Rat, sondern begann die Zutaten für den Brötchenteig abzuwiegen und anschließend mit der Hand zu kneten. Nach einer Weile sagte sie: „Wenn der Teig ruht, mache ich eine Kontrollrunde durchs Haus, ob alles gut aussieht für die Besichtigung. Danach wollte ich noch frische Kräuter aus dem Gewächshaus holen. Brauchen Sie auch etwas, Mrs. Cuthbert?"

Die Haushälterin schüttelte den Kopf und rührte konzentriert weiter an der Füllung für die Törtchen. „Nein, geh nur."

Kapitel 4

Nigel hatte Arthur am Bahnhof abgesetzt und sich dann einen Parkplatz in der Nähe des Blumenladens von Rosemary Davis gesucht.

Jetzt im Frühling stand eine Pflanztreppe vor der Tür, auf der die ersten Frühblüher eine fröhliche Stimmung verbreiteten. Nigel trat rasch ein und die altmodische Türglocke bimmelte. Heute hatte er, anders als sonst, keine Muße die aufwendigen Dekorationen zu bewundern. Nach der Pracht und Fülle der Weihnachtszeit, überwogen nun Gestecke in Pastelltönen die Räume. Mrs. Davis verkaufte nicht nur Blumen, sie hatte die Gabe Träume wahr werden zu lassen. In diesem Frühjahr glich der Blumenladen einem lichten Birkenwäldchen. Sie hatte verschiedene Birkenzweige aufgestellt und ihre Blumengestecke so platziert, dass sie ein zauberhaftes Ganzes schufen. Trotz seiner Eile kam Nigel nicht umhin das Geschick der Floristin zu bewundern. Alles wirkte so märchenhaft, dass er sich nicht gewundert hätte, wäre eine kleine Fee durch den Raum gehuscht.

„Mrs. Davis?", rief er, als er sie nirgends entdecken konnte.

„Ich bin hier!" Schon kam die kleine, rundliche Frau ihm entgegen. „Hallo Nigel, entschuldige, ich war im Kühlraum, da höre ich die Glocke nicht so gut." Sie wischte sich die Hände an einem Tuch ab und steckte es dann in ihre hintere Hosentasche. „Was kann ich für dich tun?"

„Hallo Mrs. Davis, ich brauche dringend ein großes Bouquet, nein am besten gleich zwei und zwei kleinere. Wir haben diese Woche zwei Besichtigungen. Es wäre also gut, wenn die Blumen bis zum Wochenende frisch aussehen würden. Es darf gern opulent und mondän aussehen, aber auch frühlingsfrisch."

Rosemary Davis hatte aufmerksam zugehört und nickte. „Ich habe heute wundervolle weiße Rosen bekommen und neue Tulpen. Dabei ist eine ganz besondere Schönheit in zartrosa und auch eine gelbe Papageientulpe."

Nigel fing an zu strahlen. „Das klingt wunderbar. Können Sie es mir sofort fertig machen? Die erste Braut kommt um 11 Uhr."

Die Floristin hob erstaunt die Augenbrauen und sah auf die Uhr. „Und das war ein spontaner Termin?"

„Hm, nun ja...", druckste Nigel herum und Mrs. Davis nickte wissend. Sie erinnerte sich noch an ihre erste Zeit als Unternehmerin. Es hatte eine Weile gedauert, bis sich konkrete Abläufe herausgearbeitet hatten.

„Ich kann die Sachen leider nicht liefern. Ausgerechnet heute ist meine Aushilfe krank." Sie sah ihn an, aber Nigel winkte ab. „Kein Problem, das kriege ich hin."

„Du kannst mir helfen, dann bin ich schneller." Sie legte Nigel ihre Hand in den Rücken und führte ihn hinter den Tresen.

„Ich? Echt?" Nigel war ganz aufgeregt. „Ich wollte schon immer wissen, wie es hinten aussieht!"

Mrs. Davis musste lachen. „Na dann, lass uns loslegen."

***

Wie jeden Mittwoch ging Laura auch heute gemeinsam mit Poppy einkaufen. Gut gelaunt schob sie den Einkaufswagen durch die Gänge und schäkerte dabei ab und zu mit ihrer Enkeltochter. Poppy saß zufrieden in dem Wagen, kaute wild auf einer Möhre herum und guckte sich aufmerksam um.

„Oh nein. Nicht heute!" Laura seufzte und beugte sich zu ihrer Enkeltochter hinunter. Aber alles Verstecken half nichts.

Betty Andrews oder Bettina McCarthy wie sie sich mittlerweile nannte, kam auf Laura zu und begann unaufgefordert ein Gespräch. Sie hatte eine Art an sich, die

Sätze auf einen einprasseln zu lassen, dass man selbst nicht zu Wort kam. Eine Gewehrsalve bestehend aus gutgemeinten Ratschlägen vermischt mit einer großzügigen Prise Selbstgefälligkeit und einem Hauch Arroganz. So auch diesmal. Laura hörte kaum zu, sondern konzentrierte sich auf ihren Einkauf. Betty schien das nicht zu stören. Munter vor sich hin schwadronierend lief sie an Lauras Seite durch die Gänge. Nach einer kurzen Pause seufzte sie: „Es ist wirklich ein Glück, dass Poppy ein Mädchen ist!" Betty senkte ihre Stimme zu einem vertraulichen Flüstern und weckte damit Lauras Aufmerksamkeit. „Wo sie doch so oft oben auf Gracewood ist."

Laura blieb plötzlich stehen. Sie musste sich verhört haben. Sie sah Betty überrascht an. „Wie bitte?"

Betty schien Lauras Verwunderung nicht wahrzunehmen. „Na ja, du weißt schon! Dass sich das abfärbt."

„Dass sich was abfärbt?" Laura konnte nicht anders, sie musste nachfragen. Diese Frau konnte doch nicht ernsthaft dieser Meinung sein. Poppy fing an unruhig auf ihrem Sitz hin und her zu rutschen.

„Du weißt schon." Bettina druckste herum.

„Nein, weiß ich nicht."

Betty McCarthy schaute sich um, ob jemand in der Nähe war, der hören konnte, was sie sagten. „Ich habe schon mit Dr. Mercer darüber gesprochen und er ist derselben Meinung."

„Ach ja?!", fragte Laura mit einer gewissen Schärfe in der Stimme. Dr. Mercer war ein eingebildeter Wichtigtuer, der schon damals als Annie noch klein war, ausgesehen hatte wie Methusalem.

„Ja", antwortete Betty nachdrücklich. „Meinem William-Theodor werde ich nicht erlauben, sich dort herumzutreiben!" Selbstgefällig richtete Betty sich auf. „Ich hätte ja Angst, dass mein Sohn schwul wird, wenn er ständig bei denen wäre!"

Auch Laura machte einen geraden Rücken. Laut genug, dass es alle Umstehenden hören konnten, sagte sie: „Ich an deiner Stelle hätte eher Angst, dass mein Sohn dumm wird, bei den Sachen die du so von dir gibst!"

Betty McCarthy schnappte nach Luft und öffnete ein paar Mal den Mund, um etwas zu erwidern. Wie zu erwarten war, fiel ihr nichts ein.

Laura nickte zur Bestätigung und ging hoch erhobenen Hauptes weiter. So eine dumme, eingebildete Kuh! War sie schon immer gewesen. Zugegebenermaßen hatte sie trotz ihrer drei Kinder eine bemerkenswerte Figur, aber das bisschen Hirn, was sie mal besessen hatte, hatte sie wohl bei den Geburten gleich mit rausgepresst! Je länger Laura drüber nachdachte, desto ärgerlicher wurde sie. Am liebsten wäre sie noch einmal zurückgegangen und hätte ihr ordentlich die Meinung gesagt! Plötzlich warf Poppy ihre Möhre in hohem Bogen von sich. Laura blieb abrupt stehen.

„Poppy!! Was soll das?"

Das ging so nicht. Sie konnte doch nicht ihre Enkeltochter anmeckern, nur weil sie sich über die dumme Pute ärgerte. Laura hatte den Einkaufswagen schon so fest umklammert, dass ihre Fingerknöchel weiß hervortraten. Bewusst lockerte sie ihre Hände und atmete tief ein und langsam wieder aus. Dann sah sie ihre Enkeltochter ernst an.

„Poppy-Schatz, wenn du deine Karotte nicht mehr magst, dann gibst du sie mir. Ja?"

Poppy guckte ganz unschuldig und unwillkürlich musste Laura lächeln. Schnell schob sie ein strenges „Wir werfen nicht mit Essen!" hinterher.

***

Annie hatte mit ihrem Kontrollgang im ersten Stock begonnen. Ausgestattet mit einem antistatischen Staubwedel, Fensterputzmittel, einem Eimer und diversen Tüchern war sie losgezogen, um diesen fiesen kleinen Staubpartikeln, die die Angewohnheit hatten, sich sofort nachdem man sie weggewischt hatte, wieder niederzulassen, den Kampf anzusagen. Für die größeren Arbeiten, wie Fensterputzen, kam mehrmals im Jahr eine Reinigungsfirma.

Auch wenn Gracewood Hall kein Hotel war, hatten die Bedfords entschieden, die ungenutzten Schlafzimmer ebenfalls zur Verfügung zu stellen. So konnte sich das Brautpaar schon vor der eigentlichen Feier zusammen mit den engsten Familienmitgliedern und Freunden in einem festlichen Rahmen auf seinen schönsten Tag vorbereiten und den Tag ebenso romantisch ausklingen lassen. Der klassizistische Sandsteinbau wies genau den englischen Landadelchic auf, den sich viele für ihre Hochzeit wünschten. Zudem war es in zweieinhalb Autostunden von der Londoner City sehr gut zu erreichen.

Annie lief also aufmerksam durch die Räume und legte hier und dort letzte Hand an. Neben ihr her surrte der Saugroboter. Sie hatte eben noch einmal auf ihr Handy geschaut, aber Matt hatte ihr immer noch nicht geantwortet. Jetzt war sie wirklich beunruhigt. Hatte sie ihn irgendwie verärgert? Er hatte ihr doch noch beim Wäscheaufhängen geholfen. Ach herrje, die musste sie ja auch noch abnehmen...

Zur Arbeit musste er aber erschienen sein, sonst hätte Mrs. Cuthbert bestimmt etwas gesagt. Auf dem Weg ins Erdgeschoss wischte sie routiniert den Handlauf und die Ecken der Treppe sauber. In Gedanken ging sie die gestrige Begegnung noch einmal durch. Gut, sie war nicht extra fröhlich gewesen, eher konzentriert und etwas im Stress. Aber das war doch kein Grund, böse zu sein! Oder doch?

Matt war neben Jess, Daisys Mutter, ihr einziger Freund. Alle anderen waren mit Uni und Karriere beschäftigt. Keiner wohnte mehr in Beddingsham und Umgebung. Sie brauchte ihn. Ohne Matt hätten ihre Eltern sie längst in den Wahnsinn getrieben. Als erwachsene Frau wieder bei ihren Eltern zu wohnen, war oft nicht einfach.

Annie richtete sich auf. Sie würde direkt im Anschluss an ihren Rundgang zu Matt in den Stall gehen und mit ihm sprechen. Bestimmt lag nur ein Missverständnis vor.

Voller Elan setzte sie ihre Arbeit im Erdgeschoss fort. Seit das Haus für Hochzeiten vermietet wurde, achtete jeder darauf, möglichst alles immer wieder an seinen Platz zu räumen, damit gar nicht erst so eine große Unordnung entstand. Nach einigen Anfangsschwierigkeiten lief das sehr gut, so dass Annie wirklich nur die glänzenden Holztische abstauben und einige Kissen aufschütteln musste. Im großen Saal, der die ganze Südwestseite des Hauses einnahm, brauchte sie nicht einmal die Stühle gerade rücken. Schneller als gedacht, war sie mit ihrer Runde fertig und konnte die Putzutensilien wieder im Schrank verstauen.

***

Matthew hatte in der Zwischenzeit eine Fuhre Mist nach der anderen umgesetzt. Immer wieder hatte er die Schubkarre gefüllt, rübergefahren und ausgeschüttet. Nach ungefähr zwölf Ladungen hatte er die neue Fläche etwas begradigt. Dann begann alles wieder von vorn. Durch die schwere Arbeit war ihm warm geworden und er hatte erst seine Jacke, dann das Flanellhemd und schließlich auch das Shirt ausgezogen. Nicht nur schien heute die Sonne wieder und es wehte kein Lüftchen, auch der Misthaufen selbst gab Hitze ab. Gegen den doch etwas üblen Geruch hatte er sich ein Tuch um Mund und Nase gebunden.

Dank der immer wiederkehrenden Arbeitsabläufe waren seine Gedanken auf Wanderschaft gegangen. Er hatte immer noch nicht auf Annies Nachricht geantwortet. Sie war so nichtssagend gewesen. Er wusste einfach nicht, was er schreiben sollte.

Er musste an Connors Worte denken, dass er mit Annie reden sollte. Matt schnaubte, als wenn das so einfach wäre. Entweder redete sie selbst wie ein Wasserfall oder sie war so in Gedanken versunken, dass niemand sie erreichen konnte oder aber Poppy war dabei. Verbissen griff Matt die Mistgabel fester und warf einen besonders großen Haufen in die Schubkarre.

An Becks wollte er jetzt erst recht nicht denken, das machte alles nur noch komplizierter!

***

Gut gelaunt genoss Annie den Sonnenschein. Mit einer Kanne kaltem Tee und zwei Gläsern und lief sie durch den blühenden Obstgarten Richtung Misthaufen. Mrs. Cuthbert hatte ihr verraten, dass Matt heute dort zu finden war und ihr auch den Tee in die Hand gedrückt. Die Märzsonne hatte wirklich schon Kraft. Es war einfach wundervoll, wie die Natur zum Leben erwachte! Annie blieb kurz stehen und nahm sich die Zeit, um den Garten in seiner ganzen Herrlichkeit zu betrachten. Auch Katzendame Molly hatte es sich in der Sonne gemütlich gemacht und döste mitten auf dem Gartenweg. Annie bog schwungvoll um die Ecke und blieb überrascht stehen.

Matt stand oben auf dem mittlerweile deutlich kleineren Misthaufen und warf eine Gabel nach der anderen unten in die Schubkarre. Wie es schien, war ihm reichlich warm geworden, denn er trug nur noch seine Arbeitshose, die ihm locker auf den schmalen Hüften saß, und ein rotes Tuch um Mund und Nase. Wie er so dort oben stand, sah er ganz anders aus als sonst. Irgendwie fremder und sexy, wie aus einem der alten Westernfilme entsprungen, die sie als Kind so gern gesehen hatte.

Unwillkürlich hielt Annie den Atem an und bewunderte das Spiel seiner Muskeln. Das Sonnenlicht ließ die kleinen Schweißperlen auf seinen breiten Schultern glitzern. Sie hatte nicht gewusst, dass Matt so aussah!

Annie merkte, dass ihr der Mund offen stand. Schnell schloss sie ihn und schluckte mühsam. Bei seinem Anblick spürte sie ein sehnsuchtsvolles Ziehen in sich. Benommen schüttelte sie den Kopf und versuchte klar zu denken. Dort oben stand nur Matt, der liebe, nette Matt mit den vielen Sommersprossen und den süßen Segelohren. Ihr alter Freund, Herrgott nochmal!

‚Reiß dich zusammen, Ann Taylor!‘, sagte sie sich.

„Hey Matt!", krächzte sie und rollte innerlich mit den Augen. Das sollte doch ganz locker rüberkommen.

Matt drehte sich um und gewährte ihr einen Blick auf seinen trainierten Bauch.

‚Oh mein Gott!‘

„Hey." Auch Matt war überrascht. Er hatte nicht damit gerechnet, dass sie ihn besuchen kommen würde. Langsam stieg er herunter.

Annie versuchte zu lächeln und hielt die Teekanne hoch. „Ich habe Tee." Unsicher ging sie auf ihn zu.

Matt zog das Tuch herunter und wischte sich damit den Schweiß ab. ‚Verdammter Mist! Warum kommt sie ausgerechnet jetzt?!‘

Betont munter sagte er: „Prima! Etwas Kaltes kann ich sehr gut vertragen."

„Ja, Mrs. Cuthbert hat ihn gemacht." Annie schüttelte den Kopf. Sie redete nur Unsinn. Mit zusammen gepressten Lippen stellte sie die Gläser auf einen Stapel Bretter ab und schenkte den Tee ein. Sehr zu ihrem Ärger bemerkte sie, dass ihre Hand zitterte. ‚Verdammt Ann, bleib locker!‘, schimpfte sie mit sich. Ganz in Gedanken hörte sie nicht, dass er hinter sie trat.

„Ann?"

Erschrocken drehte sie sich um und kippte ihm prompt den Tee über die Brust.

„Ah!" Matt machte einen Satz nach hinten. Der Tee war wirklich eiskalt. Mrs. Cuthbert musste Eiswürfel hinein getan haben.

Ann riss vor Überraschung die Augen auf und griff blitzschnell nach einem Lappen, der wunderbarerweise auf dem Bretterstapel lag und begann ohne Nachzudenken über seine Brust zu reiben.

Matt stand stocksteif da und sah auf sie hinunter. Schließlich räusperte er sich und fragte: „Ann, was machst du da?"

„Was?" Annie hielt inne. Sie stand direkt vor ihm und rubbelte an seiner nackten Brust herum. Schnell trat sie einen Schritt zurück und besah sich den vermeintlichen Lappen genauer. „Oh. Ich... Hier." Ohne ihn anzusehen gab sie ihm sein nasses, zusammengeknülltes T-Shirt wieder. Vor lauter Scham wäre sie am liebsten im Boden versunken. Sie benahm sich wie ein unbeholfener, liebeskranker Teenie. Irgendwie hatte sie gedacht, so etwas würde nicht mehr passieren, wenn man erwachsen war.

Matt griff nach dem Shirt. Er sah wie peinlich ihr der Vorfall war und zögerte. Am liebsten hätte er sie zu sich herangezogen und sie geküsst. Das Verlangen sie in den Arm zu nehmen war unglaublich stark...

„Ich muss auch.. sorry!", murmelte Annie und rannte davon.

***

So schnell sie ihre Beine trugen, lief sie weg. Als sie den Küchengarten erreicht hatte und sicher sein konnte, dass er ihr nicht gefolgt war, blieb sie stehen. Ihr Herz hämmerte und das Blut rauschte in ihren Ohren.

Immer noch benommen, schüttelte Annie den Kopf. Was war das eben? Und warum war es ihr so peinlich? Und warum wusste sie nicht, dass Matt trainierte? Langsam ging sie zwischen den Beeten auf und ab und versuchte sich zu beruhigen.

Ihre Gedanken begannen sich im Kreis zu drehen. Immer wieder sah sie ihre Hand auf seiner durchtrainierten Brust vor ihrem inneren Auge. Und das Ziehen wurde immer stärker. Hatte sie nicht gestern noch zu Mrs. Cuthbert gesagt, sie würde Sex so gar nicht vermissen?! Annie schnaubte. Da hatte sie sich wohl etwas vorgemacht. Denn anders konnte sie sich ihre extreme Reaktion auf Matt nicht erklären.

Hoffentlich erzählte er das keinem! Gott, war das peinlich! Sie holte tief Luft und ging entschlossen hinüber ins Gewächshaus, um die frischen Kräuter zu ernten. Der Bärlauch für die Quiches wuchs praktischerweise in dem Waldstück direkt neben dem Küchengarten. Sie würde sich jetzt auf ihre Arbeit konzentrieren. Es gab schließlich genug zu tun.

***

Edward Dunbar hatte sich für einen kurzen Moment von dem Geschehen im Innern der altehrwürdigen Kanzlei, in der er arbeitete, zurückgezogen. Jetzt lief er ruhelos durch die kleinen Gassen in Temple, einem der ältesten Stadtteile Londons. Ihm klangen die Worte des Seniorpartners Mr. Humbert Stone, von Brown, Ernest and Stone wieder und wieder in den Ohren. Es war, als hätte er in seiner traditionellen Osterrede direkt zu ihm gesprochen. Von Ehrlichkeit, Ehre und Verlässlichkeit war die Rede gewesen und auch davon, dass man als Anwalt immer wieder vor Entscheidungen stünde. Nur weil man Recht studiert hatte, wüsste man nicht immer was Recht ist und was nicht.

Etwas in diesen Worten hatte Edward berührt, als wäre eine lang verschlossene Tür plötzlich geöffnet worden und man würde sich auf einmal an alles erinnern, was sich in dem Raum hinter der Tür befand.

Edward hatte gar nicht gemerkt, dass er sein Smartphone in die Hand genommen hatte. Nun starrte er auf die E-Mail von Annie mit der Geburtstagseinladung. Er hatte nie irgendjemandem von Annie und dem Kind erzählt. Für seine Eltern wäre es eine Katastrophe. Eine solche Verbindung war für sie undenkbar.

Dabei hatte er Annie wirklich gern gehabt. Sie war clever und süß und war so ganz anders als die Mädchen mit denen er aufgewachsen war. Aber dann hatte er abgestritten, der Vater zu sein, denn er hätte ja ein Kondom benutzt.

Monatelang hatte er die Sache verdrängt, das war ihm umso leichter gefallen, weil sie von einem auf den anderen Tag nicht mehr an der Uni war. Aber dann hatte sie ihm Fotos von dem Kind geschickt. Seit diesem Moment konnte er es nicht mehr leugnen. Die Kleine sah genauso aus wie er als Baby. Sie hatte sogar Ähnlichkeit mit seinem Vater. Edward hatte sich eingestanden, dass er die Sache mit der Verhütung nicht wirklich ernst genommen hatte. Vielleicht hatte er das Kondom auch an dem einen Abend nach der Party vergessen. Er wusste es nicht mehr, er war so voll gewesen...

Offiziell hatte er sich nie zu dem Kind und zu dessen Mutter bekannt. Aber er hatte ihr Geschenke geschickt, zur Geburt und zum Geburtstag. Hauptsächlich um sein schlechtes Gewissen zu beruhigen. Er redete sich immer ein, dass er zu viel zu tun hätte, dass er noch nicht bereit wäre für ein Kind und dass es für alle Beteiligten besser war, wenn alles so blieb wie bisher.

Aber jetzt, mit den Worten von Mr. Stone im Kopf, wusste er, dass er handeln musste, er wusste nur noch nicht wie.

***

„Es ist unglaublich! Ich bin jedes Mal hin und weg, wenn ich sehe, was Sie aus Blumen zaubern!", staunte Nigel.

„Ach Nigel, das hast du aber nett gesagt. Dankeschön!", freute sich Mrs. Davis, während sie das letzte Gesteck noch einmal genau betrachtete.

„Wirklich, es ist magisch! Diesmal war ich sogar dabei und trotzdem kann ich mir nicht erklären, wie sie das machen, dass aus einfachen Blumen solche wundervollen Kreationen entstehen." Auch Nigel betrachtete das kaskadenartige Gesteck aus zarten frühlingsgrünen Zweigen und opulenten Tulpen. „Es wird ganz großartig in der Halle aussehen!"

„Das wird es", bestätigte Mrs. Davis. „Ich gebe dir noch einen Blumenständer dafür mit. Ich hole ihn gleich!"

„Wir haben bestimmt...", rief Nigel der Floristin hinterher, aber sie war schon durch die Tür und über den Hof in ihrem hinteren Lagerraum verschwunden.

Nigel zuckte mit den Achseln und sah dann auf die Uhr. Es war höchste Zeit, dass er sich auf den Rückweg machte. Er wollte sich schließlich noch vorbereiten. „Dann bringe ich die kleineren Gestecke schon mal ins Auto", sagte er zu sich selbst und trug vorsichtig die große vollgepackte Transportbox durch den Laden. Er würde sie auf den Rücksitz stellen, überlegte er. Wer weiß, wie groß Mrs. Davis Blumenständer sein würde. Das Gesteck war ja schon riesig. Das musste es auch sein, denn es sollte ja in der großen Halle von Gracewood nicht untergehen.

Er hatte gerade die Box platziert, da trat auch schon Mrs. Davis zu ihm. Sie trug ein schmiedeeisernes Gebilde vor sich her. „Hier!" Sie schnaufte ein bisschen, denn der Ständer war, trotz seines filigranen Aussehens, schwer. „Er passt perfekt in eure Halle und zu dem Gesteck! Er ist stabil genug und dennoch nicht zu wuchtig."

Nigel staunte. „Du meine Güte, der ist doch bestimmt 200 Jahre alt!"

„250 sogar. Deswegen wirst du auch ganz besonders darauf aufpassen!" Mrs. Davis hob lächelnd ihren Zeigefinger.

Nigel grinste zurück. „Versprochen!"

„Dann fass mal mit an, das Teil ist schwer!"

Gemeinsam legten sie den hohen, schmalen Blumenständer in den Kofferraum. Es war gerade noch so Platz für die Transportbox mit dem großen Gesteck. Nigel bezahlte die Rechnung und bedankte sich bei Mrs. Davis. Eilig machte er sich auf den Heimweg und ging in Gedanken noch die anstehenden Aufgaben durch.

Wenn er die Blumen verteilt hatte, würde er nach dem Kaminfeuer im Salon sehen. Es war heute zwar recht warm, aber im Haus sicherlich noch kühl. Eventuell noch ein paar Kerzen, überlegte er und auf jeden Fall stimmungsvolle Hintergrundmusik. Kurz segnete er die neue Technik, die es ermöglichte kleine Lautsprecher aufzustellen, für die keine Kabel mehr benötigt wurden. Sicher, für richtige Partys reichten die nicht aus, aber bei den Besichtigungen machte es einen großen Unterschied. Auch wenn die meisten die Musik gar nicht bewusst wahrnahmen.

***

Bevor Annie die Küche betrat, atmete sie noch einmal tief ein und aus. Sie wollte nicht, dass Mrs. Cuthbert mit ihren Adleraugen und ihrem sechsten Sinn mitbekam, wie aufgewühlt sie immer noch war. Auch wenn die Haushälterin sich nie ungebeten irgendwo einmischte, wäre es Annie doch unangenehm. Nach einem letzten tiefen Atemzug drückte Annie entschlossen die Klinke herunter.

„Und? Wie ist das Wetter draußen?", fragte Mrs. Cuthbert. Die Haushälterin war in der Zwischenzeit gut vorangekommen. Die Petit Fours mussten nur noch mit dem Marzipan überzogen und verziert werden. Außerdem standen schon zwei Tabletts mit dem Teeservice auf dem Küchentisch.

„Herrlich! Im Schatten ist es allerdings noch recht frisch." Annie legte den Koriander beiseite und wusch sich die Hände. „Bestimmt ist es mittags im Küchengarten auf der Bank sehr lauschig."

Mrs. Cuthbert seufzte ein wenig sehnsuchtsvoll. Sie freute sich auf den Frühling. „Vielleicht haben wir nachher Zeit für eine kleine Pause."

„Das wäre schön!" Annie ging zu der Schüssel mit dem Brötchenteig und warf einen Kontrollblick hinein. Perfekt, er war gut aufgegangen.

„Wir liegen gut in der Zeit", stellte sie zufrieden fest und begann die Brötchen zu formen.

„Wenn sie pünktlich ist", brummte Mrs. Cuthbert.

„Ach Mrs. Cuthbert, ich bin mir sicher, dass alles klappen wird!" Annie lachte. Eine Weile arbeiteten sie schweigend nebeneinander her.

„Ist Nigel eigentlich schon zurück?", wollte Annie wissen.

Bevor die Haushälterin antworten konnte, ging die Küchentür auf.

„Könnt ihr mir tragen helfen?", fragte Nigel etwas atemlos.

„Sicher!", antworteten die Frauen wie aus einem Mund, aber Nigel war schon wieder draußen. Er hatte die Antwort gar nicht erst abgewartet, sondern war gleich wieder hinaus gestürmt. Mrs. Cuthbert eilte ihm hinterher, während Annie noch schnell das Blech mit den Brötchen in den Ofen schob.

„Du meine Güte! Junge, was hast du denn da alles gekauft?" Mrs. Cuthbert schaute erstaunt in das vollbepackte Auto.

„Das sieht mehr aus, als es ist!", beruhigte Nigel sie. „Kommen Sie Mrs. Cuthbert, wir fangen mit dem Blumenständer an." Gemeinsam schleppten sie das hübsche, schwere Ding in die Halle und Nigel wunderte sich, wie Rosemary Davis ihn allein getragen hatte.

„Annie?", rief er.

„Ich bin hier!" Annie lief eilig in die Halle.

„Hole bitte als erstes die Box aus dem Kofferraum."
Nigels Ungeduld übertrug sich sofort auf die beiden
Frauen.

„Wird gemacht!", antwortete Annie und beschleunigte
ihre Schritte. Es blieb ihnen keine Zeit, die traumhaften
Gestecke zu bewundern, denn Nigel trieb sie zur Eile an. Zu
Recht, wie sich herausstellte. Gerade hatten sie alle
Aufgaben auf Nigels imaginärer Liste abgehakt, da fuhr
unten eine dunkle Limousine durch die Einfahrt. „Oh Gott,
ich wusste es! Sie sind zu früh!", rief Nigel nervös. „Schnell,
Annie, fahr meinen Wagen weg! Der Schlüssel steckt!"

Annie flitzte hinaus und Mrs. Cuthbert in die Küche.
Nigel blieb gerade noch Zeit für einen prüfenden Blick in
den Spiegel, als der Wagen draußen zum Stehen kam.

Kapitel 5

Nigel setzte ein strahlendes Lächeln auf, öffnete schwungvoll die Flügeltür und trat durch das Säulenportal. Aus der Limousine waren zwei blonde Frauen getreten. Es war schwer zu sagen, ob es Mutter und Tochter oder Schwestern waren. Beide waren sehr hübsch, blond und schlank. In einer Sekunde wusste Nigel, dass er zwei wohlhabende Amerikanerinnen vor sich hatte. Dazu mussten sie nicht einmal lächeln. Ein Blick auf ihre Designerhandtaschen und Schuhe reichten ihm vollkommen aus. „Herzlich willkommen auf Gracewood Hall!" Er aktivierte den amerikanischen Teil seiner Gene und lief mit ausgebreiteten Armen auf die Ältere zu und umarmte sie wie eine alte Freundin. „Sie müssen Mrs. Miller sein. Ich bin Nigel Bedford. Willkommen, willkommen!" Er hauchte zwei Luftküsse auf ihre Wangen. Ihr Lächeln verriet ihm, dass er ins Schwarze getroffen hat. „Und hier ist ja auch die Braut!" Er trat auf die Jüngere zu. „Wie hübsch Sie sind, meine Liebe! Ihr Zukünftiger ist ein echter Glückspilz!" Ein albernes, selbstgefälliges Kichern war ihm Antwort genug. „Mindy, richtig? Ich freue mich ja so, Sie kennenzulernen."

„Die Freude ist ganz auf unserer Seite", antwortete Mrs. Miller lächelnd. „Ihr Haus ist in der Realität noch viel schöner!"

„Vielen Dank! Wie schön, dass es Ihnen gefällt!"

Die Tochter hingegen sezierte mit einem wahren Röntgenblick die Fassade des klassizistischen Herrenhauses. Es schien, als ob sie sämtliche kleine Alterserscheinungen des Sandsteinbaus gnadenlos bemerkte. Doch dann setzte sie ebenfalls ein Lächeln auf und begleitete Nigel und ihre Mutter hinein.

***

In der Küche ging es derweil hoch her. Mit fliegenden Händen belegte Annie ihre Minibrötchen und lobte sich insgeheim selbst, dass sie alles schon bereitgestellt hatte. Mrs. Cuthbert arrangierte die Törtchen auf einer Etagere und dekorierte noch etwas Obst dazu. Alles andere war schon fertig und wartete darauf in den Salon getragen zu werden. Da die Besucher zu früh gekommen waren, würde Nigel die Besichtigungsrunde heute im ersten Stock beginnen, um ihnen Zeit zu geben, den Tee im Salon vorzubereiten. Gerade die anspruchsvolleren Kunden waren es gewohnt, vom Personal nichts zu sehen und zu hören. Dennoch überprüfte Mrs. Cuthbert ihre Bluse auf Flecken. „Annie, bist du soweit?"

„Ja, das ist das Letzte." Mit spitzen Fingern drapierte sie die kleinen Köstlichkeiten auf einer zweiten Etagere. „Ich muss nur noch Hände waschen. Wie sehe ich aus?"

„Gut", antwortete Mrs. Cuthbert knapp und öffnete die Tür zum Garderobenschrank, in der ein kleiner Spiegel angebracht war, um ihre Frisur zu überprüfen. Annie lachte auf. „Mrs. Cuthbert, Sie haben mich gar nicht angesehen!"

„Tatsächlich?" Die Haushälterin drehte sich um und musterte Annie. „Entschuldige, aber es stimmt. Du siehst gut aus."

„Prima, dann können wir ja losgehen."

***

„Was für eine wundervolle Eingangshalle!", rief Mrs. Miller aus. „Wie das Sonnenlicht durch die Glaskuppel fällt! Oh, Schatz, hast du die Treppe gesehen?" Goldgelbe Sandsteinfliesen zierten die großzügige Eingangshalle, die von einer geschwungenen Treppe dominiert wurde.

„Ja, Mutter", gab die zukünftige Braut kühl zurück.

„Sie ist wie für dich gemacht! Andrew werden die Augen ausfallen, wenn du hier herunter kommst!", schwärmte Mrs. Miller weiter.

Mindy schüttelte den Kopf und bemerkte abschätzig: „Er wird mich doch erst in der Kirche sehen, Mutter! Wir sind hier nicht in den Staaten."

„Ach ja." Verlegen lachte Mrs. Miller auf und merkte, dass insgesamt vier Türen in die angrenzenden Zimmer führten.

„Je nach Wetterlage kann der Empfang hier in der Halle stattfinden oder auf der Terrasse", schaltete sich Nigel ein. „Wissen Sie schon einen Termin?" Fragend sah er die zukünftige Braut an, die ihn aber gänzlich ignorierte und sich alles ganz genau ansah. Bevor eine unangenehme Pause entstehen konnte, antwortete die Mutter lächelnd: „Leider nein. Die Männer müssen noch ihre Termine koordinieren. Sie wissen ja, wie das so ist."

„Natürlich!" Nigel lächelte zurück. „Lassen Sie uns oben mit der Besichtigung beginnen." Einladend hielt er Mindy seinen Arm hin. Wieder ignorierte sie ihn und begann anmutig die Treppe hinauf zu gehen. Stattdessen ergriff Mrs. Miller seinen Arm. Wieder lächelte sie, beinahe entschuldigend wie ihm schien. Nigel seufzte innerlich. Der Termin hatte kaum begonnen und schon wünschte er sich, er wäre bereits vorbei.

„Wie Sie vielleicht bemerkt haben, ist das Haus beinahe quadratisch. Die Glaskuppel bildet die Mitte, um die sich alle Räume gruppieren. Im ersten Stock befinden sich zehn Schlafzimmer, fünf Bäder und zwei weitere Räume", begann Nigel mit dem Rundgang, während sie die Treppe hinauf gingen. „Für die Tage vor und nach den Feierlichkeiten können Sie bis zu sechs Zimmer anmieten, in denen Sie und ihre Gäste nächtigen können", erklärte er. „Viele unserer Gäste schätzen es sehr, ein paar Tage Auszeit von dem Hochzeitstrubel zu haben oder auch etwas Zeit mit der Familie zu verbringen."

Plötzlich lachte Mindy hell auf. *„Oh my goodness!* Was für eine Idee!" Sie schüttelte belustigt den Kopf. „Ich habe natürlich schon längst eine Detox-Kur in der Schweiz gebucht."

„Natürlich!", murmelte Nigel leise vor sich hin und hatte Mühe nicht die Augen zu verdrehen. Entschlossen öffnete er die Tür zu dem ersten Schlafzimmer. „Dieses Schlafzimmer blickt direkt auf den Garten und verfügt über einen Zugang zum Balkon."

Mrs. Miller betrat staunend den Raum. „Oh wie wundervoll! Mindy, sieh nur ein antikes Himmelbett!" Sie drehte sich entzückt im Kreis. „Oh, es ist wirklich so richtig englisch!"

Mindy war derweil zum Fenster getreten und sah auf die Rasenfläche hinab. „Hm", machte sie und drehte sich um.

„Das werden wundervolle Fotos! Ich sehe das alles schon ganz klar vor mir!", schwärmte Mrs. Miller und strich versonnen über den Bettpfosten. „Wie in ‚Vom Winde verweht'!"

„Mutter! Noch haben wir nichts entschieden!", beschied Mindy scharf. „Außerdem spielt die Geschichte auch in den Staaten!"

„Aber du hattest doch gesagt, dass du auch Fotos vom Ankleiden...", wunderte sich Mrs. Miller.

„Ich weiß was ich gesagt habe!"

Nigel räusperte sich diskret, um daran zu erinnern, dass jetzt kein guter Zeitpunkt für einen Streit war. „Das ist in der Tat eine Möglichkeit die Zimmer zu nutzen. Vor allem die Brautpaare, die nicht in der Nähe wohnen, übernachten hier, weil sie sich in einer stimmungsvollen Atmosphäre auf ihren großen Tag vorbereiten wollen."

Mrs. Miller warf ihm einen dankbaren Blick zu und Nigel fragte sich unwillkürlich, ob es schlau war, die Mutter zu unterstützen. Es wäre wirklich hilfreich zu wissen, wer die Entscheidung über den Veranstaltungsort traf.

Mindy hatte derweil die Tür zum angrenzenden Bad entdeckt und war hinein gegangen. Nigel und ihre Mutter folgten ihr.

„Sie haben gar nicht erwähnt, dass es sich um eine Suite handelt. Dann ist das hier der Wohn...?" Mindy blieb im Türrahmen stehen. Konsterniert schloss sie ihren Mund und drehte sich missbilligend um. „Also keine Suite", stellte sie fest und drängte sich an ihrer Mutter vorbei.

Mrs. Miller guckte sich interessiert um. „Dieses Schlafzimmer ist ja genauso bezaubernd! Ich weiß gar nicht, was du hast!"

„Mutter, also bitte. Man muss sich ein Bad TEILEN!"

„Ja, aber zuhause..."

„Ja! Zuhause!", fiel Mindy ihr wieder ins Wort und verschränkte demonstrativ die Arme.

Hilfesuchend wand sich Mrs. Miller zu Nigel um.

„Wie gesagt, meistens schlafen nur die Mitglieder der Familie oder gute Freunde des Brautpaares hier auf Gracewood" , beeilte er sich zu sagen. „Das Haus, so wie Sie es heute sehen, wurde Anfang des 19. Jahrhunderts erbaut. Im Klassizistischen Stil."

Mindy schnaubte und drehte sich auf dem Absatz um.

„Ähm, sie ist etwas nervös. Wissen Sie?", versuchte Mrs. Miller das Verhalten ihrer Tochter zu entschuldigen.

„Natürlich", antwortete Nigel und lächelte sie verständnisvoll an. „Wollen wir dann unten weiter machen?"

„Sehr gern." Mrs. Miller nickte und ließ sich von ihm wieder hinunter führen.

„Wer hat denn all diese wunderschönen Bilder gemalt?", wollte Mrs. Miller auf der Treppe wissen.

„Meine Mutter. Vivien Bell. Sie ist..."

„Ihre Mutter ist Vivien Bell?", fragte sie überrascht.

„Ja, kennen Sie sie?", auch Nigel war überrascht. Er hätte nicht gedacht, dass ausgerechnet, die oberflächlich wirkende Mrs. Miller sich für Kunst interessierte und die Arbeiten seiner Mutter kannte.

„Nicht persönlich leider." Mrs. Miller schüttelte den Kopf und ging langsam weiter. „Ich kenne ein paar ihrer frühen Werke. Die, die sie noch an der Uni gemalt hat. Danach hat man ja leider nichts mehr von ihr gehört, sie war wie vom Erdboden verschluckt."

Nigel lachte. „Nicht ganz. Sie hatte meinen Vater geheiratet und ist dann zu ihm nach Gracewood gezogen."

„Ach, das alte Lied von der Ehe und den Kindern." Mitleidig schüttelte Mrs. Miller den Kopf. „Sie hätte eine große Karriere machen können."

„Sie macht eine große Karriere." Unwillkürlich richtete sich Nigel auf. Er fühlte sich aufgefordert den Ruf und die Ehre seiner Mutter zu verteidigen. „Sie ist drüben in Louisiana sehr bekannt und wird demnächst eine Ausstellung in Berlin haben."

„Tatsächlich? Das freut mich wirklich sehr!"

Sie waren am Fuß der Treppe angekommen und trafen auf Mindy, die wie wild auf ihrem Smartphone tippte.

„Liebling, stell dir vor, das hier ist Vivien Bedfords Haus und Mr. Bedford ist ihr Sohn", rief Mrs. Miller ganz begeistert.

Mindy schaute allerdings nur kurz auf. „Vivien wer?" Sie zog eine Augenbraue hoch und selbst diese offensichtliche Zurschaustellung von Desinteresse tat ihrer Schönheit keinen Abbruch. „Mutter, du weißt doch, dass mich deine alten Schrullen nicht interessieren. Ich habe gerade ganz andere Probleme!"

Nigel schnappte lautlos nach Luft. Hat diese verwöhnte Göre seine wunderbare Mutter gerade ‚alte Schrulle' genannt? Instinktiv stützte er seine Hände in die Hüften. Hilfesuchend sah er sich um, aber da war niemand. Er war allein mit Brautzilla und ihrer Mutter.

„Probleme, Schätzchen? Was denn für …"

„Ach, du verstehst aber auch gar nichts!" Mindy tippte weiter auf ihrem Handy.

Mrs. Miller trat zu ihrer Tochter. „Deswegen frage ich ja nach."

Nigel runzelte die Stirn. Täuschte er sich oder bekam Mrs. Millers Geduldsfaden langsam Risse?

„Es ist...", begann Mindy und stockte. Ohne dass sie es bemerkte, nahm ihre Mutter ihr langsam das Smartphone aus der Hand und tätschelte ihren Rücken. „Ja?", fragte sie leise.

„Es ist... wegen Candice... Sie ..."

Zu Nigels Entsetzen sah er, wie Mindys Unterlippe zu beben anfing. Sie würde doch nicht etwa heulen! Sein Blick wanderte zu Mrs. Miller. Die streichelte weiter den Rücken ihrer Tochter und wartete ab. Nigel kam sich vor wie im Kino. Wie gebannt starrte er die beiden an.

„Candice gefällt der Entwurf für das Brautjungfernkleid nicht, den ich ihr gemailt habe. Sie findet ihn billig und ordinär!" Mindy schluchzte auf und vergrub ihren Kopf an der Schulter ihrer Mutter. Während sich Mindys Enttäuschung über ihre Brautjungfer Bahn brach, wirkte Mrs. Miller nicht im Geringsten überrascht. Im Gegenteil, sie wirkte als hätte sie so etwas erwartet. Sie warf Nigel einen auffordernden Blick zu und endlich erwachte er aus seiner Starre.

„Ich denke, eine Tasse Tee könnte uns allen jetzt gut tun." Mit einer einladenden Geste bat er die zwei Frauen in den Salon. Er hoffte, Mrs. Cuthbert und Annie hatten alles schon fertig.

***

„Mrs. Cuthbert! Hören Sie das?", flüsterte Annie aufgeregt. „Sie kommen schon wieder die Treppe hinunter. „Wir müssen uns beeilen!"

„Wirklich?" Panisch hob Mrs. Cuthbert den Kopf. Annie hatte recht. Die Treppe knarrte und da waren auch Stimmen.

„Du meine Güte, wenn das so weiter geht, ist das die schnellste Besichtigung aller Zeiten."

Der Salon war der liebste und traditionellste Aufenthaltsraum der Familie. Dank der Großzügigkeit des Raumes konnten sie hier beieinander sein, ohne Gefahr zu laufen sich gegenseitig zu stören. Durch seine zarten Pastelltöne strahlte er zu jeder Jahreszeit eine heitere Gelassenheit aus. Wer für sich sein wollte, ging in die Bibliothek, die sich auf der anderen Seite der Eingangshalle befand.

In der Mitte, nahe bei dem großen Kamin, standen sich zwei antike Sofas gegenüber. Dort nahm die Familie am liebsten ihren Tee zu sich. Auf dem niedrigen Chippendale Tisch deckten Mrs. Cuthbert und Annie auch jetzt gerade das Teeservice.

„Oh Gott, streiten sie sich etwa?" Annie hielt verdutzt inne.

„Ann Taylor, wir lauschen nicht!", zischte Mrs. Cuthbert.

„Ich kann doch nichts dafür, dass ich so gute Ohren habe!", erwiderte Annie leicht empört.

„Ich habe es auch mitbekommen, aber dann hört man dezent weg." Mrs. Cuthbert schüttelte schmunzelnd den Kopf und kontrollierte das Arrangement.

„Mrs. Cuthbert! Schnell!" Annie schnappte sich die beiden leeren Tabletts und scheuchte die Haushälterin in Richtung des großen Saals, der durch fast deckenhohe Schiebetüren mit dem Salon verbunden war.

„Aber..."

„Nichts aber! Wir müssen hier weg! Keine Sorge der Tisch sieht prima aus, aber die Braut hat angefangen zu weinen!" Schon hatte Annie die eine der beiden großen Schiebetüren geöffnet und huschte hinaus. Erschrocken folgte Mrs. Cuthbert ihr. Sie konnte gerade noch die Tür ein Stück zuschieben, da hörte sie wie die Salontür aufging und

Nigel mit der heulenden Braut und der Brautmutter hereintrat.

Stumm verständigten sich die beiden Frauen. Auf leisen Sohlen gelangten sie durch eine Tapetentür wieder in die Küche.

„Puh! Das war knapp." Annie stellte die Tabletts auf dem Küchentisch ab und ließ sich auf einen Stuhl plumpsen. Was für ein Tag! „Armer Nigel."

„Ach was, das kriegt er schon hin!" Mrs. Cuthbert hatte sich ebenfalls gesetzt. „Er wollte doch unbedingt Hochzeiten ausrichten."

„Mögen Sie keine Hochzeiten, Mrs. Cuthbert?", fragte Annie ein wenig verwundert.

Mrs. Cuthbert winkte ab. „Selbstverständlich mag ich Hochzeiten. Ich finde nur, dass heutzutage viel zu viel Wind darum gemacht wird. Das sieht man doch schon an diesen ganzen Fernsehsendungen!"

Annie hob interessiert eine Augenbraue. „Ich wusste gar nicht, dass Sie so etwas gucken!", sagte sie und grinste.

„Tu ich auch nicht. Aber es werden ja überall Vorschauen gesendet. Da geht es dann nur um das perfekte Kleid, die perfekte Torte, und, und, und."

„Es ist doch nicht verkehrt, wenn man es für diesen einen Tag so schön wie möglich haben möchte", warf Annie ein. Sie war in der Zwischenzeit wieder aufgestanden und hatte Teewasser aufgesetzt.

„Das ist richtig. Aber es geht ja oft gar nicht mehr um so schön wie möglich, sondern um perfekt. Und im Gerangel darum, gerät das große Ganze in den Hintergrund." Mrs. Cuthbert hatte sich aufrechter hingesetzt. „Es geht bei einer Hochzeit doch um das Brautpaar, also um die Braut UND den Bräutigam und ihren Wunsch ihr Leben miteinander zu verbringen. Den Bräutigam sieht man bei den ganzen Dramen nie."

Annie lachte. „Vielleicht sind Männer manchmal eben doch schlauer als wir."

„Zumindest wissen sie meist besser mit ihren Kräften zu haushalten." Mrs. Cuthbert nickte versonnen. „So eine Ehe ist nicht immer ein Spaziergang durch die romantischen Cotswolds. Manchmal gleicht sie eher der Durchquerung einer Wüste oder der Besteigung eines Achttausenders."

Annie lachte wieder. „Das sind ja tolle Bilder, die Sie da zeichnen, Mrs. Cuthbert."

Mrs. Cuthbert lachte ebenfalls. „Ja, nicht wahr?"

Der Teekessel pfiff und Annie goss das heiße Wasser in zwei Becher.

Mrs. Cuthbert hatte sich derweil einen Teller gegriffen und zwei übriggebliebene Törtchen darauf platziert. „Komm Mädchen, wir setzen uns kurz raus in die Sonne. Eine kleine Pause haben wir uns verdient", sagte sie und öffnete die Küchentür.

„Aber wirklich nur kurz, ich muss noch die Wäsche abnehmen und die Bäder putzen", wandte Annie ein.

„Keine Sorge!", lachte Mrs. Cuthbert. „Die Bäder nimmt dir keiner weg!"

***

Erleichtert stellte Nigel fest, dass alles fertig war. Mrs. Cuthbert und Annie hatten wieder einmal gezaubert. Die Braut schluchzte immer noch vor sich hin, während ihre Mutter sie in den Salon brachte. Staunend schaute sie sich in dem herrschaftlichen Raum um, der trotz seiner Größe überaus behaglich wirkte. „Sie haben ein wundervolles Zuhause, Mr. Bedford." Mrs. Miller lächelte ein wenig entschuldigend, wie ihm schien. Es wirkte wie ein Friedensangebot.

Aufrichtig lächelte er zurück und zeigte auf die beiden Sofas neben dem Kamin, in dem ein flackerndes Feuer für Gemütlichkeit sorgte. „Bitte nehmen Sie doch Platz!"

Mindy schniefte nur und begann in ihrer Tasche zu kramen. Nigel kam ihr zuvor und hielt ihr eine Box mit Taschentüchern hin. Vor zwei Wochen war seine Schwester Nora mit ihren Kindern hier gewesen. Alle drei hatten eine dicke Erkältung gehabt, daher standen noch überall diese Einwegtaschentücher herum. „Bitte sehr!" Er lächelte aufmunternd.

„Danke", sagte Mindy noch ein wenig erstickt und stellte die Box neben sich.

Nigel staunte, noch vor fünf Minuten hätte er nicht gedacht, dass sie das kleine Zauberwort „Danke" überhaupt kannte. Vielleicht würde diese Besichtigung ja doch noch nett werden, dachte er und goss den Tee ein.

In der Zwischenzeit hatte sich Mrs. Miller den Gesprächsverlauf auf dem Handy ihrer Tochter angesehen. Entschlossen steckte sie das Gerät in ihre Handtasche.

Nigel reichte Mrs. Miller eine Tasse und sagte. „Bitte bedienen Sie sich!"

„Vielen Dank, das sieht wirklich ganz köstlich aus!", antwortete Mrs. Miller und nahm sich ein Petit Four. Mit der Gabel teilte sie einen winzigen Happen ab und probierte. Genüsslich schloss sie die Augen. „Mindy-Schatz, die musst du probieren. Sie sind ganz himmlisch!"

Mindy wollte schon aufbrausen, zuckte aber dann mit den Schultern und ließ es bleiben. Ergeben wandte sie sich ein Stück zu ihrer Mutter hin und ließ sich füttern. In ihren Händen hielt sie noch immer das zerknüllte Taschentuch.

„Hmmm!" Auch sie schloss die Augen und genoss den süßen Geschmack von Mandeln, Zucker und Buttercreme. Augenblicklich entspannte sie sich. Nigel sah es an ihren Schultern. „Die will ich als Hochzeitstorte!" Mindy öffnete die Augen und strahlte Nigel an. „Wer ist der Bäcker? Ich muss unbedingt mit ihm sprechen."

Nigel zwinkerte, so entspannt wie jetzt sah Mindy ganz anders aus. Noch schöner als vorhin. „Unsere Köchin und gute Seele des Hauses hat sie gebacken. Wir können sehr gern nachher mit ihr sprechen." Er lächelte ihr aufmunternd zu.

Mindys Mutter hatte derweil einen dicken Planer hervorgeholt. „Wie schön! Dann haben wir das schon mal geklärt."

Mindy war viel zu sehr damit beschäftigt, noch einen winzigen Bissen zu nehmen, um sich daran zu stören.

Entschlossen begann Nigel wieder mit seinem Vortrag. „Wir sind jetzt im großen Salon. Für die eigentliche Feier verwenden wir meist unseren Saal, der sich hinter mir befindet. Dort können wir eine lange Tafel ziehen oder einzelne Tischgruppen mit einem Büffet aufbauen. Hier haben wir einmal ein paar Beispiele skizziert." Nigel holte ein Prospekt hervor und reichte es Mrs. Miller. „Wissen Sie schon, wie viele Gäste Sie ungefähr erwarten?"

„Die Vorstellungen darüber gehen zur Zeit noch sehr weit auseinander", antwortete Mrs. Miller um Neutralität bedacht und mit einem Seitenblick auf ihre Tochter. Mindy schniefte immer noch ein wenig vor sich hin und aß gerade ein weiteres Biskuittörtchen.

Nigel nickte verständnisvoll.

„Wie viele Gäste könnten Sie denn unterbringen?", fragte Mrs. Miller.

„Es kommt darauf an, ob Sie eine Tanzfläche wünschen und wann Sie feiern wollen. Wenn das Wetter warm genug ist, können wir die Terrassentüren öffnen und auch einen Pavillon aufstellen." Nigel zeigte auf die entsprechenden Zeichnungen in der Broschüre. „Nur im Saal und ohne Tanzfläche haben maximal 170 Personen Platz."

„Das ist viel zu klein!", rief Mindy aus. „Auf der Gästeliste stehen 200 Namen. Und das ist nur der engste Kreis."

„Mindy-Schatz...", versuchte Mrs. Miller ihre Tochter zu beruhigen.

„Mutter, das geht nicht!!" Mindy schnappte sich ihre Tasche und sprang auf. „Wir gehen."

„Mindy, bitte setz dich hin."

„Nein, Mutter." Trotzig sah Mindy auf ihre Mutter hinab.

„Mindy...", versuchte es Mrs. Miller, wurde aber wieder von ihrer Tochter unterbrochen. Nigel hatte so etwas noch nie erlebt. Er wusste gar nicht, wo er hinsehen sollte. Eine leise Stimme mahnte ihn, den beiden etwas Diskretion zu gewähren, aber seine Sensationslust gewann die Überhand.

„Hast du etwa Andrews Geschäftspartner vergessen?", ätzte Mindy. „Außerdem sagt Candice immer..."

„Melinda Jane Miller, du setzt dich sofort wieder hin." Mrs. Miller maß ihre Tochter mit einem einzigen Blick und wandte sich dann um. Äußerlich gelassen nahm sie ihre Teetasse und trank einen Schluck.

Mindy überlegte eine Sekunde und ließ sich dann demonstrativ aufs Sofa plumpsen.

Nigel bewunderte Mrs. Millers Selbstbeherrschung. Vielleicht konnte er noch etwas von ihr lernen. Außerdem fragte er sich, wie alt Mindy wohl war. Durfte sie wirklich schon heiraten. Sie benahm sich wie eine pubertierende 16-Jährige.

Die Anspannung im Raum konnte man förmlich sehen. Bevor die Situation weiter eskalieren konnte, ergriff er das Wort und wandte sich direkt an Mindy. „Wie gesagt, können wir einen Teil der Feier nach draußen verlegen. Sie sollten aber bedenken, je mehr Gäste sie haben, desto weniger stehen Sie selbst im Vordergrund."

Mindy hob die Augenbrauen und Nigel schob schnell hinterher. „Desto mehr Menschen sich im Raum befinden, desto mehr Nebengespräche entstehen auch. Erst recht, wenn die Feier an verschiedenen ‚Orten' stattfindet." Nigel schaute erst Mindy an, dann Mrs. Miller. Die zukünftige Braut wirkte noch nicht ganz überzeugt, aber ihre Mutter gab ihm still zu verstehen weiterzureden.

„Stellen Sie es sich so vor", begann Nigel. „Sie wollen um Mitternacht die Hochzeitstorte anschneiden. Zu diesem

Zeitpunkt befinden sich die meisten Gäste im Saal, aber einige genießen die frische Luft draußen im Garten. Dann muss irgendjemand all diese Leute für Ihren großen Moment zusammensuchen und dazu bringen, wieder zu Ihnen zu gehen."

Mindy hörte aufmerksam zu, also redete Nigel weiter. „Einmal und auch zweimal machen das ihre Gäste gern mit. Aber wenn Ihre Brautjungfern viermal die Menschen zusammentrommeln müssen..." Nigel ließ das Bild kurz wirken und trank einen Schluck Tee. „Je besser Sie Ihre Gäste kennen und umgekehrt, desto mehr suchen sie Ihre Nähe. Sie wollen dann den ganzen Tag bei Ihnen sein und sich mit Ihnen freuen."

Nigel sah, dass Mindy überlegte. Mrs. Miller nickte Nigel bestätigend zu.

„Aber es ist natürlich Ihre Entscheidung, wie viele Gäste Sie einladen wollen. Und auch ob Sie hier auf Gracewood Hall feiern wollen oder woanders." Nigel stand auf.

„Kommen Sie, wir gehen hinüber und Sie sehen sich alles an. Schließlich ist die Wahl des Hochzeitsortes eine Herzensentscheidung."

Als ob sie darauf gewartet hatte, sprang Mindy auf und auch ihre Mutter war schnell auf den Beinen. Gemeinsam gingen sie auf die großen Schiebetüren zu und Nigel öffnete sie. Mutter und Tochter traten ein und blieben staunend stehen. Der große Saal wirkte durch seine zartgrüne Seidentapete mit den eingewebten Blumenranken wie ein lichter Frühlingsmorgen. Die großen Fenster, durch die das Sonnenlicht auf das goldgelbe Parkett fiel, verstärkten diesen Eindruck. Auf dem imposanten Esstisch standen mehrere silberne Kandelaber sowie das Blumengesteck aus Rosen und Tulpen.

„Wunderschön!", flüsterte Mrs. Miller.

„Ich freue mich, dass es Ihnen gefällt", antwortete Nigel und lächelte. „Der Tisch lässt sich in verschiedene

Einzeltische teilen. So können wir ein Buffet an der Wand aufbauen, wenn wir mehr Platz brauchen oder auch kleinere Tischgruppen im Saal verteilt aufstellen. Je nachdem, was Sie haben möchten", erläuterte Nigel und schaute sich nach der Braut um.

Mindy war an eines der Fenster getreten und sah hinaus in den Garten. „Was ist mit Heizpilzen?", fragte sie plötzlich und drehte sich um.

In diesem Moment entdeckte Mrs. Miller das Blumengesteck. „Wer ist denn Ihre Floristin? Mindy hast du diese Blumen gesehen?"

„Wie bitte?" Nigel wusste nicht, wem er zuerst antworten sollte. Zudem verwirrte ihn Mindys plötzliche sachliche Freundlichkeit.

Mindy verdrehte die Augen und wiederholte laut: „Heizpilze!"

Okay, da war sie wieder, Mindy Brautzilla Miller.

Ausgesucht höflich antwortete er: „Selbstverständlich können wir Heizpilze besorgen und aufstellen, wenn Sie dies wünschen."

Dann wandte er sich an Mrs. Miller. „Das Gesteck ist von Rosemary Davis. Sie ist eine wahre Künstlerin. Wir arbeiten sehr gern mit ihr zusammen."

„Wirklich!", bekräftigte diese.

In diesem Augenblick fing Ariana Grande an zu singen. Panisch öffnete Mindy ihre Handtasche, nur um beinahe augenblicklich ihre Mutter anzuherrschen. „Mutter, wo ist mein Telefon?"

„Ach so, das habe ich." Mrs. Miller begann ebenfalls hektisch in ihrer Tasche zu wühlen. „Hier."

Mindy riss ihr das Gerät so grob aus der Hand, dass Nigel fürchtete es würde hinunter fallen und zerschellen. Er überlegte gerade, ob das nicht vielleicht das Beste wäre. Dann wäre endlich Ruhe. Er drehte sich um und schnitt eine Grimasse. SO hatte er sich Hochzeitsplanungen nicht vorgestellt.

Endlich hatte Mindy ihr Handy richtig in der Hand und nahm das Gespräch an. „Hallo Baby!", flötete sie mit zuckersüßer Stimme und stolzierte auf ihren langen, dürren Beinen zurück in den Salon.

Nigel drehte sich langsam wieder zu Mrs. Miller um und lächelte. „Wollen wir weitermachen? Wir sind auch fast fertig."

Mrs. Miller hatte ihrer Tochter hinterher gesehen und wandte sich nun um. „Gern."

„Ich wollte Ihnen auch nur noch den eigentlichen Eingang zum Saal zeigen." Nigel ging auf eine große, weiße Flügeltür in der Mitte des Saales zu und öffnete sie. „Hier finden sich auch die *Restrooms*", sagte er und benutzte mit Absicht das von den Amerikanern favorisierte Synonym. Um das Herrenhaus für Veranstaltungen nutzen zu können, hatte die Familie entschieden Sanitärbereiche unter der großen Treppe einbauen zu lassen.

„Ah, jetzt sind wir wieder in der Halle." Plötzlich schien Mrs. Miller es eilig zu haben. „Wirklich, Mr. Bedford, Sie haben ein wundervolles Zuhause. Ich werde meinem Mann davon berichten und dann melden wir uns bei Ihnen."

Das klang nach einer Absage und Nigel wusste nicht, ob er traurig oder erleichtert sein sollte. Er entschied sich fürs Erste das unverbindliche Lächeln beizubehalten. „Die Freude ist ganz meinerseits!", antwortete er höflich.

Mrs. Miller kam ein Stück näher. „Das müssen Sie nicht sagen. Ich bitte Sie, das Benehmen meiner Tochter zu entschuldigen. Diese Hochzeit setzt sie sehr unter Druck."

Nigel nickte stumm. Bevor er wusste, was er erwidern konnte, kam auch Mindy in den Salon.

„Ach, hier bist du!", rief sie vorwurfsvoll und ignorierte Nigel völlig. „Eben hat Andrew angerufen und ..."

Zum ersten Mal an diesem Vormittag schnitt Mrs. Miller ihrer Tochter das Wort ab und drehte ihr den Rücken zu.

„Vielen Dank auch für den Tee und die kleinen Köstlichkeiten. Es hat uns wirklich sehr gefreut."

Aufgebracht hatte sich Mindy neben ihre Mutter gestellt. Ehe sie auch nur einen Piep sagen konnte, geschweige denn lospoltern konnte, ergriff Mrs. Miller wieder das Wort. „Wir melden uns bei Ihnen!" Schon nahm sie ihre Tochter am Arm und führte sie entschlossen zum Wagen.

Nigels Antwort ging in der Hektik völlig unter. Überrumpelt lief er ihnen Richtung Haustür hinterher. Er konnte nur noch beobachten, wie die Tochter aufgeregt auf ihre Mutter einredete, während sie in die Limousine stiegen.

Erschöpft ließ er sich auf die große Bank im Vestibül fallen und schloss müde die Augen.

***

„Habe ich gerade richtig gehört? Sie sind schon wieder weg?" Annie kam aus dem Wäschekeller nach oben in die Küche.

„Hör' bloß auf. Ich wollte dem Fahrer gerade eine Tasse Tee anbieten. Da kamen die beiden an. Die Tochter hat pausenlos auf die Mutter eingeredet. Ich konnte gerade noch zur Seite springen, da fuhr der Wagen auch schon los." Mrs. Cuthberts Wangen waren ganz gerötet und ihr Haar etwas zerzaust.

Annie musste lachen. „Ich hoffe doch, dass es nicht ganz so schlimm war!"

„Schlimmer!", ließ sich da Nigel vernehmen. Er stand in der Küchentür und bot einen ähnlich derangierten Anblick wie Mrs. Cuthbert. „Ich will nicht darüber reden!" Er machte eine theatralische Handbewegung. „Aber so etwas habe ich wirklich noch nie erlebt! Noch nie!" Kopfschüttelnd ließ sich Nigel auf einen Küchenstuhl plumpsen. „Wie kann man nur so verwöhnt sein? Habt ihr ihre Blicke gesehen? Wie abschätzig sie Gracewood gemustert hat? Was denkt diese AMERIKANERIN sich eigentlich? Sie hat doch keine Ahnung von echter Geschichte! Überhaupt frage ich mich, ob sie überhaupt schon heiraten darf, sie kann doch nicht älter als 16 sein!"

In diesem Moment ging die Außentür auf und Mr. Cuthbert trat mit Matthew im Schlepptau ein.

„Was ist denn hier los?", fragte Walter Cuthbert verwundert, der Nigels erregte Stimme bereits draußen auf der Treppe gehört hatte.

Annie biss sich auf die Lippen, um nicht laut loszuprusten. Die Situation war wirklich witzig. Eine heulende Braut, ein erschöpfter Nigel und eine zerzauste Mrs. Cuthbert. Matt hatte den gleichen Gedanken. Er tauschte ein verschwörerisches Grinsen mit Annie. Die drehte sich schnell um und holte das Putzmittel aus dem Schrank. Sie konnte nicht weiter zusehen, sonst könnte sie nicht mehr an sich halten. Sie wollte ihren Boss ja nicht auslachen.

„Ich bin oben in meinem Arbeitszimmer. Ich nehme den Tee und die Törtchen mit. Ich brauche etwas zur Stärkung. Ihr könnt euch gar nicht vorstellen, wie anstrengend diese Besichtigung war!" Nigel seufzte laut und schleppte sich matt aus der Küche.

„Gut. Ich räume den Rest gleich weg." Mrs. Cuthbert nickte.

Mr. Cuthbert trat nun richtig in die Küche. „Was ist denn passiert? Liebes, du siehst etwas mitgenommen aus." Besorgt schaute er seine Ehefrau an.

„Es war nichts weiter", wehrte sie ab. „Nur eine verrückte Braut."

„Verstehe." Mr. Cuthbert nickte. Dann fiel ihm ein, weswegen er gekommen war. „Eigentlich wollte ich fragen, ob du eine Kleinigkeit zum Mittag für uns hast und vielleicht etwas Tee?"

Ehe Mrs. Cuthbert antworten konnte, war Annie schon auf den Beinen. „Ich hole schnell die Reste aus dem Salon."

„Ich helfe dir, Ann!" Mit großen Schritten war Matt an ihrer Seite.

Zügig durchquerten sie die Halle. Sobald die Salontür geschlossen war, lachten sie lauthals los. Als sie sich einigermaßen beruhigt hatten, fragte Matt nach. „Los erzähl, was für eine verrückte Braut?"

Aber Annie schüttelte den Kopf. „Ich habe jetzt keine Zeit." Sie stellte das Teegeschirr auf die Tabletts. „Ich muss noch die Bäder putzen und darf heute nicht schon wieder zu spät kommen. Ich erzähle es dir ein anderes Mal."

Matt nahm ihr das Tablett ab. „Vielleicht am Freitag? Wir wollten doch mit Poppy zu den Schafen fahren? Das Wetter soll so schön bleiben und ich dachte, ich bereite ein Picknick vor." Fragend sah er sie an und Annie musste schlucken. Warum war ihr noch nie aufgefallen, dass Matt goldene Sprenkel in seiner Iris hatte? Plötzlich fiel ihr der peinliche Vorfall von vorhin ein und sie wurde rot. Sie nickte und räusperte sich. „So um neun Uhr? Ich backe einen Kuchen."

„Neun ist perfekt. Ich hole euch ab!" Matt grinste zufrieden. Dann warf er einen Blick auf das Tablett. „Die Brötchen sind von dir, stimmt's?"

„Ja." Annie stutzte. „Woher weißt du das?"

„Das verrate ich dir nicht!" Er schenkte ihr ein schelmisches Lächeln, bei dem Annies Knie ganz weich wurden. Völlig verwirrt wandte sie sich zur Tür. „Ich gehe jetzt nach oben", verkündigte sie. „Bis Freitag!"

„Ich freu mich schon!", rief er ihr hinterher und grinste noch ein bisschen breiter, als sie zurückwinkte.

Kapitel 6

Erschöpft ließ sich Nigel aufs Sofa plumpsen. Eigentlich müsste er noch etwas arbeiten, aber erst musste er den Besuch von Mindy Miller und ihrer Mutter verdauen. So hatte er sich Hochzeitsplanungen nicht vorgestellt. Seufzend biss er in ein Petit Four. Er wünschte, Arthur wäre hier und er könnte den Kopf an seine Schulter lehnen.

In dem Moment klingelte sein Handy. Nigel angelte es aus seiner Hosentasche. Nach einem schnellen Blick auf das Display nahm er den Videoanruf erfreut entgegen. „Lizzie-Schatz! Wie schön, dass du anrufst! Wie geht es dir?"

„Gut! Wie sollte es anders sein?" Liz lachte. „Ich habe viel zu tun. Du siehst allerdings etwas angeschlagen aus..."

Nigel schnaubte. „Ich sag nur eins: Wenn ich den erwische, der die glorreiche Idee hatte ausgerechnet Hochzeiten auf Gracewood zu veranstalten!"

Liz prustete los, als sie Nigels Gesichtsausdruck sah. „Erzähl, was ist passiert?"

„Ich hatte heute die schlimmste Besichtigung aller Zeiten!" Nigel seufzte. „Erst kamen sie viel zu früh und dann hatte Mindy Miller an allem etwas auszusetzen! Sie hat nicht mal mit mir geredet! Aber was willst du auch von einer Braut erwarten, die MINDY MILLER heißt!", sprudelte es aus Nigel heraus. „Die reinste Brautzilla!"

„Brautzilla?" Liz hob grinsend eine Augenbraue.

„Ja, das totale Brautmonster. Sämtliche nervige Schrullen und Anforderungen aller Bräute vereint in EINER." Nigel seufzte laut auf.

„Ich bin mir sicher, dass du das fabelhaft hinbekommen hast!", tröstete Liz. „Du weißt doch, Extrawünsche kosten auch extra." Sie zwinkerte ihm übertrieben zu.

Nigel schnaubte. „Jaja, ich weiß. Ich bin mir aber gar nicht mal so sicher, ob es eine Rechnung geben wird", antwortete er und ließ den Blick schweifen. „Wie ich sehe, habt ihr eine neue Wohnung gefunden."

„Wie kommst du darauf?" Sie zog die Stirn kraus.

„Weil du doch in dem totalen Umzugschaos sitzt!" Nigel zog sein Smartphone näher zu sich ran. „Oder etwa nicht?"

Liz wandte verwundert den Kopf und musste dann lachen. „Ich habe gearbeitet. Ich musste Fotos für den Blog machen."

„Und dafür musst du so ein Chaos anrichten? Ich dachte, ihr Blogger habt alle ein stets aufgeräumtes, stylishes Zuhause!", wunderte sich Nigel und Liz musste nur noch lauter lachen. Sie konnte gar nicht mehr aufhören. Sie lachte bis ihr die Tränen kamen.

„Was ist denn bitte daran so witzig?"

„Nichts. Gar nichts!" Liz schüttelte den Kopf. „Ich werde nur langsam etwas hysterisch... Abgesehen davon fotografieren Blogger NIE den Normalzustand ihrer Wohnung."

„Hysterisch? Was ist passiert?", fragte Nigel beunruhigt. „Ist alles in Ordnung bei euch?"

„Uns geht es gut. Es ist gerade nur viel los. Die Wohnung ist für uns drei einfach zu klein. Ich habe so gut wie keinen Platz zum Arbeiten. Ich muss immer das halbe Wohnzimmer leeräumen, um genug Platz für mein Beleuchtungset zu schaffen. Das ist immer so viel Aufwand für ein paar Bilder. Die Wohnungssuche läuft schleppend und dann ruft auch noch permanent meine Mutter an." Sie schenkte ihm ein schiefes Lächeln. „Sie macht sich total verrückt, weil wir kommen und sie Lilly kennenlernen wird. Und ihre ständigen Anrufe machen mich ganz verrückt!"

„Dann schalte doch das Telefon aus."

„Haha, sehr witzig. Was meinst du, was ich getan habe. Aber dann schreibt sie E-Mails oder SMS!"

Jetzt musste Nigel lachen. „Lass mich raten! Wenn du dein Smartphone dann nach zwei Stunden wieder einschaltest, kommt es aus dem Piepsen nicht mehr heraus, weil du so viele Nachrichten verpasst hast!"

„Genau!", antwortete Liz ergeben und beide lachten auf. „Deswegen bin ich etwas im Verzug. Ich wollte dir nur Bescheid geben, dass die Posts kommen, aber etwas später."

„Mach dir keinen Stress! Es eilt nicht", beruhigte Nigel sie.

„Du bist lieb! Wie geht's den anderen?"

„Gut, Arthur ist heute nach London gefahren zu einer Konferenz. Morgen kommen meine Eltern aus Berlin wieder. Ich bin schon so gespannt, ob das mit der Ausstellung für meine *Mum* klappt!"

„Ganz bestimmt klappt es! Die Bilder deiner Mutter sind so toll! Sie wären blöd, wenn sie sie nicht ausstellen würden." Liz seufzte. „Wir wären Ostern so gern bei euch!"

„Ja, das wäre schön! Aber deine Eltern freuen sich auf euch." Nigel zwinkerte Liz verschmitzt zu. „Ihr könnt doch nach Ostern herkommen."

„Das ist eine gute Idee! Ich schlage es Max vor. Nigel, ich muss jetzt auflegen. Ich will noch aufräumen bevor meine Zwei nach Hause kommen. Außerdem haben wir noch nicht gepackt, morgen früh fliegen wir ja schon." Liz blaue Augen strahlten bei dem Gedanken an Max und seine Tochter.

„Alles gut! Grüß' sie schön von mir! Bis bald!"

„Mach ich! Du auch! Ciao!"

Gut gelaunt legte Nigel auf. Leise vor sich hin lachend fuhr er seinen Rechner hoch.

***

Dieses Mal kam Annie pünktlich nach Hause, um ihre Mutter abzulösen. Da Poppy schlief, setzte sich Annie auf den Badewannenrand und sah zu wie ihre *Mum* sich für die

Arbeit zurecht machte. Laura Taylor vertrat die Ansicht, dass es für ihre Patienten sehr viel schöner war, von einer Pflegekraft betreut zu werden, die hübsch aussah. Erst recht, wenn es wieder einmal zu wenig Personal für zu viele Patienten gab. Außerdem fühlte sie sich selbst auch besser, wenn sie ein wenig Make-up aufgelegt hatte.

„Und wie war dein Tag, mein Schatz?", fragte Laura, während sie sich für eine Lidschattenfarbe entschied.

„Ganz gut. Irgendwie durcheinander", sinnierte Annie.

„Durcheinander?"

„Naja, erst war die ..." Annie stockte. Ihr fiel ein, dass die Braut ja erst später gekommen war. Das erste merkwürdige Ereignis des Tages war ja die Begegnung mit Matt am Misthaufen gewesen. Sofort sah sie wieder ihre Hand auf seiner nackten Brust vor sich und wieder machte sich das Ziehen in ihrem Innern bemerkbar. Bevor ihr klar wurde, dass es ein sehnsuchtsvolles Ziehen war, hakte ihre Mutter nach. „Ja?"

Annie schüttelte die Erinnerung ab und versuchte sich zu konzentrieren. „Es fing alles damit an, dass heute ein Besichtigungstermin war und Nigel spontan einfiel, dass er noch Blumen für das Haus haben wollte..." Kurzweilig erzählte Annie von der heulenden Braut und ihrem Besuch. Laura amüsierte sich köstlich. Schließlich fragte Annie: „Und euer Tag? Wie war die Süße drauf?"

Laura guckte prüfend auf die Uhr. Sie hatte noch drei Minuten. „Madame war heute eher unleidlich." Sie warf einen letzten Blick in den Spiegel und drehte sich dann zu ihrer Tochter um. „Ich hoffe, sie brütet nichts aus."

Annie bekam einen Schreck. Nichts war schlimmer und zerrte mehr an ihr, als eine kranke Poppy. „Oh bitte nicht! Beschrei' bloß nichts."

Laura hob abwehrend ihre Hände. „Ich habe nichts gesagt." Sie beugte sich zu ihrer Tochter hinunter und gab ihr einen schnellen Kuss auf die Wange. „Tschüss mein Schatz!" Eilig verließ sie das Bad, nur um Sekunden später wieder aufzutauchen. „Hast du die Einladungskarten fertig?"

„*Mum*, ich habe dir doch gesagt..."

Laura unterbrach sie sofort. „Mach es gleich, solange Poppy noch schläft!"

„Aber *Mum*, ich..."

Aber Laura war schon weg und tat auch so, als hörte sie nichts mehr. Entnervt seufzte Annie auf. Das war ja wieder typisch! Am liebsten hätte sie ihrer Mutter ihre Meinung über die blöden Einladungskarten hinterher gebrüllt. Aber davon würde Poppy aufwachen und damit wäre niemandem geholfen! *Princess Pops* war unausstehlich, wenn sie jemand weckte. Also lief sie leise hinunter ins Wohnzimmer und griff sich das Tablet ihres *Dads*, um noch ein bisschen im Internet zu surfen, bevor ihre Tochter aufwachte. Wenn sie wirklich krank wurde, musste Annie anfangen ihren Akku aufzuladen und sich ein wenig Entspannung gönnen.

***

Das Piepsen seines Handys riss Nigel aus seinem Arbeitsfluss und erinnerte ihn daran, dass er vergessen hatte es stumm zu schalten. Seufzend sah er zu dem kleinen antiken Sofa mit den goldenen, gedrechselten Holzbeinen, wo er das Handy liegengelassen hatte. Als gleich darauf eine zweite Nachricht einging, gab er seiner Neugier nach und stand auf.

Maxwell hatte ihm zwei Fotos gesandt. „Ahh!", rief Nigel laut aus und wählte schon Max' Nummer.

„Ich wusste es! Ich wusste es!", rief er immer wieder und hüpfte dabei auf und ab, sobald Max den Anruf entgegennahm.

Max lachte und hielt sein Handy auf Abstand. Selbst der anwesende Juwelier konnte sich ein Lächeln nicht verkneifen.

„Wie hast du es geplant? Ich will alles wissen!", sprudelte es aus Nigel hervor. „Machst du es im London Eye? Oder hast du einen Tisch gemietet? Im Sky Garden ist es doch auch so toll! Oder vielleicht in einem kleinen, romantischen Restaurant in Deutschland... "

„Nigel", rief Max dazwischen. „Konzentrier dich bitte! Ohne Ring machen deine Überlegungen keinen Sinn."

„Richtig. Sorry. Ich freu mich nur so für euch!", Nigel wippte freudestrahlend hin und her. „Sie sind beide wunderschön. Was meinst du denn?"

„Eigentlich wollte ich an einen klassischen Diamantsolitär, aber dann habe ich den Saphirring mit den zwei kleineren Diamanten gesehen. Er erinnert mich an ihre Augen." Max seufzte und betrachtete die beiden Verlobungsringe, die vor ihm lagen.

Nigel nahm sein Smartphone vom Ohr und schaute sich die Fotos noch einmal an. „Klassisch kann jeder", warf er ein.

Max musste grinsen. Sein bester Freund aus Schulzeiten war für seinen extravaganten Stil bekannt.

„Was sagt denn Lilly?"

„Sie findet den Saphir auch besser. "

Lilly nickte heftig, als sie ihren Namen hörte.

Max runzelte die Stirn. „Woher weißt du, dass Lilly bei mir ist?"

„Weil ich dich kenne, außerdem spiegelt sich ihr Gesicht in der Scheibe von der Vitrine." Nigel schmunzelte. „Nimm den Saphir. Er passt zu Liz und zu euch."

„Der Saphirring passt zu UNS?", fragte Max verwundert.

„Ja, *Dad*", antwortete Lilly. „Liz ist der blaue Stein und wir sind die zwei anderen!"

Nigel seufzte verträumt auf, als er hörte, was sein Patenkind sagte. „Und es ist noch Platz für weitere kleine Diamanten", ergänzte Nigel.

84

„Weitere Diamanten?", hauchte Max tonlos.

Der Juwelier nickte begeistert und strahlte Lilly an.

„Als Symbole für eure gemeinsamen Kinder!", spann Nigel den Gedanken weiter. „Ihr müsstet dann natürlich zwei bekommen, sonst ist es unsymmetrisch."

Max schüttelte seine Überraschung ab und lachte verlegen auf. „Immer langsam, alter Freund! Noch habe ich sie nicht einmal gefragt. Abgesehen davon, dass sie noch nicht ‚ja' gesagt hat."

„Ach was", wischte Nigel diesen Einwand beiseite. „Als wenn sie ‚nein' sagen würde!" Er ging zu seinem Schreibtisch und begann in seinem Kalender zu blättern. „Was hältst du von Oktober? Dann ist die Saison fast durch und wir können uns voll und ganz auf eure Hochzeitsfeier konzentrieren."

„Nigel, bitte, lass sie mich erst fragen, bevor du mit deinen Planungen beginnst", bat Max schmunzelnd.

„Gut, aber dafür erwarte ich, dass du mir am Montag zu meinem Geburtstag alles erzählst!"

„Danke, setz' mich ruhig unter Termindruck." Max bedeutete dem Verkäufer lächelnd er solle den Saphirring einpacken.

„Pah! Als wenn ich dich unter Druck setzen könnte. Du hast doch längst vor, sie an den Feiertagen zu fragen, sonst würdest du nicht zwölf Stunden vor eurem Abflug einen Ring kaufen", gab Nigel schlagfertig zurück.

„Woher weißt du, dass wir schon morgen fliegen?", horchte Max auf.

Nigel lachte laut auf. „Wir hören uns dann am Montag."

„Nigel, zu niemanden ein Wort! Ich vertraue auf deine Verschwiegenheit!", versicherte sich Max.

„Wo denkst du hin?!", entgegnete Nigel gut gelaunt. „Ich freu mich schon und gib Lilly einen Kuss von mir! Frohe Ostern!" Überaus zufrieden mit sich und der Welt beendete

Nigel das Gespräch und legte spontan ein kleines Tänzchen aufs Parkett.

***

Eine Stunde später war Annie mit ihrer Weisheit am Ende. Ihre Mutter hatte recht gehabt. Poppy war heute super quengelig und anhänglich, fast so als hätte sie keinen Mittagsschlaf gehabt. Sie wollte nur auf ihrem Arm sein und selbst da war es ihr nicht recht. Nicht einmal Bücher angucken, sonst das Allheilmittel und die Wunderwaffe schlechthin, funktionierte nicht. Poppy wand sich auf ihrem Schoß hin und her und gab ihrem Lieblingsbuch einen kräftigen Schubs. Mit Wucht landete es auf dem Boden. Annie sah, dass dabei eine Ecke einen Ditsch bekommen hatte. Um Geduld ringend, atmete Annie tief ein und aus. Und gleich noch einmal. Dann drehte sie ihre Tochter zu sich um.

„Mäuschen, was ist denn heute los? Kannst du *Mommy* nicht einen kleinen Tipp geben?"

Poppy schaute sie nur verständnislos an.

Annie sah ihr aufmerksam ins Gesicht. Sie fühlte ihre Stirn. Nicht erhitzt, die Augen waren auch klar. Also war es kein Fieber. Dann fielen ihr Poppys rote Wangen auf und eine Idee keimte in Annie auf.

„Schatz, leg dich mal hin!" Sie bettete Poppy um, die erstaunlicherweise mitmachte. „Lass *Mommy* mal in deinen Mund gucken!"

Leider war es in diesem Augenblick vorbei mit der Kooperation. Wieder wand sich Poppy hin und her. Aber jetzt hatte Annie einen Plan. Sie stand auf und holte ihr Handy.

„Guck mal Schatz, *Mommy* hat ein lustiges Licht." Annie schaltete die Taschenlampenfunktion ein, die Poppy immer wieder faszinierte. So war es auch diesmal. Während Annie ein albernes, selbstausgedachtes Taschenlampenlied sang, gelang es ihr in Poppys Mund zu schauen. Tatsächlich!

Poppy bekam pünktlich zum zweiten Geburtstag ihre letzten Backenzähne. Alle vier auf einmal. Kein Wunder, dass das Kind so mies drauf war. Sie hatte Schmerzen! Annie war erleichtert. Jetzt kannte sie die Ursache und konnte etwas dagegen tun. Sie gab Poppy ein dickes Küsschen auf die Stirn.

„Ach meine Süße, ärgern dich deine Zähne, ja?" Poppy versuchte immer noch das Handy in die Hand zu kriegen, um es gründlich zu untersuchen. „Na komm mal mit, *Mommy* hat etwas für dich!" Annie nahm ihre Tochter auf den Arm, legte ihr Smartphone außer Reichweite und ging mit Poppy zum Medizinschrank, um die homöopathischen Kügelchen gegen das Zahnweh und Unwohlsein zu holen.

„Guck mal hier, Poppy-Schatz!" Annie klapperte mit dem Fläschen. „*Mommy*, hat Zauberkügelchen!"

Poppy streckte begeistert ihre Hände aus. „Haben!"

„Ja, *Mommy* gibt dir welche!" Sie balancierte Poppy auf der Hüfte und versuchte fünf Kügelchen abzuzählen und dem Kind zu geben, ohne ihre Tochter abzusetzen. Netterweise klammerte Poppy sich mit ihren Beinchen wie ein kleiner Affe an sie. Annie drückte ihr ein weiteres Küsschen auf und steckte anschließend die Flasche direkt in ihre Hosentasche. Sie würde sie sicher noch einmal brauchen. Wachsende Backenzähne taten richtig weh.

„Lass uns mal sehen, ob wir noch genug von dem Zahngel haben. Wo ist es denn?" Annie kramte in dem Kästchen, welches nur Poppys Arzneien und das Fieberthermometer enthielt. Dabei stellte sie fest, dass das Schmerzgel fast alle war. Annie warf einen Blick auf ihre Uhr.

„Dann werden wir zwei wohl noch einen kleinen Spaziergang machen. Wenn wir uns beeilen, sind wir rechtzeitig zum Abendbrot wieder hier."

Routiniert kontrollierte Annie Poppys Windel, bevor sie ihr die dicke Jacke anzog und auch sich selbst fertig machte. Es überraschte Annie auch kein bisschen, dass *Princess Pops* heute nicht in den Buggy wollte, sondern lieber auf den Arm. Ergeben griff Annie nach der Babytrage und zog sich ihre Jacke wieder aus. Sie schnallte sich die Gurte um, schnappte sich Poppy, die quengelnd an ihrem Bein stand und setzte sie vor ihre Brust. Eigentlich mochten beide mittlerweile die Variante Poppy auf dem Rücken zu tragen lieber, aber dabei brauchte Annie noch Hilfe, denn das hatten sie noch nicht so oft gemacht. Also musste es so gehen. Schnell zog sie sich ihre Jacke wieder an, obwohl ihr in der Eile schon mächtig warm geworden war und lief los. Das Geheimnis eines netten Spaziergangs mit Poppy in der Trage war ein flotter Schritt. Bloß nicht bummeln. Es funktionierte auch diesmal. Nach ein paar Metern war Poppy deutlich zufriedener und auch Annie genoss es gemeinsam an der frischen Luft zu sein.

Ihr fiel ein, dass sie direkt etwas für den geplanten Kuchen einkaufen könnte und vielleicht noch ein paar Obstgläschen, falls Poppy mit ihrem wunden Mund nicht kauen wollte. Sie reagierte da jedes Mal ein wenig anders auf die wachsenden Zähne.

Während Annie noch überlegte, hatten sie bereits den Laden erreicht. Das Zahngel war schnell gefunden, die Kuchenzutaten lagen auch schon im Körbchen, nur bei den Obstgläsern konnte sich Annie wie immer nicht entscheiden. Sie merkte wie Poppy langsam ungeduldig wurde.

„Ach, wen haben wir denn da?", schreckte in diesem Moment eine wohlbekannte Stimme Annie auf. Langsam drehte sie sich um. Vor ihr stand Bettina McCarthy, wie immer sah sie blendend aus. Annie wunderte sich jedes Mal, wie sie das mit drei Kindern schaffte. Sie selbst hatte ja nur Poppy... Dass sie sie ausgerechnet heute treffen mussten, wo Poppy nicht gut drauf war und sie selbst sicherlich aussah wie eine Vogelscheuche.

„Hallo Bettina." Annie rang sich ein Lächeln ab.

„Hallo meine Liebe!" Bettina strahlte Annie mit ihrem künstlichen Lächeln an. „Deine Mutter und Poppy habe ich ja heute früh schon getroffen." Sie verzog kurz das Gesicht, dann beugte sie sich zu Poppy vor. „Nicht wahr, Poppylein?" Ihre ohnehin schon hohe Stimme schraubte sich noch eine Oktave höher.

Poppy drehte den Kopf weg und fing prompt an zu weinen. Auch Annie verzog unwillkürlich das Gesicht. Sie sollte jetzt wirklich fertig werden und sich für eine Sorte Obstgläschen entscheiden!

„Sag' mal Annie, geht es deiner *Mum* gut? Sie schien heute früh nicht ganz sie selbst zu sein." Bettina senkte ihre Stimme zu einem vertraulichen Flüstern und kam noch ein Stückchen näher. Sie stand nun so nah bei Annie, dass sie sie regelrecht zwischen dem Regal und sich eingekeilte.

„Ja klar, geht es ihr gut. Wieso?" Sie runzelte verwirrt die Stirn. „Entschuldige Bettina. Ähm, kann ich mal?", versuchte Annie sich zu befreien.

Aber Bettina schien nicht zu verstehen, was sie von ihr wollte. „Ach, nur so. Wenn sie mal reden möchte, ist sie jederzeit im Frauenverein willkommen! Sagst du ihr das?", bekundete sie und kam der weinenden Poppy wieder zu nahe. „Was hast du denn, meine Süße? Es ist aber auch heiß hier drin!" Endlich richtete sie sich auf und verschaffte Annie damit den nötigen Platz. Schnell drehte sie Bettina den Rücken zu und versuchte sich zu entscheiden. Poppy weinte immer noch, aber etwas leiser. Automatisch hatte Annie angefangen hin und her zu wippen, in der Hoffnung sie damit zu beruhigen.

„Ich erinnere mich noch genau, wie warm es immer mit dem Baby vorm Bauch war. Deswegen war ich auch so froh, als das erste Lebensjahr vorbei war und ich endlich den Buggy nutzen konnte."

Ungewollt hielt Annie inne und lauschte den fachlich völlig falschen Ausführungen von Bettina. Anscheinend war sie der Meinung, dass nur Babys bis zum ersten Lebensjahr getragen werden sollten. Gott sei Dank sah die selbsternannte Erziehungsexpertin nicht ihre hochgezogenen Augenbrauen. Annie schnaubte leise.

„Auch Dr. Mercer hat mir bestätigt, dass die Erziehung zur Selbständigkeit essentiell ist und spätestens im zweiten Lebensjahr beginnen muss. Schließlich müssen sie doch lernen, dass wir Mütter auch ein eigenes Leben haben!" Bettina machte eine bedeutungsvolle Pause und trat seitlich an sie heran. „Wir wollen doch keine kleinen Tyrannen heranziehen, nicht wahr?!" Sie lachte ihr affektiertes Lachen und Poppy weinte wieder lauter.

Annie verzog das Gesicht. „Nicht auszudenken, was passieren würde, wenn unsere Kinder unsere bindungslose Liebe bekämen! ", murmelte sie und wippte noch ein wenig schwungvoller.

Bettina hörte nichts. „Ach Süße, du hast bestimmt Hunger. Es ist ja auch schon spät und dann noch mit Mommy einkaufen gehen zu müssen..." Bettinas Stimme troff regelrecht vor gespieltem Mitgefühl.

Annie bückte sich umständlich nach dem Einkaufskorb. Sie wollte nur schnell raus hier. Diese Person schaffte es immer wieder, dass sie sich total minderwertig und überfordert fühlte. Sie selbst hatte bewusst beschlossen, keine Erziehungsratgeber zu lesen und sich nur auf ihr Bauchgefühl zu verlassen. Grundsätzlich kamen sie damit gut zurecht, aber ab und zu kamen sie doch, die Zweifel, ob sie alles richtig machte.

Poppy weinte immer weiter und fing zusätzlich noch an zu strampeln.

„Die arme Kleine!", legte Bettina noch einmal nach und gab Annie damit endgültig das Gefühl die schlechteste Mutter aller Zeiten zu sein.

Aus irgendeinem niederen Verteidigungsinstinkt heraus sagte Annie daher: „Sie bekommt die Backenzähne."

„Ach, die gemeinen Zähnchen!", flötete Bettina in Poppys Richtung.

Bevor sie noch weiterreden konnte, griff Annie schnell irgendein Obstglas aus dem Regal und beeilte sich zur Kasse zu kommen. „Ja, wir müssen dann auch jetzt los!", rief sie über die Schulter.

Aber so schnell gab Bettina nicht auf. Sie kam ihr einfach hinterher. Annie brach der Schweiß aus. Mittlerweile hatte sich Poppys Weinen zu einem Crescendo gesteigert und alle guckten schon. Sie drehte und wandte ihren Kopf so sehr, dass Annie kaum etwas sah und Mühe hatte nicht gegen irgendetwas zu laufen

„Mein Kinderarzt schwört bei Zahnschmerzen ja auf..."

Den Rest hörte Annie nicht mehr, denn Poppys Lautstärke steigerte sich tatsächlich noch einmal. So schnell sie konnte, legte Annie die Waren auf das Kassenband. Die Kassiererin warf ihr einen mitleidigen Blick zu, als sie sah, dass Bettina immer noch auf sie einredete.

Annie lächelte die Frau dankbar an und warf alles einfach schnell in ihre Tasche. Gleichzeitig versuchte sie Poppy durch wippen und leise „Sshh"-Laute zu beruhigen. Ihre Tochter war allerdings so laut, dass sie es bald aufgab und sich auf den Kassiervorgang konzentrierte und versuchte alles andere auszublenden. Die missbilligen Blicke der anderen Kunden genauso, wie Bettina, die tatsächlich probierte, an ihrer Schulter vorbei, Poppy über den Kopf zu streicheln, damit sie sich beruhigte.

Endlich war Annie fertig und drehte sich zu Bettina um. „Tschüss Bettina!", sagte sie laut, während sie sich rückwärts zur Tür bewegte.

„Einen schönen Abend, meine Liebe! Und melde dich, wenn du Hilfe brauchst!" Bettina hob den Arm. „Wir Mütter müssen doch zusammenhalten!", rief sie ihr noch hinterher.

Bevor sie noch mehr sagen konnte, war Annie schon durch die Tür ins Freie geschlüpft. Draußen lief sie mit großen Schritten los und machte ihrer Empörung Luft. Es fiel ja nicht auf, wenn sie mit sich selbst redete, denn Poppy war dabei.

„Boah! Diese blöde...! Für wen hält die sich eigentlich?!" Annie ärgerte sich auch über sich selbst. Es war schon schlimm genug, dass Bettina sie immer wieder so überfiel, aber dass sie sich nicht zur Wehr setzte, ging so nicht weiter! Irgendwann würde sie dieser Schnepfe mal die Meinung sagen, nahm sie sich fest vor.

Wunderbarerweise hatte sich Poppy beinahe augenblicklich beruhigt, als sie nach draußen getreten waren. Annie verlangsamte ihren Schritt. Sie lehnte sich ein Stück nach hinten, die Gurte der Trage zog sie etwas von sich weg, um ihrer Tochter prüfend ins Gesicht zu sehen. Konnte es sein?

„Du kannst sie auch nicht leiden, nicht wahr?!", stellte Annie fest. Sie drückte ihrer Tochter grinsend einen Kuss auf. „Gehen wir nach Hause."

Gründonnerstag
Kapitel 7

Matthew hatte schon wieder eine unruhige Nacht verbracht. Erst war er vorm Fernseher eingeschlafen, um dann Stunden später mit einem verzogenen Nacken in sein Bett umzuziehen, wo ihn dann merkwürdige Träume nicht zur Ruhe kommen ließen. Im Traum war er zunächst hinter Annie hergelaufen, aber immer wenn er sie fast eingeholt hatte, war sie wieder außerhalb seiner Reichweite gewesen. Dann hatte sich der Traum gewandelt. Plötzlich war er umzingelt von maskierten, spärlich bekleideten Frauen gewesen, die ihre Hände nach ihm ausstreckten und ihn zu sich ziehen wollten. Alle sahen aus wie Annie, aber immer wenn er einer von ihnen nahe kam, lächelte plötzlich Becks ihn an.

Klatschnass geschwitzt und mit einer schon beinahe schmerzhaften Erektion erwachte er endlich durch das erlösende Klingeln seines Weckers.

Müde setzte er sich auf und fuhr sich durch die Haare. Connor hatte recht. Es musste etwas geschehen. So konnte es wirklich nicht weiter gehen! Er musste mit Annie reden. Er würde Freitag beim Picknick einen Vorstoß wagen. Er musste wissen, woran er war. Vorsichtig stand er auf und streckte seine verkrampften Muskeln. „Aah!", stöhnte er laut, bevor er sich ins Bad schleppte.

***

„Gute Güte, Junge!", rief Mrs. Cuthbert aus, als Matthew eine halbe Stunde später die Küche von Gracewood Hall betrat. „Wie siehst du denn aus? Bist du krank?" Mrs. Cuthbert eilte auf ihn zu und wollte seine Stirn fühlen.

Matthew grinste schief, er hoffte zumindest, dass es wie ein Grinsen aussah. „Na, vielen Dank auch Mrs. Cuthbert!

So charmant heute!" Kopfschüttelnd wehrte er ihre Hand ab und ging um sie herum zu der italienischen Espressomaschine, um sie einzuschalten. „Ich habe nur schlecht geschlafen. Das ist alles. Nichts was ein starker Kaffee nicht wieder hinkriegt."

Mrs. Cuthbert legte den Kopf schief und überlegte, was einem jungen Mann wie Matthew den Schlaf rauben konnte. Auch wenn sie keine eigenen Kinder hatte, so hatte sie im Laufe der Jahre reichlich Erfahrung mit den Nöten und Sorgen junger Menschen sammeln können. Da waren in erster Linie die drei Bedfordkinder Nora, Nigel und Nicholas gewesen, aber auch Maxwell hatte einen Großteil seiner Kindheit auf Gracewood verbracht, da seine Eltern nie viel Zeit für ihn gehabt hatten.

Aufmunternd lächelte sie ihn an. „Dann geh und feuer noch einmal alle Öfen und Kamine an. Im Haus ist es immer noch sehr kühl." Sie scheuchte ihn aus der Küche und versprach: „Wenn du fertig bist, bekommst du nicht nur einen starken Kaffee, sondern auch ein ordentliches Frühstück!"

„Das klingt fantastisch, Mrs. Cuthbert! Danke!" Matt versuchte noch einmal ein Grinsen aufzusetzen und verschwand.

***

Annie hatte heute frei. Um ihrer Mutter ein wenig Schlaf zu gönnen, wollte sie mit Poppy direkt nach dem Frühstück einen großen Spaziergang zum Spielplatz machen, das war für die Süße immer ein großes Vergnügen.

Während Poppy auf ihrem Töpfchen saß und sich ein Buch anguckte, holte Annie müde die Anziehsachen für ihre Tochter aus der Kommode. Dabei bemerkte sie, dass ihre Tochter anscheinend schon wieder gewachsen war. Ergeben legte sie die zu klein gewordenen Shirts und Hosen auf den Stapel für den Flohmarkt. Die Kirchengemeinde veranstaltete regelmäßig solche Basare und Annie kaufte und verkaufte dort Kinderkleidung. Es war nicht nur eine gute Möglichkeit, Geld zu sparen, sondern schonte zudem die Umwelt.

„Na Süße? Bist du fertig?", erkundigte sie sich anschließend, aber Poppy war so in ihr Buch vertieft, dass sie nicht antwortete. Schnell nutzte Annie die Möglichkeit und griff nach ihrem Handy. Sie wollte sehen, ob Edward auf ihre Mail geantwortet hatte.

Natürlich nicht. Schließlich hatte er in den letzten Jahren auf keine ihrer E-Mails geantwortet. Aber sie konnte auch nicht aufhören, darauf zu hoffen. Sie hatte irgendwann begonnen sich einzureden, dass es nur eine Frage der Zeit wäre, bis er sein Versäumnis einsehen würde. Ganz im Geheimen glaubte sie, dass dann alles einfacher werden würde.

***

Gestärkt lehnte sich Matt zurück. In der Hand hielt er noch die Tasse mit dem doppelten Espresso. Er seufzte zufrieden. Mrs. Cuthbert hatte ein wahres Frühstückswunder gezaubert. Er hatte Toast mit Rührei, Tomaten und Koriander verputzt und dazu ein kleines Schälchen Joghurt mit ihrem selbstgemachten Granola und Obst.

„Das hört sich ganz so an, als würde es dir jetzt besser gehen", stellte Mrs. Cuthbert zufrieden fest, die in der Küche um ihn herum werkelte. Heute Nachmittag sollte noch eine Besichtigung stattfinden. Außerdem kamen Arthur und die Bedfords wieder nach Hause.

„Ja, danke Mrs. Cuthbert! Es war köstlich!" Matthew grinste sie schelmisch an. „Schade, dass sie schon verheiratet sind!"

„Da komme ich ja gerade im richtigen Augenblick!", sagte Mr. Cuthbert, der gerade die Küche betrat.

Erschrocken fuhr Matt herum, aber Mrs. Cuthbert lachte nur. „Ja, du kannst das ruhig hören! Ich habe immer noch Chancen!"

Schnurstracks ging Mr. Cuthbert auf sie zu und zog sie stürmisch an sich. „Daran hatte ich noch nie Zweifel!" Er gab ihr einen Kuss. Mrs. Cuthbert schmolz sichtlich dahin und Matt beeilte sich aufzustehen.

„Also, äh, vielen Dank nochmal!", stammelte er halb verlegen, halb belustigt. Die Cuthberts wirkten sonst immer so gesetzt.

Aber jetzt zwinkerte ihm Mr. Cuthbert sogar zu. „Vergiss nicht, die Tür hinter dir zu schließen!"

Verwirrt nahm Matt die falsche Tür und stand auf einmal in der Halle. An der Treppe traf er Nigel.

„Morgen, Matt", grüßte der verschlafen.

„Guten Morgen." Matthew schaute ruckartig auf. „Äh.. willst du zu Mrs. Cuthbert?"

Nigel blieb verwirrt stehen. „Ja. Wieso? Ist sie nicht in der Küche?"

„Doch schon, aber..." Matt überlegte fieberhaft, wie er seinen Boss davon abhalten konnte.

Nigel runzelte die Stirn. „Wieso? Ist irgendwas mit der Küche?"

„Ja, ich meine, nein. Mit der Küche ist alles in Ordnung."

„Matt, ist alles klar bei dir? Hat dich die Erkältung erwischt, die gerade rumgeht?", erkundigte sich Nigel und musterte Matthew eingehend.

Matt schüttelte den Kopf. „Es ist nur... Ich würde da jetzt nicht reingehen", antwortete er lahm.

Nigel musterte Matt noch einmal. „Ich gehe jetzt frühstücken", sagte er langsam. „Sollte dich die Grippe doch erwischt haben, sag Bescheid und fahr zum Arzt." Er nickte kurz und drehte sich dann um.

Matthew sah ihm nach, wie er sich kopfschüttelnd entfernte. Er überlegte kurz, zu warten, bis Nigel die Küchentür erreicht hatte, um zu sehen was passierte und entschied sich spontan dagegen. Schnell drehte er sich um und beeilte sich aus dem Haus zu kommen.

Schmunzelnd schüttelte Matt den Kopf. Es war schön zu sehen, dass manche Paare es schafften viele Jahre miteinander glücklich zu sein. Er seufzte leise, das wünschte er sich auch!

‚Jetzt reiß' dich mal zusammen, Gardner!', schimpfte er in Gedanken mit sich selbst. ‚Sei ein Mann und kämpf' für das, was du willst!' Unwillkürlich stellte er sich aufrechter hin. Jawohl, er würde morgen mit Annie reden.

Mit energischen Schritten lief er ums Haus herum zum Stall.

***

Immer noch kopfschüttelnd öffnete Nigel die Küchentür und trat ein. „Guten Morgen, Mrs. Cuthbert. Was gibt's zum Frühstück?"

Entgegen seinen Erwartungen war die Haushälterin nicht allein. Mr. Cuthbert stand ziemlich nah neben ihr. Erschrocken machte Mrs. Cuthbert einen kleinen Hüpfer, von ihrem Mann weg.

„Guten Morgen, Nigel!", rief sie mit unnatürlich hoher Stimme. „Was möchtest du frühstücken?"

Nigel runzelte die Stirn. Hörte sie auf einmal schlecht? Sah er da eine zarte Röte auf Mrs. Cuthberts Wangen?!

„Mrs. Cuthbert geht es Ihnen gut?", erkundigte er sich besorgt und trat näher. „Bitte sagen Sie mir nicht, dass Sie jetzt auch krank werden! Matt war eben auch schon so komisch..."

„Krank? Ich?" Mrs. Cuthbert lachte laut auf.

Nigel wurde immer skeptischer. Seit wann lachte Mrs. Cuthbert so merkwürdig?

„Ich bin nicht krank, keine Sorge!", antwortete sie verlegen und begann Geschirr für Nigel aus dem Schrank zu holen. „Es ist alles in Ordnung!"

„Ja, ja", brummte da auch Mr. Cuthbert und setzte sich, nur um sofort wieder aufzustehen. Er hatte vergessen, dass er sich noch gar keinen Tee eingegossen hatte.

Abwartend schaute Nigel von einem zum anderen. Irgendwie verhielt sich das Ehepaar verdächtig. Ob sie jetzt alt wurden? Nigel schüttelte den Kopf. Man wurde doch nicht von einem auf den anderen Tag senil. „Jetzt raus mit der Sprache! Was ist hier los?"

„Nichts ist los. Was soll los sein?", fragte Mrs. Cuthbert betont unschuldig und goss Nigel Tee ein.

„Hier wird doch etwas gespielt. Haben Sie ein Geheimnis?"

„Also wirklich, was sollten wir denn für ein Geheimnis haben!", entrüstete sich Mr. Cuthbert und warf seiner Frau einen verstohlenen Blick zu.

Mrs. Cuthbert errötete. In all den Jahren, die sie hier schon arbeiteten, hatten sie immer darauf geachtet, ihr Privatleben außen vor zu lassen. Auch wenn das Verhältnis zu Vivien, Richard und den Kindern herzlich war, so waren die Bedfords doch ihre Arbeitgeber.

Nigel stöhnte innerlich. Und das alles noch bevor er eine Tasse Tee getrunken hatte! Plötzlich hellte sich seine Miene auf und er strahlte regelrecht.

„Jetzt weiß ich, was Sie hier treiben!", rief er laut aus und haute dabei mit der flachen Hand auf die Tischplatte.

„WAS?" Mrs. Cuthbert ließ vor Schreck ein Ei fallen und Mr. Cuthbert verschluckte sich an seinem Tee. Hustend rang er nach Luft. Hilfsbereit stand Nigel auf und klopfte ihm auf den Rücken.

„Was wir treiben?", wiederholte Mrs. Cuthbert unterdessen tonlos.

Nigel schien ihr blasses Gesicht nicht zu bemerken.

„Natürlich!" Freudestrahlend klopfte er weiter auf Mr. Cuthberts Rücken. „Sie planen eine Überraschungsparty zu meinem Geburtstag!", triumphierte Nigel.

Mrs. Cuthbert atmete erleichtert aus. Sie hatte gar nicht gemerkt, dass sie die Luft angehalten hatte. „Genau", erklärte sie matt und lächelte. „Die Party!"

Mr. Cuthbert hatte sich erholt und grinste. „Immer musst du uns auf die Schliche kommen!"

„Ich wusste es!" Nigel grinste übermütig zurück und setzte sich wieder hin. Überaus zufrieden griff er nach der Zeitung. „Das muss gefeiert werden. Mrs. Cuthbert machen Sie mir doch bitte ein Omelette mit Camembert und Preiselbeeren. Darauf habe ich jetzt so richtig Appetit! Dankeschön." Damit verschwand Nigel hinter dem Klatschteil und Mr. und Mrs. Cuthbert wechselten einen erstaunten Blick.

Mr. Cuthbert grinste seine Frau verschmitzt an. Schnell drehte sie sich um, damit er nicht sah, dass sie auch grinsen musste. Dieser Schelm! Erst bringt er sie beide in diese peinliche Situation und dann findet er es auch noch lustig! Mit bebenden Schultern wischte sie das Ei auf, bevor sie begann das Omelette zu braten.

***

Wunderbarerweise hielt das schöne Wetter an, so dass es selbst für Annie eine Freude war am Sandkasten zu sitzen, für ihre Tochter Sandkuchen zu backen und ab und zu ihr Gesicht in die Sonne zu halten.

Plötzlich fiel ein Schatten auf sie. „Hallo schöne Frau!"

Verwirrt öffnete Annie die Augen und blinzelte. Sie war es tatsächlich. „Jess! Was macht ihr denn hier? Ich dachte, ihr seid bei den Großeltern." Annie war aufgesprungen und umarmte ihre Freundin stürmisch.

Jess lachte, dass ihre Grübchen aufblitzen. „Da waren wir auch, aber John hat einen Anruf aus dem Büro bekommen." Sie verdrehte die Augen.

Jetzt war es an Annie zu lachen. „Irgendwie habe ich das Gefühl, dass du darüber nicht gerade böse bist."

Jess hatte sich zu ihrer Tochter umgewandt und befreite sie routiniert aus ihrem Buggy. „Daisy, spiel schön mit Poppy. *Mommy* und Annie setzen sich ein bisschen auf die Bank", wandte Jess sich an ihre Tochter. Daisy sprang gleich auf. Sie freute sich sichtlich Poppy zu sehen.

„Versteh mich nicht falsch", wandte sich Jess wieder Ann zu. „Johns Eltern sind nett und sie lieben Daisy sehr, aber ich muss sie nicht jeden Tag um mich haben." Jess kramte noch das Sandspielzeug ihrer Tochter hervor und gab es den Mädels. „Schade ist nur", fuhr sie fort, „dass John und ich eigentlich mal einen Abend für uns haben wollten. Seine Eltern wollten in der Zeit auf die Süße aufpassen, aber das haben wir nicht mehr geschafft", erklärte Jess und ging zu Annie, die sich bereits auf die nahe Bank gesetzt hatte.

„Oh, das ist schade! Aber beim nächsten Mal klappt es bestimmt!", antwortete Annie.

„Bestimmt." Jess winkte ab. „Vielleicht hätte es auch gar nicht funktioniert, wer weiß." Wieder kramte sie in einer ihrer Taschen. „Ich muss gestehen, dass ich gehofft hatte dich zu treffen. Daher habe ich ..." Endlich schien sie gefunden zu haben, was sie gesucht hatte. „Kaffee mitgebracht!" Jess zog eine kleine Thermoskanne aus der Tasche. „Und Scones!" Eine Papiertüte vom Bäcker folgte.

„Dich schickt der Himmel!", freute sich Annie. „Schade, dass du schon verheiratet bist!"

Jess lachte und förderte noch eine Dose mit kleingeschnittenem Obst zutage.

„Ehrlich? Wie machst du das nur? Ich bin schon froh, wenn ich an Wasser für Poppy denke! Wenn die Sandspielsachen nicht immer unten im Buggynetz liegen würden, würde ich die auch noch vergessen!"

Jess lachte wieder und schüttelte ihre halblangen, mittelblonden Haare. „Keine Ahnung, egal, erzähl mir lieber wie es dir geht! Was machen die Planungen für Poppys Geburtstag und was läuft oben auf Gracewood? Ich will alles wissen!"

„Als wenn bei mir so viel passieren würde!" Annie lachte. „Zur Geburtstagsparty kann ich nicht viel erzählen. Du weißt ja, dass meine *Mum* alles plant." Annie verdrehte die Augen. „Sie hat ellenlange Listen. Man könnte meinen Poppy wird 16 und nicht zwei!" Beide lachten. Dann wurde Annie wieder ernst und senkte die Stimme. „Ich habe Edward eingeladen."

„Okay", sagte Jess abwartend.

„Ich muss es noch einmal versuchen. Für Poppy. Es ist nicht gut, dass sie ohne Vater aufwächst. Ich will nicht, dass sie irgendwie verkorkst wird, nur weil ihre Mutter nicht aufpassen konnte!"

„Ann, das hatten wir doch schon! Poppy wird sich prächtig entwickeln. Ihr fehlt überhaupt nichts! Nur weil jetzt kein Vater da ist, heißt das noch lange nicht, dass das so bleiben muss. Du bist noch jung." Jess lächelte aufmunternd. Mit ihren 29 Jahren war sie zwar nicht viel älter als Annie, aber in einer ganz anderen Lebenssituation. John und sie standen voll im Berufsleben und hatten schon vor Daisys Geburt geheiratet. „Daisy sieht John auch so gut wie nie. Wenn sie morgens aufwacht, ist er schon auf dem Weg zur Arbeit und wenn er abends wiederkommt, schläft sie meistens."

Annie wollte das nicht gelten lassen. „Das ist etwas anderes", wandte sie ein.

Aber Jess ließ sich nicht beirren. Sie war im Hinblick auf Edward völlig anderer Meinung als Annie. Auch wenn sie ihn nicht kannte, sie konnte nicht verstehen, wie man sein Kind und dessen Mutter so hängen lassen konnte. Jess fand sein Verhalten egoistisch und unreif. Aber das konnte sie

Annie, die irgendwie immer noch an ihm hing, nicht ins Gesicht sagen. Also versuchte sie, ihr auf eine andere Art und Weise die Augen zu öffnen. „Außerdem hast du ja Matthew...", sagte sie augenzwinkernd.

Annie schwieg und Jess stutzte. Normalerweise fing Annie sofort an zu argumentieren, dass Matt nur ein Freund wäre und als Vaterfigur überhaupt nicht zur Debatte stand. Aber heute blieb sie stumm und blickte zu Boden. War sie etwa rot geworden? Jess schaute Annie prüfend an. „Gibt es da etwas, das ich wissen sollte?", fragte sie grinsend.

„Was?" Erschrocken blickte Annie auf. „NEIN! Nichts." Sie schüttelte den Kopf. „Es ist nichts. Ich... war in Gedanken. Habe ich dir eigentlich schon erzählt, dass ich einen Betreuungsplatz für Poppy habe?", wechselte sie schnell das Thema.

„Echt? Ab wann? Erzähl!" Jess ließ sich auf den Themenwechsel ein. Wenn ihre Freundin etwas für sich behalten wollte, dann sollte sie dies tun. Schließlich konnte man nicht immer sofort über alles reden.

***

Laura streckte sich genüsslich im Bett. Sie war noch einmal tief und fest eingeschlafen, nachdem Robert und die Mädels das Haus verlassen hatten. Auch wenn sich alle sehr bemühten leise zu sein, wachte sie doch oft mit ihnen auf. Heute hatte sie sich scheinbar nur auf die andere Seite gedreht und weitergeschlafen. Herrlich! Sie fühlte sich erfrischt und munter. Da heute Annies freier Tag war und sie damit nicht auf ihre Enkeltochter aufpassen musste, konnte sie es sich erlauben, ganz langsam wach zu werden. Durch einen kleinen Spalt schien die Sonne durch die Vorhänge. Die Mädels waren bestimmt draußen unterwegs, deswegen war es auch so ruhig im Haus. Langsam stand Laura auf und zog die Vorhänge beiseite. Auf der Rückseite waren sie schon ganz ausgeblichen. Laura seufzte. Zu gern hätte sie sich Neue geleistet. Überhaupt konnte das gesamte Schlafzimmer eine Renovierung vertragen. Sie drehte sich einmal um die eigene Achse und seufzte wieder. Der Schrank stammte noch von ihrer Großmutter und das Bett hatten sie als frisch verheiratetes Paar gekauft. Das war nun auch schon über zwanzig Jahre her. Aber es war noch nicht kaputt und Robert, der Sparfuchs, tat sich immer schwer, Dinge die noch gut waren wegzuwerfen. Er hatte ja auch irgendwie recht. Und dann war da noch Annie mit ihrer Mahnung nicht leichtfertig zu konsumieren und nachhaltig zu leben.

Abgesehen davon hatten sie es auch nicht gerade dicke. Wenn sie ehrlich war, musste sie zugeben, dass es schon so manches Mal etwas eng wurde, am Ende des Monats. Selbstverständlich würden sie immer wieder genauso handeln und ihre schwangere Tochter bei sich aufnehmen. Aber geplant hatten sie etwas anderes. Eigentlich wollten sie schon längst den Hauskredit abgezahlt haben. Auch beruflich würden Robert und sie gern etwas kürzer treten, um mehr Zeit füreinander zu haben. Ergeben zuckte Laura mit den Schultern. Aufgeschoben war ja nicht aufgehoben. Roberts und ihre Pläne mussten eben noch etwas warten. Entschlossen ging sie nach unten in die Küche, um zu frühstücken. Dort fand sie einen Zettel von Robert, der ihr einen schönen Tag wünschte und Küsse hinterlassen hatte. Lächelnd schaltete sie den Wasserkocher an.

***

Ein plötzlicher Schrei und aufspritzender Sand ließ die beiden jungen Mütter auseinanderfahren. Eine Schaufel wurde in hohem Bogen geworfen und traf einen Unschuldigen am Rücken. Das Geschrei von drei Kleinkindern erfüllte die Luft und ebenso viele Mütter sprangen erschrocken auf und versuchten Ruhe in die

Situation zu bringen. Entschuldigungen wurden ausgesprochen und Tränen getrocknet. Glücklicherweise war niemand verletzt.

„Wir gehen jetzt", verkündete Annie. „Poppy, wir müssen los. Hilf Mommy bitte beim Einräumen."

„Ja, wir auch. Ich muss fürs Mittagessen einkaufen!" Jess, die Daisy noch auf dem Arm hatte, verdrehte die Augen. Sie setzte Daisy ab. „Daisy, hol' bitte deinen Eimer. Wir wollen jetzt auch gehen."

Als Poppy sah, wie ihre kleine Freundin ihren Eimer holte und auch nach ihren Förmchen griff, setzte auch sie sich in Bewegung und half ihrer Mutter das Sandspielzeug einzuräumen. Annie freute sich sehr, normalerweise musste sie sich den Mund fusselig reden, bis *Princess Pops* sich dazu herabließ ein bis zwei Bausteine in die Kiste zu werfen, in die Annie bereits die übrigen 375 Steine geräumt hatte. „Super, Schatz!"

Jess grinste und verstaute die leeren Brotdosen, Kaffeebecher und Wasserflaschen. „Ich glaube langsam, es gibt ein Ordentlichkeitsgen. Daisy ist genauso pingelig wie ihr Vater."

„Oh Gott! Ich weiß nicht, ob mich das tröstet!", lachte Annie auf. „Das würde ja bedeuten, ich kämpfe gegen die Genetik!"

Jetzt musste auch Jess lachen. „Keine Ahnung, aber als ich letztens den Flur gesaugt hatte, kam Daisy um die Ecke, als ich gerade fertig war und findet mit Präsizionsblick den EINEN Fussel, den ich wohl übersehen hatte. Sie bückt sich, nimmt ihn mit spitzen Fingern auf und bringt ihn zum Müll!"

„Nein!" Annie musste noch mehr lachen.

„Doch!"

„Dieses Verhalten ist aber auch nicht besser!"

Jess lachte herzhaft mit und schüttelte den Kopf. „Nein, nicht wirklich!"

Beinahe synchron beugten sich die Mütter hinunter um ihre Töchter zu greifen und in die Buggys zu setzen.

„Ach, da fällt mir ein", Jess schaute Annie fragend an, „Was wünschst du dir denn für Poppy zum Geburtstag?

Annie zuckte mit den Achseln. „Poppy liebt Bücher. Davon können wir nie genug haben. Nicht wahr, mein Schatz?" Wie zur Bestätigung fing Poppy an zu strahlen.

Jess lächelte. „Okay, ein Buch und brauchst du sonst noch irgendetwas?"

Verlegenheit flammte kurz in Annie auf. Sie brauchte immer und überall etwas fürs Kind. Neue Schuhe, zum Beispiel, aber das würde sie nie zugeben. Also lächelte sie nur und sagte: „Ein Buch ist ein wundervolles Geschenk, über das Poppy und ich uns sehr freuen würden!"

Jess nickte und lächelte. „Alles klar, dann schauen wir mal, was wir finden werden." Sie gab ihrer Tochter Daisy einen Kuss und richtete sich auf. „Was macht ihr heute noch?"

Gemeinsam schoben sie ihre Kinder vom Spielplatz. „Wir werden heute Nachmittag einen Kuchen backen."

„Für den Geburtstag?"

„Nein. Wir gehen morgen picknicken."

„Ich habe mich schon gewundert!" Jess grinste. „Wohin wollt ihr denn?"

„Poppy und ich sehen uns die Lämmer von Andersen an. Matthew hat uns dazu eingeladen."

„Oh, das ist eine tolle Idee!", rief Jess aus. „Das Wetter soll sich ja halten!"

Sie hatten die Kreuzung erreicht, an der sie sich trennen mussten und blieben stehen. Jess beugte sich vor, um Annie zu umarmen. „Ich wünsche Euch morgen viel Spaß." Sie zwinkerte ihr übertrieben zu. „Grüß' mir den sexy Stallburschen!" Jess lachte über Annies verdutztes Gesicht.

„Du findest Matt sexy?", fragte Annie erstaunt.

Jess musste schon wieder lachen. „Naja, er hat ein unwiderstehliches Lächeln und einen tollen Körper! Genau die richtige Mischung aus schlank und muskulös", antwortete sie augenzwinkernd. „Das kommt bestimmt vom vielen Ausmisten!"

Annie öffnete den Mund und wollte etwas erwidern, aber ihr fiel nichts ein.

„Süße, sag Poppy und Annie auf Wiedersehen!" Prompt begann Daisy begeistert mit ihrem kleinen Arm zu winken! „*Byebye!*", rief sie immer wieder, auch als ihre *Mommy* längst weitergegangen war, lehnte sie sich aus ihrem Buggy und schaute sich nach ihrer Freundin um.

Annie war mit der winkenden Poppy wie angewurzelt stehengeblieben. Sie hatte das peinliche Zusammentreffen mit Matthew am Misthaufen doch mit keiner Silbe erwähnt. Wie kam Jess dann darauf Matt sexy zu nennen? Er hatte doch Segelohren und Sommersprossen! Und überhaupt, er war total NETT!!!

Annie konnte nicht klar denken. Sintflutartig strömten Bilder von Matt vor ihr inneres Auge. Matts Lächeln, sein nackter Oberkörper, sein trainierter Bauch, aber auch Matt mit Poppy. Annie hätte bestimmt noch ewig dort an der Kreuzung gestanden, wenn Poppy nicht angefangen hätte ungeduldig mit den Beinen zu strampeln.

„Jaja, mein Schatz, wir gehen ja schon los!" Annie setzte sich in Bewegung und lief beinahe so rasch, wie sich ihre Gedanken im Kreis drehten.

Kapitel 8

Auf den letzten zwei Kilometern seiner morgendlichen Joggingrunde hatte Edward beschlossen, dass er zu Poppys Geburtstag fahren und Annie überraschen würde. Es war an der Zeit Verantwortung zu übernehmen.

Jetzt stand er in seiner Mittagspause im Foyer von Hamleys, dem größten Traditionsladen für Spielzeug in ganz London und fragte sich, ob er verrückt geworden war.

„Kann ich Ihnen helfen?" Eine hübsche, junge Blondine stand plötzlich vor ihm und strahlte ihn an. Er musterte sie von Kopf bis Fuß und lächelte zurück. Sie war wirklich niedlich. Er fuhr sich mit der linken Hand durch sein blondes Haar und gewährte ihr dabei einen Blick auf seine Schweizer Präzisionsuhr. Ihr Lächeln wurde erwartungsgemäß noch etwas breiter.

„Ich hoffe es, Lisa", gab er nach einem Blick auf ihr Namensschild bedeutungsvoll zurück und ihre Augen blitzten. Er hatte ihren prüfenden Blick auf seinen Ringfinger bemerkt, auch wenn sie wirklich schnell gewesen war. „Ich brauche ein Geschenk für eine Zweijährige." Er schaute sich um und sah sie dann wieder an. „Es ist mein Patenkind und ich bin ihr Lieblingsonkel." Er grinste.

„Ich verstehe." Sie zwinkerte ihm zu. „Dann folgen Sie mir doch bitte." Sie ging voraus die Treppen hinauf und er konnte in aller Ruhe ihren knackigen Po und ihre tollen Beine bewundern. Oben angekommen, schenkte sie ihm ein wissendes Lächeln. Oh ja, sie war wirklich niedlich und sie wusste es.

***

Bis zu seiner Mittagspause hatte Matthew nicht nur die Einkaufsliste für das Picknick im Kopf, sondern auch eine

Rede vorbereitet in der er Annie endlich seine Gefühle gestehen würde. Sollte er noch Blumen besorgen? Oder war das zuviel? Mann, er wusste nicht, ob er den Mut dazu fand. Über alles andere konnte er immer locker reden, aber allein bei dem Gedanken an ein Liebesgeständnis brach ihm der Schweiß aus. Immer wieder gingen ihm sämtliche Szenarien durch den Kopf. Langsam nervte er sich selbst.

Immer eines nach dem anderen. Als Erstes musste er seinen Arbeitstag hinter sich bringen, dann einkaufen gehen und das Picknick vorbereiten. Ein kurzer Blick auf seine Uhr bestätigte ihm, dass er noch reichlich Zeit hatte, sich Gedanken zu machen. Seufzend begann er die Futterbestände für die Pferde zu kontrollieren.

***

Die Werkstatt hatte angerufen und Bescheid gegeben, dass Lauras Wagen fertig und abholbereit war. Also machte sich Robert in seiner Mittagspause auf den Weg, um ihn abzuholen. Dort angekommen, erfuhr er, dass sie noch etwas anderes festgestellt hatten. Dadurch war auch die Rechnungssumme gestiegen. Ergeben zückte Robert seine Karte und beglich die Summe. Streiten hatte keinen Sinn. Er war auch nicht der Typ dafür, aber damit hatte sich seine Idee Laura zu ihrem Hochzeitstag in dieses kleine, kuschlige Romantikhotel zu entführen, das seine Kollegin ihm empfohlen hatte, erledigt.

Müde entriegelte er den Wagen und stieg ein. Bevor er den Motor startete, ließ er seinen Kopf auf das Lenkrad sinken. Er hatte es so satt, immer nur sparen zu müssen. Bevor er sich ganz seinem Selbstmitleid hingeben konnte, klingelte sein Handy. Automatisch griff er danach und nahm den Anruf an.

„Hallo Schatz, bist du schon in der Werkstatt? Ist der Wagen wieder in Ordnung?", fragte Laura munter.

„Ja und ja", erwiderte er matt.

„Ist alles in Ordnung? Geht's dir nicht gut?"

Robert richtete sich auf und riss sich zusammen. „Doch, doch. Es ist alles gut", versicherte er seiner Frau. „Es ist nur..."

„Sie haben noch etwas gefunden und damit ist die Rechnung wieder höher ausgefallen", beendete Laura seinen Satz.

„Ja." Robert hörte Laura seufzen. Am liebsten hätte er sie jetzt in den Arm genommen.

„Dann werde ich eben noch ein paar Extraschichten machen! Das kriegen wir schon hin!"

„Schatz, ich will nicht, dass du dich so kaputt schuftest! Du brauchst auch mal eine Pause! Du wirst auch nicht jün..."

„Ich weiß", unterbrach sie ihn. „Es ist ja auch nicht für immer! Nächstes Jahr sieht es bestimmt anders aus!"

„Bestimmt." Sie hatte recht, aber er war es leid.

„Denk daran, was wir alles haben! Eine gesunde Tochter, ein gesundes Enkelkind, ein Dach über dem Kopf, genug im Kühlschrank und unsere Jobs. Es ist nur eine..."

„Phase, ich weiß!" Jetzt musste er doch schmunzeln.

„Du bist die Liebe meines Lebens, weißt du das?" Er hörte Lauras Lächeln förmlich, als sie erwiderte: „Ich liebe dich sehr!"

„Ich stelle dir den Wagen wie immer auf den Parkplatz beim Krankenhaus. Also vergiss den Ersatzschlüssel nicht."

„Werde ich nicht. Dankeschön! Bis heute Abend!"

„Gerne! Ich warte auf dich", versprach er und legte auf.

Mit einem leisen Lächeln auf den Lippen drehte er schließlich den Zündschlüssel um.

***

„Eine Unterschrift bitte." Lisa hielt ihm den Kreditkartenbeleg und einen Stift hin.

„Vielen Dank für Ihre kompetente Beratung", sagte Edward und sah ihr in die Augen, bevor er unterschrieb.

Ihre Wangen nahmen einen zarten Rotton an. Betont sachlich fuhr sie fort: „Wie besprochen, liefern wir Ihnen das Puppenhaus heute Abend." Sie nahm sich einen Zettel. „Wenn Sie bei irgendetwas Hilfe benötigen, dann rufen Sie mich an." Sie hielt ihm seine Quittung hin. „Egal, wobei." Wieder schenkte sie ihm dieses Lächeln, das ihre Augen blitzen ließ.

„Vielen Dank!", sagte er erneut und hielt ihre Hand beim Entgegennehmen des Bons ein wenig länger als nötig.

Sie biss sich verführerisch auf die Unterlippe und er fragte sich, wie alt sie wohl war, dass sie solche Tricks drauf hatte. Wenn er nicht gerade beschlossen hätte, erwachsen zu werden und Verantwortung zu übernehmen, hätte er sie auf der Stelle in einen der Lagerräume gezogen. So zwinkerte er ihr nur kurz zu, bevor er sich umdrehte und ging. Dieser Laden war die reinste Hölle und die Verkäuferinnen, die sexy Handlanger des Teufels. Grinsend trat er auf die Straße. Wenn er das gewusst hätte, hätte er schon vor Jahren begonnen Spielzeug im Laden zu kaufen und nicht online.

***

Pünktlich um drei Uhr nachmittags fuhren Katie Webster und ihr Verlobter die Auffahrt zum Herrenhaus hoch. Nachdem sie ausgestiegen waren, gab Nigel ihnen die Gelegenheit, die wunderschöne Sandsteinfassade mit dem Säulenportal zu bewundern. Erst dann öffnete er die Türen. Er hatte es sich zur Gewohnheit gemacht, seine Kunden genauso herzlich zu begrüßen, wie er es mit lieben Freunden und Familienmitgliedern machte. Mit einem strahlenden Lächeln ging er auf sie zu.

„Hallo! Willkommen auf Gracewood Hall! Ich bin Nigel Bedford." Er hoffte inständig, dass diese Besichtigung einfacher werden würde, als die gestrige.

„Hallo Mr. Bedford! Wir freuen uns sehr hier zu sein." Lächelnd kam die zukünftige Braut ihm entgegen und streckte ihre Hand aus. „Ich bin Katie Webster und das ist Steve Edison, mein Verlobter." Verliebt griff sie nach seiner Hand.

„Hallo, schön haben Sie es hier!" Steve lächelte ebenso breit wie seine Zukünftige und Nigel schöpfte Hoffnung.

„Vielen Dank, wir lieben es auch! Wollen wir hinein gehen?" Nigel machte eine einladende Handbewegung.

„Deswegen sind wir hier", erklärte Steve und Katie kicherte.

Beschwingt ging Nigel voraus. Wenn ihn sein Gefühl nicht trog, würde er sich nicht mit Mrs. Cuthberts Mini-Lemontartes trösten müssen. Die Webster-Edisons schienen sehr entspannt zu sein. In der Halle blieb er stehen und drehte sich erwartungsvoll zu ihnen um. Die Eingangshalle von Gracewood war selbst für ihn etwas ganz Besonderes. Durch die große Glaskuppel und die honiggelben Sandsteinfliesen wirkte sie immer warm und einladend. Das Herzstück war natürlich die geschwungene Treppe.

Auch Katie und Steve konnten sich der Wirkung nicht entziehen. Beeindruckt blieben sie stehen. „Wow", flüsterte Katie und drückte Steves Hand.

Nigel lächelte glücklich. „Hier in der Halle können wir einen Empfang mit Stehtischen und kleinen Snacks für Ihre Gäste vorbereiten, wenn Sie aus der Kirche kommen oder mit dem Fotografen unterwegs sind." Nigel hatte sich entschieden das zukünftige Brautpaar gleich in den großen Saal zu führen. Entspannt lief er auf die Doppeltür unter der Treppe zu. „Bei schönem Wetter können wir selbstverständlich die Gäste auch um das Haus herum leiten und im Garten empfangen."

„Das wäre wundervoll, nicht wahr Schatz?" Katie strahlte Steve an und er lächelte verliebt zurück.

„Ja, das wäre es."

Nigels Herz machte einen kleinen Hüpfer. So viel Romantik und Liebe um ihn herum, machte ihn immer ganz weich. Lächelnd öffnete er die Türen zum großen Saal. Genau so hatte er es sich vorgestellt, als er die Idee hatte Hochzeiten auf Gracewood zu feiern. Genau so!

„Wahnsinn!" Sprachlos standen Katie und Steve neben ihm und bewunderten den großen Saal.

„Haben Sie ein Glück, dass Sie hier wohnen dürfen!", rief Katie aus. „Die Fotos auf Ihrer Homepage sind ja schon toll, aber in echt..."

„Wie schön, dass es Ihnen gefällt!", freute sich Nigel. „Wenn Sie auf der Homepage gestöbert haben, wissen Sie bestimmt, dass wir die Bestuhlung ganz ihren Wünschen anpassen können."

„Ich möchte auf jeden Fall mit meiner Braut in unser gemeinsames Leben tanzen." Er lächelte seine Verlobte an und Katie schmiegte sich an ihn.

„Er ist ein toller Tänzer, müssen Sie wissen!", erzählte sie mit strahlenden Augen.

„Meine Mutter hat mich immer in die Tanzschule gezwungen. Wenn ich gewusst, dass mir die Quälerei die Liebe meines Lebens schenken würde, hätte mir das viel Unmut erspart." Steve grinste Nigel verschwörerisch zu.

Nigel nickte lächelnd zurück. Er trat an eine der bodentiefen Flügeltüren und wies hinaus. „Unsere Kübelpflanzen sind jetzt natürlich noch im Gewächshaus. Aber an Ihrem Termin Anfang September stehen sie bestimmt noch auf der Terrasse."

„Hoffentlich haben wir gutes Wetter!" Katie seufzte.

„Sie wissen doch, 'Regen bringt Segen!' Wollen wir weitermachen? Ich möchte Ihnen gern noch unsere Gästezimmer zeigen, bevor wir uns im Salon mit einem Tässchen Tee stärken."

„Sehr gern!", antworteten beide gleichzeitig und mussten lachen.

Katie gab Steve einen Kuss auf die Wange. „Ich freu mich so. Auf unseren großen Tag…"

„… und den Rest unseres Lebens!", beendete Steve den Satz und drückte sie an sich.

***

Währenddessen machte sich Mrs. Cuthbert in der Küche Gedanken über Nigels Überraschungsparty. Es war noch etwas Zeit, bis sie mit den Vorbereitungen für das Abendessen beginnen musste. Da klingelte auf einmal das Telefon. „Gracewood Hall, Cuthbert", meldete sie sich.

„Hallo Mrs. Cuthbert, das ging ja schnell!" Nora war am anderen Ende.

„Ich bin in der Küche und stand zufällig direkt neben dem Telefon. Deine Mutter kommt erst heute Abend zurück", erklärte Mrs. Cuthbert. Auf Gracewood Hall anzurufen war immer eine kleine Herausforderung. Zwar gab es mehrere Telefonstationen, die im Haus verteilt waren und dadurch auch mindestens doppelt so viele Hörer, aber irgendjemand verteilte sie immer im ganzen Haus. Annie sammelte sie an ihren Arbeitstagen permanent ein und trug sie zu den Ladestationen. Zusätzlich gab es zwei weitere Anschlüsse in den Arbeitszimmern für die geschäftlichen Belange des Herrenhauses. Früher hatte es zumindest in der Küche ein Telefon mit Kabel gegeben, welches man nicht wegräumen konnte, aber seitdem die Telefongesellschaften alle Leitungen umgestellt hatten und nur noch digital telefoniert wurde, war dieses Telefon unbrauchbar geworden. Dennoch riefen alle Familienmitglieder meist erst in der Küche an, wo sie oft Mrs. Cuthbert erreichten.

Nora lachte. „Ich weiß Mrs. Cuthbert. Ich wollte tatsächlich Sie sprechen."

„So? Geht es um Nigels Geburtstag? Er hat sich bereits eine Überraschungsparty gewünscht."

„Nigel hat sich eine Überraschungsparty gewünscht?", wunderte sich Nora. „Wie geht das denn?"

„Er... ach, nicht so wichtig. Ich erkläre es dir, wenn du hier bist", wiegelte Mrs. Cuthbert ab, in der Hoffnung, dass Nora es bis dahin vergessen hatte.

„Genau darüber wollte ich mit Ihnen sprechen!", bekundete Nora und Mrs. Cuthbert erschrak kurz. Bevor sie nachfragen konnte, wurde es im Hintergrund laut. Es dröhnte, dann ertönte eine Lautsprecherdurchsage.

„Nora-Schatz, wo bist du denn?"

„Am Bahnhof. Henry, komm hierher. Claire, kannst du bitte auf deinen Bruder aufpassen, so wie wir es besprochen haben? Mrs. Cuthbert, sind Sie noch dran?"

„Ja", antwortete sie und ahnte bereits, was Nora als Nächstes sagen würde.

„Also, ich wollte Ihnen nur Bescheid geben, dass die Kinder und ich doch schon heute kommen und zum Abendessen da sein werden. Es hat sich ganz spontan so ergeben."

„Das ist ja eine schöne Überraschung! Da werden sich deine Eltern freuen." Mrs. Cuthbert nickte. „Danke, dass du angerufen hast. Soll Walter euch vom Bahnhof abholen?"

„Das wäre nett! Soll ich ihm eine Nachricht schicken?"

„Darum wollte ich dich gerade bitten."

„Gut, dann mache ich das. Claire, Henry, passt auf die Leute auf. Wir sind hier nicht allein." Nora seufzte. „Mrs. Cuthbert, ich muss auflegen. Bye."

„Bis später!", antwortete Mrs. Cuthbert, aber Nora hatte das Gespräch bereits beendet. Glücklicherweise hatte sie eine Hühnersuppe gekocht und Brot gebacken. Das reichte gut für alle. Vielleicht ließen Nigel und das Brautpaar noch ein paar Törtchen übrig, die die Kinder als Nachtisch essen konnten. Zufrieden griff Mrs. Cuthbert erneut nach Stift und Notizbuch und notierte ihre Ideen für die Geburtstagsparty.

„Auf Wiedersehen und vielen Dank! Sie haben es so schön hier!" Katie Webster schüttelte Nigels Hand ausgiebig. „Ich freue mich schon sehr, dass ich es kaum abwarten kann! Ich schreibe Ihnen also, wenn ich mit der Floristin gesprochen habe. Und sobald ich die endgültige Gästezahl weiß." Sie drehte sich zu ihrem Verlobten um und strahlte. „Ach, es ist alles so aufregend!"

Steve nickte. „Ja, das ist es Schatz."

Nigel konnte nicht anders, als sich mitzufreuen. Es hätte nicht viel gefehlt und er hätte angefangen zu hüpfen.

Sie wandte sich noch einmal an ihn. „Danke für alles!"

„Ich habe doch gar nichts gemacht!" Er musste etwas lachen.

Katie lachte ebenfalls und machte dann einen Satz nach vorne und umarmte ihn stürmisch. „Dankeschön! Ich komme mir vor wie in einem Traum!"

Nigel drückte sie fest und schob sie dann von sich. Lächelnd schaute er sie an und sagte: „Und jetzt machen wir ihn wahr."

Katie lächelte zurück und blinzelte energisch ein kleines Freudentränchen weg.

„Schatz, komm. Wir müssen los." Steve war näher getreten und nahm sie in den Arm.

„Bis demnächst!" Er streckte Nigel die Hand hin und nickte ihm zu. Sein Händedruck war fest und angenehm. Dann drehte er sich um und führte seine aufgeregte Braut zum Wagen. Nigel blieb noch kurz in der Auffahrt stehen, um ihnen zu winken, ehe er breit grinsend hineinging.

„Warte Poppy!", rief Annie und kramte hektisch in der Küchenschublade. „*Mommy* muss noch den Löffel... Poppy, nein!" Aber leider wartete Poppy, die auf der Arbeitsfläche saß, nicht. Es sah beinahe so aus, als hätte das Kind dieses Wort noch nie gehört und wüsste nicht, was es bedeutet. Dabei war es nicht so, dass Annie es nie benutzte, ganz im Gegenteil.

Annie stöhnte. Ihre Tochter hatte das ganze Mehl auf einmal in die Schüssel geschüttet. Ein Großteil war daneben gelandet. Der Rest trudelte in kleinen Wölkchen in der Luft und ließ sich langsam überall nieder. Zu allem Überfluss musste das Kind jetzt auch noch niesen. Direkt in die Schüssel. Natürlich. Annie ließ kurz die Schultern hängen.

‚Warum?', fragte sie sich. ‚Warum musste alles mit Kind immer, naja fast immer, in einem Chaos enden? Und warum hatte sie sich auch so ein kompliziertes Rezept ausgesucht?' Annie rollte innerlich mit den Augen. Sie war wieder einmal zu enthusiastisch gewesen. Ein einfacher Rührkuchen hätte es doch auch getan. Aber die gesunde Biskuittorte mit den drei verschiedenen Schichten aus Zitronen-, Himbeer- und Pistaziencreme hatte im Internet so lecker ausgesehen! Wie Frühling zum Aufessen!

Annie straffte die Schultern und blickte sich um. Poppy rührte begeistert in der Schüssel, so dass sich kleine und große Teigklumpen zu dem Mehlstaub gesellten. Wie gut, dass ihre Mutter heute wieder Spätdienst hatte und erst nach Hause kam, wenn sie das Chaos hier beseitigt hatte.

„*Mommy*!", forderte Poppy ihre Aufmerksamkeit. „Uchn!"

Annie sah ihre Tochter an und musste lachen. Sie sah so süß aus, mit ihrem ernsthaften Gesichtsausdruck! „Ja, mein Schatz, wir backen einen Kuchen! Wir machen morgen ein Picknick mit Matt!"

„Matt! Uchn!" Poppy schaute sie mit leuchtenden Augen an.

Annie ging das Herz auf und sie gab ihrer kleinen Bäckerin einen innigen Kuss auf die Wange.

„Ja, morgen sehen wir uns und essen Kuchen!" Genau deswegen machte sie so etwas immer wieder. Poppy liebte es, ihr zu helfen und sich dabei groß und gebraucht zu fühlen. Spontan küsste sie ihre Tochter noch hinters Ohr. Und in den Nacken. Gott, warum riechen Kinder nur so ... Annie hielt inne. Dann schnüffelte sie noch mal.

„Poppy, du hast eine volle Windel."

Die Süße schüttelte prompt den Kopf.

„Doch."

„Nein!"

„Doch, mein Schatz. Aber lass uns wenigstens noch schnell den Teig fertig rühren und in den Ofen stellen."

Poppy nickte eifrig und Annie beeilte sich.

Und klar, wie erwartet, wurde ihre Tochter just in dem Moment ungeduldig und fing an zu quengeln, als sie den Teig in die Backform füllte. Auf einmal störte die Windel doch.

„Ja, meine Süße. Ich weiß. *Mommy* beeilt sich!" Beruhigende Worte murmelnd kratzte Annie in Windeseile die Schüssel aus und schob die Form in den vorgeheizten Ofen. „Komm mein Schatz!" Sie schnappte sich Poppy und warf im Hinausgehen noch einen schnellen Blick auf die Uhr, damit sie wusste, wann der Kuchen fertig war.

Kapitel 9

Nigel saß in seinem Arbeitszimmer und pflegte die Social Media Kanäle von Gracewood Hall, als plötzlich eine E-Mail einging. Er traute seinen Augen kaum. Sie kam von Mrs. Miller, die ihm für die nette Besichtigung dankte und mitteilte, dass ihr Mann und sie die Hochzeit ihrer Tochter Mindy sehr gern auf Gracewood Hall feiern würden. Darunter standen verschiedene Termine im Juli und August, die für sie in Frage kamen.

Nigel blinzelte überrascht und las die E-Mail ein weiteres Mal. Tatsächlich, das war eine Zusage. Damit hatte er nun wirklich nicht gerechnet. Fast war es wie ein kleiner Schock. In diesem Moment klingelte das Telefon. Mechanisch nahm er ab.

„Gracewood Hall, Nigel Bedford, guten Tag!"

„Guten Tag, Mr. Bedford, hier ist Carol Miller, ich wollte Ihnen noch einmal persönlich danken und Ihnen sagen, dass wir uns sehr freuen würden, wenn Mindy und Andrew auf Gracewood heiraten."

„Oh, hallo Mrs. Miller! Was für eine schöne Überraschung", rief Nigel aus. „Ich habe eben Ihre E-Mail gelesen."

„Ach, Sie haben sie schon gesehen. Wundervoll. Können Sie mir vielleicht schon sagen, welcher Termin für Sie passen würde?"

„Einen Moment bitte, ich sehe nach." Hektisch klickte sich Nigel durch die verschiedenen Fenster auf seinem Rechner, bis er zum Kalender gelangte. „Mrs. Miller, hören Sie? Ich sehe gerade, dass im Juli Termine eingetragen sind, die noch nicht fest gebucht wurden. Das würde ich gern abklären, bevor wir uns auf ein Datum einigen. Sind Sie damit einverstanden, wenn ich mich am Dienstag bei Ihnen melde?" Nigel schaute besorgt auf das Kalenderblatt, auf dem mehrere wilde Markierungen zu sehen waren, die er jetzt beim besten Willen nicht zuordnen konnte.

„Selbstverständlich, Mr. Bedford", beschied ihm Mrs. Miller.

Nigel atmete erleichtert aus. „Vielen Dank, Mrs. Miller. Wir freuen uns, dass Sie sich für Gracewood Hall entschieden haben."

„Es hat uns einfach bei Ihnen am besten gefallen!" Mrs. Miller lachte auf.

Nigel runzelte unwillkürlich die Stirn, wenn Gracewood tatsächlich der Favorit war, dann wollte er nicht wissen, wie sich Mindy an den anderen Orten aufgeführt hatte.

„Wie schön! Das hören wir gerne", beeilte er sich zu sagen. „Mrs. Miller, ich melde mich bei Ihnen. Frohe Ostern!"

„Wundervoll! Ich warte auf Ihren Anruf. Bis dann", antwortete Mrs. Miller und beendete das Gespräch.

Nigel legte das Telefon zur Seite. Was sollte er nur davon halten? Er braucht jetzt dringend eine Tasse Tee. Entschlossen schaltete er den Rechner aus und stand auf.

In der Halle kam ihm Mrs. Cuthbert mit einem Tablett in der Hand entgegen. „Nigel, du siehst aus, als hättest du ein Gespenst gesehen?"

„So war es beinahe!", antwortete er kryptisch und Mrs. Cuthbert zog fragend eine Augenbraue hoch.

„Ich habe eben mit der Mutter von Mindy Miller gesprochen", erklärte er. „Gracewood hat ihnen so gut gefallen, dass sie im Sommer hier die Hochzeit feiern wollen."

„Oha", bemerkte die Haushälterin nur und lief weiter in den Salon, um dort den Tisch für die *teatime* zu decken.

Gedankenverloren setzte sich Nigel aufs Sofa. Mrs. Cuthbert stellte das Tablett ab und öffnete ein Fenster. Der Junge brauchte nicht nur einen Tee, sondern auch dringend frische Luft. Eine sanfte Frühlingsbrise bewegte die Vorhänge und Mrs. Cuthbert tat einen tiefen Atemzug, bevor sie begann den Tisch zu decken. Nigel starrte gedankenverloren vor sich hin. Hoffentlich war der Verlobte von Mindy Miller nicht genauso verwöhnt wie sie. Ihn schauderte. Dann spitzte er die Ohren. „Da kommt doch jemand." Er lief zur Tür. „Wer kann das sein?"

Bevor sie ihm antworten konnte, war er schon in der Halle. Mrs. Cuthbert stellte noch schnell die Schale mit der Sahne auf dem kleinen Tisch, da hörte sie Nigel rufen: *„Mum, Dad, ihr seid ja früh dran!"*

„Hallo, mein Schatz!", antwortete Vivien Bedford, „Nicht wirklich. Der Zug war nur pünktlich."

„Wie schön!" Nigel umarmte seine Mutter und küsste sie auf beide Wangen. „Wie war es in Berlin? Ihr müsst mir alles erzählen!"

„Lass uns erst einmal ankommen", bat Vivien ihn lächelnd.

„Schön, dass das Haus noch steht!"

„Hahaha!" Es war ein alter Witz zwischen ihnen. *„Dad*, langsam nutzt er sich echt ab."

„Hallo Schatz, geht es dir gut?", fragte Arthur leise und gab Nigel einen Kuss. „Du siehst etwas blass aus."

„Du hast ja keine Ahnung, was ich eben erfahren habe!", flüsterte Nigel zurück.

„Muss ich mir Sorgen machen?", fragte Arthur erschrocken.

„Ach was!" Nigel winkte ab. „Im Gegenteil, jetzt wirst du nämlich in den Genuss kommen, MINDY MILLER selbst kennenzulernen."

„Also haben sie zugesagt?", schmunzelte Arthur.

Nigel nickte. „Ja, das haben sie und die Webster-Edisons auch." Er ging um das Taxi herum und nahm sich eine Reisetasche.

„Kommt jetzt!", unterbrach sie Vivien. „Ich brauche dringend einen Tee." Mit flotten Schritten ging sie hinein und die anderen folgten ihr.

***

„Endlich wieder eine richtige Tasse Tee!" Richard seufzte und lehnte sich behaglich zurück.

„Du bist so ein Snob!" Vivien schüttelte milde lächelnd den Kopf, so dass ihre langen, blonden Haare wippten. „Wir sind in Berlin ganz wundervoll bewirtet worden!"

„Jetzt erzählt doch mal! Wie war es denn?" Nigel beugte sich interessiert vor. Dabei begutachtete er die Etagere mit den Köstlichkeiten, die Mrs. Cuthbert gezaubert hatte. Ob er sich lieber ein Gurkensandwich oder eine Lemontarte genehmigen sollte?

„Es war wundervoll!", begann seine Mutter zu schwärmen, wurde aber von ihrem Mann unterbrochen.

„Berlin ist grauenhaft!", brummte dieser. „Überall sind Baustellen und so viele heruntergekommene Ecken! Selbst so viele Jahre nach dem Mauerfall wirkt die Stadt noch so..." Er suchte nach Worten.

„Schatz, das stimmt doch gar nicht!", widersprach Vivien. „Die Stadt ist einfach groß, da ist es doch verständlich, dass immer irgendwo gebaut wird."

„Improvisiert!" Richard hatte ein Wort gefunden, mit dem er zufrieden war.

Arthur lächelte von einem zum anderen. „Ich verstehe. Entweder liebt man sie oder man hasst sie."

Richard und Vivien sahen sich an. „Vielleicht trifft es das", sagte Richard achselzuckend.

„Bekommst du denn jetzt eine Ausstellung?" Nigel brachte das Gespräch wieder auf den eigentlichen Kern zurück.

Viviens Augen begannen zu leuchten. „Ja und es wird traumhaft! Es ist eine kleine, private Galerie und der Besitzer ist einfach ..."

„Ein Schleimer."

„Richard!" Vivien drehte sich empört zu ihrem Mann um. „Was ist denn mit dir los?" Sie wartete seine Antwort gar nicht ab, sondern schwärmte einfach weiter.

„Ist doch wahr", brummelte Richard leise und trank trotzig seinen Tee.

Nigel und Arthur tauschten einen amüsierten Blick, aber bevor sie weiter Viviens Ausführungen lauschen konnten, fuhr draußen ein Wagen vor.

„Wer kommt denn jetzt noch?", fragte Nigel und war schon aufgesprungen, um vorne im kleinen Salon aus dem Fenster zu sehen. Vivien folgte ihm.

„Es ist Nora! Mit den Kindern!", rief er aus. Augenblicklich standen alle auf und liefen zur Haustür.

„Wieso kommen sie denn schon heute?", fragte Vivien in einer Mischung aus Sorge und Verwirrung.

Richard legte ihr den Arm um die Schultern. „Wir werden es sicher gleich erfahren."

„Es wird schon alles in Ordnung sein", beruhigte Arthur sie.

Nigel war bereits an der Tür und riss sie auf und rief theatralisch: „Willkommen auf Gracewood Hall!"

„Onkel Nigel!" Henry stürmte auf ihn zu und flog in seine Arme.

„Na, du Racker?! Wolltet ihr nicht erst morgen kommen?"

„Nein!" Henry schüttelte heftig den Kopf. „*Daddy* muss noch arbeiten." Mit dem Jungen auf dem Arm ging Nigel zurück in den Salon.

Claire kam vollgepackt mit ihrem Rucksack dazu. „Hallo Onkel Nigel, *Daddy* muss morgen arbeiten und … Oma!" Seine Nichte rannte los und ließ ihn mit einer halben Erklärung stehen. Claire warf sich in die Arme ihrer Oma und redete sofort los. „Ich habe ein neues Buch, das wir unbedingt lesen müssen und dann habe ich noch das mitgebracht, von dem ich dir schon am Telefon erzählt habe."

Vivien lauschte dem Redeschwall ihrer Enkeltochter und dirigierte sie in den Salon. Walter Cuthbert hatte unterdessen den Kofferraum geöffnet.

Arthur trat zu seiner Schwägerin. „Hallo Nora, ist alles okay?" Er half ihr mit dem Gepäck. Auch Richard nahm eine Tasche und küsste seine Tochter auf die Wange.

„Ja, es ist alles in bester Ordnung." Sie lächelte. „Tim muss leider noch dieses Projekt fertig machen, deswegen muss er morgen und wahrscheinlich auch am Samstag ins Büro. So lange wollten wir nicht warten, also haben wir heute Mittag in Windeseile alles eingepackt und sind zum Bahnhof gefahren."

„Schatz, warum habt ihr denn nicht angerufen?", fragte Richard.

Nora schaute ihn überrascht an. „Ich habe angerufen und Mrs. Cuthbert Bescheid gegeben."

Sie waren ins Haus getreten und stellten die Reisetaschen am Fuß der Treppe ab.

„Komm erst einmal rein und trink einen Tee mit uns." Richard führte sie in den Salon.

Arthur wandte sich in die andere Richtung. „Ich gebe Mrs. Cuthbert Bescheid, dass ihr da seid."

Aber Mrs. Cuthbert kam ihnen schon mit einem vollen Tablett in den Händen entgegen. „Entschuldigung! Ich habe euch nicht vergessen, Nora. Deine Eltern sind auch eben erst angekommen." Auf dem Tablett waren Tassen, ein voller Obstteller, Mini-Sandwiches und Kekse. „Außerdem war ich so in Gedanken wegen…" Sie schaute sich um und senkte die Stimme, „wegen der Überraschungsparty, da habe ich vergessen, Bescheid zu sagen."

„Welche Überraschungsparty?", fragte Richard laut.

„Psst!" Nervös blickte Mrs. Cuthbert in alle Richtungen. „Nigel hat sich eine Überraschungsparty gewünscht."

„Nigel hat sich eine Überraschungsparty GEWÜNSCHT?!" Richard dachte gar nicht daran seine Stimme zu senken und richtete sich in seiner ganzen stattlichen Größe auf.

123

„Ich habe es auch nicht verstanden", erklärte Nora trocken, während Arthurs Schultern vor unterdrücktem Gelächter bebten.

„Wann wird der Junge endlich erwachsen? Eine Überraschungsparty!" Richard war auf dem besten Weg sich aufzuregen, aber Arthur berührte ihn am Arm.

„Richard, da ist doch eigentlich nichts dabei. Er kann ja nun wirklich nichts dafür, dieses Jahr an Ostern Geburtstag zu haben."

„Stimmt auch wieder." Richards Stirn glättete sich und er begann zu grinsen. „Er hatte schon als Kind die verrücktesten Ideen und wir mussten begeistert mitmachen!" Bei der Erinnerung daran schüttelte er den Kopf.

„Hör' bloß auf *Dad*. Weißt du noch, als er der Meinung war hier auf Gracewood wäre ein Schatz versteckt?" Nora stellte sich nah an ihren Vater.

„Ja, er hatte damals immer wieder diese Bücher gelesen. Von... Wie hieß die Autorin noch gleich?!"

„Enid Blyton", antwortete Mrs. Cuthbert ergeben. "Ich sollte ihm immer Kekse und Tee für seine Abenteuer einpacken."

„Die fünf Freunde' habe ich auch gelesen und war immer traurig, nicht in einem geheimnisvollen Herrenhaus zu leben!", gab Arthur zu.

„Anscheinend können Träume doch wahr werden!", bemerkte Nora und alle lachten.

„Wo bleibt ihr denn? Wollt ihr nicht reinkommen?" Nigel stand in der Salontür und stützte die Hände in die Hüften. „Oder habt ihr etwa Geheimnisse?!" Er grinste hoffnungsvoll.

„Geheimnisse?" Nora guckte überrascht. „Was sollten wir denn für Geheimnisse haben?"

Arthur bewunderte seine Schwägerin wieder einmal für ihre Fähigkeit, so glatt lügen zu können. Mrs. Cuthbert war unterdessen an ihnen vorbei in den Salon gegangen. So nett es war ein wenig zu plaudern, sie hatte noch zu tun.

Nora hakte sich bei ihrem Vater ein. „Arthur hat uns gerade erzählt, dass du mit Liz telefoniert hast", improvisierte sie.

Richard und Arthur nickten schnell und gingen auf Nigel und den Salon zu.

Nigel war etwas enttäuscht. Er hatte gehofft, sie hätten über seinen bevorstehenden Geburtstag gesprochen. Sie würden ihn bestimmt nicht vergessen! Oder etwa doch?! Prüfend schaute er alle der Reihe nach an. Sie sahen aus wie immer. Er würde sie einfach noch einmal daran erinnern, nahm er sich vor. Ganz subtil natürlich.

„Wie geht es ihnen denn?", fragte Nora und stellte sich neben ihren Bruder.

„Gut, Liz Mutter ist schon ganz aufgeregt, wegen ihrem Besuch", berichtete Nigel.

„Das kann man ja auch verstehen, man bekommt schließlich nicht alle Tage einen Schwiegersohn und eine fünfjährige Enkeltochter präsentiert", ließ sich Richard vernehmen.

„Noch sind sie nicht verlobt", korrigierte Arthur automatisch, aber die Geschwister brachten ihn mit einer wegwerfenden Handbewegung zum Schweigen.

„Ach, es wäre so wundervoll, wenn Max und Liz auf Gracewood heiraten würden!", warf nun auch Vivien ein, die einen Teil der Unterhaltung gehört hatte.

„Sagt mal, saßen wir etwa im selben Zug?", fiel Arthur an dieser Stelle auf und schon nahm das Gespräch eine erneute Wendung.

Kapitel 10

Axel Rose's Stimme schallte in voller Lautstärke durchs Cottage. Matt stand in seiner Küche und bereitete das Picknick vor. Er hatte in jedem Raum Lautsprecher installiert und mit seiner Musikanlange verbunden. Er liebte Musik und wollte die verschiedenen Künstler in ihrer ganzen Bandbreite erleben. Daher war ihm eine gute Klangqualität wichtig, außerdem ließ es sich dabei besser kochen. Eben hatte er Karotten, rote und gelbe Beete, Weißkohl und Fenchel gehackt und füllte nun konzentriert den Krautsalat in zwei Weckgläser. Für Poppy hatte er von allen Gemüsesorten handliche Stücke geschnitten, die sie einfach so knabbern konnte. Zusammen mit den Hähnchenschenkeln, die im Ofen grillten, war es ein Festessen, dessen krönender Abschluss Annies Kuchen sein würde.

Er überlegte, ob ihr eine Nachricht schreiben sollte, und sang währenddessen lauthals mit. In diesem Moment klopfte es an die Scheibe.

Erschrocken schüttete er den letzten Salatlöffel neben das Glas. Es war Connor. Natürlich. Wer sollte es auch sonst sein.

Ergeben ging Matt zur Tür und öffnete ihm. „Hast du kein Zuhause?"

„Mann, musst du so laut Musik hören?", rief Connor gegen die Musik an. „Ich habe ewig geklingelt und geklopft!"

„Guns n' Roses kann man nicht leise hören." Matt grinste. „Außerdem wohne ich hier allein, da kann ich die Musik so laut aufdrehen wie ich will."

Connor grummelte etwas Unverständliches und ging schnurstracks in die Küche.

„Was willst du eigentlich schon wieder hier?", fragte Matt und drehte die Musik leiser.

„Wieso? Du hast mich doch erwartet!" Breit grinsend deutete Connor auf den Krautsalat und die Hähnchenschenkel.

„Haha!" Matt verdrehte die Augen und brachte die Gläser vor seinem Freund in Sicherheit. „Die sind für Ann und mich."

„Aha!", gab Connor vielsagend zurück. „Ich persönlich hätte allerdings etwas mit mehr Sexappeal gewählt als Krautsalat, aber bitte." Er hob ergeben die Hände. „Wenn du meinst!"

„Mann, du nervst!" Matt widmete sich wieder den Vorbereitungen fürs Picknick. „Wir machen ein Picknick. Mit Poppy. Um ihr die Lämmer zu zeigen. Da spielt der Sexappeal des Essens keine große Rolle!"

Connor zog die Augenbrauen hoch und schnappte sich eine Karotte. „Sollte er vielleicht aber", sagte er zwischen zwei Bissen.

„Hast du nicht verstanden? Die Kleine wird dabei sein." Langsam fühlte sich Matt wirklich bedrängt.

„Klar, habe ich das gehört." Connor nahm sich ein Glas aus dem Schrank und füllte es seelenruhig mit Wasser. „Ich dachte doch nur, du wolltest etwas auf die Tube drücken."

„Ich werde schon noch..." Matt merkte, wie er ärgerlich wurde. Er holte tief Luft und fragte sehr ruhig: „War das alles oder wolltest du noch etwas?"

Connor schaute Matt ernst an, seinem besten Freund ging es nicht gut. Dieser ewig ungeklärte Beziehungsstatus zwischen den beiden machte Matt immer mehr zu schaffen.

„Sag mal, habe ich meinen Pullover hier vergessen?"

„Hast du, er ist in der Waschküche. Ich hole ihn eben. "

„Du hättest ihn doch nicht extra waschen müssen!", rief Connor ihm hinterher.

„Doch!" Matt drehte sich um und ging rückwärts weiter. Er verzog das Gesicht und schüttelte sich. „Ganz ehrlich? Ich habe mich kaum getraut ihn anzufassen!" Er grinste.

„Na danke auch!" Connor grinste zurück. „Weißt du, wenn du Annie nicht mit deinem Charme oder guten Aussehen rumkriegst, dann bestimmt mit deinen Qualitäten im Haushalt!"

Überrascht lachte Matt los. „Als wenn es darauf ankäme!", antwortete er, als er wiederkam.

„So wie ich Annie kenne, wird sie nicht ewig im Herrenhaus putzen", sagte Connor mit Nachdruck. „Vielleicht braucht sie dann einen Mann an ihrer Seite, der mehr als nur Wasser kochen kann."

Auch Matt wurde wieder ernst. „Ja, sie hat so viel Potenzial!" Er nickte. „Ich wünsche es ihr so sehr, dass sie es nutzen kann."

„Dann sag ihr das!"

Matt guckte überrascht. „Meinst du? Das weiß sie doch selbst."

„Bestimmt. Aber es ist doch etwas anderes, wenn jemand an einen glaubt."

Connor sah, dass Matt über seine Worte nachdachte und klopfte ihm auf die Schultern. „Ich habe dir etwas mitgebracht."

„Du hast mir was mitgebracht?", fragte Matt. „Das ist ja mal ganz was Neues!"

„Ja, es ist draußen. Ich hole es."

„Okay." Achselzuckend ging Matt in die Küche, um kurz nach dem Essen zu sehen.

Beladen mit einem großen, schwarzen Ding trat Connor wieder in den Flur.

„Was ist das?", fragte Matt entgeistert.

„Das ist deine Eintrittskarte zum Herz von Annie Taylor!"

***

„Hallo!", rief Robert munter, als er am Abend nach Hause kam. „Hier riecht es ja köstlich!"

„*Grannpa!*" Poppy kam mit ausgestreckten Armen auf ihn zugelaufen. „Uchn!"

Robert bückte sich und hob sie schwungvoll hoch. Poppy quietschte vor Vergnügen.

„Ihr habt Kuchen gebacken?", fragte er und küsste seine Enkelin auf die Wange. Poppy nickte und kicherte gleichzeitig. Roberts Bartstoppeln kitzelten sie. Annie hatte lächelnd zugesehen und erklärte: „Ja, wir haben Torte gebacken und auch das Abendessen ist fertig."

„Meine Güte, ward ihr heute fleißig!" Staunend gab Robert Poppy noch ein Küsschen und setzte sie wieder ab, um sich Mantel und Schuhe auszuziehen.

„Das war noch nicht alles. Poppy, erzähl *Grandpa*, was wir noch gemacht haben!" Und schon fing Poppy an zu erzählen.

Annie war wieder in die Küche gegangen, um weiter den Tisch zu decken. Sie musste grinsen, als sie hörte, wie sich die Zwei unterhielten. Ihr Vater konnte wirklich gut mit Poppy reden. An genau den richtigen Stellen schob er passende Kommentare, wie „Wirklich?" und „Das habt ihr gemacht?", ein. Es war so schön, ihnen zuzuhören.

Poppy zeigte ihrem Opa anschließend nicht nur die Murmelbahn, die sie aus den Holzklötzen gebaut hatten und die noch im Wohnzimmer stand, sondern auch alle Bücher, die sie gelesen hatten.

***

Edward stand im Waschraum der Kanzlei und wusch sich die Hände. Endlich Feierabend und nicht nur das, ein langes Wochenende lag vor ihm. Gleich würde er auf einen wohlverdienten Feierabenddrink in den Pub mit den Kollegen gehen. Die süße, neue Praktikantin wollte auch mitkommen. Sie himmelte ihn schon die ganze Zeit an. Nicht, dass sein Selbstbewusstsein das nötig gehabt hätte.

Breit grinsend strich er sich die Haare aus der Stirn und zerrte an seiner Krawatte. Erleichtert öffnete er den obersten Hemdknopf. Oh ja, es würde ein toller Abend werden, da war er sich ganz sicher. Morgen konnte er ausschlafen, und Samstag wäre er dann bei Annie in ihrem Kaff. Bei der Erinnerung an Annie und ihre gemeinsame Zeit lächelte er.

Sie waren ein tolles Team gewesen. Egal, ob sie mit Freunden unterwegs waren oder allein. Das könnte wieder so sein. Er sah sein zukünftiges Leben geradezu bildlich vor sich. Er, der erfolgreiche Staranwalt, Partner in der besten Kanzlei der Stadt und Annie als liebevolle Ehefrau und Mutter. Zu ihren Füßen das Mädchen und ein kleiner Junge.

Es war perfekt! Eine glückliche, kleine Familie! Auch wenn er sich sicher war, dass es so etwas gar nicht gab und für ihn selbst erst recht nicht, so war es doch die Gelegenheit, sich vor den Partnern der Kanzlei zu profilieren. Großartig! Und vielleicht würde es sogar funktionieren.

Sie würden die Wahrheit allerdings ein wenig anpassen müssen, damit es sich besser erzählte. Nun, da würde ihm schon etwas einfallen!

Er nickte seinem Spiegelbild überaus zufrieden zu und schritt energiegeladen in den Feierabend.

***

Abends als Poppy schlief, saß Annie neben ihrem Vater auf der Couch. Eigentlich hatte sie sich die Broschüre des Kindergartens ansehen wollen, aber sie wurde immer wieder von dem Krimi abgelenkt, den ihr Vater schaute. Aus irgendeinem Grund erinnerte der Kommissar sie an Matthew, obwohl er ihm eigentlich nicht sonderlich ähnlich sah. Sie merkte selbst kaum, wie sie das Geschehen immer mehr fesselte. Als die Hauptverdächtige dann auch noch anfing mit dem Kommissar zu flirten und die beiden sich immer näher kamen, lag die Broschüre vergessen in ihrem Schoß.

„War gar nicht mal so schlecht", stellte ihr Vater am Ende fest.

„Hm?" Annie war noch ganz benommen und fand nur schwer in die Wirklichkeit zurück.

„Der Krimi, er war ganz ordentlich", erläuterte Robert.

„Ja. Ganz nett." Sie schüttelte den Kopf, um wieder zu sich zu finden, aber ihr Vater erwartete gar keine ausführliche Antwort. Er konzentrierte sich bereits auf die Spätnachrichten. Also gab sie ihm einen Kuss auf die Wange und stand auf. „Gute Nacht, *Dad*."

„Ja, schlaf schön." Robert guckte nur kurz und lächelte.

Annie lächelte ebenfalls. Sie wusste, er würde wachbleiben und auf ihre Mutter warten. Annie beneidete sie um ihre ehrliche Zuneigung. Nach all den Jahren mochten sie einander auch als Menschen immer noch und zeigten sich ihre Liebe durch kleine und manchmal auch große Gesten.

Müde lief Annie die Treppe hinauf und machte sich so leise wie möglich fertig. In Gedanken war sie immer noch bei dem Kommissar. Vor ihrer Zimmertür warf sie einen letzten Blick auf ihr Handy, bevor sie es für die Nacht ausschaltete. Überrascht blieb sie stehen. Matt hatte geschrieben. Sie hatte gar nicht gehört, dass eine Nachricht eingegangen war.

Er hatte ein Foto von sich mit einem Berg an Essen geschickt.

„Fertig! Freue mich auf morgen!"

Annie musste lächeln, als sie sein Grinsen sah. Schnell antwortete sie.

„Ich mich auch!"

Prompt kam seine Antwort.

„Ich habe dir meins gezeigt. Zeigst du mir jetzt auch deins?"

Annie lachte laut los und schlug sich schnell die Hand vor den Mund. Sie hatte tatsächlich ein Foto von der Torte gemacht und schickte es ihm.

„Na gut. Hier. Weil du es bist!"

Gespannt wartete sie auf seine Antwort und lehnte sich an die Flurwand an.

„Sie sieht sehr lecker aus!"

Sie freute sich über seine Reaktion und schrieb ein „Hoffentlich!" zurück.

„Ganz bestimmt! Ich liebe deine Kreationen!"

„Tatsächlich?", fragte sie keck, bekam aber doch rosige Wangen vor Stolz.

„Immer", antwortete er schlicht. Dann kam eine zweite Nachricht direkt hinterher. „Du solltest mehr daraus machen. Du bist so begabt. Ich kenne niemanden, der so kreative Ideen hat, wie du."

Annie drückte vor Freude ihr Handy an ihre Brust. Langsam ließ sie sich zu Boden sinken. Ihre Eltern mochten ihre gesunden Gerichte nicht immer leiden und hielten sich mit Feedback auch nicht zurück. Es war schön, mal ein Lob zu hören. Das Handy brummte wieder.

„Gute Nacht! Träum schön! Am liebsten von mir!"

Annie musste grinsen. Typisch Matt, das hätte er wohl gerne. So war er schon zu Schulzeiten gewesen. Sie hatten zwar nur ein paar Nachmittagskurse miteinander gehabt, aber schon damals war es um ihn herum immer lustig zugegangen. Dann runzelte sie die Stirn. Wenn sie es recht bedachte, war er in den letzten Jahren nicht so lustig drauf gewesen. Zumindest nicht ihr gegenüber. Er war immer lieb und nett gewesen, hatte ihr zugehört und auch mal einen Scherz gemacht. Aber geflirtet hatte er nicht mit ihr. Warum jetzt auf einmal? War es wegen gestern Mittag und ihrer peinlichen Aktion am Misthaufen? Annie guckte gen Himmel. Was sollte sie denn jetzt schreiben? Auf einmal musste sie an die erotischen Szenen zwischen dem Kommissar und der Verdächtigen denken.

Müde und verwirrt schloss Annie die Augen. Wem wollte sie etwas vormachen? Sie war 24 Jahre alt und natürlich wollte sie Spaß haben. Also tippte sie nur ein Wort, bevor sie das Smartphone ausschaltete und in ihr Zimmer zu ihrer schlafenden Tochter schlich.

„Dito."

***

Matt traute seinen Augen nicht. Hatte sie das wirklich geschrieben? Und verstand er das richtig? Oder meinte sie es doch ganz anders? Harmloser?

Er war so gut gelaunt gewesen. Die Vorbereitungen für das Picknick hatten ihm viel Spaß gemacht, er hatte die Musik, nachdem Connor gegangen war, wieder aufgedreht und laut mitgesungen. Er hatte sich ein bisschen so gefühlt, wie zu Schulzeiten, frei und unbeschwert, so als gehörte ihm die Welt. Das und das Bier, das er getrunken hatte, hatte ihn übermütig werden lassen. Er wollte ein bisschen Spaß haben. Erwachsensein war bei weitem nicht so toll, wie er sich das als Junge vorgestellt hat. Warum sagte einem das eigentlich niemand?

Seine Gedanken kehrten zurück zu Annies Nachricht. Er starrte noch eine Weile auf sein Display und wartete. Es kam keine weitere Nachricht an. Also war sie wohl tatsächlich ins Bett gegangen.

Matt warf einen Blick auf die Uhr. Wenn er morgen ausgeruht und pünktlich bei den Mädels sein wollte, würde auch er jetzt schlafen gehen müssen. Entgegen seinen Erwartungen schlief er innerhalb von Sekunden ein und fiel in einen tiefen und traumlosen Schlaf.

Karfreitag
Kapitel 11

„Ann Taylor!" Matt pfiff anerkennend und musterte sie von oben bis unten. „Was siehst du scharf aus!"

Annie sah verwirrt an sich herab. Sie trug schwarze Overknees und dazu die Samthotpants, die sie als Teenager so geliebt hat. Wo kamen denn die auf einmal her? Sie hatte sie seit Jahren nicht gesehen. Ihr blieb aber keine Zeit sich zu wundern, denn Matt hatte bereits ihre Hand ergriffen und war mit ihr losgerannt. Annie stolperte hinter ihm her. Die hohen Absätze waren einfach nicht zum Laufen gemacht. Er zog sie um eine Ecke und blieb plötzlich stehen.

„Matt..." Sie wollte ihn fragen, was das sollte, aber sein Blick ließ sie verstummen. Wildes Verlangen sah sie in seinen Augen und schauderte. Langsam kam er näher. „Ann, was machst du nur mit mir?", fragte er so leise, dass sie es mehr spürte, als hörte. Sein Begehren ließ sie innerlich vibrieren. Es war schon viel zu lange her.

„Matt", flüsterte sie.

Mehr brauchte er nicht. Schon presste er seine Lippen fest auf ihre. Drückte seinen Körper hart an ihren. Das Verlangen trug sie beide wie eine Welle empor.

Annie schloss die Augen und schmolz dahin.

Matt begann wild ihren Hals zu küssen. „Annie! Baby!"

Annie stutzte und öffnete widerwillig die Augen. Hatte Matt nicht eben noch seine Lederjacke getragen? Sie rückte ein wenig ab und drehte den Kopf. Sie keuchte vor Überraschung auf.

„Baby! Ich habe dich so vermisst!" Es war Edward, der sie mit seinem unwiderstehlichen Lächeln anstrahlte.

Annie runzelte die Stirn und versuchte zu verstehen, aber etwas anderes verlangte ihre Aufmerksamkeit. Weinte da jemand? Suchend wandte sie den Kopf. Auch Edward schien das Geräusch zu hören. Er drehte sich ebenfalls um und erschrak. „Baby! Ich muss los!"

„Warte!", rief Annie, doch Edward war kaum noch zu erkennen im Dunkel der Gasse. Das Weinen wurde lauter und lauter.

„Uuhh! *Mommy*! Uuääh!"

Wo kam das Geräusch her? Mit einem Mal wurde es taghell. Annie blinzelte.

„Ann! Wach auf! Poppy weint." Ihre Mutter lief ins Zimmer, das Flurlicht blendete Annie. „Ist ja schon gut, mein Schatz. Oma ist da." Schon hatte Laura Poppy auf den Arm genommen und wiegte sie. „Ann, hol das Fieberthermometer. Sie ist ganz heiß."

Noch halb im Traum sprang Annie aus dem Bett, dabei verlor sie das Gleichgewicht und taumelte gegen den Türrahmen. Ein jäher Schmerz durchfuhr sie. Augenblicklich hellwach, aber immer noch geblendet, humpelte sie weiter.

Der Traum hatte einen merkwürdigen Nachhall. Irgendwie spürte sie immer noch den fordernden Kuss und das Verlangen in ihrem Körper. Der pochende Schmerz in ihrem kleinen Zeh half da leider auch nicht weiter.

„Hier ist es." Annie humpelte auf ihre Mutter zu. Laura gab ihr zu verstehen, leise zu sein. Sie hatte Poppy auf ihrem Schoß und schaukelte sie. Die Kleine hatte sich beruhigt und war fast wieder eingeschlafen. Annie kniete sich vorsichtig vor die Beiden und fühlte Poppys Stirn und Hand. Sie schüttelte den Kopf. „Ich glaube, es ist kein Fieber", flüsterte sie.

„Ja. Ihre Füße sind auch kühl", flüsterte Laura zurück und deutete auf Poppys geöffneten Schlafsack.

Annie ließ langsam ihre Hand hinein gleiten, um selbst noch einmal an Poppys Füßen die Temperatur zu überprüfen. Sie nickte und zog vorsichtig wieder den Reißverschluss zu. Dann stand sie umständlich auf.

Laura sah sie fragend an, aber Annie winkte ab.

Sie humpelte zum Wickelplatz und holte, im Schein der Flurlampe, die homöopathischen Zäpfchen hervor und legte sie auf ihrem Nachttisch bereit. Falls ihre Tochter erneut aufwachte, musste sie nicht nochmal aufspringen.

Sie drehte sich zu ihrer Mutter um. „Gib sie mir, ich nehme sie mit in mein Bett."

Laura stand mit Poppy im Arm auf. „Leg dich hin, Schatz."

Also legte sich Annie wieder ins Bett und machte Platz für ihre Tochter, die wieder friedlich eingeschlummert war. Anscheinend hatte sie genauso wirr geträumt, wie ihre Mutter.

Laura beugte sich langsam vor und legte Poppy vorsichtig ab. Mit der Hand in ihrem Kreuz richtete sie sich auf. Sie warf Annie noch eine Kusshand zu und ging leise hinaus.

Einige Augenblicke später war es wieder still im Haus. Annie kuschelte sich an den kleinen, warmen Körper ihrer Tochter und vergrub ihre Nase in Poppys Haar. Sie war so weich und klein. Liebe durchflutete Annies Herz. Am liebsten hätte sie Poppy fest gedrückt, aber sie wollte sie nicht wecken. Also hauchte sie nur leichte Küsse auf ihr Haar und murmelte: „Schlaf schön, meine Süße. *Mommy* ist da und passt auf dich auf."

Müde legte sie ihren Kopf ab. Annie wusste, wenn sie morgen fit sein und mit ihrer Tochter mithalten wollte, musste sie ebenfalls wieder einschlafen.

Sobald sie aber die Augen schloss, spürte sie das sehnsuchtsvolle Ziehen in ihrem Innern. Das Begehren schwelte immer noch in ihr. Aber wem galt es denn nun? Matt oder Edward? Wollte ihr Unterbewusstsein ihr einen fiesen Streich spielen? Unruhig rutschte sie ein wenig von Poppy ab. Sie drehte sich auf die andere Seite und redete sich ein, dass nur der doofe Film und Matts zweideutige Nachricht an ihrem merkwürdigen Traum Schuld waren.

Entschlossen stellte sie sich vor, wie sie mit Poppy im Sommer am Strand Sandburgen baute, die Sonne schien, eine kühle Brise herrschte und das Meer rauschte und schlief darüber ein.

***

Annie stand oben in ihrem Zimmer und blickte ratlos in den Spiegel. Auch wenn sie nach der nächtlichen Unterbrechung schnell eingeschlafen war, hatte sie doch das Gefühl, irgendwie neben sich zu stehen. Außerdem saß heute keine ihrer Hosen wirklich gut. Wenn sie dann noch ihre Augenringe betrachtete, hätte sie sich am liebsten wieder in ihr Bett verkrochen und wäre auf keinen Fall auf dieses Picknick gegangen. Warum konnte sie nicht genauso toll aussehen und sich auch so fühlen, wie in ihrem Traum? Annie seufzte.

Sie straffte die Schultern und erinnerte sich daran, was Liz erst letztens wieder auf ihrem Blog geschrieben hatte. Liz hatte erzählt, dass sie selbst beschließen würde, wie sie sich fühlte und wie viel Spaß sie hätte und nicht andersherum. Wenn sie immer auf ihre Gefühle warten würde, käme sie ja zu nichts.

Entschlossen grinste Annie sich im Spiegel an. Eine kalte Dusche würde sicher helfen. Sie griff nach ihrer schönsten Unterwäsche und ihrem Lieblingskleid und lieh sich noch eine der weichen Kaschmirstrumpfhosen ihrer Ma, bevor sie ins Bad schlüpfte.

„Huah!", ihr entfuhr ein kleiner Schrei, als das kalte Wasser sie traf.

Plötzlich wurde die Tür aufgerissen und Laura stürzte ins Bad. „Annie? Was ist passiert? Hast du dich verletzt?"

Annie drehte das Wasser ab und steckte den Kopf hinter dem Duschvorhang hervor. So leise war der Schrei wohl doch nicht. „Alles bestens!" Sie musste lachen, als sie das besorgte Gesicht ihrer Mutter sah. „Ich habe nur kalt geduscht."

„Jaja, lach deine alte Mutter ruhig aus." Laura griff sich ans Herz und setzte sich auf den Toilettendeckel. „Ich habe gedacht, es ist SONSTWAS passiert!"

„Ach *Mum*, sorry, ich wollte nur etwas in Schwung kommen, nach der blöden Nacht", entschuldigte sich Annie und versteckte ihr Grinsen hinter dem Vorhang.

„Vielen Dank auch! Ich komme schon auf Arbeit genug in Schwung."

Annies Grinsen wurde noch ein wenig breiter.

„Erst schreit deine Tochter mitten in der Nacht los und jetzt du!"

Annie konnte nicht mehr, laut prustete sie los. Etwas widerwillig lachte Laura mit.

„*Mum*, darf ich dein Zitronenduschgel benutzen?" Annie blinkerte mit den Augen und warf ihrer Mutter einen Luftkuss zu.

„Sicher." Lächelnd fing Laura den Kuss mit der Hand, so wie früher, auf. „Wir gehen schon runter zum Frühstück." Sie wandte sich zur Tür.

„Gut, ich beeile mich", rief Annie und drehte das Wasser auf. Diesmal das Warme.

***

Gut gelaunt fuhr Matt am Freitagmorgen zu den Taylors. Die Sonne schien wieder, die Temperatur war in den letzten Tagen merklich gestiegen, so dass er seine Jacke zu dem Proviant in den Kofferraum gelegt hatte.

Robert Taylor öffnete ihm die Tür. „Guten Morgen Matthew, pünktlich wie immer!"

„Guten Morgen, Robert."

„Komm rein." Robert machte ihm Platz. „Möchtest du einen Tee? Die Mädels brauchen noch einen Moment."

„Gern." Matt zog sich die Schuhe aus und lief direkt ins Wohnzimmer. Er wusste, dass es Laura Taylor wichtig war, es sich am Wochenende schön zu machen. So war auch heute früh der Tisch reich gedeckt. Nur um Poppys Platz herum war alles großräumig mit abwaschbaren Tischsets abgedeckt.

„Matt! Matt!", rief die Süße dann auch gleich begeistert und streckte die Arme in die Höhe.

„Guten Morgen, Prinzessin!" Matthew lief um den Tisch herum auf sie zu und küsste sie auf den Scheitel. „Na, schmeckt's?" Er setzte sich auf den leeren Stuhl neben Poppy. „Wo ist denn deine *Mommy*? Und deine Oma?"

Poppy schaute ihn nur freudestrahlend an und hielt ihm ein reichlich zerdrücktes Stück Toast mit Butter hin. „Nein danke, Prinzessin." Er grinste und rieb sich den Bauch. „Ich habe schon gefrühstückt."

In diesem Moment trat Robert mit einer Tasse samt Untertasse in den Raum und stellte sie vor Matthew ab. Er griff nach der Teekanne und goss Matt ein. „Kann ich euch beide noch einen Moment allein lassen? Dann sage ich Annie Bescheid, dass du da bist."

„Sicher." Matt nickte. „Außerdem kümmert sich Poppy ganz wunderbar um mich, ich habe schon etwas Toast angeboten bekommen." Matt lächelte Poppy liebevoll an und sie strahlte zurück.

„Na, dann." Bevor Robert aus dem Raum ging, warf er noch einen Blick auf die Zwei. Sie gingen so vertraut miteinander um, dass man sie für Vater und Tochter halten könnte. Energisch schüttelte er den Kopf. Das war Annies Angelegenheit, sagte er sich und lief entschlossen die Treppe hoch. Obwohl er schon immer fand, dass die beiden gut zusammen passten.

***

Annie hatte die Klingel gehört und sich darauf verlassen, dass ihre Eltern die Tür aufmachten. Nach dem Frühstück hatte sie sich noch schnell um ihr Make-up kümmern wollen. Zufrieden schaute sie jetzt in den Spiegel.

140

Die kalte Dusche, drei Tassen starker Tee, Concealer und Wimperntusche hatten Wunder gewirkt. Sie war wach und sah auch so aus. Auch ihr Lieblingskleid aus flaschengrünem Jersey ließ ihre grünen Augen strahlen.

Annie trat einen Schritt zurück und betrachtete sich in dem großen Spiegel, der an der Innenseite ihrer Kleiderschranktür hing. Seit sie ein Teenager war, machte sie sich hier zurecht. Sie war nie ein richtiges Partygirl gewesen, sie hatte sich immer sehr auf ihre schulischen Leistungen konzentriert. Bis zu dem alles verändernden Semester, als sie Edward kennengelernt hatte und schwanger geworden war. Edward.

Annie musste wieder an ihren Traum denken. Es war so verwirrend. Warum träumte sie erst von Matt und dann von Edward? Es war ja nicht so, dass sie sich irgendwie Hoffnungen machte. Den einen hatte sie seit Jahren nicht gesehen und den anderen...

„Annie?", rief ihr *Dad* auf dem Flur.

„Ich bin hier." Sie riss sich vom Spiegel los und öffnete ihre Zimmertür.

„Matt ist da und wartet unten." Robert musterte seine Tochter und lächelte. „Du siehst hübsch aus!"

„Danke *Dad*." Annie lächelte. Sie drückte sich an ihm vorbei in den Flur und lief leichtfüßig die Treppe hinunter.

„Weißt du, wo deine Mutter ist?", rief Robert ihr hinterher, aber statt seiner Tochter war Laura hinter ihn getreten.

„Hier."

Erschrocken fuhr Robert herum. „Du musst dir zuhause wirklich andere Schuhe anziehen. Es ist ja okay, wenn du dich lautlos an deine Patienten anschleichen kannst, aber mein Herz macht das nicht mehr lange mit."

Laura lächelte ihn warm an und trat noch einen Schritt näher. Robert nahm sie in die Arme und legte sein Kinn auf ihrem Kopf ab. „Früher wusste man immer, wo sich die

Krankenschwester gerade befand. Man hörte ihre quietschenden Gummisohlen auf der ganzen Station...", überlegte er laut.

Laura lächelte an seiner Brust. „Schatz, du verwechselst die Realität mit irgendeiner Krankenhausserie." Dann hob sie den Kopf. „Oder willst du mir damit sagen, dass ich bin, wie eine dieser herrischen Oberschwestern?"

Robert grinste und schüttelte den Kopf. „Ganz im Gegenteil, mein Schatz!" Er küsste sie innig und ließ seine Hände an ihrem Rücken hinab gleiten. Er ergriff ihren Po und drückte sie an sich. „Dafür siehst du viel zu gut aus!", flüsterte er lüstern und begann an ihrem Hals zu knabbern.

Laura wusste nicht, ob sie lachen oder sich anschmiegen sollte. „Du weißt also schon, was du machen möchtest, wenn die Mädels weg sind." Laura lächelte ihren Mann verschmitzt an und er grinste zurück.

***

Schwungvoll betrat Annie das Wohnzimmer. „Guten Morgen!", rief sie munter.

Matt, der Poppy gerade die Hände abwischte, sah auf und staunte. „Wow! Poppy, hast du eine schicke *Mommy*!"

Poppy strahlte ihn an, als wollte sie ihm sagen, dass das ganz allein ihr Verdienst war. „*Mommy*!", sagte sie mit Nachdruck und zeigte auf Annie.

Matt nickte. „Ja, das ist deine *Mommy*."

Annie freute sich sichtlich über das Kompliment, ging aber nicht weiter darauf ein. „Poppy muss noch Zähne putzen und ich wollte noch ihre Windel kontrollieren", sagte sie stattdessen.

„Kein Problem. Ich habe Tee." Matt zeigte auf seine Tasse. „Oder soll ich schon etwas in den Wagen bringen?"

„Du könntest den Kindersitz umbauen." Annie hob Poppy aus ihrem Kinderstuhl.

„Brauche ich nicht." Matt grinste.

„Wie bitte?" Annie runzelte fragend die Stirn.

Matt grinste noch etwas breiter. „Connors Schwester hat mir ihren Kindersitz verkauft. Sie braucht ihn nicht mehr."

„Du hast einen Kinderautositz für Poppy gekauft?", unterbrach ihn Annie. „Für deinen Wagen?"

„Ja. Er ist nur ein Jahr alt, unfallfrei, von Connors Schwester. Sie hat ihn mir günstig überlassen." Er hielt inne. Annie war ganz still und blass geworden. Abwartend guckte er sie an. War es am Ende doch keine gute Idee gewesen?

Annies Kopf war wie leergefegt. Matt hatte sich für SEINEN Wagen einen Kindersitz für IHRE Tochter gekauft?!

„Komm mit raus, du kannst ihn dir ansehen." Er nahm ihr das Kind ab und ergriff ihre Hand. „Es ist ein mitwachsendes Modell, sie kann darin bis zum Schluss sitzen. Er hat gute Bewertungen und ist, wie gesagt, unfallfrei." Hand in Hand gingen sie hinaus.

Annie konnte immer noch nichts sagen. Sie warf einen Blick auf ihre ineinander verschränkten Hände und lief mit ihm nach draußen. Er hatte in der Auffahrt gehalten und öffnete nun die Autotür, damit sie einen Blick hineinwerfen könnte.

„Hier, siehst du. Er hat einen einfachen, dunklen Bezug. Sie hat gesagt, dass man ihn gut waschen kann und ..."

Schweigend warf Annie einen Blick auf den Sitz. Es war ein hochwertiges Modell, eines das wirklich gute Bewertungen bei den Crashtests bekommen hatte. Das konnte sie doch auf keinen Fall annehmen.

„Ich dachte, dann müssen wir nichts mehr umbauen," ergänzte Matt etwas lahm. „Gefällt er dir?" Matt wurde nervös. War er damit einen Schritt zu weit gegangen? Gestern als Connor bei ihm vorbei gekommen war, schien es noch eine so gute Idee gewesen zu sein. Langsam drehte Annie sich zu ihm um.

„Matt, du ..." Als sie sein banges Gesicht sah, schluckte sie ihren Stolz hinunter und schenkte ihm ein Lächeln. „Er ist toll. Vielen Dank! Poppy kann da bestimmt super drin sitzen. Nicht wahr, Poppylein?" Sie knuffte ihre Tochter in den Bauch, Poppy quietschte und Matt atmete erleichtert aus. Puh, auf einmal hatte er richtige Zweifel gehabt. Er lächelte zurück.

„Lass uns schnell rein gehen und uns fertig machen. Dann kann sie ihn gleich ausprobieren."

Annie nahm ihm das Kind ab und lief mit großen Schritten auf das Haus zu.

Matt schloss die Autotür und ging hinter ihnen her. Da fiel ihm etwas ein. „Wo ist denn der Kuchen? Den kann ich doch schon einladen."

Annie musste grinsen, Kuchen vergaß Matt Gardner nie. „In der Küche. Da steht auch schon Poppys Wickeltasche. Nimmst du die auch mit?"

„Na klar!"

Kapitel 12

„Arthur, wie gut, dass ich dich noch treffe!" Mrs. Cuthbert war in den Blauen Salon gekommen, um den Frühstückstisch abzuräumen. Er war das eigentliche Esszimmer der Familie und wirkte besonders gemütlich, wenn die Morgensonne ihre Strahlen durch die Fenster schickte.

„Was gibt es denn, Mrs. Cuthbert?" Arthur hatte noch in aller Ruhe seinen Tee ausgetrunken, während die anderen schon ihrer Wege gegangen waren.

Mrs. Cuthbert begann die Marmeladengläser auf das Tablett zu stellen. „Es ist wegen Nigels Party."

„Das wollte ich sowieso wissen. Wie kam es denn, dass er sich eine Überraschungsparty gewünscht hat?"

„Naja...", druckste die Haushälterin herum, aber er winkte ab.

„Ist ja nicht so wichtig. Er soll sie haben. Wenn Ihnen das nicht zu viel Arbeit ist, Mrs. Cuthbert."

„Nein, nein. Das wird schon gehen." Mrs. Cuthbert wirkte erleichtert. „Es sind ja sowieso alle zu Ostern hier. Da macht ein Kuchen mehr oder weniger nichts aus."

„Naja, alle außer Nick und Max und Liz", wandte Arthur ein.

„Stimmt auch wieder." Mrs. Cuthbert nickte. „Gut, dann weiß ich Bescheid. Also planen wir die Party für seinen Geburtstag direkt am Montag? Ein Brunch?", hakte sie nach.

In diesem Moment rief Nigel in der Halle: „Schatz?"

Schnell antwortete Arthur: „Das kann ich Ihnen noch nicht sagen. Auf jeden Fall etwas zwangloses. Mrs. Cuthbert, ich lege die Menüplanung vertrauensvoll in ihre Hände. Ich kümmere mich um die Gäste und den Rest."

Sie hörten, wie Nigel näher kam. „Schatz, du kannst doch nicht immer noch an deinem Tee sitzen? SO große Tassen haben wir gar nicht!"

Eilig nickte Mrs. Cuthbert. „Ich muss nur die Anzahl der Gäste bis Samstag früh wissen, weil..."

In diesem Moment betrat Nigel das Esszimmer. „Hier bist du! Wolltest du nicht hoch..." Dann sah er Mrs. Cuthbert. „Aha!" Nigel stützte die Hände in die Hüften. „Habe ich Euch etwa bei irgendwelchen PLANUNGEN gestört?", fragte er verschmitzt und grinste dabei wie ein kleiner Junge.

Mrs. Cuthbert wandte sich um und begann Teller zu stapeln.

„Mrs. Cuthbert und ich haben das Ostermenü besprochen", antwortete Arthur seelenruhig und trank nun tatsächlich seinen Tee aus. „Wieso?"

„Ostermenü, ist klar." Nigel wippte auf seinen Füßen hin und her und schaute abwartend von einem zum anderen. „Und was soll es geben?", fragte er hinterlistig.

„Lamm. Was sonst?!", brummte Mrs. Cuthbert und schob sich mit dem Tablett an ihm vorbei.

„Lamm?" Nigel zog skeptisch die Augenbraue hoch und lief Arthur hinterher, der die Teekanne und den Brötchenkorb in die Küche trug.

„Ja. Außerdem habe ich Mrs. Cuthbert gebeten, dass sie die tolle Mohn-Marzipantorte bäckt."

„Und ich habe ja gesagt, auch wenn sie mir nur jedes zweite Mal gelingt", antwortete die Haushälterin, die Arthurs Erläuterung gehört hatte.

Wieder schaute Nigel die Beiden an. „Also ICH esse ja am allerliebsten die Schokoladentorte mit dem Sahnelikör." Bedeutungsvoll schaute er Mrs. Cuthbert an.

„Kaum zu glauben, aber das weiß ich!", antwortete sie und konnte sich ein Grinsen nicht verkneifen.

Nigel nickte zufrieden. Dann blickte er zu seinem Lebensgefährten. „Ich finde übrigens, dass gold und weiß eine tolle Farbkombination ist."

„Tatsächlich?" Arthur gab sich alle Mühe nicht zu grinsen. „Ich finde ja, violett und pink sehr modern und energetisch!"

Nigel zog einen Flunsch. „Psychedelisch wolltest du wohl sagen!"

„Die Siebziger kommen nie aus der Mode! Nicht wahr, Mrs. Cuthbert? Das war doch Ihre Zeit!"

„Oh ja!" Mrs. Cuthbert bekam doch tatsächlich glänzende Augen und begann leise vor sich hin zu summen, während sie das Geschirr in die Maschine räumte.

„Weiß und Gold hat viel mehr Klasse. Es passt zu mir!" Es hätte nicht viel gefehlt und Nigel hätte mit dem Fuß aufgestampft. Arthur betrachtete ihn liebevoll. Dass Nigel sich aber auch so leicht auf den Arm nehmen ließ!

„Wieso zu dir? Es geht doch um Ostern", wunderte sich Arthur. „Vielleicht sollten wir doch lieber Pastelltöne wählen", überlegte er laut.

Nigel holte angestrengt Luft. „Veräppeln kann ich mich allein. Vielen Dank!"

Arthur wollte etwas sagen, aber Nigel schnitt ihm das Wort ab. „Wenn du bereit bist, mit mir über die Geschäfte zu sprechen, findest du mich in meinem Arbeitszimmer." Damit drehte er sich schwungvoll um und verschwand aus der Küche.

Mrs. Cuthbert erlaubte sich ein leises Prusten. „Diese dramatischen Auftritte hat er schon als Kind hingelegt."

„Das glaube ich gern." Arthur grinste sie an. „Ich lade dann mal ein paar Leute ein, er kann ruhig ein bisschen schmoren..."

„Ihr beide!" Mrs. Cuthbert schüttelte schmunzelnd den Kopf. „Immer müsst ihr euch kabbeln!"

Aber das hörte Arthur schon nicht mehr, er war schon aus der Tür.

***

„Es ist so schön hier!" Annie schaute sich zufrieden um. Sie saßen an eine Feldsteinmauer gelehnt auf Matts riesengroßer Picknickdecke in der Sonne. Wilde Krokusse in gelb und lila breiteten ein wahres Blütenmeer um sie herum aus. Poppy spielte mit ein paar Stöckchen und Steinen. Im Hintergrund grasten friedlich die Schafe.

„Du bist also doch froh, dass du mitgekommen bist!", neckte Matthew sie und warf einen Grashalm, mit dem er gespielt hatte, nach ihr.

„Hey!" Annie fegte ihn lachend beiseite. „Ja, bin ich." Sie schaute ihn von der Seite an. „Es war so süß, Poppy mit den kleinen Lämmern zu sehen." Annie strahlte. „Ich habe lauter tolle Fotos gemacht!"

Auch Matt lächelte. „Genau so hatte ich es mir gedacht."

„Diese Picknickstelle ist wirklich schön! Viel besser als bei Andersens auf dem Hof zu picknicken."

„Ich dachte mir, dass dir der weite Blick über die Felder und Wiesen gefallen würde."

„Das tut er. Ich mag den Frühling, wenn alles anfängt zu grünen." Annie lächelte Matt an. „Danke für die Einladung!"

„Gern geschehen", sagte Matt ernst und erlaubte es sich, ihr in die Augen zu schauen. „Ich bin wirklich gern mit euch zusammen."

Annie musste schlucken, als Matt sie so ansah. Auf einmal war die Stimmung wie in ihrem Traum. Oh Gott! Sie fühlte sich sexy, verwegen und schrecklich unsicher, wenn er sie so ansah. Sie sollte irgendetwas sagen, etwas lockeres, aber ihr fiel nichts ein, außer: „Seit wann gehst du ins Fitnessstudio?" Sie zuckte zurück, unmerklich war sie näher an ihn herangerückt. Hatte sie das wirklich gerade gesagt?

Auch Matt war überrascht. „Wie kommst du denn darauf? Ich gehe in kein Fitnessstudio."

„Aber du...", stammelte Annie und bemerkte nicht wie ihr Blick automatisch über Matts Oberkörper glitt.

„Ja?", hakte Matt grinsend nach, als er langsam begriff, was sie meinte.

„Ach nichts." Sie winkte ab und versuchte das Thema zu wechseln. „Ich habe dir ja noch gar nicht erzählt, dass Poppy ..."

Aber Matt ließ sich nicht so einfach abwimmeln. Es war zur Abwechslung mal ganz schön zu sehen, dass Annie Taylor nicht weiter wusste. Sie gab sich sonst oft abgeklärt und selbstsicher. „Du findest also, ich bin gut in Form, ja?" Breit grinsend lehnte er sich zurück, so dass sein Pulli ein Stück hochrutschte und den Blick auf seine trainierten Bauchmuskeln freigab. Er genoss es zu sehen, wie Annie ihn ansah. Es gab seinem Selbstbewusstsein den nötigen Schubs, um sich weiter vorzuwagen. „Willst du nochmal anfassen?", fragte er daher in seiner flapsigen Art.

Annie konnte nicht aufhören ihn anzustarren. Das sehnsuchtsvolle Ziehen hatte sich wie ein alter Bekannter breitgemacht und lümmelte nun gemütlich in ihrem Innern. Annie schluckte. Naja, eigentlich hüpfte es eher ungeduldig auf und ab. Hatte Matt nicht etwas gefragt? Oh Mann, warum konnte sie nicht genauso lockerleicht flirten wie er?! Vielleicht sollte sie sich einfach auf ihn stürzen, überlegte sie und das sehnsuchtsvolle Ziehen begann wie ein begeisterter Cheerleader Saltos zu schlagen.

„Wir sind hier ganz ungestört...", fügte Matt noch frech hinzu.

Unter größter Willensanstrengung zwang sich Annie ihren Blick von seinem Bauch abzuwenden. „Haha! Hör' auf mich zu verkohlen!", sagte sie , als sie sein Grinsen sah. Sie versuchte empört und lustig zu klingen, was ihr nicht so gut gelang.

Blitzschnell richtete Matt sich auf und schaute ihr in die Augen. „Ich verkohle dich nicht." Er wollte nicht, dass sie das alles für einen Scherz hielt. Es war wirklich an der Zeit, dass er ihr seine Gefühle offenbarte! Also schaute er sie offen und ehrlich an.

Annies Augen weiteten sich, als er ihr so nahe kam. Matt hatte sie noch nie so angesehen. Sie waren doch nur Freunde! Sie traute sich kaum zurückzublicken.

Matt kam noch ein Stück näher und griff nach ihrer Hand. Auch wenn er schon oft ihre Hand gehalten hatte, fühlte es sich diesmal anders an. Von ihm ging eine Hitze aus, dass sie unwillkürlich hinunterschaute, um sich davon zu überzeugen, dass keine Flammen ausschlugen.

„Ann." Er wollte es ihr endlich sagen. ‚Ich liebe dich! Ich liebe dich! Ich liebe dich!', hallte es in seinem Kopf.

Annie blickte auf und sah ihn an, sah ihn wirklich an. Was sie dort in seinen Augen sah, ließ sie zurückzucken. Das konnte doch nicht sein!

Matt bemerkte, wie sie sich ihm entzog. Ohne darüber nachzudenken, nahm er ihre Hand und ließ sich mit ihr nach hinten fallen.

„Matt!", quiekte sie auf. Lachend landete sie auf seiner Brust. Die Anspannung war vorbei. Sie wandte suchend ihren Kopf. „Wo ist eigentlich Poppy?"

„Sie sitzt dort ganz vertieft und rupft das Gras aus." Matt streckte den Zeigefinger aus. „Ich habe sie im Blick."

Annie lächelte. Beruhigt rutschte sie ein Stück von ihm herunter und bettete ihren Kopf an seine Schulter. Genauso hatten sie schon oft gelegen und unzählige Gespräche geführt. Dort in seinem Arm, fühlte sie sich sicher und geborgen. Es war vertrautes Terrain.

Matt strich ihr über das Haar. Wie so oft widerstand er dem Impuls ihr dabei einen Kuss aufzuhauchen. „Was wolltest du von Poppy erzählen?"

„Ach ja!" Annie schaute ihn begeistert an. „Ich habe für Poppy einen Kindergartenplatz!"

„Super! Das sind tolle Neuigkeiten." Matt freute sich sehr für sie. „Ab wann?"

„Ab August. Das bedeutet, dass ich ganz entspannt die Eingewöhnung machen kann, bevor dann im Oktober das

Semester startet." Überaus zufrieden hatte Annie ihren Kopf wieder auf seiner Schulter abgelegt.

„Ich freu mich für Euch! Poppy wird den Kindergarten bestimmt lieben!"

„Meinst du? Ich bin wirklich sehr froh über den Platz, aber dann kommen diese blöden Zweifel, ob ich auch das Richtige tue."

„Ach was, Kindergarten ist doch super! Viele andere Kinder, lauter Spielsachen! Sie wird es lieben!", wischte Matt Annies Bedenken beiseite.

„Und wenn die anderen Kinder nicht nett zu ihr sind?"

Matt drückte Annie fest an sich. „Das kriegt sie hin. Sie kann sich schon jetzt sehr gut zur Wehr setzen. Dann ist sie fast zweieinhalb. Du brauchst dir keine Sorgen zu machen." Matt streichelte ihre Schulter.

„Du hast bestimmt recht." Annie entspannte sich wieder, auf einmal kam die Müdigkeit. Ohne darüber nachzudenken, kuschelte sie sich enger an Matt.

„Du wirst es sehen." Matt merkte, dass Annie immer schwerer wurde. Langsam streichelnd zog er immer größere Kreise über ihren Rücken und hörte auch nicht damit auf, als ihr Atem ihm verriet, dass sie eingeschlafen war. Er legte seinen anderen Arm hinter seinen Kopf, um Poppy besser beobachten zu können. In der Zwischenzeit hatte sie angefangen die ersten Gänseblümchen zu pflücken. Er hatte zwar nicht viel Erfahrung mit Kindern, aber die Kleine war wirklich unglaublich. Es gab Momente wie diesen, in denen sie sich ganz selbstvergessen wirkte. Auf einmal ging ihm auf, wie glücklich er gerade war! Wie schön konnte das Leben sein! Die Sonne schien, er hatte die Frau, die er liebte im Arm und das Kind, das er liebte, strahlte ihn in diesem Augenblick an. Jetzt erlaubte er es sich doch Annie einen Kuss aufs Haar zu geben. Dankbar schloss er für einen kurzen Augenblick die Augen und atmete ihren Duft ein.

***

Annie blinzelte verwirrt. War sie etwa eingeschlafen? Vorsichtig lauschend hob sie den Kopf. Alles war ruhig, aber der Picknickkorb stand noch genauso da wie vorhin und Matt hatte sie anscheinend mit seiner Jacke zugedeckt. Er musste mit Poppy zu einem Spaziergang aufgebrochen sein. Entspannt legte sie den Kopf noch einmal ab und schloss genüsslich die Augen. Es war herrlich von ganz allein aufzuwachen und nicht von irgendwem geweckt zu werden! Kaum vorstellbar, dass dieser Luxus noch vor zwei Jahren zu ihrem Leben dazugehört hatte und sie sich dessen gar nicht bewusst gewesen war. Annie drehte sich auf den Rücken und streckte sich.

Dafür hatte sie nun ein süßes kleines Mädchen, das sie jeden Tag abküssen konnte, soviel sie wollte! Das war durch nichts in der Welt aufzuwiegen! Die Sonne war weiter gewandert und kleine Wölkchen zogen über den strahlend blauen Himmel. Eine Welle des Glücks durchfloss Annie. Das Leben war einfach wunderbar!

Entschlossen setzte sie sich auf, langsam wurde ihr etwas frisch. Sie zog sich Matts Jacke an und schloss den Reißverschluss bis zum Ende. Dabei stieg ihr sein Aftershave in die Nase und ihr neuer Begleiter Sehnsucht begann sich zu räkeln. In Gedanken schlug sie ihn sofort k.o.. So konnte es nicht weiter gehen! Sie wollte ja gern anerkennen, dass sie Sex vermisste. Kein Ding. Aber musste es ausgerechnet ihr bester und beinah einziger Freund sein, auf den sie plötzlich abfuhr? Was, wenn es in die Hose ging? Dann stände sie richtig blöd da! Wollte sie wirklich wegen ein paar Hormonen, und was anderes war es ja nicht, ihre Freundschaft aufs Spiel setzen?

Mitten in ihre Überlegungen hinein nahm sie eine Bewegung wahr. Matthew und Poppy kamen auf sie zu. Matt hatte ihre Tochter auf seine Schultern gesetzt. Beide grinsten sie strahlend an und Annies Herz wurde ganz weich bei ihrem Anblick.

Matt setzte Poppy ab und ihre Tochter rannte auf sie zu. *„Mommy,* guck!" Poppy hielt ein erstes Gänseblümchen in ihrer kleinen, dicken Hand. Sie hatte es so kurz abgepflückt, dass der Stängel winzig war. Freudestrahlend hielt sie das Blümchen Annie hin. Annie konnte nicht anders. Sie musste lachen. Poppy sah so niedlich aus, wie sie so stolz dastand.

„Ach meine Süße, vielen Dank!" Sie zog Poppy samt Blümchen auf ihren Schoß und küsste sie ab. „Hast du ein Gänseblümchen für mich gepflückt?!"

Poppy nickte und streckte noch einmal ihre Hand aus. „Da!"

„Dankeschön! *Mommy* freut sich!" Annie schmuste ihre Tochter noch einmal innig und guckte dabei lächelnd in Matts Richtung. Er beobachtete sie beide mit einem so liebevollen Blick, dass Annies Herz stolperte.

Entspannt kam er näher. Am liebsten hätte er den Moment fotografiert, aber sein Handy war in seiner Jackentasche. Mutter und Tochter so innig miteinander zu sehen, machte ihn stolz und glücklich. Es war ihm so egal, dass er nicht der leibliche Vater von Poppy war. Er war bei jedem Meilenstein in ihrem Leben dabei gewesen. Ja, sogar bei ihrer Geburt. Matt seufzte lautlos. Er konnte sich nicht vorstellen, jemals ein anderes Kind mehr zu lieben als dieses. Oder jemals eine andere Frau mehr zu lieben als die, die gerade vor ihm saß und ihn anlächelte.

Er lächelte zurück. Bei der nächsten Gelegenheit, in der sie zwei alleine waren, würde er ihr das endlich sagen! Er hob die Hand und streichelte Poppy über ihr weiches Haar. Er stutzte. „Prinzessin, wo hast du denn deine Mütze gelassen?"

Poppy wandte den Kopf und grinste ihn frech an. Er musste zurück grinsen.

Annie rückte ein wenig von ihrer Tochter ab. „Ach Poppy, es ist immer dasselbe!" Sie seufzte ein wenig genervt und wollte aufstehen. Aber Matt war schneller.

„Bleib sitzen! Ich suche sie. Sie muss ja irgendwo hier sein."

Er ging rückwärts los und rief übermütig. „Wenn ich siegreich heimkehre, bekomme ich dann ein Stück von deinem Kuchen?"

Annie lachte auf. „Aber sicher, mein edler Ritter!" Huldvoll winkte sie ihm zu.

Poppy war auch aufgestanden. Sie hüpfte grinsend auf die Tasche mit der Torte zu. „Uchn! Poppy Uchn!"

Annie lachte noch mehr und krabbelte zu ihr. „Ja, du bekommst auch ein Stück Kuchen." Begleitet von Poppys ungeduldigen Hüpfern holte sie die Teller und Besteck heraus. Dabei entdeckte sie eine Thermoskanne. Hatte Matt etwa Tee eingepackt? Oder noch besser Kaffee? Dieser Mann war einfach toll, er dachte echt an alles!

Weil sie immer noch auf allen vieren auf der Decke stand, begann Poppy an ihr hochzuklettern, um auf ihr zu reiten.

„Poppy, hör auf. Ich kann jetzt nicht Pferdchen spielen." Annie versuchte sie von sich wegzuhalten.

Aber Poppy fing an zu lachen und dachte, sie würden spielen.

Auch Annie musste wider Willen lachen. Sie hockte sich auf die Fersen, in der Hoffnung, *Pops* würde einsehen, dass sie nicht auf ihren Rücken klettern konnte. Leider war das Gegenteil der Fall.

Die Süße freute sich nur noch mehr, dass sie jetzt viel besser an *Mommys* Rücken kam. Sie hängte sich mit ihrem ganzen Körpergewicht an Annies Hals und drückte ihr dabei die Luft ab. „Urgh!" Annie befreite sich von ihrer Tochter. Woher hatte Poppy nur so viel Kraft? Sie räusperte sich und sagte: „Nicht so doll mein Schatz, wir wollen doch Torte essen."

Poppy grinste. „Uchn!"

Annie grinste zurück. „Ja, Kuchen!"

In diesem Moment rief Matthew „Ich habe sie!" und schwenkte die Mütze wie eine Fahne über seinen Kopf. Poppy lief mit ihren kurzen Beinen auf ihn zu. Matt ging in die Hocke und fing sie auf. Schwungvoll drehten sich die Zwei im Kreis und Poppy jauchzte vor Begeisterung.

Annie lächelte, sie sahen so süß miteinander aus! ‚Matt ist so toll! Ich liebe es zu sehen, wie er mit Poppy umgeht.' Glücklich schnitt sie die Torte auf.

„Ann, das ist ja ein Meisterwerk!" Matt war mit Poppy auf dem Rücken näher gekommen.

„Du hast ihn doch noch gar nicht probiert!" Annie lachte.

„Wenn er nur halb so gut schmeckt, wie er aussieht, ist er großartig!", versicherte Matt und setzte sich mit Poppy auf dem Schoß hin.

„Aber er ist gesund!", wandte Annie ein und reichte ihm einen Teller.

„Hör' auf dich klein zu machen! Die Torte sieht fabelhaft aus!" Matt sah sie fest an. „Ich esse gern gesunde Sachen!" Entschlossen hob er die Gabel und hielt sie Poppy hin. Die Kleine öffnete prompt den Mund und schloss ihn verzückt wieder. Sie kaute zufrieden. „Siehst du? Poppy schmeckt es!"

Annie beobachte wie Matt sich ebenfalls einen Happen in den Mund steckte. Genüsslich schloss er die Augen. Zufrieden nahm sie ihren eigenen Teller und probierte selbst.

„Hmm! Der ist köstlich!" Schnell fütterte er Poppy weiter und nahm sich selbst auch einen zweiten Happen.

„Ich verstehe gar nicht, warum du unbedingt Wirtschaft studieren willst! Diese Torte ist so köstlich! Auch die Brötchen letztens waren ein Traum. Du könntest dein eigenes Catering aufmachen!"

Annie lachte laut auf. „Ich und Catering? Und wer soll mich buchen? Hier in der Gegend ist doch nichts los!"

Aber Matt ließ sich nicht beirren, er hatte Gefallen an der Idee gefunden. „Nigel und Arthur zum Beispiel!"

„Die haben doch Mrs. Cuthbert", wandte Annie ein.

„Ja, aber allein schafft sie auch nicht alles. Das weißt du doch!"

„Ich bin überhaupt nicht qualifiziert für so etwas! Ich müsste Räume anmieten!" Annie schüttelte entschieden den Kopf, aber Matt grinste nur und fütterte Poppy weiter.

„Ach was, du bist mehr als qualifiziert! Den ganzen Buchhaltungs- und Finanzkram hast du drauf. Einen Businessplan schüttelst du lässig aus dem Ärmel. Das Gesundheitszeugnis hast du schon. Und für den Rest kannst du immer noch ein, zwei Kurse an der Uni belegen."

„Du hast die Räumlichkeiten vergessen!" Herausfordernd schaute Annie ihn an, aber Matt grinste nur noch breiter. „Warum grinst du denn so?"

„Weil du schon Argumente findest!" Matt setzte Poppy neben sich und holte ihre Trinkflasche hervor. „Hier, Prinzessin, trink was." Dann goss er Tee aus der Thermoskanne ein.

Annie war verwirrt. „Ja, klar, weil die Idee ja auch bescheu...äh... bescheiden ist!" Im Beisein ihrer Tochter bemühte sie sich immer um eine gute Ausdrucksweise.

Matt schüttelte entschieden den Kopf. „Im Gegenteil, die Idee ist hervorragend. Du könntest eine Art Deli aufmachen und einen Mittagstisch anbieten und auch vorbereitete Gerichte für zuhause, die die Leute nur noch aufwärmen müssen."

Keiner der beiden merkte, wie Poppy anfing Annies Tortenstück aufzuessen.

„Das kaufen die sich doch im Supermarkt!" Annie starrte blicklos in die Ferne, aber auch dieses Argument konnte Matt sofort endkräftigen.

„Ja, aber du kochst frisch und in kleineren Mengen. Dadurch brauchst du keine Zusatzstoffe. Es schmeckt besser und ist gesünder."

Annie lachte ein wenig bitter auf. „Meine Eltern mögen mein ‚Ökozeug' nicht."

Matt griff nach ihrer Hand. „Ann!" Sie sah zu ihm auf. „Ann, ich mag deine Eltern, aber sie sind nicht das Maß aller Dinge", sagte er nachdrücklich. „Mach das, woran dein Herz hängt und nicht etwas, wovon du glaubst es tun zu müssen."

Annie schaute ihn mit großen Augen an und merkte, dass ihr die Idee allmählich gefiel. „Und was ist mit Poppy?", flüsterte sie.

Matt beugte sich etwas vor. „Das ist das Beste daran! Du wärst dein eigener Chef. Klar müsstest du viel arbeiten, aber sie könnte bei dir sein, wenn der Kindergarten zu ist, oder so." Matt merkte, dass Annie ihm aufmerksam lauschte, also führte er noch schnell an. „Und ich bin ja auch noch da."

Unmerklich nickte Annie. Hier in Beddingsham war sie umgeben von Freunden und Familie. Sollte sie Hilfe brauchen, würde sie sie bekommen...

Die Frage, wo sie nach dem Studium wohnen würden, hatte sie bis jetzt immer verdrängt. So weit war es ja noch nicht. Aber wenn sie ehrlich war, wäre ein Umzug sehr wahrscheinlich. Jobs für Betriebswirte mit einem Schwerpunkt auf internationalem Management gab es in Beddingsham und Umgebung nicht. Egal wohin es sie verschlagen würde, sie wäre auf sich gestellt und müsste endgültig den Alltag einer Alleinerziehenden stemmen.

„Aber was, wenn es die dümmste Idee aller Zeiten ist und ich grandios scheitere?"

„Ach Ann, dann machst du halt was anderes", warf er ein und sah sie liebevoll an. „Aber was, wenn du grandios erfolgreich sein wirst?" Er beobachte sie genau und sah, wie es in ihrem Kopf rumorte. „Es ist deine Entscheidung. Du musst sie ja nicht sofort treffen."

Plötzlich stand Poppy auf. „*Mommy*! Uchn!"

Annie kehrte schlagartig in die Wirklichkeit zurück. Poppy sah aus, als wäre sie kopfüber in die Torte gefallen. Überall waren Teigstückchen. Ihr ganzes Gesicht war mit Schlieren der Crememasse überzogen.

„Poppy!", rief Annie halb erschrocken, halb belustigt.

Matt konnte nicht mehr, er lachte lauthals los. „Na Prinzessin, hast du eine Gesichtsmaske aufgelegt?"

„So kann man es auch sagen!", prustete Annie. Dann kramte sie nach dem feuchten Waschlappen, den sie eingesteckt hatte. „Komm her Schätzchen, *Mommy* macht dich sauber!" Annie nahm Poppys Hand und versuchte ihr kleines Kuchenmonster sauber zu wischen, was dem gar nicht gefiel.

Matt hatte begonnen, die Reste der Torte einzupacken.

„Sie hat die Torte sogar in den Haaren!" Annie musste wider Willen lachen. Poppy wand sich hin und her, aber immerhin kreischte sie nicht. Noch nicht.

„Dann wird sie wohl in die Badewanne müssen", stellte Matt fest.

„Ich hätte besser aufpassen sollen. Die schöne Torte!", seufzte Annie ergeben.

„Ann, unser Gespräch war wichtig und es ist nichts Schlimmes passiert." Matt sah sie an und Annie nickte.

„Weiß ich doch. Aber *Princess Pops* schreit neuerdings in der Wanne immer!" Sie warf einen gespielt verzweifelten Blick zu ihrer Tochter. „Das ist wirklich kein Vergnügen!"

Matt musste schmunzeln. „Ich helfe dir!", versprach er.

Annie sah ihn zweifelnd an, aber Matt nickte bekräftigend. „So schwer kann es ja nicht sein, eine Zweijährige zu baden!"

Annie war versucht ein spöttisches Geräusch zu machen, hielt sich aber zurück. Sie wollte nicht riskieren, dass er sein Angebot wieder zurücknahm. Sie war um jedes Mal froh, wenn sie Poppy nicht allein baden musste.

„Gut!", sagte sie daher, „vielen Dank für das Angebot, ich nehme es sehr gern an."

Matt freute sich, endlich nahm sie seine Hilfe, ohne zu murren, an. Sie machten Fortschritte! Er wandte sich um und begann alles einzupacken. „Lass uns fahren, es wird auch langsam kühl."

„Gute Idee, denn sauberer bekomme ich sie jetzt nicht." Sie knuffte ihre Tochter liebevoll und Poppy grinste ihr verschmitztes Kleinkinderlächeln. „Komm Süße, wir fahren nach Hause!"

Kapitel 13

Zuhause angekommen, fand Annie einen Zettel ihrer Eltern vor. Sie waren spontan ins Kino gegangen. Das war so typisch, sie hätten ihr auch eine Nachricht aufs Handy schicken können, aber sie zogen den altmodischen Zettel am Flurspiegel vor. Annie war ganz froh, dass sie nicht zuhause waren und sie noch ein bisschen Zeit für sich hatten. Poppy war im Auto eingeschlafen. Sie holte ihren Mittagsschlaf nach. Es würde einen Moment dauern, bis sie so wach war, dass sie in die Badewanne gehen konnte. Gerade trug Matt ihre verschlafene Tochter ins Haus.

„Du kannst sie aufs Sofa legen. Ich ziehe sie gleich aus."

Matt streifte sich die Schuhe von den Füßen. „Das kann ich gern übernehmen, wenn du dafür einen Kaffee machst!"

„Abgemacht. Kaffee ist ein gute Idee." Annie nickte. „Ich drehe nur schnell im Bad die Heizung auf." Schon rannte sie die Treppe hoch.

Matt legte derweil Poppy aufs Sofa. Er zog ihr die Jacke und Schuhe aus und brachte alles gleich an seinen Platz. Annie hatte etwas übertrieben, so dreckig war die Süße gar nicht. In diesem Moment kam Annie die Treppe wieder hinunter.

„So spät ist es ja noch gar nicht. Wir können sie noch etwas schlafen lassen." Sie griff nach einer Kuscheldecke und legte sie auf ihre Tochter, die sich sofort umdrehte und einen kleinen Seufzer verlauten ließ. „Vielleicht ist sie dann weniger knatschig beim Baden." Annie machte ein missmutiges Gesicht und Matt lachte.

„Willst du mir Angst machen?"

„Das würde ich nie wagen!" Annie legte sich theatralisch die Hand aufs Herz. Dann grinste sie übermütig. „Wie könnte ein erwachsener Mann auch Angst vor einer Zweijährigen haben!"

„Genau!" Matt grinste siegesgewiss zurück.

Gemeinsam gingen sie in die gegenüberliegende Küche.

„Wo sind deine Eltern eigentlich hingegangen?"

„Ins Kino." Annie stellte sich auf die Zehenspitzen, um eine neue Packung Kaffee herauszuholen. Matt stellte sich hinter sie. „Sag doch was! Ich kann dir doch helfen!" Mit einem Griff hatte er die Packung in der Hand.

Annie konnte gar nichts mehr sagen. Sie war sich seiner Nähe nur allzu bewusst. Wenn sie sich jetzt umdrehte, lag sie in seinen Armen. Genauso wie in ihrem Traum. Und dann konnte sie ihn küssen. Und wahrscheinlich würde er sich nicht in Edward verwandeln. Bei diesen Gedanken schoss ihr das Blut in die Wangen. Verlegen räusperte sie sich und drehte sich weg. „Danke", krächzte sie.

Matt schien nichts zu bemerken. „Weißt du welchen Film sie gucken?"

„Nein." Annie schüttelte den Kopf und versuchte sich auf die Kaffeezubereitung zu konzentrieren.

„Ich würde auch gern mal wieder ins Kino gehen." Matt überlegte. „Es soll eine neue Comicverfilmung geben . "

„Comic?", fragte Annie stirnrunzelnd.

„Du hast den Trailer noch nicht gesehen? Der lief doch überall!" Matt wunderte sich. „Mist, jetzt fällt mir der Name nicht ein." Schon hatte er sein Smartphone in der Hand und tippte wild darauf herum. „Das Besondere ist, dass diesmal eine Frau, die Hauptfigur ist!"

Schweigend bereitete Annie den Kaffee zu. Sie war lange nicht mehr ins Kino gegangen. Sie wollte ihre Eltern nicht auch noch abends als Babysitter einspannen.

„Hier, ich habe ihn gefunden!" Matt hielt ihr den Bildschirm hin und drückte auf Play.

„Aha", bekundete Annie am Ende.

„Er gefällt dir nicht?", wunderte sich Matt.

„Der Trailer ist ewig lang! Da hat man ja schon den ganzen Film gesehen!", sagte sie und holte Tassen aus dem Schrank. „Außerdem wirkt er so konfus."

„Das stimmt doch gar nicht!", entgegnete er. „Der Film ist bestimmt großartig! Ich bin mir sicher, dass er dir gefällt."

Annie drehte sich um und grinste ihn an. „Tatsächlich?"

„Ja, tatsächlich!" Matt zwinkerte ihr zu. „Der andere letztens hat dir doch auch gefallen!"

„Das schon, aber das heißt noch lange nicht, dass ich mir jetzt jede Comicverfilmung ansehen muss!"

„Gut, dann such du einen aus!" Auffordernd hielt Matt hier sein Smartphone hin, auf dem noch das aktuelle Kinoprogramm geöffnet war.

„Dann wollen wir mal sehen, was sonst noch läuft!" Lächelnd griff Annie nach dem Gerät und scrollte sich durch die Liste.

„Brauchst du eigentlich noch etwas für Poppys Geburtstagsparty? Soll ich etwas mitbringen?", fiel ihm in diesem Moment ein.

„Da musst du meine Mutter fragen." Annie verdrehte die Augen. „Sie hat die Planung dieses EVENTS übernommen!"

Matt musste lachen. „Ein Event also! Und ich dachte, ich könnte einen Salat oder eine Pastete mitbringen."

„Von mir aus sehr gern. Mach, was du möchtest, aber entweder sprichst du vorher mit ihr oder du gehst das Risiko ein, ihren Unmut auf dich zu ziehen." Annie zuckte betont gleichgültig mit den Achseln, aber Matt merkte, dass sie der Eifer ihrer Mutter störte. Daher deklamierte er: „Ich habe keine Angst vor deiner Mutter!"

Annie musste lachen.

„Lach nicht, holde Maid." Matt kam näher.

„Ich lache nicht", gluckste sie. „Ich würde es nie wagen meinen edlen Ritter auszulachen!", erklärte sie huldvoll. Dann gab sie ihm sein Handy zurück. „Mir gefällt nichts. Vielleicht kommt nächste Woche etwas Besseres."

Matt nickte und steckte das Gerät in seine Hosentasche. „Oder wir gehen in den Zirkus. Ich habe ein Plakat gesehen, dass in Kingstone ein Zirkus gastiert."

„Zirkus?", fragte Annie verwundert. „Das ist doch nicht das Gleiche wie Kino."

„Das habe ich auch gar nicht gesagt. Aber der Zirkus gehört schließlich auch zu unseren kulturellen Vergnügungen und ist eine eigene Kunstform", rezitierte er und machte dabei ein Gesicht wie Reverend Smith am Ende seiner Predigt.

So oft ging Annie nun nicht in den Gottesdienst, aber wenn, dann musste sie sich immer zusammenreißen, um nicht laut loszulachen, wenn die Predigt sich dem Ende zuneigte. Aber in diesem Moment und zusammen mit Matt konnte sie ihrer Heiterkeit freien Lauf lassen. Es tat so gut albern zu sein und zu lachen! Vor lauter Lachen musste sie sich an ihm festhalten, um nicht umzufallen. Als sie sich einigermaßen beruhigt hatte, sah sie mit leuchtenden Augen zu ihm auf. „Danke für den schönen Tag!"

Matt trat noch einen Schritt auf sie zu und griff nach ihrer Hand. „Gern geschehen", sagte er. „Ich habe auch viel Spaß mit euch." Auch Annie trat unbewusst näher an ihn heran. Er roch nach Wind und …

„Ann", unterbrach er ihre Gedanken. Sie hob den Kopf und schaute ihn an. Wieder bemerkte sie die goldenen Sprenkel in seiner Iris. „Ja?", hauchte sie.

„Ich." Er hatte vergessen, was er sagen wollte. All die Worte, die er sich zurechtgelegt hatte, waren weg. Die Sehnsucht, die aus ihrem Blick sprach, nahm ihn ganz und gar gefangen. Er konnte nicht anders. Er wollte es so sehr. Ganz langsam neigte er seinen Kopf.

Ihr war, als würde sie von einem unsichtbaren Band näher an ihn herangezogen. So hatte sie noch nie gefühlt. Unwillkürlich stellte sie sich auf die Zehenspitzen und schaute ihm weiter in seine Augen und konnte dort ihre eigene Sehnsucht gespiegelt sehen. Es war ihr fast zu viel. Sie wollte jetzt nicht darüber nachdenken, was das bedeuten könnte. Sie schloss die Augen und wartete auf seinen Kuss. Sie waren sich ganz nah und jetzt wusste sie auch, wonach er roch. Nach Wind und Freiheit, nach Geborgenheit und...

„Mommy?"

Erschrocken sprang Annie von ihm weg. Ihr Herz hämmerte. Ihr Mund war staubtrocken. Fieberhaft überlegte sie, wie viel Poppy gesehen hatte und ob sie schon verstehen konnte, was das zu bedeuten hatte.

Matts Herz hatte einen Moment ausgesetzt und galoppierte nun im doppelten Tempo los. Er hatte sich so auf Ann konzentriert, dass er die Kleine total ausgeblendet hatte.

Poppy stand im Flur zwischen Wohnzimmer und Küche und rieb sich verschlafen die Augen. Mit einem Satz war Annie bei ihrer Tochter und nahm sie in den Arm. „Süße, du bist im Auto eingeschlafen." Aufmunternd rieb sie ihr den Rücken und versuchte ihren galoppierenden Herzschlag zu beruhigen. Poppy kuschelte sich an sie und fing an zu quengeln. „Ach mein Schatz, brauchst du deinen Schnulli?" Annie stand mit Poppy im Arm auf und sah sich suchend um.

Matt erwachte aus seiner Schreckstarre und kam in Bewegung. „Er ist im Wohnzimmer. Ich hol ihn."

„Danke." Annie lief ihm hinterher. „Matt holt dir deinen Schnulli. Ist ja alles gut. Du hast geschlafen."

„Hier ist er." Unschlüssig blieb Matt stehen und schaute Annie an.

„Danke." Annie gab ihn Poppy und drückte ihr ein leichtes Küsschen auf. Dann lächelte sie Matt an und atmete tief durch, als Poppy zufrieden anfing sich bei ihr einzukuscheln.

„Ähm... Matt." Annie sah ihn unschlüssig an. Sollte sie etwas sagen? Während sie noch überlegte, wurde ihr klar, wie enttäuscht sie über die Unterbrechung war. Sie hätte ihn wirklich gern geküsst.

164

„Ja?" Matt fuhr sich nervös durch seine Haare. Er müsste sie mal wieder schneiden lassen, fiel ihm dabei ein. Er fühlte sich immer noch ein wenig fahrig. Mist, er war so nah dran gewesen. Er musste sich sehr zusammenreißen, um die Enttäuschung im Zaum zu halten. Endlich traute er sich sie anzusehen. Überrascht stellte er fest, dass sie genauso aussah, wie er sich fühlte. Enttäuscht, verwirrt, ernüchtert. Doch dann lächelte sie ihn zaghaft an und erleichtert lächelte er zurück.

„Magst du uns den Kaffee holen? Dann setzen wir uns hier auf die Couch, bis die Maus wieder ganz wach ist." Annie schaute Matt fragend an.

„Ja klar. Gute Idee." Mit steifen Beinen holte Matt den Kaffee. Seine Gedanken drehten sich unaufhörlich im Kreis. Er wollte sie so sehr. Sie ihn anscheinend auch. Wann es wohl wieder so eine Situation geben würde? Während er sich die beiden Tassen schnappte, beschloss er spontan ein paar der vielen Kerzen, die im Wohnzimmer verteilt waren, anzuzünden. Nur weil die kleine Prinzessin jetzt wach war, konnten sie es sich ja trotzdem schön und gemütlich machen.

***

Annies Eltern kamen nach Hause, als Poppy gerade eingeschlafen war. Unschlüssig standen Matt und Annie auf der Treppe, während Robert ihre Jacken an die Garderobe hing.

„War es schön?", fragte Annie.

„Ja sehr!" Erleichtert seufzte Laura auf, als sie aus ihren hochhackigen Schuhen stieg.

„Was haben Sie sich denn angesehen?", erkundigte sich Matt.

„Ach, so einen Agentenfilm. Er war ganz gut gemacht", berichtete Robert und zog sich ebenfalls die Schuhe aus.

„Schläft die Kleine?", wollte Laura wissen. Als Annie nickte, ging sie schnurstracks ins Wohnzimmer und kuschelte sich auf die Couch.

„Habt ihr was gegessen? In der Küche sind noch Reste." Annie machte eine ausholende Bewegung.

„Ja, danke", antwortete ihr Vater und ging ebenfalls ins Wohnzimmer.

Annie verdrehte die Augen. Was waren ihre Eltern wieder gastfreundlich und mitteilsam! Sie drehte sich zu Matt um und wollte etwas sagen, aber er winkte einfach ab.

„Ich sollte jetzt gehen", sagte er leise.

„Das musst du nicht. Wir können doch noch..." Annie stockte. Beinahe hätte sie ‚Rumknutschen' gesagt. Wo kam das denn auf einmal her? Vor Schreck bekam sie ganz große Augen.

Matt schüttelte den Kopf. „Lass mal gut sein. Deine Eltern..." auch er ließ den Satz offen.

„Wir können doch...", versuchte es Annie noch einmal.

Aber Matt schüttelte wieder den Kopf. „Ein anderes Mal", versprach er ihr und nahm sie in den Arm. Das tat so gut! Wie gern würde er jetzt hier so stehenbleiben.

Annie lehnte sich an ihn. Sie wollte nicht, dass er jetzt ging. Es war so ein schöner Tag gewesen. Der sollte noch nicht vorbei sein!

„Danke für den schönen Tag", sagte Matt leise. Er drückte sie noch einmal kurz. Wie gern hätte er sie jetzt geküsst. Sie wirkte so niedergeschlagen.

„Gerne", murmelte Annie und ließ ihn widerstrebend los. Sie zwang sich zu einem breiten Lächeln und winkte ihm hinterher, als er die Auffahrt hinunter fuhr.

Als sie ihn nicht mehr sehen konnte, sackten ihre Schultern nach unten. Enttäuscht trottete sie ins Wohnzimmer und ließ sich auf den Sessel plumpsen. Ihre Eltern saßen dicht nebeneinander auf dem Sofa. Beide hatten ein Cognacglas in der Hand.

„Und? Wie war es bei Euch?" Ihre Mutter sah sie fragend an.

„Schön", antwortete Annie einsilbig. Sie hatte jetzt keine Lust auf ein Gespräch. Vielleicht sollte sie hoch gehen und etwas lesen, oder so.

Laura wechselte einen Blick mit ihrem Mann und versuchte es noch einmal. „Wie haben Poppy die Lämmer gefallen?"

„Gut." Annie hatte die Arme verschränkt und starrte vor sich hin.

„Was ist denn los?"

„Nichts ist los, *Mum*." Annie hörte selbst, dass sie patzig wurde. Sie stand auf und beide fingen gleichzeitig an zu reden. „Es ist wohl besser, wenn ich jetzt hoch gehe."

„Hattest du die Einladungskarten geschrieben?"

„Nein, *Mum*, habe ich nicht. Ich habe dir doch gesagt, dass..."

„Ich mache die gesamte Planung allein und das war das Einzige, das du tun solltest." Laura wurde allmählich auch sauer.

„Du wolltest es doch unbedingt machen. Ich habe dich nicht darum gebeten! Ich hätte auch ganz allein Poppys Geburtstagsparty ausrichten können!", verteidigte sich Annie.

„Aber du wohnst nun mal in meinem Haus", rief Laura aus.

Annie bekam große Augen. „Ja!", versetzte sie mit Nachdruck.

„Annie!", versuchte Robert einzugreifen. „Bitte!" Aber Annie beachtete ihn nicht, im Gegenteil, dass er nur sie ermahnt hatte, ging ihr gewaltig gegen den Strich.

„Was soll das denn heißen? Ist das der Dank..." Laura traute ihren Ohren nicht.

„Das soll heißen, dass ich mir das bestimmt nicht ausgesucht habe."

„Entschuldigung? Du willst uns doch nicht etwa die Schuld an deiner Situation geben!" Laura war empört.

„Das habe ich nicht gesagt!" Annie raufte sich die Haare.

„Und was hast du Bitteschön dann gesagt?"

„Ich meinte, dass ich es mir auch nicht erträumt habe, mit 24 wieder bei Euch zu wohnen."

„Aha. Und du denkst ein Mann wie Matthew bietet dir das Leben, von dem du geträumt hast?"

„*MUM*!" Annie wurde rot, ob vor Zorn oder vor Scham, wegen dem, was heute beinahe passiert wäre, konnte sie nicht genau sagen. Es war auch egal. Ihre Mutter war zu weit gegangen. „Wie kannst du es wagen, so von Matt zu sprechen!" Annie fehlten die Worte. Sie zitterte regelrecht vor Wut. Sie hatte immer gedacht, dass ihre Eltern hinter ihr stünden. Aber scheinbar trauten sie ihr gar nichts zu.

„Ich will doch nur, dass du es mal besser hast als wir!", wandte Laura ein. „Mach nicht immer wieder den gleichen Fehler!"

Annie wurde immer wütender. Jetzt tat ihre Mutter auch noch so, als wäre sie besorgt und darum wäre es in Ordnung so über Matt zusprechen. Und über sie.

„Wie bitte? Immer wieder den gleichen Fehler?" Annie glaubte sich verhört zu haben! „Und überhaupt, seit wann ist harte Arbeit etwas schlechtes?"

„Daran ist nichts Schlechtes. Das habe ich nie gesagt. Ich will nur..."

„Genau! DU WILLST! Es ist aber mein Leben! Da muss ich allein entscheiden!", rief Annie aufgebracht.

„Das ist mir schon klar", entgegnete Laura. Allmählich wurde sie auch wütend.

„Sicher." Annie nickte höhnisch, fixierte ihre Mutter kurz und stürmte zur Tür. Dort drehte sich noch einmal um. „Ich dachte immer, ihr mögt Matt. Ihr seid solche Snobs." Sie schüttelte den Kopf und redete schnell weiter. „Da macht man mal einen einzigen Fehler und ihr..." Annies Stimme begann zu zittern. „Ihr haltet einem das ewig vor!"

Damit schnappte sie sich ihre Jacke und stürzte aus dem Haus.

***

Tränen der Wut und Enttäuschung liefen unentwegt über Annies Gesicht. Fast blind lief sie die Straßen entlang. Sie war es so leid. So leid, sich immer und immer anzustrengen. Die Beste zu sein. Keinen Fehler zu machen. Sie wusste gar nicht, wann sie sich mal nicht angestrengt hatte, um ihre Eltern stolz zu machen und ihre Anerkennung zu bekommen. Das war schon in der Schule so gewesen und an der Uni war das natürlich so weiter gegangen. Und jetzt diese unausgesprochenen Vorwürfe. Als wenn sie sich das so ausgesucht hatte! Wieder bei ihren Eltern zu wohnen, jeder Tag durchgetaktet vom Windeln wechseln, Essen machen, immer alleine mit ihren Gedanken zu sein. Körperlich manchmal am Rande ihrer Kräfte, geistig völlig unterfordert und trotzdem kaum Energie das zu ändern.

Dabei übernahm sie doch die volle Verantwortung für sich und Poppy. Sie stand nachts auf, sie hatte Zuschüsse beantragt, hatte sich einen Job besorgt... Und trotzdem hatte sie immer das Gefühl, es reiche nicht, als sei sie nicht gut genug.

Vielleicht hatte sie sich deshalb auch von Edward so angezogen gefühlt. Er hatte so eine unbekümmerte Lässigkeit ausgestrahlt. Ihm lag die ganze Welt zu Füßen.

Vor ihren Füßen stand nur ein Kind. Diesen einen Fehler würden ihre Eltern ihr ein Leben lang vorhalten.

Abrupt blieb Annie stehen und schlug die Hand vor den Mund. Hatte sie Poppy wirklich gerade einen Fehler genannt?! Entsetzt über sich selbst begann sie noch heftiger zu weinen. Wie konnte sie nur?

Sie rannte los. Rannte weg von dem ganzen Chaos und den Schuldgefühlen und der drückenden Last der Verantwortung, dem alltäglichen Einerlei, durch die dunklen Straßen, an den Feldern entlang. Sie rannte immer weiter, obwohl ihr das Blut in den Ohren rauschte. Sie wollte nichts mehr sehen, hören und entscheiden. Sie wollte nur weg.

Weg von allem.

***

Annie blieb erschöpft stehen. Sie hatte es nicht geplant, aber sie war auch nicht im Geringsten überrascht, dass ihre Beine sie hierher geführt hatten. Sie war jetzt ruhiger, alle Emotionen waren einmal hochgekocht und kühlten nun langsam ab.

Eines war sicher, sie liebte Poppy und sie würde sie niemals im Stich lassen. So sehr hatte sie noch nie irgendjemanden geliebt. Ohne Wenn und Aber.

Aber heute Nacht war alles anders. Sie sah zu den beleuchteten Fenstern des Cottages. Heute Nacht brauchte sie eine Pause von ihrem Leben. Heute Nacht sollte es nach ihren Bedürfnissen gehen.

Sie ging auf die Haustür zu und drückte entschlossen auf den Klingelknopf. Heute Nacht wollte sie einfach nur eine junge Frau sein, die sich mit dem Mann traf, den sie begehrte.

Kapitel 14

Sprachlos vor Ärger und mehr als verwundert saß Laura im Wohnzimmer. Bereits seit zehn Minuten versuchte sie in Worte zu fassen, was eben passiert war, um es zu verstehen. Aber immer wenn sie den Mund öffnete, schloss sie ihn gleich darauf wieder. Robert war still, wie immer! Sein Verhalten schürte ihren Unmut nur noch. Sie musste sich bewegen! Am liebsten wäre sie genauso aus dem Haus gestürmt wie ihre Tochter, andererseits wollte sie darüber reden. Unruhig begann sie vor der Couch auf und ab zulaufen, rückte dort etwas zurecht, sammelte hier etwas ein.

Robert war in Gedanken, auch ihn beschäftigte Annies Ausbruch. Aber anders als seine Frau, bezog er ihr Verhalten nicht sofort auf sich. Er probierte sich in Annie hinein zu fühlen. Laura und Annie waren sich in sehr vielen Dingen ziemlich ähnlich, das war schon oft der Auslöser für lautstarke Auseinandersetzungen gewesen.

Auch die aktuelle Situation, dass sie sich die Betreuung von Poppy teilten und dabei natürlich unterschiedliche Herangehensweisen hatten, barg ein großes Konfliktpotential. Wenn Robert es genau nahm, gestand er sich ein, dass es einem Wunder gleichkam, dass dies der erste große Streit war, seit Poppy auf der Welt war.

Endlich hatte Laura ihre Sprache wieder gefunden. „Einfach unglaublich! Was denkt sie sich, so auf mich loszugehen? Bei allem, was wir für sie tun!" Laura redete sich in Rage. „Ist es zu viel verlangt, dass sie fünf Einladungskarten schreibt?! Fünf! Nicht Fünfzig! Es ist schließlich der Geburtstag ihrer Tochter!" Laura war stehengeblieben und sah Robert vorwurfsvoll an. „Jetzt sag doch auch mal was!"

Robert rutschte nach vorn und griff nach Lauras Hand. „Schatz, setz dich erst mal."

Widerstrebend ließ sie es geschehen. „Natürlich ist das mit den Einladungen kein Problem", sagte er und Laura setzte eine triumphierende Miene auf. „Aber darum geht es doch gar nicht. Poppy ist Annies Tochter. Nicht deine."

Brüsk drehte sich Laura zu ihm um. „Stell dich ruhig auf ihre Seite. So wie immer!"

„Ich stehe auf niemandes Seite", stellte er klar. „Annie ist unsere Tochter, wir unterstützen sie, weil wir sie lieben." Er griff nach Lauras Hand und drückte sie. „Das bedeutet aber nicht automatisch, dass ihr Leben dadurch einfach ist."

„Unseres doch auch nicht!", wandte Laura ein.

„Stimmt, aber wir sind älter. Wir wissen, dass es auch für sie wieder anders wird. Aber sie hat es sich einfach anders vorgestellt."

„Wir doch auch!", begehrte Laura auf. „Wir wollten reisen, wenn sie aus dem Haus ist. Wir wollten das Haus endlich abbezahlen." Laura begann zu schluchzen. „Immer noch tun wir alles für sie. Ich kann bald nicht mehr." Jetzt flossen die Tränen richtig. „Ich weiß, das sind Luxusprobleme, aber..." Weiter kam sie nicht. Robert hatte sie längst in den Arm genommen und streichelte ihren Rücken.

„Ich verstehe dich! Es ist nichts falsch an deinen Wünschen!", murmelte er ihr beruhigend ins Haar. „Unsere Tochter hatte ihre eigenen Vorstellungen vom Leben nach der Schule."

Laura schnaubte. „Dann hätte sie mal besser aufgepasst. Wir haben schließlich oft genug darüber gesprochen!"

„Der junge Mann trägt aber auch einen wesentlichen Anteil daran!", gab er mühsam beherrscht zurück.

„Ich weiß." Laura wandte den Kopf und sah ihn liebevoll an. „Wir müssen ja auch nicht wieder darüber sprechen. Es führt ja zu nichts."

Robert lächelte und gab ihr einen Kuss. „Eine Frage habe ich aber noch. Wenn DU dir so gern etwas leisten willst, warum machst du dann so eine große Sache aus Poppys Geburtstag und gibst dafür das Geld aus?"

„Weil...", Laura seufzte. „Ich will nicht, dass die Leute denken, wir können es uns nicht leisten."

Robert zog eine Augenbraue hoch und sagte gar nichts.

„Ich weiß, ich weiß. Das ist saublöd und eine Milchmädchenrechnung", gab sie zu, dann musste sie lächeln. „Aber es macht auch so viel Spaß!"

Robert lächelte zurück und schüttelte leicht den Kopf. „Du bist verrückt, aber ich liebe dich!"

„Ich liebe dich auch!"

***

„Ann, was machst..." Bevor er auch nur ein weiteres Wort sagen konnte, presste sie schon ihre Lippen auf seine und drängte ihn zurück ins Haus. Mit einem satten Geräusch fiel die Haustür ins Schloss. Aber das registrierte Annie nur am Rande ihres Bewusstseins. Der Kuss nahm ihre ganzen Sinne in Anspruch. Er fegte wie ein Wirbelsturm durch ihren Körper. Das leise, sehnsuchtsvolle Ziehen wurde zu einem Verlangen, das sie gleichzeitig erschreckte und faszinierte.

Mit einer immensen Willensanstrengung unterbrach Matthew den Kuss und schob sie ein Stück von sich. „Ann? Was ist passiert?" Es war ja nicht so, dass er noch nie davon geträumt hatte, dass sie einfach vor seiner Tür stehen würde. Aber jetzt, in der Realität, machte er sich doch Sorgen.

„Nichts", hauchte sie und begann seinen Hals zu küssen, während ihre Hände auf Wanderschaft gingen.

„Aber..." Matt versuchte sich zu konzentrieren. „Ist alles okay?"

Sie schob ihre Hände unter sein Hemd und begann seine Seiten zu streicheln. „Sicher", flüsterte sie in sein Ohr.

Matt schluckte mühsam. „Bist du..." Weiter kam er nicht, denn Annies Hände waren immer weiter unten gewandert. Überrascht keuchte er auf.

Annie stellte sich auf die Zehenspitzen und knabberte an seiner Unterlippe. „Psst." Sie lächelte ihn träge an. Er nahm kaum wahr, dass sie anfing sein Hemd aufzuknöpfen. Ihr Blick nahm ihn ganz und gar gefangen. Selbst als sie anfing kleine, heiße Küsse auf seinem nackten Oberkörper zu verteilen, ließ sie ihn nicht aus den Augen. „Keine. Fragen. Mehr.", bestimmte sie. Dann leckte sie über seine harten Nippel.

Matt konnte nur noch nicken. Sein Kopf war leer. Es war, als wäre sein ganzes Blut nach unten gewandert. Unablässlich pochte seine Erregung gegen seine Hose. Matt schloss die Augen und lehnte sich an die Wand. Er gab sich ganz der süßen Qual hin, die ihre Lippen und ihre Zunge verursachten.

Annie war wie getrieben von ihrem Verlangen. Sie wollte nur noch fühlen, nicht mehr denken. Es gab nur noch Matt und sie. Alles andere zählte nicht mehr. Sie musste ihn spüren. Jetzt. Ungeduldig zerrte sie an seinem Gürtel.

Matt fand ein Stück in die Wirklichkeit zurück. So wollte er nicht das erste Mal mit Ann erleben. Hastig, mitten im Flur. Außerdem lagen die Kondome in der Nachttischschublade. Er zog sie an sich, suchte ihren Blick und küsste sie sacht. Als sie ihn wild zurück küssen wollte, entzog er sich ihr. „Ann", flüsterte er. „Du glaubst nicht, wie sehr ich dich will." Er hauchte kleine Küsse hinter ihr Ohr. „Wie lange ich dich schon will." Dabei legte er ihre Hände um seinen Nacken, bevor er ihr über den Rücken strich und sie näher an sich zog. „Die Frage ist nur, willst du es auch?" Er suchte ihren Blick und sie nickte heftig. „Bist du ganz sicher?"

„Ja!" Annie nickte wieder und begann ihn zu küssen. „Bitte!", flehte sie an seinen Lippen und das letzte bisschen Vernunft in Matt musste sich geschlagen geben, als das Verlangen das Zepter übernahm. Schließlich war er auch

174

nur ein Mann. Später konnten sie immer noch darüber sprechen, warum sie so spät am Abend bei ihm aufgetaucht war.

Als ihr ein kleiner Seufzer entwischte, hob er sie hoch und trug sie, ohne ihren Kuss zu unterbrechen, ins Schlafzimmer. Sanft stellte er sie auf seinem Bett ab. Lächelnd schob er ihre Haare ein Stück beiseite, um den Reißverschluss ihres Kleides zu öffnen. Zentimeter für Zentimeter küsste er ihre Haut. Er hatte so lange auf diesen Moment gewartet, dass er ihn jetzt bis zum Äußersten auskosten wollte. Langsam streifte er ihr Kleid von den Schultern und ließ es auf den Boden fallen. Ihr Hemdchen landete direkt daneben. Er kniete sich nieder und befreite sie von ihrer Strumpfhose.

Annie war hin und hergerissen, zwischen ihrem Verlangen und ihrer Ungeduld. Sie taumelte von einer Empfindung zur Nächsten. Aufreizend langsam liebkoste er mit seiner Zunge die Innenseiten ihrer Schenkel.

Wie gern hätte er ihren Anblick in aller Ruhe genossen, aber er spürte ihr Drängen. Also gab er ihr, was sie verlangte, und ließ sich selbst vom Strudel ihrer alles verzehrenden Lust mitreißen.

Ihre zarten Hände wanderten in fieberhafter Eile über seinen muskulösen Körper. Die harte Arbeit auf dem Hof hatte ihn gestählt. Sie konnte nicht genug bekommen, von seiner Haut, seinen Küssen, seinen kräftigen Händen auf ihrem Körper. Viel zu lange hatte sie darauf verzichtet, viel zu lange hat sie sich selbst nicht mehr gespürt. Es war, als würde jede seiner Berührungen einen Ton in ihrem Innern erzeugen. Er brachte sie, ihr ganzes Sein zum Schwingen. In seinen Armen fühlte sie sich emporgehoben und gleichzeitig beschützt.

Er konnte die Augen nicht von ihr abwenden. Ihm war, als würde sie überall dort, wo er sie küsste und berührte beginnen zu strahlen. Ihr Körper, der früher klein und zierlich gewesen war, besaß nun verführerische Rundungen, die sich sanft und weich an ihn schmiegten.

Als er in sie eindrang, seufzte sie leise seinen Namen und er hielt kurz inne. Sie schlug die Augen auf und sah ihn an. Er wollte diesen Moment festhalten und für immer in seinem Herzen bewahren. Als sie lächelte, beugte er sich zu ihr hinunter und küsste sie. Einladend begann sie sich unter ihm zu bewegen und die Stille des Moments floss hinüber zu einem wundervollen Akt der Lust und aus ihrem leisen Leuchten wurde ein überirdisches Strahlen.

Annie hatte ihren Kopf an seine Schulter gebettet. So lagen sie schon eine ganze Weile da und lauschten dem Schlagen ihrer Herzen. Matt streichelte sacht ihren Rücken. Beide waren schier überwältigt von dem, was sie gerade erlebt hatten.

Annie hatte bis jetzt dieses ganze Spiritualitätsding von wegen Seelenverwandtschaft und so für Humbug gehalten, aber nun kamen ihr genau diese Worte in den Sinn. Anders ließ sich ihr Beisammensein nicht erklären. Es fühlte sich so richtig an, hier und jetzt an seiner Seite zu liegen, dass Worte überflüssig waren.

Matt fühlte sich angenehm leicht und dennoch erfüllt. Jetzt wo Annie nackt in seinen Armen lag, spürte er, dass nicht nur sein innigster Wunsch in Erfüllung gegangen war, sondern dass es auch genau so sein sollte. Sie war sein Gegenstück, das wusste er nun mit Bestimmtheit. Diese Gewissheit ließ ihn lächeln. Sanft küsste er ihr Haar.

Sie kuschelte sich noch ein wenig enger an ihn. Dabei strich ihre warme, feuchte Mitte über seine Hüfte. Wortlos fanden ihre Lippen einander und begannen das Spiel von neuem.

Kapitel 15

Kurz vor dem Morgengrauen blinzelte Annie gegen die ersten Lichtstreifen am Himmel. Oh Gott, sie war eingeschlafen! Bald würde Poppy aufwachen. Und sie wäre nicht da. An ihrem Geburtstag! Ohne weiter nachzudenken stand sie auf. Noch war es dunkel, als sie begann nahezu lautlos ihre Kleidung zusammen zu klauben. In den letzten Monaten hatte sie diese Fähigkeit sich wie ein Indianer zu bewegen, geradezu perfektioniert. Sie wollte Matt nicht wecken, sie würde ihm später alles erklären. Unglücklicherweise musste sie ausgerechnet jetzt auf Toilette. Nun, das würde warten müssen. Denn davon wurde Matt bestimmt wach.

„Shit! Shit! Shit!", wiederholte sie in Gedanken immer wieder, während sie sich fahrig anzog und dabei beinahe umgefallen wäre. Sie konnte sich gerade noch am Bett festhalten. Warum hatte sie auch unbedingt eine Strumpfhose anziehen müssen?

„Hey, wo willst du denn hin?", fragte Matt leise.

„Puh!" Erschrocken ließ sich Annie aufs Bett sinken. „Hast du mich erschreckt." Sie drehte sich zu ihm um. In dem trüben Licht, konnte sie ihn gerade so erkennen. „Poppy hat heute Geburtstag", erinnerte sie ihn und kämpfte dann weiter mit ihrer Strumpfhose.

Matt rückte näher. „Es ist noch mitten in der Nacht. Bleib noch."

Annie stand auf und zog endlich die Strumpfhose hoch. „Nein, ich muss wirklich ..." Der Rest des Satzes ging in einem erschrockenen Quieken über, denn Matt hatte sie schwungvoll umgedreht und zu sich ins Bett gezogen. Jetzt lag sie auf ihm.

„Guten Morgen!", flüsterte er und gab ihr einen sanften Kuss.

Augenblicklich fiel alle Anspannung von Annie ab. „Guten Morgen. Ich wollte dich nicht wecken", flüsterte sie zurück. Sie merkte nicht, wie sie wieder zu strahlen begann.

„Kein Problem. Ich bin froh darüber." Wieder küsste er sie. Länger und intensiver, aber nicht weniger sanft. Seine Hände fuhren langsam an ihrem Rücken hinab, genossen die Rundung ihres Pos und strichen dann an ihren Seiten wieder hinauf. Annie seufzte leise auf.

Er wollte sie überall berühren, wollte ihren wunderbar weichen Körper spüren. Behutsam bettete er sie an seine Seite und hauchte kleine, feine Küsse auf ihren Hals, ihre Schultern, ihre Kinnlinie. Langsam, aber stetig wanderte er weiter, bis er endlich ihren BH zur Seite schob. Verführerisch ragten ihre harten Spitzen hervor. Sanft begann er sie mit seinen Lippen zu necken. Dabei rollte er ihre Strumpfhose langsam und stetig wieder hinunter.

Annie bog den Rücken durch. Sie musste gehen, aber sie konnte sich nicht loseisen. Zu stark war das Verlangen nach ihm, nach der Erfüllung, die nur er ihr schenken konnte. „Oh Matt!", stöhnte sie halb Frage, halb Aufforderung.

Zu hören, wie sie seinen Namen hauchte, ließ ihn innerlich beben. „Ich will dich!", flüsterte er heiser und schaute sie fragend an. „Jetzt!"

Annie nickte kurz, bevor sie ihn wieder küsste. Auch sie wollte ihn spüren. Nichts anderes war mehr wichtig.

Seine rechte Hand wanderte in die Nachttischschublade, ohne den Kuss zu unterbrechen. Er küsste sie mit einem beinahe wahnwitzigen Begehren. Endlich war er bereit. Er schob nur ihren Slip beiseite und drang mit einem kraftvollen Stoß in sie ein.

Überrascht keuchte Annie auf. Vorbei war die Zeit des zarten Entdeckens. Er liebte sie leidenschaftlich. Zeigte ihr seine ganze Stärke. Sie ließ los, ließ sich davontragen zu den höchsten Gipfeln, hinaus aus ihrem Selbst.

Matt legte all seine Empfindungen in jeden einzelnen Stoß. Er wollte sie wissen lassen, wer sie für ihn war. Bis er sich schließlich ganz der Kraft und Energie hingab, die ihn durchströmte.

Ihr war, als befände sie sich in einem Ort außerhalb von Zeit und Raum. Sie öffnete die Augen und sah in seine. Sie erkannte ihn auf eine Art und Weise, die ihr neu war und wusste, dass es ihm genauso ging. Ihre Seelen und Körper hatten sich erkannt und verbunden. Sie hatten ein unzerreißbares Band gewoben, das sich um ihre Herzen schlang. Dieses Erkennen dauerte nur eine Sekunde, die sich auszudehnen schien bis in die Ewigkeit.

Vollkommen erfüllt fanden beide nur schwer in die Wirklichkeit zurück. Die Sonne schickte die ersten zartrosa Strahlen ins Zimmer. Sie fanden keine Worte für das Erlebte. Schweigend beruhigte sich ihr Atem. Ineinander verschränkt lagen sie da und versuchten zu verstehen.

Aber wie so oft, konnte der Verstand wahre Wunder nicht begreifen, bereitete schon die ersten Zweifel vor und meldete sich stattdessen mit seinen profanen Bedürfnissen.

Während Matt noch damit haderte, dass dies der perfekte Moment für ein „Ich liebe dich!" wäre, pochte in Annie die Notwendigkeit zu ihrer Tochter zu eilen.

„Ich muss wirklich los", sagte sie dann auch und zuckte dabei innerlich zusammen. „Ich..." Annie suchte Matts Blick und wollte die harten Worte irgendwie abmildern, aber sie wusste nicht, was sie sonst sagen sollte.

Er rang sich ein Lächeln ab, das kaum ein solches genannt werden konnte und strich ihr übers Haar. „Sicher. Ich fahre dich", sagte er. „Ich mache dir noch schnell einen Tee." Er küsste sie sacht auf die Wange und stand auf.

Annie war plötzlich kalt. Sie fühlte sich unendlich müde. Langsam stand sie auf und sammelte ihre restlichen Sachen ein. „Ich gehe noch mal eben...", flüsterte sie.

„Ich warte auf dich." Matt sah ihr hinterher. Er wusste, dass sie recht hatte. Sie musste zu Poppy, das war gar keine

Frage. Aber er hätte sie so viel lieber hier in seinen Armen behalten. Ein bisschen schämte er sich seiner egoistischen Gedanken. Während er sich anzog, tröstete er sich damit, dass sie sich nachher auf der Geburtstagsfeier sehen würden. Er würde länger bleiben, beim Aufräumen helfen und später wäre dann genug Zeit zum Reden. Oder um da weiter zumachen, wo sie eben aufgehört hatten. Mit einem kleinen Lächeln auf den Lippen ging er in die Küche.

***

Sobald Annie im Bad war, fragte sie sich was zum Teufel sie sich dabei gedacht hatte! Gestern hier aufzutauchen und über Matt herzufallen, war ja schon peinlich genug. Aber heute früh gleich noch einmal mit ihm zu schlafen! Was dachte sie sich eigentlich dabei?

Sie vermied es in den Spiegel zu schauen. Sie wollte gar nicht wissen, wie sie aussah, zu groß war die Scham. Heute war Poppys Tag und sie hatte nichts Besseres zu tun, als sich mit ihrem besten Freund in den Laken zu wälzen. Was für eine Mutter war sie eigentlich? Was er von ihr denken musste! Und wie sollten sie jetzt bitte weitermachen? Würde ihre Freundschaft das überstehen?

Ganz leise meldete sich eine innere Stimme, die sie daran erinnerte, dass er es gewesen war, der heute früh die Initiative ergriffen hatte. Aber Annie überhörte sie geflissentlich. Die eigenen Vorwürfe klangen viel glaubwürdiger. Sie hatten ja recht. Immer wenn es um Sex ging, verlor sie irgendwie die Kontrolle.

Die leise Stimme ließ sich nicht so leicht unterkriegen. Sie rief ihr ins Gedächtnis, dass sie mit Edward ein ganzes Semester zusammen gewesen war und dass es nichts mit Kontrollverlust zu tun hatte, wenn man mit seinem Freund schlief.

‚Sei still!', schnauzte Annie in Gedanken. ‚Wenn man vor lauter Alkohol und Verliebtheit nicht auf die Verhütung achtet, hat man sehr wohl die Kontrolle verloren!'

Müde ließ sie den Kopf hängen. Mit Matt zu schlafen war anders gewesen, als alles was sie jemals erlebt hatte. Das erste Mal war schon atemberaubend gewesen, aber das Erlebnis heute Morgen erschien ihr so natürlich, wie vorherbestimmt...

Sie schüttelte den Kopf, als würde sie dadurch klarer sehen.

‚Es kann einfach nicht sein! Hast du verstanden? Das ist... unmöglich!‘, argumentierte Annie in Gedanken weiter. Obwohl sie selbst dabei gewesen war, weigerte sie sich anzuerkennen, was sie erlebt hatte. Ja, sie konnte es noch nicht mal gedanklich in Worte fassen.

‚Ich bin Mutter, verdammt noch mal! Ich kann es mir nicht leisten, wegen ein paar Hormonen durchzudrehen!‘, versuchte sie sich selbst zur Räson zu rufen. Sie wusste ja, dass es Konsequenzen haben würde, dass sie miteinander würden reden müssen, auch wenn ihr davor graute.

Jetzt schaute sie doch in den Spiegel und war überrascht, so niedergeschlagen auszusehen. Erschrocken wandte sie sich ab. Sie musste dringend nach Hause. Später wird noch genug Zeit sein, über alles nachzudenken.

***

Müde wartete Matt darauf, dass das Teewasser kochte. Mechanisch goss er den Tee in zwei Becher, während sich die Badezimmertür öffnete und Annie den Flur hinunter kam.

„Ich bin fertig", sagte sie leise.

Mit den Bechern in der Hand drehte er sich um. „Dann lass uns fahren." Er hob den Blick und sah sie an. Ihr Anblick verschlug ihm den Atem. Sie hatte noch nie schöner ausgesehen, nur ihre Augen wirkten traurig und irgendwie verloren. Schon war er bei ihr und hielt sie in seinen Armen. Die Teebecher standen vergessen auf der Arbeitsplatte.

Zärtlich hob er ihr Kinn an. „Ann, was ist los?" Er versuchte zu ergründen, was sie dachte. „Bereust du es?"

Mit großen Augen sah sie ihn an und schüttelte langsam den Kopf. „Matt, ich..." Annie verstummte. Wie sollte sie ihm ihre Scham erklären? Er würde es nicht verstehen. Sie schluckte. „Bitte, können wir später reden?" Sie trat einen Schritt zurück. „Ich möchte wirklich nicht, dass...", begann sie unschlüssig. „Ich möchte Zuhause sein, bevor Poppy aufwacht", sagte sie leise.

Matt war wie vor den Kopf geschlagen. Warum machte Annie so zu? Er verstand es nicht. Bereute sie tatsächlich mit ihm geschlafen zu haben? Aber sie muss doch gespürt haben, dass etwas Besonderes zwischen ihnen passiert war! „Ann!" Er wollte schon beginnen, auf sie einzureden, als sie den Kopf hob und ihn betrübt ansah. Augenblicklich schluckte er alle Worte hinunter und nickte. „Gut. Fahren wir." Er ging voraus in den Flur und schnappte sich seine Autoschlüssel. Annie folgte ihm schweigend.

Auch Matt sagte kein Wort, obwohl ihm tausende Gedanken durch seinen Kopf schwirrten. Er wusste nicht, was er sagen sollte. Irgendwie klang alles blöd in seinen Ohren, aber er musste sich vergewissern, dass alles gut war zwischen ihnen. Dass er sich ihre Verbundenheit nicht nur eingebildet hatte. Ihm kam ein neuer Gedanke. Vielleicht hatte Ann einfach nur Angst...

Viel zu schnell waren sie vor Annies Elternhaus angekommen.

„Danke." Annies Stimme krächzte und ihre innere Erstarrung bekam Risse. Wie war sie überhaupt auf diese bescheuerte Idee gekommen, spontan bei ihm aufzukreuzen?! Genau deswegen schlief man eben nicht mit seinem besten Freund, weil man dadurch alles kaputt machte! Gestern Vormittag war alles noch locker und leicht zwischen ihnen gewesen. Und nun saßen sie schweigend und verkrampft nebeneinander. Sie räusperte sich. „Fürs

Fahren, meine ich." Sie legte die Hand auf den Türgriff. „Wir sehen uns später!" So schnell wie möglich wollte sie aussteigen, aber Matt hielt sie fest.

„Ann, warte."

Langsam drehte sie sich zu ihm um und er versuchte zu lächeln. „Es ist alles gut zwischen uns. Wir kriegen das hin!" Er beugte sich vor und gab ihr einen leichten Kuss. Er spürte wie sich ihre innere Anspannung ein klein wenig löste. Er genoss es, ihr so nahe zu sein und ließ seine Lippen einen Moment auf ihren verweilen. Er liebte sie so sehr, aber jetzt war nicht die Zeit ihr seine Liebe zu gestehen, das würde er heute Abend machen, wenn Ruhe eingekehrt war.

Für eine Sekunde schien es, als wollte sie etwas sagen. Doch dann nickte sie nur und sprang aus dem Auto.

Matt sah ihr hinterher, bis sie hinter der Haustür verschwunden war. Dann fuhr er los. Es würde sich alles klären, dessen war er sich sicher.

Wenn er mit seiner Vermutung richtig lag und sie wirklich nur Angst hatte vor der Veränderung ihrer Beziehung, dann würde sich alles in Wohlgefallen auflösen.

Er hatte es sich nicht nur eingebildet, es war kein Wunschdenken gewesen. Die Welt hatte für einen Augenblick stillgestanden und das würde er sich von niemand nehmen lassen!

Entschlossen schaltete er das Radio an und fuhr gut gelaunt nach Gracewood Hall. Er wollte nach den Tieren sehen. An seinen freien Tagen übernahm das zwar Mr. Cuthbert, aber es war noch so früh, dass er mehr als genug Zeit hatte. Vielleicht konnte er sogar noch zum Friseur gehen, bevor die Party begann. Als erstes würde er aber bei Mrs. Cuthbert in der Küche vorbeischauen, um ihr ein Frühstück abzuschwatzen. Er hatte einen Bärenhunger und das war ja auch kein Wunder nach den Anstrengungen der letzten Nacht.

***

Annie schlich leise ins Haus und stellte beschämt fest, dass ihre Mutter Poppys Geburtstagstisch bereits gedeckt hatte. Auf dem Couchtisch im Wohnzimmer standen der Geburtstagskranz mit den zwei Kerzen, die Geschenke und ein ganz kleiner Tulpenstrauß. Luftballons sah sie keine. Hatte sich ihre Ma etwa den Vortrag über Plastikvermeidung, den sie ihr letztens gehalten hatte, zu Herzen genommen? Annies schlechtes Gewissen wurde noch ein bisschen größer. Mit eingezogenen Schultern ging sie langsam die Treppe nach oben. Sie musste als allererstes Duschen.

Als sie unter dem warmen Wasserstrahl stand, fiel die Anspannung allmählich von ihr ab und die vorwurfsvolle Stimme verstummte langsam.

Matthew hatte recht, sie würden das hinkriegen. Sie waren schließlich nicht die ersten Freunde, die aus einer verrückten Laune heraus miteinander geschlafen hatten. In ein paar Wochen würden sie bestimmt darüber lachen, redete sie sich gut zu.

Aber als sie sich einseifte, musste sie an seine starken Hände auf ihrem Körper denken. Beinahe konnte sie sie spüren. Annie stöhnte leise, bei der Erinnerung an all die Empfindungen, die seine Berührungen in ihr ausgelöst hatten.

Sie hatte nicht mal ansatzweise geahnt, dass ihr Körper dazu fähig war und dass obwohl bereits ein Kind in ihr gewachsen war, sie es geboren und genährt hatte.

Das sehnsuchtsvolle Ziehen war wieder da und zu ihrer Überraschung war es stärker als zuvor. Eigentlich hatte sie gehofft, es wäre nun verschwunden. Aber da hatte sie sich anscheinend geirrt. Das Monster war gefüttert worden und verlangte nun nach mehr!

Energisch rief sie sich zur Vernunft. Sie hatte heute wichtigeres zu tun, als sich unter der Dusche irgendwelchen Tagträumen hinzugeben. Heute war Poppys Tag und sie bekamen Gäste!

Außerdem konnte sie schlecht weiter mit Matt befreundet sein, wenn sie permanent Sex mit ihm haben wollte! Auch wenn es wahnwitzig guter Sex war!

Entschlossen drehte sie das kalte Wasser auf.

Karsamstag
Kapitel 16

Zur gleichen Zeit saß Arthur bereits in seinem Arbeitszimmer am Rechner. Er war wie immer zeitig wach, heute allerdings war er so früh aufgestanden, um nach zu sehen, wer alles zu Nigels spontaner Geburtstagsparty am Montag kommen würde. Viele Leute hatte Arthur nicht eingeladen, es war schließlich auch noch Ostern.

Liz hatte eine lange E-Mail mit einigen Anhängen geschickt. Sie hatte nicht nur sämtliche ausstehende Blogposts fertig vorbereitet, sondern auch die Ankündigungsschreiben für die offizielle Pressesache, die nach Ostern stattfinden sollte. Liz berichtete außerdem, dass sie bereits Donnerstag nach Deutschland geflogen waren und nun die Tage bei ihrer Familie verbrachten. Sie schrieb, dass sie sehr gern zu Nigels Geburtstag kommen und sie solle von Max ausrichten, dass er in diesem Moment die Flugtickets umbuchte.

Arthur musste grinsen, scheinbar war der Familienbesuch anstrengender als gedacht. Als er weiterlas, lachte er auf einmal lauthals los. Er lachte so lange, bis ihm die Tränen über die Wangen liefen. Nach Luft japsend, wischte er sie weg und schloss die E-Mail.

***

„Guten Morgen Mrs. Cuthbert," sagte Matt fröhlich und trat in die Küche.

„Matthew!" Mrs. Cuthbert war überrascht. „Was machst du denn hier? Heute ist doch dein freier Tag!" Sie musterte ihn aufmerksam.

Aus Matthews Lächeln wurde ein breites Grinsen. „Ich wollte nach den Pferden sehen und wo ich schon mal hier bin, dachte ich, ich könnte auch die Öfen anfeuern."

„Ach? Dachtest du?" Mrs. Cuthbert bemühte sich um einen neutralen Gesichtsausdruck. „Und ein Frühstück bekommen?!"

„Nun, wenn Sie mich so fragen, liebe Mrs. Cuthbert, da sage ich nicht nein", tat Matt unschuldig und holte den Ascheeimer aus dem Verschlag.

Mrs. Cuthbert musste lachen. „Lausbuben! Ihr seid Lausbuben, alle miteinander. Wart ihr schon immer." Nicht nur die Bedfordkinder und Max waren auf Gracewood aufgewachsen, auch Matthew hatte sich schon als Junge immer in der Nähe des Stalls und der Tiere herumgedrückt. Jeden Nachmittag hatte er plötzlich an der Seite ihres Mannes gestanden und ihn mit Fragen gelöchert. Ihr Walter hatte ihr ein ums andere Mal erzählt, wie sehr er sich erschrocken hatte, wenn der Junge auf einmal neben ihm aufgetaucht war.

Immer noch lächelnd fragte sie: „Hilfst du mir bitte gleich mit den Frühstückstabletts? Nora und die Kinder sind auch schon da." Sie begann das Geschirr auf die Tabletts zu stapeln.

Matthew nickte. „Klar, helfe ich Ihnen Mrs. Cuthbert. Dann heize ich auch gleich oben im Spielzimmer vor."

„Ja bitte. So warm ist es draußen ja noch nicht", antwortete Mrs. Cuthbert.

Matt beobachtete, wie sie eine Schüssel fertigen Hefeteig hervor holte.

„Frische Brötchen? Extra für mich? Das wäre doch nicht nötig gewesen, Mrs. Cuthbert".

Mrs. Cuthbert hob einen Zeigefinger, während er grinsend hinaus eilte.

***

Annie hatte ausgiebig geduscht und war dann auf Zehenspitzen in ihr Zimmer geschlichen, wo Poppy in ihrem Kinderbettchen schnuffelte. Dort hatte sie sich zum zweiten Mal an diesem Morgen lautlos angezogen.

Sie war immer noch so aufgewühlt, dass es nichts gebracht hätte, sich noch für eine halbe Stunde ins Bett zu legen. Also hatte sie beschlossen, schon einmal Frühstück zu machen und über Liz Blog zu surfen. Sie hatte so eine positive Lebenseinstellung, die färbte sogar beim Lesen eines simplen Kochrezeptes auf Annie ab. Ihre Texte in Verbindung mit ihren fantastischen Bildern waren für Annie jedes Mal ein Hochgenuss!

So war es auch diesmal. Liz hatte tatsächlich ein Rezept verbloggt und es sich auch nicht nehmen lassen, ein paar aufmunternde Worte über Familienfeiern und Selbstliebe zu schreiben. Die schnellen Osterbrötchen sahen wirklich zum Anbeißen aus! Das wäre genau das richtige für ein österliches Geburtstagsfrühstück, beschloss Annie.

Keine fünf Minuten später heizte der Backofen vor und Annie rührte Quark, Mehl und Eier zusammen. Zum Abschluss streute sie verschiedene Trockenfrüchte in den Teig, bevor sie die Brötchen formte. Sie ging voll und ganz in ihrer Tätigkeit auf, während die Sonne immer höher stieg und die ersten Strahlen durchs Küchenfenster sandte.

Die ganzen Aufregungen des gestrigen Tages und auch das Gefühlschaos, das ihr Beisammensein mit Matt in ihr ausgelöst hatte, schrumpften in sich zusammen. Annie war frohen Mutes. Lizzies liebevolle Sätze hatten ihr gut getan. Wie sagte sie immer? Wenn man der Liebe vertraut, dann kann alles nur großartig werden?! Also würde Annie der Liebe als größter Kraft im Universum vertrauen. Außerdem hatte Matt ja gesagt, zwischen ihnen sei alles gut. Annie lächelte zuversichtlich.

Sie begann leise vor sich hin zu summen. Als die Brötchen im Ofen waren, deckte sie den Frühstückstisch im Wohnzimmer mit der fröhlichen gelben Tischdecke, dem Hochzeitsgeschirr ihrer Eltern und den rosafarbenen Servietten, die ihre Mutter für Poppys Geburtstagsparty gekauft hatte. Sie polierte sogar den silbernen Kerzenleuchter. Sie freute sich richtig auf den Tag.

Ein Blick auf die Uhr verriet ihr, dass sie noch ein paar Minuten hatte, bevor die Brötchen aus dem Ofen mussten. Sie setzte sich einen Moment hin und dachte an die Zeit vor zwei Jahren zurück. Die verschiedensten Bilder tauchten vor ihrem inneren Auge auf. Sie selbst mit dicken Bauch, wie sie jeden Tag spazieren war, selbst als sie schon mehr watschelte als ging. Wie Matt sie sehr nervös ins Krankenhaus gefahren hatte und seine besorgten Blicke, die sich in ungläubiges Staunen verwandelt hatten, als Poppy dann auf der Welt war.

Poppys unvergleichlicher Babyduft, ihre weichen Haare und die zarte Haut. Ihr erstes Lächeln, das sie für so manche durchwachte Nacht entschädigt hatte. All die ersten Male, die in diesen zwei Jahren so zahlreich waren und die sie so oft mit Matt geteilt hatte. Bei der Erinnerung breitete sich ein seliges Lächeln auf ihrem Gesicht aus.

Plötzlich klingelte der Küchenwecker und Annie wurde aus ihren sentimentalen Erinnerungen gerissen. Die Brötchen waren fertig und nur einen Moment später hörte sie von oben auch Poppy bereits „*Mommy*!" rufen.

***

„Danke, Mrs. Cuthbert für das tolle Frühstück!" Matt trank den letzten Schluck seines Espressos und räumte dann sein Geschirr in die Spülmaschine. „Wir sehen uns dann morgen. Soll ich Ihnen noch irgendetwas mitbringen?"

„Nein, danke Matthew. Wir haben alles für die Feiertage. Ansonsten fährt Mr. Cuthbert nachher noch mal los." Sie blickte von ihrem Haushaltsbuch auf. „Viel Spaß auf Poppys Party!"

„Danke, werde ich haben!" Matt grinste und winkte ihr kurz zu, bevor er die Küche in Richtung Stall verließ.

Vielleicht sollte er mit Casanova einen kleinen Ausritt machen. Er könnte die anderen Pferde am Zügel mitführen und zur oberen Koppel bringen, wo sie mehr Auslauf hätten. Das war eine gute Idee und genug Zeit war dafür auch noch. Queenie und das Shetlandpony Brownie würde er auf den Paddox bringen, denn Claire wollte heute bestimmt nach ihnen sehen. Noras Tochter hatte eine besondere Beziehung zu den Pferden und ließ keine Gelegenheit aus, auf Brownie zu reiten und mit Queenie zu kuscheln. In London hatte sie keine Gelegenheit Reitunterricht zu nehmen.

Matt begann munter zu pfeifen. Die Sonne kletterte immer höher hinauf und ließ jedes Blatt und jeden Halm funkeln und glitzern. Die ersten Blüten öffneten sich und begannen zunächst noch ganz schwach ihren feinen Duft zu verbreiten. Die Vögel zwitscherten lautstark ihre Lebensfreude heraus. Matt blieb kurz stehen und atmete bewusst die frische Luft ein und aus. Heute würde ein großartiger Tag werden, denn später würde er seine zwei Mädchen wieder in den Arm schließen und küssen können.

Denn er hatte beschlossen, dass er sich diesmal nicht entmutigen oder gar abweisen lassen würde von Ann. Nicht so wie letztes Jahr, als er sich nicht getraut hatte, ihr seine Gefühle zu offenbaren. In diesem unsäglichen Monolog, den sie gehalten hatte über Männer im Allgemeinen und ihre Freundschaft im Besonderen. Seit letzter Nacht wusste er mit Bestimmtheit, dass sie die Richtige für ihn war.

***

Arthur fuhr den Rechner runter und machte sich auf den Weg zu Mrs. Cuthbert. Langsam bekam auch er Frühstückshunger. An der Treppe traf er Nora und die Kinder.

„Guten Morgen, ihr drei. Habt ihr gut geschlafen?", erkundigte er sich.

„Guten Morgen Onkel Arthur!" riefen sie gutgelaunt und stürmten laut polternd die Treppe runter. Nora sah ihnen kopfschüttelnd hinterher und zwirbelte ihre kastanienroten Locken zu einem provisorischen Dutt zusammen.

„Guten Morgen", antwortete sie ihm deutlich leiser und unterdrückte ein Gähnen.

Mitfühlend legte Arthur ihr die Hand auf den Arm. „Deine Nacht war also nicht so toll", stellte er fest.

„Sieht man das?" Sie gingen in Richtung des blauen Salons, wie das Frühstückszimmer auch genannt wurde.

„Du siehst genauso toll aus wie immer!"

„Du bist ein Lügner, aber ein charmanter!" Nora warf ihm ein kleines Lächeln zu. Sie wusste genau, warum sich ihr Bruder Nigel in ihn verliebt hatte. Arthur war der Ruhepol in Nigels Leben. Während Nigel in seiner kreativen Art ganz nach ihrer Mutter kam, liebte Arthur das ruhige und zurückgezogene Landleben und vertiefte sich gern in die Verwaltung des Gutsbetriebes. Auch äußerlich waren die Zwei grundverschieden. Nigel war eher klein und hatte feuerrotes Haar, Arthur hingegen war nicht nur großgewachsen, durch seinen schönen milchkaffeefarbenen Hautton sah man ihm seine multikulturellen Wurzeln deutlich an. Er scherzte immer damit, dass seine Familie die Globalisierung schon seit Jahrhunderten lebte.

„Meine Nacht war vor allem begleitet von Fußtritten und spitzen Ellenbogen. Kaum war ich eingeschlafen, ist der eine und dann die andere zu mir ins Bett gekrabbelt." Nora verdrehte die Augen. „Zwischenzeitlich habe ich wirklich gedacht, die beiden graben den Küchengarten um!"

Arthur lachte kurz auf und erntete dafür einen bösen Blick. Entschuldigend hob er die Hände. „Dann legst du dich nach dem Mittag noch etwas hin. Wir beschäftigen die Zwei schon."

„Vielleicht. Mal sehen. Aber die nächste Nacht schlafen sie bei ihren Großeltern", beschloss Nora.

Arthur grinste und wechselte das Thema. „Kommt Tim heute?"

„Ich hoffe doch! Und vor allem deutlich vor der *teatime*!" Nora war wirklich nicht in guter Stimmung, also wechselte Arthur nach dem er sich umgesehen hatte, erneut das Thema. „Ich habe eben nachgesehen, Max und Liz kommen am Montag zu Nigels Party. Sie konnten ihre Flüge umbuchen."

Ein Lächeln breitete sich auf Noras Gesicht aus. „Oh, wie schön! Ich habe sie schon lange nicht mehr gesehen! Da wohnen wir in derselben Stadt und müssen alle nach Gracewood kommen, um uns zu treffen."

„London ist ja nun auch nicht gerade ein Dorf."

„Du weißt, was ich meine! So weit ist es von Kensington nach Hampstead nun auch nicht." Sie waren in der Halle angekommen und Nora warf einen Blick auf das Tulpengesteck am Fuß der Treppe. „Oh, ich freue mich so sehr, dass es jetzt wärmer wird und die Tage endlich wieder länger sind! An manchen Nachmittagen wusste ich wirklich nicht, was ich mit den Zweien noch machen soll."

Lächelnd hielt ihr Arthur die Tür zum Salon auf. „Das glaube ich dir gern! Zumal es ja auch immer noch Alltagsdinge zu erledigen gibt."

Nora verdrehte die Augen. „Ganz genau. Ich versuche das alles immer zu vergessen, wenn ich hier auf Gracewood bin und mich von Mrs. Cuthbert verwöhnen lassen kann."

„Verwöhnen lassen? Da komme ich ja im richtigen Augenblick!" Gänzlich unbemerkt war Vivien zu ihnen getreten.

„*Mum!*" Nora hielt sich erschrocken ihre Hand an ihr Herz. „Wir sind jetzt erwachsen, es gibt keinen Grund mehr, sich an uns anzuschleichen!"

Arthur prustete los.

„Was soll denn das heißen? Ich schleiche mich doch nicht an!" Vivien war entrüstet.

„Nicht? Bei jedem anderen knarrt die Treppe, nur bei dir nicht!", gab Nora zurück.

„Dann liegt das ja wohl eher an meiner leichtfüßigen und grazilen Art!", konterte Vivien grinsend.

„Und dann bin ich wohl der Trampel, oder was?", fragte Nora nur ein klitzekleines bisschen gekränkt. Sie hatte die Wikingergene ihres Vaters geerbt. Zusätzlich zu den kastanienroten Haaren war sie groß gewachsen. In ihrer Jugend hatte sie das nicht immer schön gefunden und mehr als einmal gehofft, zierlich und blond zu sein, wie ihre amerikanische Mutter. Dann hatte sie irgendwann Timothy kennengelernt, der fasziniert davon war, endlich mal eine Frau kennenzulernen, neben der er sich nicht wie ein Riese vorkam. Mittlerweile fand sie ihre Körpergröße recht praktisch, bei Schulveranstaltungen konnte sie immer alles sehen und hatte ihre Kinder meist gut im Blick.

„Bitte nicht streiten", wandte Richard ein, der gerade eintrat und Arthur nickte zustimmend.

„Ich streite nicht", stellte Nora klar und setzte sich entschlossen zu ihren Kindern, die sich bereits Brötchen mit Schokocreme schmierten. „Danach esst ihr aber noch etwas anderes", erinnerte sie die zwei mit einem strengen Blick an ihre Familienregel. Wenn sie Schokocreme oder etwas ähnlich Süßes essen wollten, musste es noch etwas Gesundes geben und das eigentlich zuerst.

Die siebenjährige Claire beeilte sich ihre Mutter zu besänftigen und sagte: „Henry und ich haben schon besprochen, dass wir danach noch ein Käsebrötchen und etwas Obst essen." Sie lächelte gewinnend, so dass ihre grünen Augen nur so blitzten.

Der vierjährige Henry nickte mit vollen Backen und sah mit seinem Schokoladenmund so süß aus, dass Nora beide am liebsten sofort abgeküsst hätte.

Nora seufzte innerlich. Die beiden spürten genau, wann sie die Grenzen ausweiten konnten. Nach einer solchen

Nacht, fiel es ihr besonders schwer konsequent zu sein und hier auf Gracewood war sowieso immer alles viel lockerer. Hier gab es einfach viele Erwachsene, die ihre Kinder verwöhnen wollten. Schließlich waren sie die einzigen Enkelkinder.

„Dann ist ja gut", sagte sie und bemühte sich um einen Tonfall, der klarmachte, dass sie darauf achten wollte. Unseligerweise waren damit ihre Kraftreserven für diesen Morgen nahezu aufgebraucht.

Aufmerksam wie er war, schenkte Arthur Nora Tee ein. „Hier meine Liebe."

Nora lächelte dankbar.

Vivien war gestern schon aufgefallen, dass ihre Tochter gestresst aussah. Aber da war nicht der richtige Moment gewesen, um ihr ihren Vorschlag zu unterbreiten. Auch jetzt würde sie noch einen Moment damit warten. Zumindest bis Nora ihre erste Tasse Tee getrunken hatte.

Während Richard und Arthur sich über die neuesten Entwicklungen in der Kommission für Forstwirtschaft unterhielten, trottete Nigel, mehr schlafend als wach, herein. Keiner beachtete ihn großartig, denn alle wussten, dass er der größte Morgenmuffel unter der Sonne war. Selbst Claire und Henry wussten, dass es nur von Vorteil war, wenn man Onkel Nigel morgens in Ruhe ließ.

Vivien ließ ihren Blick über die versammelte Runde schweifen und lächelte. Sie war so unendlich dankbar für diese Familie, auch wenn ihr Jüngster, Nicholas nicht dabei war, genauso wenig wie Maxwell. Nick reiste als Fotograf um die Welt und kam nur zu wichtigen Anlässen nach Hause nach Gracewood Hall oder auch ganz spontan. Es war schon einige Male vorgekommen, dass er plötzlich und ohne Vorwarnung neben ihr gestanden hatte.

Max hatte im Laufe der Jahre so viel Zeit auf Gracewood verbracht, vor allem als Schuljunge, dass er für sie und Richard genauso ihr Kind war, wie die drei anderen. Maxwells Eltern waren reizend, aber eben so sehr mit sich selbst beschäftigt, dass da nie viel Raum für Max gewesen war. Daher hatte er den Großteil seiner Kindheit sowohl im Internat mit Nigel, als auch bei den Bedfords verbracht. Bevor sie sich nach ihm erkundigen konnte, erwachte Nigel zum Leben.

„Hast du tatsächlich heute früh schon gearbeitet?", fragte er an Arthur gewandt. „Ich kann wirklich nicht verstehen, wie du in dieser Düsterkammer, die du dein Arbeitszimmer nennst, wach werden kannst!"

„Dir auch einen guten Morgen, mein Schatz!", antwortete Arthur, wurde aber von Richard unterbrochen.

„Und ich dachte immer, du weißt den Wert dieser viktorianischen Möbel deines Ururgroßvaters George zu schätzen!"

Nigel verdrehte innerlich die Augen. Manchmal war das Zusammenleben mit seinem Vater nicht gerade einfach. „Du weißt genau, dass ich den Wert alter Dinge schätze und sie bewahren möchte. Aber düster sind sie trotzdem."

„Hat jemand etwas von Max und Liz gehört?", fragte Vivien schnell dazwischen, bevor eine sinnlose Diskussion entstand. Der Berlinbesuch hatte ihren Ehemann irgendwie aus seinem Gleichgewicht gebracht. Das nächste Mal würde sie wohl allein oder mit Nigel fahren.

„Ja, ich", verkündete Arthur. „Wir haben geschrieben."

Diese Nachricht weckte Nigels Lebensgeister. Sofort setzte er sich aufrechter hin. „Ach so? Und weshalb?", fragte er mit einem schelmischen Grinsen nach. Auch Vivien und Richard beugten sich interessiert vor.

„Nur so. Ich wollte ihnen frohe Ostern wünschen." Arthur zuckte betont gleichmütig mit den Achseln. „Jedenfalls hat Liz erzählt, dass sie doch schon früher nach Deutschland zu ihren Eltern geflogen sind. Alle sind ganz begeistert von Max und Lilly. Vor allem ihre Mutter ist ganz vernarrt in die Kleine und hat direkt mit ihr Eier ausgepustet und bemalt. Die hängen jetzt am Osterstrauß."

„Das klingt toll! Ich freu mich so für die drei!", sagte Nora, die ebenfalls interessiert zuhörte. Sie hatte Liz mindestens genauso ins Herz geschlossen, wie Maxwell.

„Können wir das auch machen, Oma?", wollte Claire sofort wissen.

„Ja! Ja! Ich will auch Eier malen!" Begeistert hüpfte Henry auf seinem Stuhl herum.

„Süße, oh Gott, jetzt weiß ich, was wir vergessen haben! Ich wollte doch noch Ostereierfarbe kaufen." Vivien sah einigermaßen ratlos aus, aber Nigel hatte sofort eine Idee. „Wir gucken einfach ins Internet, *Mum*. Da gibt es bestimmt eine Anleitung, wie man Pflanzenfarbe herstellt." Er zwinkerte seiner Nichte verschwörerisch zu und Claire zwinkerte zurück. Dann stieß sie ihren Bruder an und flüsterte: „Henry, Onkel Nigel färbt mit uns Eier!"

„Au ja!", rief Henry begeistert und wollte sofort losrennen, aber Nora hielt ihn am Arm fest. „Stopp! Erst frühstücken wir zu Ende."

„Ich bin fertig."

„Aber Onkel Nigel noch nicht."

Henry seufzte schwer, da fragte seine Schwester: „Dürfen wir trotzdem aufstehen? Ich bin auch fertig."

„Na gut, aber geht bitte gemeinsam Mund und Hände waschen und Claire, hilf deinem Bruder bitte."

„Machen wir!", riefen sie und stürmten davon.

„Tja Nigel, es sieht wohl so aus, als hättest du nach dem Frühstück was zu tun", stellte Richard fest.

„Meine Güte *Dad*, was bist du heute kratzbürstig!" Nigel schüttelte verwundert den Kopf. „Ich mache gern etwas mit den Kindern."

Bevor Richard etwas erwidern konnte, grätschte Arthur dazwischen. „Allerdings weigert sich Liz Mutter englisch zu sprechen", setzte er seine Schilderung fort. „Sie spricht konsequent deutsch mit Lilly und Max." Er machte eine winzige Pause. „Und das besonders laut und akzentuiert!"

Nigel prustete los und auch die anderen begannen zu lachen. Nigel kannte Liz Mutter zwar nicht, konnte sich aber hervorragend vorstellen, wie die Kommunikation aussah. Die Fünfjährige guckte sicherlich völlig verwirrt zu ihrem Vater, der aber auch nicht mehr verstand als sie und dazwischen Liz, die permanent übersetzen muss!

„Oh Schatz, das ist ja eine göttliche Geschichte! Damit kann ich Max noch Jahre aufziehen!" Nigel grinste bei dieser Vorstellung überaus zufrieden. „Ich werde ihm nach dem Frühstück sofort eine Nachricht schreiben."

„Tu das", antwortete Arthur gut gelaunt. „Danach helfe ich dir mit den Kindern. Ich habe schon ewig keine Eier mehr gefärbt."

„Richard, was hältst du denn davon einen Ausritt zu machen?", wandte sich Vivien an ihren Mann. „Es ist so ein schönes Wetter und du sagst doch immer, dass du viel zu selten dazu kommst."

„Das ist eine gute Idee." Zum ersten Mal an diesem Morgen, strahlte Richards Blick. „Begleitest du mich?"

„Tut mir leid, mein Schatz. Ich bin mit unserer Tochter in der Sauna verabredet." Vivien lächelte ihn unschuldig an.

Nora zog dezent eine Augenbraue hoch. Davon wusste sie noch gar nichts. Aber Sauna und Whirlpool klangen sehr verlockend. Also lächelte sie ihren Vater ebenfalls an und nickte.

„Ja, *Dad*, ich brauche dringend etwas Entspannung."

„Dann werde ich wohl allein ausreiten müssen." Entschlossen stand er auf. Seine Frau hatte tatsächlich eine gute Idee gehabt. „Bitte entschuldigt mich. Wir sehen uns später."

„Vergiss dein Handy nicht", rief Vivien ihm in Erinnerung. „Falls etwas passiert."

„Was soll schon passieren? Ich kenne Gracewood wie meine Westentasche!" Richard gab ihr einen Kuss auf die Wange und ging dann mit schnellem Schritt davon.

Auch Arthur und Nigel standen auf. „Wir suchen die Kinder. Viel Spaß ihr Zwei!"

„Soso, wir sind also verabredet", stellte Nora fest, als sie mit ihrer Mutter allein war.

Vivien lächelte überaus zufrieden. „Hast du etwas gegen meine Idee?"

„Ganz im Gegenteil!", antwortete Nora und erwiderte das breite Lächeln ihrer Mutter. „Allerdings müssen wir vorher noch Deko für Nigels Party besorgen."

Kapitel 17

Samstagmorgen stand Edward ziemlich gereizt auf. Er war nervös. Wenn er ehrlich zu sich selbst war, war es eine Herausforderung zu Annie zu fahren. Vielleicht hätte er sich doch ankündigen müssen. Außerdem hatte er keine Ahnung wie er sich dem Kind gegenüber verhalten sollte. Seine Gedanken fingen an sich im Kreis zu drehen.

Er würde wohl die extragroße Runde laufen gehen müssen, bevor er zu Annie fuhr. Von London aus waren es ja nur zwei Stunden, also hatte er noch genug Zeit, um rechtzeitig da zu sein. Die Feier sollte am Nachmittag beginnen.

Er schnürte sich gerade die Laufschuhe, als sein Handy klingelte. Seine Mutter rief an, natürlich. Die hatte immer so ein tolles Timing.

„Hallo Mutter!", meldete er sich bemühte sich seine Anspannung zu verstecken.

„Edward Liebling, wie gut, dass du zuhause bist."

Edward verdrehte die Augen, als wenn die Tatsache, dass er ans Handy ging automatisch verriet dass er zu Hause war. Seine Mutter war wirklich noch nicht im neuen Jahrtausend angekommen. Er seufzte.

„Edward? Du wirst doch nicht etwa krank! Du weißt doch, die..."

„Nein, Mutter! Ich bin nicht krank", beruhigte er sie. „Was gibt es denn?"

„Ich wollte dich nur an unseren Brunch am Sonntag erinnern..."

„Mutter, das weiß ich doch! Ihr veranstaltet den seit Jahren." Edward seufzte, diesmal lautlos. Es machte ihn wahnsinnig, dass seine Eltern ihn immer noch wie ein Kind behandelten. Es war ja nicht so, dass er die gesellschaftliche Bedeutung, die diese Veranstaltungen für seine Eltern hatten, nicht begriff!

„Du wolltest doch jemanden mitbringen. Wer ist es denn? Kenne ich sie? Wir haben doch jeden eingeladen...", hakte seine Mutter nach.

Edward verdrehte die Augen. Für seine Eltern gab es nur eine Handvoll Menschen auf der Welt, die es wert waren, dass man sich mit ihnen beschäftigte. „Das ist noch nicht entschieden."

„Ja, aber ich wollte nur wissen, ob..."

Edward verzog das Gesicht zu einer Grimasse. Er wusste, was seine Mutter wollte. Die Kontrolle behalten. Es war ein offenes Geheimnis, dass schon sie seine Zukunft schon längst bis ins kleinste Detail geplant hatten. Denn alle Entscheidungen, die er selbst traf, waren für seine Eltern nie gut genug.

„Ich muss jetzt los, Mutter. Wir sehen uns Sonntag!" Edward beendete das Gespräch und legte sein Smartphone beherrscht zur Seite. Er tat einen langsamen, tiefen Atemzug, bevor er nach seinem Schlüssel griff und los lief.

***

Annie spürte genau, dass ihre Mutter den gestrigen Streit auf keinen Fall vergessen hatte und darauf wartete, dass sie sich entschuldigte. Um des lieben Friedens willen einigten sie sich stillschweigend, das auf einen anderen Zeitpunkt zu verschieben. Schließlich war heute Poppys Geburtstag und die Zwistigkeiten würden morgen auch noch da sein.

Noch vor dem Frühstück hatten sie für die Süße „Happy Birthday" gesungen. Auch wenn sie noch nicht ganz die Bedeutung dieses Tages verstanden hatte, wusste sie doch sofort, dass die Geschenke für sie waren und hatte sie mit Feuereifer ausgepackt.

Über den liebevoll gedeckten Frühstückstisch hatte sich Laura sehr gefreut und auch die Osterbrötchen waren erstaunlicherweise gut angekommen. Annie hatte schon halb erwartet, dass nur sie selbst sie mögen würde.

Jetzt dekorierten sie zu zweit gerade das Wohnzimmer, während Robert mit Poppy einen Spaziergang zum Spielplatz machte.

„Das war die letzte Girlande", verkündete Laura, als sie von der Leiter stieg.

„Gott sein Dank", murmelte Annie leise und hüpfte behände von dem Stuhl auf dem sie gestanden hatte. Das ganze Wohnzimmer war in rosa und pink dekoriert. Annie konnte sich nicht erinnern, dass ihre Mutter zu ihrem Geburtstag je so einen Aufwand betrieben hatte.

„Was hast du gesagt?", erkundigte sich Laura.

„Ich meinte, ich gehe dann mal in die Küche und bereite die Glasur für den Kuchen vor", antwortete Annie leichthin.

„Aber wir sind noch nicht fertig." Laura deutete auf eine weitere Tüte mit Dekokram, die Annie bis eben noch nicht wahrgenommen hatte.

„Sind wir nicht?" Ein kleiner Anflug von Panik überkam Annie. „*Mum*! Hier passt auf keinen Fall noch irgendetwas hin. Ich bezweifle, dass die Gäste noch genügend Platz haben werden." Prüfend sah Annie sich um.

„Aber ich habe hier doch noch..." Inzwischen hielt Laura die Tüte in den Händen und schaute hinein.

„Lass mal sehen!" Entschlossen nahm Annie ihr die Tüte ab und holte eines nach dem anderen raus. „Servietten, okay. Was sollen wir denn mit Popcorntüten und Eisbechern?!" Annie sah ihre Mutter fragend an. Laura zuckte mit den Achseln. „Es war ein Sonderangebot. Ich habe es schon vor Ewigkeiten gekauft. Wir können es aufheben für nächstes Jahr."

„Das werden wir wohl müssen!" Annie kramte weiter. „Was ist das denn?" Sie holte eine Packung heraus, drehte und wendete sie und versuchte aus den diversen aufgedruckten Sprachen schlau zu werden.

Laura nahm es ihr energisch aus der Hand. „Das ist ein Glitzervorhang!"

„Wie bitte?" Annie fing an zu lachen, als sie das Gesicht ihrer Mutter sah. „*Mum*! Poppy wird zwei!"

Laura nahm ihrer lachenden Tochter die Tüte aus der Hand und verschränkte die Arme vor der Brust. „Na und? Als du so alt warst, gab es all das nicht! Dabei hätte ich das gern alles auch für dich gemacht!"

„Ach *Mum*, das glaube ich dir. Aber Poppy braucht das alles nicht", erklärte Annie nachdrücklich.

„Das weiß ich selbst!" Allmählich war Laura ein wenig beleidigt. „Es ist nichts verkehrt daran, wenn man für den Geburtstag seines Enkelkindes dekorieren möchte." Annie wollte etwas sagen, aber Laura redete schon weiter. „Wir sind mit allem vorsichtig, dann können wir es nochmal benutzen." Sie holte noch weitere eingeschweißte Packungen hervor. „Ich habe nur Sachen gekauft, die aus Papier sind oder ewig halten! Ich nehme mir deine Anregungen zur Müllvermeidung zu Herzen!"

Annie sah ihre Mutter an und ihr wurde ganz warm ums Herz. Sie freute sich, dass sie ihr zugehört hatte und umarmte sie spontan. „Die Wabenbälle sind sehr hübsch und die Pompons können wir an die Haustür hängen." Annie griff danach.

Laura lächelte. „Genauso habe ich mir das gedacht. Ich hole derweil die Blumen aus dem Keller."

„Blumen?", fragte Annie und hielt inne.

Aber ihre Mutter winkte ab. „Nur ein paar Tulpen und Bellies. Nichts Großes!" Damit verschwand ihr Mutter und Annie wandte sich kopfschüttelnd zur Haustür, um die Pompons aufzuhängen.

***

„Das war eine wirklich gute Idee, *Mum*!", seufzte Nora und streckte sich wohlig aus. Erst in der Wärme der Sauna hatte sie bemerkt, wie verspannt sie war. Es hätte nicht mehr viel gefehlt und ihre Schultern wären endgültig an den Ohren festgewachsen. Genüsslich schloss sie die Augen.

„Hmm", murmelte Vivien nur unbestimmt. Auch wenn sie hauptsächlich wegen Nora hier waren, ihr selbst tat die Wärme auch immer gut. So schön und aufregend die Reise nach Berlin gewesen war, all die neuen Eindrücke zu verarbeiten war auch anstrengend. Sie würde sich nach Ostern in ihr Atelier begeben und malen. Es juckte ihr richtig in den Fingern. Langsam ließ sie den Blick schweifen. „Hey Süße, nicht einschlafen." Sanft stupste sie Nora an.

„Ich weiß", antwortete Nora leise und schlug die Augen auf. „Die Kinder kommen momentan wieder jede Nacht zu uns ins Bett gekrochen. Irgendwie ist es ja auch schön, dass sie sich so an uns kuscheln, aber irgendwann ist auch das größte Bett zu eng."

„Das habt ihr auch gemacht." Vivien lächelte versonnen bei der Erinnerung. Sie wusste genau, wie es ihrer Tochter gerade ging. Es gab nichts Schöneres als mit seinen Kindern zu kuscheln und auch einzuschlafen. Bis man rüde von einem Tritt in den Rücken wieder geweckt wurde.

„Das weiß ich. Leider hilft mir das auch nicht weiter." Nora seufzte.

„Ach Schatz, da hilft nur eines!" Vivien lächelte aufmunternd. „Du musst es genießen, eben weil die Zeit irgendwann vorbei ist."

„Das sage ich mir auch immer." Nora lachte auf. „Leider funktioniert es nicht immer!"

Vivien schmunzelte. „Dann musst du eben zu Plan B greifen."

Nora setzte sich überrascht auf. „Es gibt einen Plan B?"

„Selbstverständlich! Was denkst du denn?" Vivien strich sich ein paar verirrte Haarsträhnen aus dem Gesicht.

„Und der wäre? Jetzt spann mich doch nicht so auf die Folter." Mit einem Schlag war Nora munter.

„Mittagsschlaf!", triumphierte Vivien.

„Mittagsschlaf? Soll das dein Ernst sein? Die Kinder machen schon seit Jahren keinen Mittagsschlaf mehr!", rief Nora aus.

„Nicht die Kinder!" Vivien musste lachen. „Ich weiß doch, dass das eine gegenteilige Wirkung hätte!" Vivien schüttelte den Kopf und lächelte Nora liebevoll an. „DU sollst Mittagsschlaf machen!"

„Als wenn die Zwei Wilden mich schlafen lassen würden!", schnaubte Nora.

Vivien lächelte ungestört weiter. „Das Zauberwort heißt Fernseher!"

„Ich kann doch meine Kinder nicht vor den Fernseher setzen und dann schlafen. Wer weiß, was sie sich dann angucken!"

„Das habt ihr auch gemacht." Vivien zuckte mit den Achseln. „Ich finde euch ganz gut gelungen. Du sollst sie ja nicht den ganzen Nachmittag davor sitzen lassen, eher eine halbe Stunde. Außerdem habt ihr doch diese Kindersicherung..."

Nora war noch nicht ganz überzeugt. „Wenn sie mal ruhig sind, mache ich den Haushalt oder bereite das Abendessen vor."

„Das läuft dir nicht davon, versprochen!" Vivien zwinkerte Nora zu.

„Haha!", gab Nora schmunzelnd zurück. „Du meinst echt, dass ich sie davor ‚parken' kann?" Sie überlegte.

„Probier es doch einfach aus!", antwortete Vivien und fragte nach einem Blick auf die Uhr. „Wollen wir in den Teich springen?"

„Selbstverständlich! Du weißt doch, dass ich mir das nicht entgehen lasse!" Schon war Nora aufgestanden und hatte die Saunatür aufgestoßen. Routiniert griff sie sich ein frisches Handtuch von der Kommode und öffnete die Schiebetür zur geschwungenen Holzterrasse, die in einen

Steg mündete. Mit einem lauten „Aaaahhh!" nahm sie Anlauf und sprang in den eigens angelegten Schwimmteich.

Vor ein paar Jahren hatte die Familie einstimmig beschlossen, den alten Tennisplatz in eine kleine Wellnessoase mit Sauna, Jacuzzi und Schwimmteich zu verwandeln. Eine große Eibenhecke gewährte nicht nur die nötige Privatsphäre, sondern ließ auch das Herrenhaus ganz weit weg erscheinen.

Lachend und prustend tauchte Nora wieder an der Wasseroberfläche auf. Sie zog tief die frische Luft ein und ließ den Blick schweifen. Das kalte Wasser prickelte wunderbar an ihrem erhitzten Körper und die Anspannung der letzten Tage fiel von ihr ab. Sie würde den Tipp ihrer Mutter ausprobieren. Schließlich hatte sie drei Kinder großgezogen und sie selbst erinnerte sich nur liebevoll an ihre eigene Kindheit. Ein Platschen riss sie aus den Gedanken.

„Was hältst du von einem Schlückchen Prosecco?", fragte Vivien als sie neben Nora auftauchte. „Ich habe Mrs. Cuthbert auch ein paar Snacks abgeschwatzt."

Nora lächelte ihre *Mum* strahlend an und nickte. „Davon halte ich sehr viel!"

***

Edward versuchte seit geschlagenen 20 Minuten das Geburtstagsgeschenk in seinen Sportwagen zu verfrachten. Mittlerweile stinksauer starrte er auf den monströsen Karton, der neben ihm stand. Warum hatte er auch ein Puppenhaus im viktorianischen Stil kaufen müssen? Das Ding war schon ohne Karton riesengroß! Und würde niemals in sein Auto passen, wie er sich endlich eingestand.

Mittlerweile war er schweißgebadet und völlig entnervt. Am liebsten hätte er dem Teil einen Tritt verpasst. Aber die Geschenkverpackung hatte jetzt schon deutlich gelitten, also beherrschte er sich. Schließlich wollte er einen guten Eindruck machen und das würde mit einem ramponierten Geschenk schwierig werden. Warum hatte ihm niemand gesagt, wie nervtötend es war, das Richtige zu tun?!

Ergeben nahm er sein Smartphone in die Hand und wählte. Glücklicherweise war sein Vater Stammkunde bei der Autovermietung, so dass sie nicht nur einen schnittigen Kombi für ihn zur Verfügung hatten, sie würden ihn auch in einer halben Stunde vorbeifahren.

So konnte er noch einmal duschen und sich umziehen. Er würde wohl zu spät kommen. Aber es war ja nur ein Kindergeburtstag und für das was er vorhatte, war zu spät kommen besser geeignet, als zu früh.

***

Zehn Minuten vor 15 Uhr klingelte es und Jess stand mit Daisy vor der Tür. Annie öffnete freudig. „Ihr seid die Ersten!"

„Ich weiß, ich weiß, aber Daisy hat quasi keinen Mittagsschlaf gemacht und da waren wir einfach viel zu schnell fertig! Ich bin extra zu Fuß gekommen, um nicht noch früher hier zu sein und euch zu stressen!" Jess redete ohne Punkt und Komma, während sie vollbepackt mit Kind, Wickeltasche, Handtasche, diversen Beuteln und einer Muffinform eintrat. Annie nahm ihr die Muffins ab und trug sie in die Küche. Jess stellte Daisy auf den Fußboden, die sich sofort an das Bein ihrer Mutter klammerte.

„Alles gut, kommt rein!", rief Annie in den Flur. „Poppy wird gerade von meiner Ma angezogen. Madame ist eben erst aufgewacht." Annie kam wieder zurück.

Jess hatte ihre Taschen in eine Ecke geworfen und rief nun mit ausgestreckten Armen: „Herzlichen Glückwunsch!"

Annie lachte. „Ich habe doch gar nicht Geburtstag."

„Na klar!" Jess winkte ab und drückte Annie an sich. „Heute vor zwei Jahren bist du zum ersten Mal Mutter geworden!"

Daisy klammerte sich immer noch an ihrem Bein fest, weswegen Jess Bewegungsradius etwas eingeschränkt war. „Süße, was hast du denn? Wir waren doch schon so oft hier!", wunderte sich Jess. „Lass *Mommy* los, ja?" Aber Daisy schüttelte vehement den Kopf.

Annie ging in die Hocke und begrüßte sie. „Hey Daisy, wie schön, dass du da bist!"

Daisy guckte zurückhaltend an Jess' Bein vorbei.

„Willst du auf meinen Arm? Dann kann *Mommy* sich ausziehen."

Prompt versteckte sich Daisy komplett hinter Jess und umklammerte nun ihre beiden Beine.

„Ach lass sie. Ich nehme sie gleich hoch." Jess hielt Annie die Geschenke hin.

„Jess, was ist denn das alles?! Das ist doch viel zu viel!", gab Annie zu Bedenken.

„Es sieht nur so viel aus!", wischte Jess den Einwand beiseite und zog sich und Daisy die Jacken aus. Endlich richtete sie sich auf und sah Annie an. Sie stutzte und guckte genauer!

„Ann Taylor! Du siehst so anders aus!"

Annie bekam einen großen Schreck. „ICH? Inwiefern sehe ich anders aus?" Hektisch drehte sie sich zum Flurspiegel um. „Habe ich irgendwo einen Fleck?"

Jess verdrehte die Augen, während sie Daisy schwungvoll hoch nahm und Annie über den Spiegel erneut ins Visier nahm. „Ich habe nicht gesagt, dass du bekleckert bist, sondern dass du VERÄNDERT aussiehst."

Annie schüttelte entschlossen den Kopf und drehte sich zu Jess und Daisy um. „Ich sehe so aus wie immer!"

„Das stimmt nicht." Jess legte den Kopf schief. „Es ist fast so, als hättest... Ha! Du hast so ein Sexleuchten im Gesicht!"

Annie lief augenblicklich rot an.

„Ich wusste es!", rief Jess aufgeregt und leider viel zu laut. „Du hast..."

„PSST!" Annie griff sie schnell am Arm. „Nicht so laut!"

„Ich wusste es! Du hattest Sex!", flüsterte Jess triumphierend und hüpfte dabei ein bisschen mit ihrer Tochter im Arm. Auf einmal blieb sie stehen und schaute Annie erneut prüfend an. „Mit wem?"

„Können wir das bitte später besprechen?", flüsterte Annie eindringlich.

Aber Jess schüttelte energisch den Kopf. „Nein. Jetzt ist doch perfekt! Niemand stört uns!" Sie zwinkerte übertrieben und Annie verdrehte die Augen.

Plötzlich klingelte es. Annie schickte ein spontanes Dankgebet gen Himmel. Sie lächelte Jess zuckersüß an. „Da muss ich wohl aufmachen." Sehr erleichtert trat sie einen Schritt vor.

„Glaub ja nicht, dass du mir so leicht davonkommst meine Liebe!" Jess hob frech grinsend ihren Zeigefinger.

Annie versuchte sie zu verscheuchen, schließlich war der Flur eher schmal und mit ihnen schon beinahe voll. „Geht doch schon ins Wohnzimmer", schlug sie vor, aber Jess blieb eisern stehen.

„Mach dir keine Sorgen, wir stehen hier sehr gut."

Erneut verdrehte Annie die Augen. „Fühl dich ganz wie zuhause!", rief sie extra freundlich und öffnete schwungvoll die Tür.

„Danke! Das tue ich." Vor ihr stand Matt, schwer beladen und mit deutlich kürzerem Haar.

„Wann warst du denn beim Friseur?", fragte Annie und kam sich gleich darauf ziemlich blöd vor. Er sah so anders aus. Augenblicklich schob sich die Erinnerung in ihr Bewusstsein wie sie letzte Nacht ihre Hand in sein Haar gekrallt hatte, als er...

Benommen schüttelte sie den Kopf.

„Vorhin", antwortete Matt überrascht und wäre sich durchs Haar gefahren, hätte er eine Hand frei gehabt. So zuckte er nur mit den Schultern. „Gefällt es dir nicht?"

„Nein!", rief sie aus und Matt zuckte zusammen. „Äh, ich meine, doch. Doch, doch. Es sieht nur anders aus als... äh gestern", versuchte Annie die Situation zu retten. „Ach, komm rein! Soll ich dir etwas abnehmen?"

„Hallo Matt!", rief Jess von hinten, aber ihre Begrüßung verhallte ungehört.

Matt trat einen Schritt vor und blieb stehen. „Ich trage die Haare doch oft so", griff er den Faden wieder auf.

„Ja, ich weiß. Ich... war nur überrascht." Annie wand sich etwas. Sie traute sich nicht ihn anzusehen. Es verwirrte sie, dass sie sich am liebsten auf ihn gestürzt hätte, um ihn zu küssen und all die wundervollen Dinge mit ihm zu tun, die sie vergangene Nacht getan hatten. Zusätzlich war sie sich Jess' Anwesenheit nur allzu sehr bewusst. Um ihre Verlegenheit zu überspielen, nahm sie ihm das oberste Päckchen ab. „Ich...äh.. bring das..." Erst jetzt guckte sie genauer hin. „Hast du einen Kuchen gebacken?"

„Nein. Das ist eine Quiche. Mit Spinat." Matt stand immer noch wie angewurzelt im Türrahmen.

Jess hatte die zwei amüsiert beobachtet. Sie hatte schon immer geahnt, dass Matt etwas für Annie empfand, aber wann Annie begonnen hatte, ihn mit anderen Augen zu sehen, wusste sie nicht. Der Sex muss ja atemberaubend gewesen sein! Jess konnte fast ein bisschen neidisch werden. Seitdem Daisy auf der Welt war, hatte sich ihr eigenes Sexleben ziemlich verändert.

Matt und Annie scharwenzelten immer noch umeinander herum, aber bevor Jess Mitleid bekam und sich einschalten konnte, kam Laura mit Poppy die Treppe hinunter.

„Hallo Jess, ich dachte doch, ich hätte die Klingel gehört. Guck mal Poppy, deine Freundin Daisy ist da." Laura hatte die letzte Stufe erreicht und entdeckte nun auch Matt. „Matthew, du bist ja auch schon da! Komm doch rein."

Lauras Anwesenheit wirkte wie ein Eisbrecher. Annie eilte mit der Quiche in die Küche, setzte Teewasser auf und schaltete die Kaffeemaschine an. Jess nahm Poppy und Daisy an die Hand und betrat staunend das dekorierte Wohnzimmer. „Das ist ja wunderschön! Da könnten wir glatt eine Hochzeit feiern!", rief Jess aus.

„Danke, Jess!" Laura strahlte angesichts des netten Kompliments und nahm Matt die restlichen Pakete ab, so dass er sich endlich die Schuhe ausziehen konnte und hereintrat.

In diesem Moment kam Robert mit zwei Saftflaschen in der Hand aus dem Keller. „Hallo Matthew, komm doch rein! Du kennst dich doch aus. Oder traust du dich nicht in diesen wahrgewordenen Traum aus pink?"

„Wie bitte?", hörte man Lauras entrüstete Stimme aus der Küche.

Robert zwinkerte Matt verschwörerisch zu und lief zu seiner Frau. „Schatz, ich habe den Apfelsaft."

Zögernd ging Matt mit seinem Geschenk in der Hand ins Wohnzimmer. Er war extra früher gekommen, um Ann kurz allein zu sehen. Enttäuscht musste er feststellen, dass das nicht funktioniert hatte.

„Wer kommt denn eigentlich noch?", fragte Jess. Aber anstelle von Annie sah sie Matt im Türrahmen stehen. „Hallo Matt, wie geht es dir?"

„Hallo Jess! Gut. Und dir?" Endlich betrat er vollständig das Wohnzimmer.

Bevor Jess antworten konnte, stürzte sich Poppy freudestrahlend auf Matt. „Matt! Matt!", rief sie und streckte ihre Ärmchen nach ihm aus. Lachend hob er sie hoch. „Burtstag!", sagte sie ernsthaft und schaute ihn mit großen Augen an.

„Ja, meine Süße, ich weiß. Du hast heute Geburtstag. Herzlichen Glückwunsch!"

Poppy nickte feierlich. „Burtstag!", sagte sie wieder. Sie kuschelte sich an ihn. Matt schloss kurz die Augen und drückte ihr einen Kuss aufs Haar. „Ja, meine Prinzessin."

Wie ein Lichtblitz tauchte ein Bild vor Matts innerem Auge auf. Poppy kurz nach der Geburt, da hatte die Hebamme sie ihm in die Hand gedrückt. Wenn er jetzt daran dachte, standen ihm genau wie damals die Tränen in den Augen. Das war der bewegendste Moment seines Lebens gewesen. Auf einmal war dieses perfekte Menschlein da gewesen. Wie winzig sie ausgesehen hatte!

Annie stand im Türrahmen und musste sich abstützen. Als sie sah, wie vertrauensvoll sich Poppy in Matts Arme schmiegte und wie Matt sie hielt, behutsam und doch stark, berührte das ihr Herz.

„Wer kommt denn noch?", wiederholte Jess ihre Frage und unterbrach damit den Zauber. „Sag mir nicht, du hast Bettina McCarthy eingeladen. Ich weiß, sie ist die Vorsitzende der Krabbelgruppe und des Müttervereins und..." Jess stutzte kurz, als ihr aufging, dass fast das gesamte gesellschaftliche Leben in Beddingsham unter Bettinas Oberaufsicht stand.

„Das denkst du doch nicht wirklich, oder?", entgegnete Annie. „Sie hat mich letztens erst beim Einkaufen überfallen." Bei der Erinnerung daran schüttelte Annie sich regelrecht.

„Das hast du mir gar nicht erzählt!", wunderte sich Jess und Annie machte eine abwehrende Handbewegung. „Ich wollte es so schnell wie möglich wieder vergessen!" Sie verdrehte die Augen.

„Betty Andrews war schon in der Schule so furchteinflößend", schaltete Matt sich in das Gespräch ein. Er stellte Poppy vorsichtig wieder auf den Boden, die sofort auf ihr Freundin Daisy zu ging. „Sie ist immer und überall einfach aus dem Nichts aufgetaucht. Es war beinahe beängstigend."

„Wer ist beängstigend?", fragte Laura als sie mit einer Obstplatte in den Händen eintrat.

„Betty Andrews!", „Bettina McCarthy!"

„Um die müsst ihr euch keine Sorgen machen. Die kommt heute hier nicht vorbei!", erklärte Laura bestimmt und stellte die Platte auf dem Esstisch ab.

„*Mum*, was hast du gemacht?", fragte Annie wie aus der Pistole geschossen.

„Wieso glaubst du, dass ich etwas gemacht habe?"

Annie zog lediglich die Augenbrauen hoch und Laura musste grinsen.

„Sie hat mir letztens beim Einkaufen im Supermarkt aufgelauert und wollte mich ausquetschen. Sie interessierte sich sehr für deine Arbeit im Herrenhaus." Laura machte eine Pause. „Ich habe ihr aber nichts erzählt, woraufhin sie meinte mir anvertrauen zu müssen, dass deine Chefs wohl kaum der richtige Umgang für kleine Kinder seien." Alle schnappten nach Luft. Die Bedfords waren überall im Ort geschätzt, auch wegen ihrer umgänglichen und ganz und gar nicht elitären Art. „Sie meinte, wir könnten ja nur froh sein, dass Poppy ein Mädchen ist." Laura ereiferte sich richtig. „Sie hätte Angst, dass ihr Theodor auch schwul werden würde, wenn er dort wäre!"

„Nein!", rief Annie aus. „Das hat sie nicht ernsthaft gesagt!"

Auch Jess und Matt waren bestürzt. Lediglich Robert blieb scheinbar ungerührt. Aber nur, weil er die Geschichte schon kannte.

„Doch, hat sie." Laura nickte bestätigend und fuhr sogleich fort. „Ich habe nur zu ihr gesagt, dass ich mir an ihrer Stelle eher Sorgen machen würde, dass ihr Theodor dumm werden würde, wenn sie solches Zeug redet." Laura grinste zufrieden, als sie sah wie die anderen lachten.

„Das hast du wirklich gesagt?!", hakte Annie lachend nach und Jess meinte: „Ich hätte zu gern ihr Gesicht gesehen!" Selbst Matt wischte sich die Tränen aus den Augen. „Endlich hat ihr mal jemand die Meinung gesagt. Danke, das war schon längst überfällig."

„Gern geschehen", freute sich Laura. „Hoffen wir, dass es eine Weile nachwirkt."

Gerade als Jess ihre Frage zum dritten Mal stellen wollte, klingelte es und Robert machte die Tür auf. In den nächsten Minuten kamen Nachbarn und Freunde von Annies Eltern. Außerdem hatte Annie noch Sadira und Karen, zwei Mütter aus der Krabbelgruppe, mit ihren Kindern eingeladen. Sie waren eine bunte Truppe.

Poppy packte begeistert ein Geschenk nach dem anderen aus. Robert machte eifrig Fotos, Laura sammelte Papier und Bänder ein und Annie assistierte ihrer Tochter. Es waren viele schöne und auch nützliche Sachen.

Die Nachbarin Mrs. Murray hatte eine zuckersüße Strickjacke für kühlere Sommertage gehäkelt und Nancy Brown, Lauras beste Freundin, hatte das passende Sommerkleid dazu genäht. Außerdem gab es eine ganze Reihe neuer Bücher, einen Ball, Seifenblasen und Knete. Jess hatte ein ganz niedliches Kindergartenoutfit zusammengestellt, inklusive eines kleinen Kinderrucksacks. Aber die schönste Überraschung war das Geschenk von Matt. Er hatte Poppy ein Holzpuzzle geschenkt, das man ähnlich einem Mandala immer wieder neu zusammenlegen konnte. Poppy war sofort Feuer und Flamme.

Matt lehnte sich glücklich und zufrieden zurück und beobachte seine Prinzessin. Er hatte die Holzteile selbst geschnitzt und bunt lasiert. Die ökologischen Farben hatte er im Internet bestellen müssen. Walter Cuthbert hatte ihm ein paarmal geholfen, damit er rechtzeitig fertig wurde.

Während alle anderen bereits den leckeren Geburtstagskuchen aßen, setzte sich Annie beinahe unbemerkt neben ihn. „Danke für das wundervolle Geschenk, Matt", flüsterte sie.

Matt wandte sich um und sah ihr in die Augen. „Gern geschehen. Es ist schön zu sehen, wie sie sich freut!" Er war so glücklich, wie noch nie in seinem Leben. Er hatte das Gefühl, er müsste schier platzen vor Freude und Liebe!

Wieder sah sie die goldenen Sprenkel in seiner Iris aufblitzen. Sie wagte kaum zu atmen, denn auf einmal war es genau wie letzte Nacht. Ihr war, als würde die Zeit anhalten und alles in den Hintergrund treten. Sehnsüchtig wartete sie auf seinen Kuss. Vergessen waren all die Menschen um sie herum. Es gab nur noch sie beide.

Die Türklingel zerstörte den Zauber und holte beide in die Wirklichkeit zurück. Verwirrt blinzelten sie sich an.

„Ich geh schon", rief Laura mit der leeren Teekanne in der Hand. „Dann setze ich gleich Wasser auf!"

„Wer fehlt denn noch?", frage Robert irritiert und sprach damit aus, was alle dachten. Annie beschlich eine böse Vorahnung.

Kapitel 18

Verwundert lief Laura zur Tür. Es waren alle da, die sie eingeladen hatte. Als sie die Tür öffnete, sah sie zuerst nur einen riesigen pinken Karton mit einer beinah monströsen Schleife.

„Guten Tag", sagte sie zögernd.

„Guten Tag", antwortete der Karton und kam näher.

Laura wich in den Flur zurück. „Sie wollen zu uns?"

„Sicher, hier wohnt doch Annie Taylor, oder?"

„Ja", antwortete Laura zögernd und wich noch einen weiteren Schritt nach hinten aus.

Jetzt war der Karton im Flur angekommen und Laura konnte erkennen, wer dahinter steckte. Der junge Mann war groß und sportlich. Die blonden Haare fielen ihm verwegen ins Gesicht und seine strahlend blauen Augen blitzten, als er sie jetzt anlächelte. ‚Er könnte Werbung für Zahnpasta machen', schoss es Laura durch den Kopf.

„Hallo, Sie müssen Annies Mutter sein!", sagte er nun und lächelte noch ein bisschen breiter. „Ich bin…"

„Poppys Vater!", hauchte Laura tonlos. Trotz der unterschiedlichen Haarfarben war die Ähnlichkeit verblüffend. Die Augen, die Nase, das Kinn. Es war dasselbe Gesicht. Laura hielt sich an ihrer Teekanne fest.

„Genau! Edward Dunbar. Es freut mich, Sie endlich kennenzulernen!" Edward lächelte selbstsicher, doch Laura war noch immer wie erstarrt.

„Ich bin doch hoffentlich nicht zu spät!", fügte er hinzu. Er wollte endlich diesen Karton loswerden.

Laura kam auf einmal wieder zu sich. Sie lächelte zurück. „Nein, nein. Es ist alles… Kommen Sie doch bitte!" Sie lief voran ins Wohnzimmer. „Annie, du hast Besuch!", sagte sie und trat einen Schritt beiseite. Zunächst starrten alle ratlos auf den riesigen pinken Karton.

Edward lief mit zwei großen Schritten zum Sofa und stellte das sperrige Ding erleichtert ab. Dann drehte er sich mit einem strahlenden Lächeln zur Gesellschaft um. „Guten Tag, ich bin..."

„Edward", flüsterte Annie. Sie hatte das Gefühl keine Luft mehr zu bekommen. Matts Kopf ruckte. Er starrte erst Edward, dann Poppy ungläubig an.

„Das ist Edward Dunbar, Poppys Vater!", verkündete Laura überschwänglich. Sie hatte mit einem Blick erfasst, dass er zur Oberschicht gehörte. Der teure Kaschmirpullover und die maßgefertigten Schuhe sprachen eine deutliche Sprache.

„Das ist nicht zu übersehen, Liebes", stellte Lauras Freundin Nancy trocken fest und die anderen nickten. Poppy verstand die Welt nicht mehr. Sie schaute mit großen Augen zu ihrer *Mommy*, aber die schien meilenweit weg zu sein.

Es war eine Szene wie im Film. Die wichtigsten Darsteller schienen wie festgefroren, als hätten sie ihren Text vergessen.

Edward bewegte sich als Erster. Breit lächelnd stellte er sich den Anwesenden persönlich vor und schüttelte jedem die Hand. Vor allem die Damen schienen von ihm wie verzaubert. Sogar Jess merkte, wie sie unweigerlich auf Edwards gutes Aussehen und sein Lächeln reagierte.

Lediglich Robert nickte ihm nur kurz zu und stand dann auf, um seiner Ehefrau, die genauso verzückt auf den jungen Mann starrte, die Teekanne aus der Hand zu nehmen und endlich Tee aufzusetzen. Im Vorbeigehen schloss er noch die Haustür, die sperrangelweit offen stand.

Annie saß immer noch wie angewurzelt auf ihrem Platz und regte sich nicht.

Matt fühlte sich, als hätte ihn ein Hammer getroffen. Auch wenn er es am liebsten geleugnet hätte, es gab keinen Zweifel. Vor ihm stand der Mistkerl, der Ann geschwängert und dann sitzen gelassen hatte. Wie gern hätte er diesem Penner eine rein gehauen. Aber das war nicht sein Haus, erkannte er bitter und noch etwas wurde ihm klar. Ann hatte niemandem seinen Namen verraten, also konnte er nur von einer einzigen Person von der heutigen Party erfahren haben. Von ihr selbst. Sein Atem stockte, als er das Ausmaß dieser Erkenntnis begriff. So viel Heimtücke hatte er ihr nicht zugetraut.

Er sah zu Poppy hinüber und erkannte, dass sie kurz davor war zu weinen. Er tat das Einzige, was er konnte. Mit einem Schritt war er bei seiner Kleinen und nahm sie auf den Arm. Schutzsuchend kuschelte sie sich an ihn. Aber sie hörte nur sein hämmerndes Herz, nicht seine beruhigenden Worte und fing an zu weinen. Inbrünstig weinte sie sein eigenes Elend hinaus.

Annie erwachte aus ihrer Erstarrung und sprang so heftig auf, dass ihr Stuhl gefährlich ins Wanken kam. Augenblicklich war sie bei Matt und nahm ihm Poppy ab. „Sssh, meine Süße, *Mommy* ist ja da!", flüsterte sie in ihr Ohr und streichelte ihr behutsam den Rücken.

Matt war so aufgewühlt, dass er nur an eines denken konnte. Er wollte wissen, warum. „Kommst du mal kurz mit?" Mit so viel Beherrschung wie er aufbringen konnte, fasste er Annie am Arm und führte sie hinaus in die Küche. Er konnte nicht zusehen, wie selbstzufrieden sich Edward bewirten ließ.

„Ann Taylor! Kannst du mir bitte verraten, was ER hier macht?" Matts Stimme zitterte. Seine Gefühle drohten jederzeit auszubrechen, wie ein brodelnder Vulkan.

Annie versuchte immer noch ihre Tochter zu beruhigen, was ein Ding der Unmöglichkeit war, angesichts ihres eigenen Gefühlschaos. Was sollte sie Matt sagen?! Sie wusste ja selbst nicht, warum er auf einmal doch gekommen war. Warum tat sich nie ein Erdloch auf, wenn man mal eines brauchte?!

Beide nahmen kaum wahr, dass Robert neben ihnen stand und Tee kochte. Auch wenn er selbst wirklich neugierig auf die Antwort seiner Tochter war, respektierte er doch zumindest ihre Privatsphäre. Ergeben nahm er ihr das weinende Kind ab. „Poppy, Süße, hast du gesehen, dass du noch ein riesengroßes Geschenk bekommen hast?"

Augenblicklich hörte Poppy auf zu weinen und sah ihren Opa fragend an.

„Burtstag?"

„Ja, mein Schatz. Komm, im Wohnzimmer steht noch ein ganz, ganz großes Geburtstagsgeschenk für dich!" Zumindest hoffte er das! Diesem Typen traute er alles zu!

„Wollen wir mal gucken gehen?", fragte er seine rotgesichtige Enkeltochter und Poppy nickte zögernd.

„Ann, was will der hier?", wiederholte Matt seine Frage, als Robert und Poppy gegangen waren. Aber Ann starrte stumm und mit hängenden Schultern auf den Boden. Matt fasste sie an den Oberarmen und zwang sie ihn anzusehen. Ihr Blick war so voller Verzweiflung und Scham, dass es ihm eiskalt den Rücken hinunterlief. „Ann", flüsterte er eindringlich. „Sag' doch was!" Beschwörend schaute er sie an.

„Matt, ich...", begann sie, wurde aber von Edward unterbrochen.

„Annie hat mich eingeladen!", erklärte dieser munter und betrat die Küche.

Dann war es also wahr! „Stimmt das?" Matts Flüstern war kaum zuhören.

Annie lief rot an, aber sie nickte.

Kraftlos sanken seine Hände herunter.

„Ich konnte es kaum glauben, als Annies Mail kam. Endlich ein Lebenszeichen und dann so eine Überraschung! Wer hätte denn ahnen können, dass sie von der Uni verschwunden war, weil sie ein Kind von mir erwartete."

Annies Kopf schnellte hoch. „Edward...", begann sie überrascht.

Auch Matt runzelte die Stirn. ‚Was erzählte der denn da?'

Aber Edward war nicht zu bremsen. „Wenn ich das vorher gewusst hätte, dann hätte ich sie doch nie in diesem..." Er sah sich abschätzig in der Küche um. „Loch hausen lassen!" Er legte Annie besitzergreifend einen Arm um die Schulter. „Aber jetzt wird ja alles gut! Jetzt bin ich ja da und hole die beiden hier raus!"

Edward hatte kaum ausgesprochen, da traf ihn Matts Faust.

Edward schrie überrascht auf und brach zusammen. „Edward!", rief Annie erschrocken und beugte sich besorgt über ihn. „Geht es dir gut?"

Edward lag am Boden und hielt sich die Hände vor's Gesicht. Das Blut lief in einem steten Strom an seinen Händen vorbei und tropfte auf seinen teuren Pullover. „Der Mistkerl hat mir die Nase gebrochen!", kam es undeutlich zurück.

Annie schaute zu Matt auf. Ihr vorwurfsvoller Blick traf ihn unvorbereitet. „Matt, wie konntest du nur?"

Matt wollte etwas sagen, aber er bekam kein Wort heraus. Hatte sie nicht gehört, was er gehört hatte? Er stand da und musste mit ansehen wie seine Ann sich über diesen Schnösel beugte, ihn verarztete und tröstete. Sah sie denn nicht, was für ein Idiot er war?

Mechanisch nickte er sich selbst zu. Endlich wusste er Bescheid. Jetzt machte auch ihre Aussage vom letzten Jahr Sinn. Es war immer Edward gewesen. Auf ihn hatte sie gewartet. Er war nur ein billiger Ersatz gewesen! Diese Erkenntnis schmerzte unvorstellbar.

„Dann kann ich ja jetzt gehen!", erklärte er dumpf. Innerlich vollkommen leer und taub lief Matt wie ferngesteuert an den Gästen vorbei, die sich angelockt durch das Geschrei im Flur tummelten.

Die Missbilligung in ihrer Stimme hörte er noch, als er schon längst in seinem Wagen saß. All das Glück, das er noch vor wenigen Augenblicken wie ein helles Licht in sich gespürt hatte, war einer pechschwarzen Dunkelheit gewichen.

***

Annie, Laura und Lauras Freundinnen scharwenzelten in der Küche um Edward herum und verteilten Eis, frische Handtücher, sowie gute Ratschläge. Sadira und Karen, die Mütter aus der Krabbelgruppe, hatten sich direkt nach dem Tumult ihre Kinder geschnappt und waren eiligst gegangen. Jess freute sich schon jetzt auf die Kommentare beim nächsten Treffen.

Währenddessen saß sie mit Robert und den Mädchen im Wohnzimmer und starrte ehrfürchtig auf das vollausgestattete viktorianische Puppenhaus, das Edward mitgebracht hatte. Die Kinder drückten munter auf sämtliche Knöpfe, die sie finden konnten. Das Puppenhaus hatte nicht nur elektrisches Licht, es gab auch eine Türklingel und Knöpfe, die ein Wasserrauschen imitierten. Sämtliche Kleinteile hatten Robert und Jess bereits in Sicherheit gebracht, damit die Mädels nicht irgendetwas verschluckten. Das ganze Haus glich eher einem Sammlerstück als einem Kinderspielzeug.

„Hast du davon gewusst?", fragte Robert Jess, als er versuchte die Geschehnisse der letzten Minuten zu verarbeiten.

„Was genau?" Jess schaute ihn an.

Robert machte eine ausholende Handbewegung. „Na, alles."

„Alles nicht." Jess holte tief Luft. „Ich... Mir war klar, dass..." Jess suchte nach den richtigen Worten, denn ihre Loyalität gehörte Annie. „Ich glaube, Annie wollte einfach das Richtige tun und es Poppy ermöglichen, Kontakt zu ihrem Vater zu haben." Den letzten Teil hatte sie geflüstert.

Sie war sich nicht sicher, was die Kinder schon verstanden und was nicht.

Robert nickte. Er begriff, was Jess damit sagen wollte und er verstand auch seine Tochter. Er wusste, dass sie versuchte Poppy alles zu ermöglichen. Was er nicht einsehen konnte war, warum seine kluge Tochter auf diesen Vollpfosten hereingefallen war. Eines musste er noch wissen. „Hat Annie ihm wirklich erst jetzt von der Süßen erzählt?"

Jess sah ihn mit großen Augen an. „Wie bitte? Hat er das erzählt?"

„Ja, eben in der Küche." Robert nickte.

„Was für ein Ar..." Sie unterbrach sich schnell mit einem Seitenblick auf die Mädchen, die mittlerweile wieder mit Matts Steinen spielten. „Affe! Kein Wunder, dass Matt ihm eine rein gehauen hat!"

Robert nickte. Fast beneidete er den Jungen um diese Genugtuung. Schade, dass er so schnell verschwunden war.

In diesem Moment kam Laura herein. „Schatz, wo ist denn der Whiskey, den ich dir zu Weihnachten geschenkt habe?", fragte sie ganz aufgeregt.

„Du willst diesem Lackaffen doch nicht wirklich etwas von meinem guten Whiskey geben?" Robert traute seinen Ohren nicht.

„Also bitte. Jetzt plustere dich nicht so auf. Edward steht unter Schock. Er braucht..."

„Wie bitte?" Robert stand auf und sah auf seine Frau herab. Er wurde selten laut, aber was zu viel war, war zu viel.

Jess begann hektisch ihre Sachen einzusammeln und zog die Mädchen aus dem Zimmer. Jetzt war es wohl an der Zeit, dass auch sie verschwand.

„ICH soll mich nicht so AUFPLUSTERN?"

„Robert, bitte." Laura wedelte mit der Hand, als wollte sie eine lästige Fliege verscheuchen.

„Er steht also unter Schock, ja?" Roberts Stimme triefte vor Sarkasmus. „Ich habe da etwas besseres, das ihn wieder auf die Beine bringt!" Schon war er auf dem Weg in die Küche, in der wundersamerweise nur noch Edward saß. Alle anderen hatten das Weite gesucht, als sie Roberts erhobene Stimme hörten.

Laura stellte sich ihrem Mann in den Weg und versuchte ihn aufzuhalten. „Robert, er ist immerhin der Vater!" Sie starrte ihn eindringlich an. „Er wusste doch nichts davon!"

„Das glaubst auch nur du!", grollte Robert und wollte weiterlaufen.

Laura stemmte sich mit ihrem Körpergewicht gegen ihn. „Er kann den beiden ein ganz anderes Leben ermöglichen. Ein Leben ohne Sorgen!", beschwor sie ihn. „Hast du seinen Wagen nicht gesehen?"

Robert blieb stehen und schaute seine Frau fassungslos an. „Darum geht es dir also", erkannte er.

„Ja, darum geht es mir! Denk doch nur an die Ausbildung, die unsere Süße dadurch bekommen kann!" Laura hatte ihren Ehemann mit jedem Wort weiter zurück ins Zimmer geschoben.

Robert wollte etwas sagen, aber Laura fuhr ihm über den Mund. „Es ist nichts falsches daran, dass ich mein Kind gut versorgt wissen will!"

„Aber sie kann doch niemals glücklich werden mit diesem..."

„Was ist schon Glück? Wenn sie sich dafür nie Sorgen ums Geld machen muss und sich alles leisten kann?!", wandte Laura energisch ein.

Robert schaute seine Frau zum zweiten Mal überrascht an. „Ich wusste nicht, dass du so unglücklich und unzufrieden mit unserem Leben bist", stellte er fest. Er fühlte sich, als hätte ihm jemand einen Eimer kaltes Wasser ins Gesicht geschüttet.

Laura blinzelte irritiert. „Was ... Das habe ich doch gar nicht gesagt."

In diesem Moment erschien Annie mit Poppy auf dem Arm. *„Mum, Dad,* ich bitte euch, ich regele das selbst."

„Keine Sorge", sagte Robert kühl und schob sich an ihr vorbei. „Ab heute kann hier jeder machen, was er will." Er nahm sich seine Jacke, schlüpfte in seine Schuhe und war in weniger als einer Minute verschwunden.

Verwirrt starrte Annie ihm hinterher. „Was ist denn in *Dad* gefahren?" Sie wandte sich an ihre Mutter, aber Laura stand wie vom Donner gerührt da und regte sich nicht.

„*Mum?*"

Poppy begann auf ihrem Arm zu zappeln und Annie ließ sie hinunter. Poppy lief zu ihren neuen Spielsachen. Laura stand immer noch wie erstarrt da. Man sah ihr förmlich an, dass sie versuchte zu verstehen, was soeben geschehen war.

„Das hat er noch nie gemacht", murmelte sie so leise, dass Annie Mühe hatte sie zu verstehen. „Noch nie. Alle, aber doch nicht Robert."

„*Mum,* ist alles ok?", erkundigte sich Annie besorgt.

Endlich reagierte Laura. „Äh ja. Alles bestens mein Schatz, alles bestens." Sie schaute sich um, als wüsste sie nicht was sie tun sollte. Das Wohnzimmer müsste aufgeräumt werden, aber sie fühlte sich auf einmal schrecklich müde. „Ich bin... Ich geh' hoch." Mechanisch gab sie ihrer Tochter einen Kuss auf die Wange und lief an ihr vorbei und die Treppe hoch.

Annie sah ihr irritiert hinterher. Was war zwischen ihren Eltern geschehen? War das alles etwa ihre Schuld? Sie wollte gerade überlegen, was jetzt am besten zu tun sei, da meldete sich Edward aus der Küche.

„Annie? Bist du da?"

„Ja, ich bin hier." Sie eilte in die Küche.

„Das Kühlpack ist schon gar nicht mehr kalt." Vorwurfsvoll hielt er ihr das blaue Plastikding hin.

„Äh." Annie blinzelte irritiert. „Im Kühlschrank sind noch mehr. Du hättest gern nachsehen können." Sie öffnete die Tür und holte ein frisches Kühlpack heraus. „Hier für dich." Sie gab es ihm und legte das andere wieder weg. „Wie geht es dir denn?" Sie beugte sich über ihn. „Lass mal sehen."

„Aua!", rief er sofort und zuckte zurück.

„Edward, ich habe dich noch gar nicht angefasst." Sie stützte die Hände in die Seiten.

Aber Edward presste sich das Kühlkissen auf die Nase. „Doch hast du."

Annie hatte Mühe sich ein Lachen zu verkneifen. Genauso sah Poppy aus, wenn sie ihren Willen nicht bekam.

„Was gibt es da zu lachen?", fragte er beleidigt und fügte um Mitleid heischend hinzu. „Ich habe Schmerzen!"

Annie biss sich in die Wange, sie wollte nicht schon wieder losprusten. Ihr war eingefallen, dass Edward nicht ihren Sinn für Humor teilte. „Möchtest du etwas trinken?" Sie drehte sich zur Spüle um und füllte bereits ein Glas. „Wasser hilft immer", fügte sie beruhigend hinzu.

„Sprich nicht mit mir wie mit einem Kleinkind!"

Annie zuckte zusammen. Diesen Satz sagte sie tatsächlich oft zu Poppy.

„Sorry. Ich meine es ja nur gut."

„Ich weiß", antwortete Edward leidend. Er versuchte tief einzuatmen, es funktionierte nicht. Augenblicklich fing er an zu husten, sprang auf und spuckte Blut und allerlei anderes Zeug in die Spüle. Annie öffnete mit einer Hand den Wasserhahn. Mit der anderen streichelte sie ihm beruhigend den Rücken.

„Ich glaube, ich muss doch ins Krankenhaus", röchelte Edward und griff nach dem frischen Handtuch, das Annie ihm reichte.

„Ich...", setzte Annie zu sprechen an, bis ihr aufging dass es verdächtig ruhig im Wohnzimmer war. Ihre *Mommy*-Antennen sirrten und mit einem Satz war sie im Wohnzimmer.

„Poppy Taylor!" Annie war entgeistert. Poppy hatte die Gunst der Stunde genutzt und weitergefeiert. Schließlich standen noch sämtliche Kuchen, Torten und Teetassen wie vergessen auf dem Esstisch. Also hatte sie den Bewohnern ihres neuen Puppenhauses Tee und Schokokuchen serviert. Matschige Schokokuchenklümpchen waren überall verteilt, auf dem Fußboden, auf dem Sofa, neben dem Puppenhaus, im Puppenhaus und natürlich auch auf Poppy selbst. Vor Annies geistigem Auge lief bereits ein Film ab, was sie alles zu putzen hatte, dann sah sie Poppys erschrockenen Blick. Augenblicklich stoppte das Gedankenkarussell. Ihre Tochter hatte gespielt. Was soll's! Ein großes Lächeln breitete sich auf Annies Gesicht aus. „Hast du Spaß?", fragte sie und begann zu kichern.

„Ja!" Poppy nickte begeistert, dann gefror ihr das Lächeln. Irritiert drehte Annie sich um.

Edward stand hinter ihr, er bot wahrhaft keinen schönen Anblick. Zu seinem blutverschmierten Pullover und der rotgeschwollenen Nase gesellte sich eine wutverzerrte Grimasse. „Was machst du da?", rief er aufgebracht. „Weißt du eigentlich, wie teuer das Scheißhaus war?" Er wurde mit jedem Wort lauter.

Poppy fing an zu weinen und Annie eilte zu ihrer Tochter und nahm sie auf den Arm.

„Alles ist gut, Süße!", flüsterte sie ihr ins Ohr und drehte sich halb von Edward weg, der weiter krakelte.

„Das hast du wirklich super gemacht! Jetzt kann man das Ding nur noch wegwerfen."

„Jetzt mach aber mal einen Punkt, Edward!", unterbrach Annie ihn mit lauter Stimme. So hatte sie noch nie mit ihm gesprochen. Eigentlich sprach niemand so mit ihm. Daher verstummte er tatsächlich. Auch Poppy stellte ihr Schluchzen ein.

„Du hörst sofort auf, meine Tochter anzuschreien." Edward wollte etwas sagen, aber als er Annies entschlossenes Gesicht sah, ließ er es bleiben. „Siehst du nicht, dass sie nur gespielt hat?!" Sie wies auf die winzigen Kuchenkrümel auf dem Puppentisch. „Sie ist zwei, Edward. Zwei Jahre alt, wie du sehr wohl weißt." Annie holte tief Luft und sprach ruhiger weiter. „Das Haus ist nur schmutzig, das kann man sauber machen."

Theatralisch ließ sich Edward auf einen Stuhl fallen und fasste sich wieder an seine Nase. „Ich muss wirklich ins Krankenhaus!" Er stöhnte. „Es tut so weh. Du musst mich fahren Annie." Er seufzte leidend und Annie war versucht die Augen zu verdrehen.

„Edward, ich kann dich nicht fahren. Ich habe eine Tochter, die gebadet werden muss, die bald Abendbrothunger bekommt und dann müde wird." Sie ging auf ihn zu und tätschelte ihm beruhigend die Schulter. „Ich kann schauen, ob ich Dr. Morris erreiche oder ich rufe dir einen Krankenwagen, ja?"

„Wer ist Dr. Morris?", fragte Edward misstrauisch.

„Der Allgemeinarzt hier in Beddingsham."

„So einen Landarzt lasse ich nicht an meine Nase!", stellte Edward kategorisch klar. „Ich will professionelle Hilfe! "

Annie zählte innerlich bis drei. War er früher auch schon so gewesen? In ihr tauchten ein paar Erinnerungsfetzen auf. Richtig, jetzt wusste sie es wieder. Es gab eigentlich zwei Edwards, den öffentlichen Party-Edward und den Privaten. Nur ließ sich der andere immer schlecht aus der Reserve locken. Vielleicht hatte sie Glück und er tauchte heute noch auf. Dann wäre das alles wenigstens zu etwas gut gewesen. „Gut, dann also einen Krankenwagen."

Schon hatte Annie ihr Handy in der Hand und wählte. Während der Ruf rausging, gab sie Poppy etwas zu trinken und anschließend ihren Schnuller.

Edward stöhnte und jammerte vor sich hin. Sie sah, wie er sich vergewisserte, dass sie es auch wirklich bemerkte. Wie gut, dass das Puppenhaus auf der Couch stand, sonst hätte er sich wohl noch dort hingelegt. Endlich ging jemand ans Telefon. Sie schilderte kurz und knapp die Lage, gab die Adresse durch und legte keine zwei Minuten später wieder auf.

„Sie kommen, aber es wird eine Weile dauern. Du sollst weiter kühlen und versuchen was zu trinken." Sie verstaute ihr Smartphone in ihrer Hosentasche und fügte ein wenig gemein hinzu: „Und schön aufrecht sitzen bleiben!"

„Ich darf mich nicht hinlegen?", fragte Edward entrüstet. „Ich fühle mich wirklich nicht gut!"

Mitleidlos sah Annie ihn an und schüttelte den Kopf. „Das waren ihre Worte. Wahrscheinlich läuft sonst das ganze Blut in die Lunge..." Das war medizinisch bestimmt totaler Quatsch, aber er ging ihr so auf die Nerven, dass sie sich diesen Kommentar nicht verkneifen konnte. Außerdem war sie immer noch sauer, dass er Poppy so angeschnauzt hatte!

„Ich mache jetzt Poppy Abendbrot und fürs Bett fertig und wenn ich wieder komme, können wir reden."

Edward schaute sie verständnislos an. „Reden?", echote er.

„Ja, darüber wie es weiter gehen soll." Annie nickte. „Wie du eine Beziehung zu Poppy aufbauen willst und wie du dir das mit dem Unterhalt gedacht hast." Mit diesen Worten ließ sie ihn allein.

Edward schüttelte den Kopf und stöhnte augenblicklich. Für einen Moment hatte er doch tatsächlich seine gebrochene Nase vergessen! Wann genau war sein Vorhaben eigentlich so schief gelaufen?

Kapitel 19

Matt wusste nicht mehr genau, wie er hier im Pub von Kingstone gelandet war und ob vor ihm sein zweites oder drittes Bier stand. Es war ihm auch egal. Er wollte, dass ihm alles gleichgültig wurde. Aber dafür musste er noch mehr trinken. Der Schmerz saß tief in seinem Herzen und wenn er nicht etwas schneller trank würde er sich überall in seinem Körper ausgebreitet haben. Dann würde er sich seine Seele vornehmen und das wollte Matt auf keinen Fall spüren. Das war auch der Grund, warum Matt hierher gefahren war. Er hätte zu Connor, nach Hause oder auch zu den Pferden fahren können. All das würde er auch noch tun, aber jetzt war die Wunde, die Annies Verrat ihm beigebracht hatte noch zu frisch. Er brauchte erst etwas Abstand und ein wenig Vergessen. Morgen würde genug Zeit sein, sich mit der Zukunft zu beschäftigen.

Wieder und wieder spulte sich die Szene, wie dieser gelackte Mistkerl mit seinen blonden Haaren und diesem „Mir-gehört-die-ganze-Welt-Lächeln" vor ihm gestanden hatte und seinen Arm um Ann legte, vor seinem inneren Auge ab. Auch Poppys Weinen bekam er nicht aus dem Ohr. Bloß nicht daran denken! Rasch trank er mit einem großen Zug sein Glas leer.

„Michael! Noch eins!", rief Matt dem Besitzer und Barkeeper Michael O'Brien zu.

Der vierschrötige Ire kam langsam auf ihn zu und fragte leise: „Willste nich mal ´n bisschen auf die Bremse treten, Matt?"

Die beiden kannten sich gut. Bei dem jährlichen Sommerfest, das die Bedfords auf Gracewood Hall veranstalteten, drehte Michaels jüngste Tochter Kayley jedes Jahr beim Ponyreiten eine Runde nach der anderen.

„Nee." Matt malte mit seinem Finger Kreise aus dem Kondenswasser auf dem Tresen.

„Willste nich sagen, was passiert is? Is nich viel los grade", bot Michael an, während er den Tresen trocken wischte.

„Nee." Matt zwang sich, Michael wenigstens kurz anzusehen. Selbst den Versuch eines Lächelns brachte er nicht zustande. „Lass mal."

Mitfühlend legte der große Michael seine Stirn in Falten. „So schlimm?"

‚Schlimmer', dachte Matt, ‚tausendmal schlimmer.' Er ließ den Kopf hängen. Wenn er jetzt zu reden anfinge, würde er heulen wie ein Baby. „Ich hätte wirklich gern mein Bier, Michael."

Michael zuckte mit den Achseln. „Okay, wie du willst." Er ging hinüber zum Zapfhahn, um ein weiteres Glas zu füllen. Er würde ein Auge auf ihn haben. Matthew Gardner kam nur selten in den Pub und wenn meist in Begleitung von Freunden. Oft trank er nur Wasser, weil er die anderen später nach Hause fuhr. Wenn Matt sich jetzt betrinken wollte, musste ihn schon etwas Großes aus der Bahn geworfen haben.

Er spekulierte darauf, dass Matt nicht viel vertragen würde und fertig wäre, wenn der große Andrang kam.

***

Robert war in seinen Wagen gestiegen und zur Küste gefahren. Er brauchte etwas Abstand und wollte sich ordentlich durchpusten lassen. Vielleicht würde der Wind Ordnung in seine wirren Gedanken bringen. So viel war in den letzten Tagen passiert. Lauras Unzufriedenheit, der Streit mit Annie, dieser Ausruf, sie würden ihr Poppy vorwerfen! Was natürlich völliger Unsinn war. Oder etwa doch nicht? Hatte sie deswegen diesen Edward verheimlicht? Und fand seine Frau diesen Wichtigtuer wirklich geeignet für ihre Mädchen?

Robert rauchte der Kopf. Als er endlich an der Steilküste angekommen war, hatte er das Gefühl zum ersten Mal seit Wochen richtig durchatmen zu können. Zügig lief er an der menschenleeren Küste entlang und nahm sich ein Ereignis nach dem anderen vor.

Zuerst die ganze Situation zwischen ihnen und Annie. Hatten sie sie mit ihren Erwartungen zu sehr unter Druck gesetzt? Er musste zugegeben, dass er schon sehr enttäuscht gewesen war, dass Annie damals schwanger vor ihnen gestanden hatte. Aber das war vor Jahren! Jetzt war es doch schon längst nicht mehr so! Oder nicht? Er horchte in sich hinein. Er machte seiner Tochter keine Vorwürfe, dafür liebte er sie und die Kleine zu sehr, aber er hoffte, dass sie langsam wieder ihr altes Leben und ihre Ziele aufnahm. Ihm wurde zum ersten Mal bewusst, wie unsinnig das war.

Sie war jetzt Mutter, wie sollte sie das mit einer Karriere im Internationalen Management vereinbaren. Er hatte genug von der Berufswelt gesehen um zu wissen, wie schwer es Frauen generell und Mütter im Besonderen hatten. Sie würde sich permanent beweisen müssen. Ihr Leben würde ein einziger Kampf sein. Nicht, dass er ihr das nicht zutraute, aber wollte er das für seine Tochter? Nein!

Robert erkannte, dass sie schon längst einmal über die Zukunft hätten reden müssen. Schließlich war sie noch jung. Sie hätten ihr den Rücken stärken, an ihrer Seite stehen müssen. Stattdessen hatten sie an alten Lebensentwürfen festgehalten, sich regelrecht daran festgebissen. Kein Wunder, dass Annie so explodiert war. Er konnte sich nur im Ansatz vorstellen unter welchem Druck sie stand. Es hätte weder Laura noch ihn überraschen sollen.

Bei dem Gedanken an Laura, blieb er stehen und schaute aufs Meer hinaus. Welle um Welle rollte an den Strand unbeeindruckt von den Herausforderungen in Roberts Leben. Laura war sein Gegenstück. Dort wo er bedächtig vorging, war sie spontan. Gegenseitig holten sie das Beste auseinander heraus. Das war schon immer so gewesen, aber ihr Verhalten heute hatte ihn sehr verletzt. War sie wirklich so unzufrieden mit ihrem Leben? Sie hatten es doch gut? Reichte ihr das plötzlich nicht mehr? Warum hatte sie nicht mit ihm darüber gesprochen? Er holte tief Luft. Die Dämmerung hatte eingesetzt, der Abendstern stand am Himmel und der Mond ging eben auf.

Er liebte sie sehr, sie war sein Leben. Er wollte sie nicht verlieren. Sie würden eine Lösung finden. Langsam machte er sich auf den Rückweg.

***

Annie kam leise die Treppe hinunter und betrat das Wohnzimmer. Edward saß genauso da, wie sie ihn verlassen hatte, nur dass er jetzt mit seinem Handy spielte. Im Wohnzimmer herrschte immer noch absolutes Chaos. Es überraschte sie nicht im Geringsten, dass Edward sich nicht die Mühe gemacht hatte, irgendetwas wegzuräumen. „Sie schläft", sagte sie. Edward antwortete nicht. Annie holte tief Luft und trat näher heran. „Edward." Sie berührte ihn am Arm.

Er zuckte erschrocken zusammen und fasste sich sofort an die Nase. „Was schleichst du dich so an?", rief er aus.

„Psst!" Annie legte den Finger auf die Lippen. „Poppy schläft!"

„Ja, und?", fragte Edward unbeeindruckt in der gleichen Lautstärke. „Hat ja lange genug gedauert."

Annie stand mit offenem Mund vor ihm. Langsam schloss sie ihn. Eigentlich wollte sie ihm sagen, dass es im Gegenteil sehr schnell gegangen war und es damit so ziemlich das Beste an diesem verkorksten Tag gewesen war. Aber sie erkannte, dass er das nicht wissen konnte. Unabhängig von seinem permanenten Kreisen um sich selbst, hatte er ja keine Erfahrung mit kleinen Kindern.

Erschöpft und müde zog sie sich einen Stuhl heran und ließ sich darauf fallen. Das Chaos konnte noch etwas warten, dieses Gespräch nicht.

„Edward, was willst du hier?" Sie schaute ihn abwartend an.

„Du hast mich doch eingeladen!" Verdutzt legte er das längst nutzlos gewordene Kühlpack weg.

„Ja, aber warum bist du diesmal gekommen? Was hat sich geändert?"

„Wie geändert? Ich habe doch jetzt erst erfahren..."

„Edward!", unterbrach ihn Annie ungehalten. Wieder tauchte plötzlich eine Erinnerung auf. Edward, wie er auf Partys groß gestikulierend Anekdoten erzählte, die sich ganz anders ereignet hatten. Damals hatte sie es mit einem Schulterzucken abgetan.

Edward stutzte, als er Annies Gesichtsausdruck sah und ließ die Schultern hängen. Sein selbstgebautes Kartenhaus fiel in sich zusammen.

„Ich weiß doch auch nicht", sagte er leise. Er wusste, dass er sich manchmal die Wirklichkeit so sehr zurecht legte, dass er ganz vergaß dass es sich anders ereignet hatte. „Ich wollte... ich dachte..." Er konnte selbst nicht in Worte fassen, warum er hergekommen war.

Geduldig wartete Annie. Langsam kam er zum Vorschein, der Edward, in den sie sich damals verliebt hatte. Dieser Edward war oft unsicher, suchte nach dem Sinn im Leben und sehnte sich nach Liebe. Leider war er auch damals viel zu selten in Erscheinung getreten. Dieser Edward war der Grund für ihre E-Mails und Einladungen.

„Ich wollte endlich das Richtige tun." Edward flüsterte beinahe. „Es tut mir leid, Annie! Wie ich mich verhalten habe, aber ich wusste einfach nicht, was ich tun sollte!"

Annie blieb ganz still. Sie wollte seinen Redefluss keinesfalls stören.

„Ich habe mich geschämt. Ich wusste... mein Vater hätte..." Er sammelte sich. „Ich arbeite jetzt in einer renommierten Kanzlei und stehe auf eigenen Beinen. Aber wie kann ich für die Gerechtigkeit arbeiten, wenn ich mich selbst nicht richtig verhalte?" Endlich sah er sie an.

„Und jetzt willst du dich richtig verhalten?", fragte sie vorsichtig.

Edward nickte.

„Und was hast du dir vorgestellt?"

Edward nahm ihre Hand und sah sie ernst an. „Annie, wir zwei waren doch immer ein tolles Team. Das könnten wir wieder sein. Komm mit mir nach London!"

„Und Poppy?", fragte Annie überrascht. Sie hatte sich seit Ewigkeiten nicht erlaubt, an diese Möglichkeit zu denken.

„Sie kommt natürlich mit!" Edward musste schmunzeln. „Baby, wir haben uns doch immer gut verstanden. Wozu jetzt warten? Lass uns eine richtige Familie sein!" Schwungvoll schob Edward seinen Stuhl beiseite und kniete vor ihr nieder.

„Annie Taylor, willst du meine Frau werden?"

***

Laura lag auf ihrem Bett und starrte blicklos an die Decke. Sie versuchte zu verstehen, was geschehen war. Warum war Robert einfach so gegangen? In all den Jahren, die sie nun schon ein Paar waren, hatten sie bei einem Streit immer so lange miteinander geredet, bis sie den Konflikt geklärt hatten. Aber heute? Wann hatten sie zu streiten begonnen? Er konnte doch nicht tatsächlich wegen des Whiskeys abgehauen sein! So kannte sie ihn gar nicht! Das war doch nicht ihr Robert! Oder etwa doch?

Seufzend drehte sich Laura auf die Seite. Müde legte sie ihren Kopf auf ihr tränennasses Kopfkissen. Sie merkte kaum, dass sie still vor sich hin weinte. Da lebte man so viele Jahre mit jemandem zusammen, teilte Bett und Tisch und dann, wie aus dem Nichts passierte etwas, das einem das Herz zerschnitt.

Sie wollte doch nur das Beste für Annie! Schließlich war sie ihre Mutter! Es war doch ganz natürlich, dass sie sich Sorgen machte. Es war doch ihre Pflicht, dafür zu sorgen, dass ihre Mädchen gut versorgt sind. Denn auch für Poppy konnte es nur von Vorteil sein, in stabilen Familienverhältnissen aufzuwachsen. Ein Kind brauchte seinen Vater. Dieser Edward schien doch ein ganz angenehmer junger Mann zu sein.

Wie sollte sie sich eine richtige Meinung bilden können, wenn Annie ihr nie etwas erzählte? Sie und Robert waren ja immer ein Herz und einen Seele! Bei dem Gedanken an Robert warf Laura einen unruhigen Blick auf den Wecker. Er war schon so lange fort. Sie überlegte, ob sie ihn anrufen sollte, aber was sollte sie sagen? Unschlüssig starrte sie auf das Telefon.

***

Zwei Stunden später saß Matt immer noch am Tresen. Zu Michaels Erstaunen merkte man Matt nicht an, dass er schon einiges intus hatte. Michael hatte schon seit einer Weile die Abstände hinausgezögert und seine Gläser nicht mehr ganz so voll gemacht. Langsam füllte sich der Pub mit dem üblichen Samstagabendpublikum. Eben kam eine äußerst ausgelassene Gruppe junger Frauen herein. Anscheinend feierten sie einen Jungesellinnenabschied. Die einzige Blondine trug einen Schleier und ein Krönchen auf dem Kopf. Michael stellte sich innerlich auf einen turbulenten Abend ein.

„Matt?" Eine bildhübsche Brünette war zu Matthew getreten. „Habe ich ein Glück! Jetzt treffe ich dich schon das zweite Mal diese Woche!" Sie lächelte ihn strahlend an.

Er musste sich verhört haben. Langsam wandte er den Kopf. „Becks." Sie war es tatsächlich. Er lächelte. Das war ein Wink des Schicksals! "Wie schön, dass du da bist!" Der Alkohol machte sich nun bemerkbar und Matt fühlte sich wunderbar. Der ganze Tag war in den Hintergrund gerückt. Dafür hörte er die Musik umso lauter, er begann mit dem Fuß im Takt zu wippen.

Becks lächelte noch ein wenig breiter und setzte sich auf den Barhocker neben ihm. Dabei rutschte ihr enger Rock ein wenig höher. Matt starrte versonnen auf ihre tollen Beine.

„Ich freue mich auch! Erzähl, wie geht es dir? Bist du allein hier?" Becks wandte sich suchend um.

„Becky! Kommst du?", riefen ihre Freundinnen aus der Ecke, aber Becks winkte ab. „Ja, ja, gleich."

Mit einer enormen Willensanstrengung hob Matt den Blick und zwang sich sie anzusehen. Er grinste. „Ja, ich bin ganz allein hier." Sie sah so toll aus! Sollte Annie bei ihrem Schnösel bleiben. Sie hatte ihm deutlich genug zu verstehen gegeben, was sie von ihm wollte. Nämlich nichts! Matt trank schnell einen Schluck von seinem Bier und verscheuchte energisch jeden Gedanken an Annie Taylor.

„Was willst du trinken?", fragte er Becks und grinste wieder. Er beugte sich näher zu ihr. „Ich bin wirklich froh dich zu sehen!"

***

Mit großen Augen starrte Annie auf den vor ihr knienden Edward. Ihr Kopf war wie leergefegt. Die Blutflecken auf seinem Hemd erinnerten sie daran, dass sie seinen Pulli noch einmal ausspülen wollte. Irritiert schaute sie auf das Puppenhaus und versuchte sich zu konzentrieren. „Edward, ich…"

Edward nahm ihre Hand und hob sie an seine Lippen. „Annie, Babe, ich weiß, das kommt etwas überraschend." Er stand auf und zog seinen Stuhl nahe an ihren. „Aber ich bin mir sicher, dass es großartig wird! Ich sehe unsere Zukunft direkt vor mir!" Er strahlte sie an. „Ich werde Partner, vielleicht übernehme ich die Kanzlei, wir geben tolle Partys... es wird großartig!"

„Ich im Cocktailkleid mit Perlenkette?", vervollständigte Annie das Bild und Edward nickte begeistert.

„Exakt! Ich wusste es, du weißt genau was ich meine!", übermütig drückte er Annie an sich. „Wir gehören einfach zusammen." Er sah ihr in die Augen. „Baby, ich habe dich wirklich vermisst. Zugegeben, am Anfang war da der Schock, dann habe ich mich auf meinen Abschluss konzentriert und dann war die Arbeit so aufregend." Er machte eine kleine Pause. Deutlich leiser fuhr er fort. „Aber schon bald habe ich festgestellt, dass etwas fehlt. Dass du mir fehlst. Nur da war dann schon so viel Zeit vergangen und ich wusste nicht, wie ich dir gegenüber treten soll. Ich habe mir eingeredet, dass du mich nicht brauchst und erst recht nicht willst." Sein Blick wurde weich. „Annie, willst du mich?"

Annie wusste nicht was sie sagen sollte. Ihre Gedanken wirbelten wild umher und ihre Gefühle schienen sich verkrochen zu haben. Also brach das erste, was ihr in den Sinn kam, aus ihr heraus. „Und was mache ich den ganzen Tag, wenn du in der Kanzlei bist?"

„Was du willst! Shoppen, Massage, Wohltätigkeit." Er machte eine ausholende Handbewegung.

Annie nickte. Langsam begriff sie. „Und wer kümmert sich um Poppy, wenn ich shoppen gehe?"

„Na, die Nanny, die wir engagieren werden!", kam es wie aus der Pistole geschossen von ihm.

Sie hatte diese Antwort erwartet. Noch immer war es unter den Besserverdienenden üblich, die Kindererziehung jemand anderem zu überlassen. Auch wenn es schmerzte, sie musste ihn fragen.

„Willst du Poppy denn nicht kennenlernen? Dich selbst um sie kümmern?" Ihr wurde wieder klar, was sie wirklich wollte. Was sie die ganzen Jahre angetrieben hatte und

236

weswegen sie all diese Mails an ihn geschrieben hatte. Poppy sollte einen richtigen Vater haben.

„Nicht wirklich", gestand er.

Annie zuckte innerlich zusammen.

„Zumindest noch nicht. Ich kenne mich mit Kindern nicht aus", beeilte er sich zu sagen. Er hatte gemerkt, dass er sie verletzt hatte. Aber endlich war er einmal ehrlich gewesen, auch zu sich selbst. Er hatte eine Heidenangst vor der Verantwortung, davor etwas falsch zu machen.

„Sie ist wirklich toll!", flüsterte Annie und schluckte mühsam die Tränen herunter.

Edward griff ihre Hand. „Bestimmt ist sie das. Ich bin mir sicher, dass du eine wundervolle Mutter bist, aber ich kann das nicht."

Jetzt liefen Annie die Tränen in Bächen die Wangen hinunter, zu viel war in den letzten 24 Stunden passiert. „Mich hat niemand gefragt, ob ich es kann. Ich musste es einfach tun." Sie flüsterte immer noch.

„Und ich bin davon gelaufen", antwortete Edward. Er drückte ihre Hand fest und suchte ihren Blick. „Du bist so viel stärker als ich! Poppy hat ein solches Glück, eine *Mum* wie dich zu haben."

„Ach", wollte Annie einwenden, aber Edward ließ sie nicht zu Wort kommen. „Annie, wenn du Poppy nur eine halb so gute Mutter bist, wie deine *Mum* es war, dann bist du schon tausendmal besser, als meine Eltern! Ehrlich wahr!" Er nickte bekräftigend.

„Woher willst du denn wissen, wie meine Mum ist?!" Schniefend schaute Annie sich um, sie brauchte ein Taschentuch.

„Hier." Edward hielt ihr eine Papierserviette hin.

Dankbar nahm Annie sie entgegen und schnäuzte sich.

„Du hast mir von ihr erzählt. Außerdem bist du nicht annähernd so verkorkst wie ich", fügte er leise hinzu. Er setzte sich aufrechter hin. „Die Nanny muss ja nicht rund um die Uhr da sein. Aber wir werden eine brauchen, für die Zeit, in der du deinen gesellschaftlichen Verpflichtungen nachkommst", nahm er den Faden wieder auf. Er überlegte. „Spielst du eigentlich Bridge?"

„Nein!", rief sie aus und musste grinsen. Dann wurde sie wieder ernst. Diese Situation hier war doch absurd! Annie schüttelte den Kopf. „Edward, so geht das nicht", sagte sie entschieden.

„Wieso nicht?", wunderte er sich. Er war in Gedanken weit weg gewesen.

„Das ist das Leben, von dem du träumst." Sie sah ihn ernst an.

„Und du nicht?", fragte er enttäuscht.

Annie seufzte. „Edward, liebst du mich eigentlich?"

„Sicher, liebe ich..." Er schluckte. „Liebe wird überbewertet. Kameradschaft und Teamgeist, das braucht eine Ehe!"

„Liebe kann gar nicht überbewertet werden, Edward", sagte Annie sanft und drückte seine Hand. „Sie steht über allem. Sie ist der Grund für alles Sein und die Antwort auf jede Frage." Annie machte eine kleine Pause, um sicher zu sein, dass er sie verstand. „Du hast bestimmt recht, es braucht mehr für eine gelungene Ehe als romantische Gefühle. Aber mit ihnen ist es doch viel schöner." Sie lächelte ihn aufrichtig an. Auf einmal sah sie ganz klar. „Edward, ich bin froh, dass es dich gibt und ich bin dir so dankbar! Wenn ich dich nicht getroffen hätte, dann gäbe es Poppy nicht. Sie ist ein solcher Schatz! Das kannst du dir nicht vorstellen. Ich habe von ihr schon so viel gelernt, über das Leben und über mich. Ich weiß jetzt endlich, was ich möchte und das habe ich fast ausschließlich ihr zu verdanken."

Annies Augen leuchteten in einer Weise, wie Edward es noch nie gesehen hatte. Ihre Worte berührten ihn tief in seinem Innern. Auch wenn sie alles auf den Kopf stellten, woran er bisher geglaubt hatte. Er wusste einfach, dass sie wahr waren. Annie war so viel erwachsener als er. Plötzlich erkannte Edward, dass er noch eine Menge Baustellen hatte, die er für sich klären musste, wenn er auch nur annähernd so selbstsicher und reif sein wollte, wie Annie. Er öffnete den Mund und schloss ihn gleich wieder. Er wusste nicht, was er sagen sollte.

„Annie, ich...", versuchte er es noch einmal. Dann besann er sich auf die Gegenwart. „Annie, was willst du? Wie kann ich dir helfen? Brauchst du Geld?" Er konnte zumindest mit dem Einfachsten anfangen. „Ich zahle dir ab sofort den Unterhalt für Poppy. Das hätte ich schon längst tun sollen. Die Summe der letzten Jahre bekommst du selbstverständlich auch." Er sah sie ernst an. „Ich habe den Kopf in den Sand gesteckt. Das war kindisch von mir."

„Geld war nie der Grund für meine E-Mails, Edward. Ich habe mir nur gewünscht, dass du sie kennenlernst. Und sie dich." Annie schaute auf. „Aber wenn du die Alimente zahlst, würde das tatsächlich vieles einfacher machen."

Ein kleines Lächeln stahl sich auf Edwards Gesicht. Es fühlte sich überraschend gut an, das Richtige zu tun. „Wenn du mich nicht heiraten willst, ist das...", er schluckte, „okay für mich."

„Ach, Edward, ich... Es ist besser so." Annie suchte seinen Blick. „Es gab eine Zeit, da dachte ich, dass ich das möchte."

„Und nun denkst du das nicht mehr?" Er war in diesen Gefühlsdingen nicht besonders gut. Bis jetzt hatte er tatsächlich zu niemandem eine liebevolle Bindung aufbauen können. Seine Eltern waren ihm als Kind immer unerreichbar vorgekommen.

„Nein und du möchtest mich auch nicht heiraten, glaub mir." Annie lächelte ihn ein wenig schief an und drückte seinen Arm.

„Okay." Edward versuchte ihre Antwort nicht als Zurückweisung zu sehen. „Dann schickst du mir weiter deine Mails mit den Bildern und Anekdoten." Er schluckte.

„Und du darfst entscheiden, ob du ihr erzählst, dass ich ihr Vater bin."

Annie blickte erschrocken auf, es war für sie so selbstverständlich. Nie wäre sie auf die Idee gekommen, ihr Kind anzulügen. „Aber Edward, was sollte ich ihr denn sonst sagen?!"

Edward zog die Augenbrauen hoch. „Wer war denn der Typ, mit dem tollen rechten Haken?"

Unseligerweise wurde Annie rot. „Matt. Seine Name ist Matthew."

„Er kann scheinbar besser mit Kindern."

Annie nickte und blickte an ihm vorbei. „Ja, er ist..."

In diesem Moment klingelte es an der Tür. Der Krankenwagen war da.

***

Als Robert auf die Auffahrt fahren wollte, kam ihm der Krankenwagen entgegen. Annie stand mit verschränkten Armen in der Haustür.

Robert stieg langsam aus und ging auf sie zu. „War er das?", fragte er.

„Ja."

Robert nickte.

Annie war k.o., aber nach der Miene ihres Vaters zu urteilen, war längst noch nicht alles geklärt für diesen Tag. „Er kommt morgen nochmal vorbei. Wir haben noch einiges zu besprechen und sein Wagen steht auch noch hier."

Wieder nickte Robert und fragte dann. „Wo ist deine Mutter?"

„Oben. Sie wollte sich hinlegen."

„Gut. Ich..." Robert beendete den Satz nicht, sondern ging einfach ins Haus und nach oben. Annie warf noch einen Blick auf die Straße und ging dann ebenfalls hinein. Ergeben begann sie aufzuräumen. Immer wieder gingen ihr dabei die Ereignisse des Tages durch den Kopf. Alles wirbelte durcheinander. Sie wusste einfach nicht, was sie denken und fühlen sollte. Jess hatte ihr irgendwann eine Nachricht geschickt und gefragt, wie es ihr geht und ob sie helfen kann. Annie hatte sich regelrecht zwingen müssen zu antworten, dass sie sich später melden würde.

Das Aufräumen half ungemein. Sie war froh, dass sich ihre Eltern Zeit ließen, denn mit jeder Tasse und jedem Teller, der zurück zu seinem eigentlichen Platz fand, konnte sie einen weiteren Gedanken bloßlegen, betrachten und dann wegsortieren. So lichtete sich langsam das Chaos in ihrem Innern.

***

Gerade als Annie begonnen hatte, die neuen Spielsachen und Geschenke im Wohnzimmer zu sortieren, kamen ihre Eltern die Treppe hinunter. Robert ging schnurstracks in die mittlerweile aufgeräumte Küche, um Tee für sie zu kochen.

„Warte Schatz, ich helfe dir!" Laura eilte auf Annie zu, die versuchte das riesige Puppenhaus von der Couch auf den Tisch zu stellen.

„Bäh!", rief Laura aus und betrachtete irritiert ihre Hände, als sie das Haus abgestellt hatten. „Was ist das denn?"

Annie grinste schief. „Schokokuchen."

„Bist du sicher?", fragte ihre Mutter nervös und roch vorsichtig an den braunen Flecken.

„Ja, *Mum*, bin ich." Annie konnte sich gerade so ein Lachen verkneifen. „Poppy hat Geburtstag mit den Puppenhausbewohnern gespielt. Siehst du?" Sie deutete auf das kleine Wohnzimmer. Dort waren alle Puppen versammelt und auf dem Tisch lagen verschiedene Häufchen Kuchen.

„Deine schlaue Tochter!", staunte Laura. „Es ist aber trotzdem ein bisschen eklig."

„Warum glaubst du, habe ich es hier unter die große Lampe gestellt?", fragte Annie und deutete außerdem auf eine Wasserschüssel mit Lappen, die auch auf dem Esstisch der Taylors stand. „Bei euch ist wieder alles ok?", fragte Annie.

„Sicher Schatz. Wir helfen dir", bot Laura an und eilte schon aus dem Raum um zwei weitere Lappen und Handtücher zu holen.

Gemeinsam mit Robert kam sie wieder herein und machten sie sich daran sämtliche Puppen, Möbel, Ecken und Wände von Krümeln und Schokoflecken zu befreien.

„Dein Vater hat mir erzählt, dass Edward im Krankenhaus ist", eröffnete Laura das Gespräch.

Annie nickte. „Er kommt morgen nochmal vorbei."

„Warum hast du uns nie von ihm erzählt. Er scheint doch ein netter, junger Mann zu sein."

Robert schnaubte unwillig und Laura warf ihm einen warnenden Blick zu.

„Es ist kompliziert." Annie suchte nach Worten. Sie wusste, dass jetzt der Moment gekommen war, offen und ehrlich über alles zu reden. „ER ist kompliziert. War er damals schon. Ich wollte wohl nur nicht glauben, dass ihm die Meinung der anderen wichtiger war als seine eigene." Annie holte tief Luft und überlegte, wie viel sie erzählen musste. „Ich weiß, er wirkt oft wie ein arroganter, aufgeblasener Schnösel..."

„Er wirkt?", fragte Robert skeptisch nach.

„*Dad*, du kennst ihn nicht richtig."

„Richtig! Nicht einmal seinen Namen kannten wir!", warf Laura ein.

„Wollen wir jetzt reden oder nicht?", fragte Annie leicht genervt.

„Ja, wollen wir!", bestätigte Robert, „Entschuldige."

„Wir unterbrechen dich auch nicht", versprach Laura und Annie begann zu erzählen.

242

„Also, es ist wie ein Klischee. Sein *Dad* ist ein dominanter Patriarch, seine Mutter wirkt wie ein gut gekleidetes Anhängsel. Ihre Erwartungen an ihn, den einzigen Sohn, sind groß." Annie holte tief Luft. „Aber das soll sein Verhalten keinesfalls entschuldigen. Edward stellt sich gern im besten Licht dar."

„Was soll daran denn falsch sein?", rief Laura aus.

„*Mum!*"

„Ich verstehe es wirklich nicht!" Entschuldigend hob Laura die Hände.

Annie seufzte. „Ich nehme an, dass es eine Angewohnheit aus seiner Kindheit ist. Wahrscheinlich hatte er immer das Gefühl seine Eltern beeindrucken zu müssen oder so." Annie trank einen Schluck von ihrem Tee, den Robert ihr hingestellt hatte, und sortierte ihre Gedanken. „Jedenfalls wollte er damals nichts von der Schwangerschaft wissen. Irgendwann ging mir auf, dass sein Verhalten vielleicht nur ein Schutzmechanismus war und da habe ich angefangen, ihm regelmäßig E-Mails zu schreiben. Er hat nie geantwortet."

„Ach, dann waren die Rassel und das Pferd wirklich von ihm!" Wieder unterbrach ihre Mutter sie.

„Ja", antwortete Annie ergeben. „Ich wusste nicht, dass er vorhatte heute hierher zu kommen. Und natürlich hatte ich keine Ahnung, dass er so eine Show hinlegen wird. Ich habe ihn schließlich einige Jahre nicht gesehen!" Der Gedanke an Matt und wie es ihm gerade ging, blitzte in Annie auf, aber sie schob ihn energisch beiseite. Immer schön eins nach dem anderen. „Jedenfalls haben wir, nachdem alle weg waren, geredet. Richtig geredet." Annie machte wieder eine kleine Pause. Es fiel ihr nicht leicht, ihren Eltern davon zu erzählen. „Er hat gesagt, dass er für Poppy Unterhalt zahlen wird. Auch rückwirkend."

„Das sind ja tolle Neuigkeiten! Ich wusste doch, er ist ein reizender, junger Mann!", freute sich Laura. Sie merkte nicht, dass sie ihre Tochter schon wieder unterbrochen hatte. „Und wenn ein bisschen Zeit vergangen ist, dann werdet ihr euch schon zusammenraufen!"

Annie starrte ihre Mutter entgeistert an. Sie spürte, wie sie schon wieder wütend wurde.

„Schatz, ich glaube, es ist für Annie nicht so leicht, das alles zu erzählen. Vielleicht hören wir ihr einfach zu?", schlug Robert vor, der Annie gegenüber saß und ihr Mienenspiel verfolgt hatte. Annie schaute ihren Vater dankbar an.

„Was soll das denn heißen? Ich höre doch zu!" Laura warf ihrem Mann einen empörten Blick zu.

„Ja, und du unterbrichst sie."

„Ich?" Laura suchte nach Worten für eine passende Erwiderung, aber Robert nahm ihre Hand in seine und schaute sie liebevoll an. „Wir haben doch etwas besprochen.", erinnerte er sie.

„Bitte Annie, fahr fort! Ich werde dich jetzt nicht mehr unterbrechen."

Annie ignorierte den leichten Sarkasmus in der Stimme ihrer Mutter. „Das war schon alles. Er will keine Beziehung zu Poppy aufbauen. Er meint, er könne nicht mit Kindern umgehen." Annie ignorierte das Zittern in ihrer Stimme und fuhr, den Blick starr auf die Tischplatte gerichtet, fort. „Dabei war das das Einzige, was ich mir die ganzen Jahre gewünscht habe, dass Poppy weiß, wer ihr Vater ist und dass sie eine Beziehung aufbaut. Auch wenn ich keine Beziehung zu ihm habe." Annie schluckte.

Laura guckte verwirrt. „Entschuldige, dass ich dich unterbreche, aber hat er nicht gesagt, er will dass ihr bei ihm wohnt? Ich dachte, er liebt dich! Soll Poppy hier bei uns bleiben?"

Widerwillig musste Annie lachen. „Oh *Mum*, verstehst du nicht? Das war alles nur Show!"

Laura schüttelte den Kopf. „Show?", fragte sie verständnislos.

244

„Also gut, nochmal. Edward hat sich vorgestellt, was für ein Held er wäre, wenn er jetzt die Mutter seines Kindes und sein Kind aus der Gosse holen und ihnen ein tolles Leben bieten würde. Das war das, was er euch allen heute Nachmittag erzählt hat. Aber das war nicht echt. Er hat sich selbst etwas vorgemacht. Er liebt weder mich, noch Poppy, noch sich selbst. Edward weiß gar nicht, was Liebe ist." Annie seufzte. „Das ist mir selbst auch erst heute klargeworden. Irgendwie ist er ganz allein auf der Welt."

„Er hat Poppy und dich", warf Robert ein.

„Ja, aber er will uns nicht", erinnerte Annie ihn, aber Robert machte eine wegwerfende Handbewegung.

„Er hat Schiss, das ist alles. Du wünschst dir doch, dass die beiden sich kennenlernen?" Robert sah Annie fragend an. „Dann lass sie das doch tun! Ihr müsst seine Vaterschaft ja nicht an die große Glocke hängen. Poppy versteht das jetzt sowieso noch nicht."

Langsam begriff Annie, was ihr Vater meinte. „Du meinst, einfach nur Edward und Poppy, nicht Vater und Tochter."

„Genau, kleine Schritte. Ein Spaziergang, er schubst sie auf der Schaukel an, liest ihr ein Buch vor, all diese Kleinigkeiten."

Annie nickte versonnen. „Die Idee ist nicht schlecht, ich denke darüber nach." Sie lächelte ihren Vater an. „Danke *Dad*!"

„Gern, mein Schatz!" Er lächelte zurück.

„Dann können wir ja jetzt ins Bett gehen!", ließ sich Laura vernehmen und wollte sich erheben.

„Einen Moment noch", warf Robert ein. „Wir hatten da noch ein Thema."

„Hatten wir?", fragte Laura verdutzt und ließ sich zurück auf den Stuhl plumpsen, als es ihr wieder einfiel. „Ach ja, hatten wir."

„Darf ich erfahren, worum es geht?" Diesmal war es Annie, die verwirrt war.

„Selbstverständlich. Wie weit bist du denn mit der Planung für die Uni?", wollte Robert wissen.

„Naja." Annie wusste nicht, was ihre Eltern genau wissen wollten.

„Hast du dich schon angemeldet?", fragte Laura nach.

„Nein, die Anmeldefrist beginnt erst im Sommer."

„Gut." Robert wechselte einen Blick mit Laura. „Wir haben uns gefragt, ob du dir Gedanken gemacht hast, was du nach dem Studium konkret machen willst. Immerhin haben sich die Umstände ja geändert."

„Sich als Mutter im Berufsleben zu behaupten ist nicht einfach", fuhr Laura fort. „Für das, was du früher immer machen wolltest, international arbeiten, musst du reisen. Du wirst zumindest nach London ziehen müssen, vielleicht auch am Wochenende arbeiten... Hast du dir Gedanken, darüber gemacht, wie du das mit Poppy schaffen willst?"

„Traut ihr mir das nicht zu?" Annie war unruhig hin und her gerutscht, beinahe bereit aufzuspringen.

„Liebes, wir trauen dir alles zu!", versicherte Laura. „Die Frage ist eher, willst du das noch? Möchtest du so ein Karriereleben? Oder möchtest du jetzt als Mutter eher etwas anderes?"

„Ihr meint, ich soll das Studium nicht beenden?" Annie war verwirrt. Ihre Eltern hatten ihr doch jahrelang gepredigt, sie solle etwas aus ihrem Leben machen.

„Wir meinen, es ist vollkommen in Ordnung, wenn du deine Berufswahl neu überdenkst", schaltete sich Robert ein.

„Ja, wir unterstützen dich bei allem, was du machen möchtest! Du sollst nicht wegen uns an etwas festhalten, was für dich nicht mehr passt", ergänzte Laura und drückte Annies Hand.

„Auch wenn ich mich selbständig und einen Cateringservice aufmache?", lachte Annie ungläubig auf.

„Was?", fragte Robert verdutzt.

„Das ist eine gute Idee! Wann bist du denn darauf gekommen?", fragte Laura interessiert nach.

„Findet ihr?" Annie guckte von einem zum anderen. Ihre Eltern nickten.

„Natürlich müsste man erst prüfen, wie die Marktlage ist...", wandte Robert ein.

„Aber du kochst doch gern und dieses gesunde Essen findet immer mehr Anhänger. Selbst Jamie Oliver macht sich stark für gesunde Ernährung!" schob Laura schnell hinterher. „Und wollen nicht die Bedfords Gracewood Hall noch öfter vermieten? Mrs. Cuthbert alleine schafft das doch nicht auf Dauer. Sie wird auch nicht jünger."

„So etwas ähnliches hat Matt auch gesagt", murmelte Annie.

„Ach, mit Matt hast du schon darüber gesprochen", stellte Laura erstaunt fest.

„Es war seine Idee!", sagte Annie stolz.

„Der Junge hat gute Ideen!", bescheinigte Robert und erhob sich. „Gut, dann haben wir ja erst einmal alles besprochen." Er gab Annie einen Gutenachtkuss. „Denk' in Ruhe nach, Schatz. Wir wollten nur, dass du weißt, dass wir hinter dir stehen."

„Genau!", bestätigte Laura und gab Annie ebenfalls einen Kuss.

Annie erhob sich und drückte ihre Mutter. „Danke, ich bin froh, dass ich euch habe!"

Robert streichelte ihre Schulter. „Wir sind stolz auf dich!"

„Ja, sind wir", murmelte Laura an Annies Ohr und Annie kuschelte sich einen Moment an sie.

Sie schluckte die Tränen hinunter und versuchte zu lächeln.

„Komm", sagte Robert und nahm seine Frau an die Hand.

„Gute Nacht! Schlaft schön!", wünschte Annie. „Ich brauche noch einen Moment." Sie sank wieder auf ihren Stuhl und legte ihren Kopf auf die Tischplatte. Es war ein Wunder, dass er nicht platzte von all den neuen Informationen.

Entschlossen stand sie wieder auf und holte sich ihren Kalender. Sie wollte sich Notizen machen und alles aufschreiben, was ihr durch den Kopf ging. Die Vereinbarungen mit Edward und wann sie sich treffen konnten, alle Ideen und Fragen, die sich über die neue berufliche Perspektive auftaten.

Fast zwei Stunden später hatte sie die wichtigsten Dinge notiert und schon beinahe einen Businessplan entworfen. Es war mittlerweile spät in der Nacht. Die Idee ihr eigener Chef zu sein, gefiel ihr. Sie hatte immer gern allein gearbeitet, auch schon in der Schule und an der Uni. Sie überlegte, ob ihr noch etwas einfiel und kritzelte dabei gedankenverloren auf dem Blattrand herum.

Mit einem Mal sah sie genauer hin. Sie hatte lauter Herzchen gemalt. Der ganze Rand war voller Herzen in unterschiedlichen Größen und dazwischen stand ein Name.

Matt.

Ostersonntag
Kapitel 20

Matt erwachte mit einem solchen Dröhnen in den Ohren, dass er erst dachte, draußen wäre eine Großbaustelle. Es dauerte einen Moment bis er bemerkte, dass das stetige Brummen IN seinem Kopf war. Er setzte sich auf und bereute es im selben Moment. Der ganze Raum drehte sich und ihm wurde mit einem Mal speiübel. Augenblicklich stürzte er ins Bad.

Dann betrachtete er sich mit zusammengekniffenen Augen im Spiegel. Er sah genauso schlimm aus, wie er sich fühlte und er roch auch so...

Angewidert zog er die Klamotten von gestern aus und stellte sich unter die Dusche. Während er unter dem warmen Wasserstrahl stand, überlegte er angestrengt, ob er heute arbeiten musste und was überhaupt passiert war.

Plötzlich war alles wieder da.

Annie hatte ihren Ex zu Poppys Geburtstag eingeladen.

Mit der Erinnerung kam der Schmerz. Er flammte gleißend hell auf und verbrannte in seiner Wucht nicht nur das Dröhnen in seinem Kopf, sondern auch sein Herz zu einem kleinen, schwarzen Etwas.

Um nicht los zu flennen, wie ein Baby, drehte Matt mit voller Wucht den Hebel auf eiskalt und schrie eine Sekunde später laut auf. Er schrie und schrie, bis er keine Luft mehr hatte und die Kälte mit Nadeln auf seinen Körper einstach.

Er spürte seine Gänsehaut kaum. Das kalte Wasser hatte alle Gefühle in ihm betäubt. Mechanisch öffnete er die Türen seines Schranks, zog wahllos irgendwelche Kleidungsstücke heraus und zog sich an. So verlockend es wäre sich zu verstecken, er wusste es war keine Lösung.

Er war vielleicht nicht das, was Annie sich wünschte und dieser Gedanke schmerzte ihn unendlich, aber er war auch kein Feigling. Er wusste, er würde ihr früher oder später gegenüber stehen. Also konnte er gleich damit anfangen und sich dem Tag stellen. Aber vorher brauchte er einen starken Kaffee. Und Wasser! Auf einmal spürte er einen solchen Durst, wie er ihn noch nie hatte. Völlig in Gedanken versunken, betrat er die Küche.

„Becks!", stieß Matt erschrocken hervor und hielt sich haltsuchend am Türrahmen fest.

„Du bist wach!", stellte sie nicht minder überrascht fest.

„Was tust du hier? Seit wann bist du hier", fragte er in der Hoffnung, sie hätte sein Duschdrama nicht mitbekommen. Er riss die Augen auf, als die Erinnerung einsetzte. „Oh Gott! Gestern. Im Pub. Wir haben doch nicht? Haben wir?"

Becks versuchte zu lächeln. „Auf welche Frage hättest du denn gern als erstes eine Antwort?" Ihn jetzt zu sehen, brach ihr das Herz. Er sah so zerknittert und erschrocken aus, dass sie ihn am liebsten in den Arm genommen hätte. Stattdessen hielt sie sich an der Arbeitsplatte fest.

Er bemerkte ihre Unsicherheit nicht, denn er war zu sehr damit beschäftigt seine Erinnerung zu durchforsten.

Genau wie gestern Abend empfand sie ein tiefes Mitgefühl mit ihm. „Du warst gestern Abend so fertig, dass der Barkeeper und ich dich nach Hause gefahren haben."

Matt kam langsam näher.

„Nein, wir haben nicht miteinander geschlafen", entkräftete sie seine schlimmsten Befürchtungen. Dankbar atmete er aus und ließ sich auf einem der Barhocker nieder. „Ich bin über Nacht hier geblieben, weil ich Angst hatte, du hättest eine Alkoholvergiftung. Ich weiß ja, dass du sonst nicht so viel trinkst."

„Ich...", setzte er an.

„Ich habe Brötchen und Smoothies besorgt", sprach sie schnell weiter und hielt eine Papiertüte hoch. „Möchtest du etwas?"

Erleichtert, dass sie seinen Zusammenbruch nicht mitbekommen hatte, nickte er. „Smoothie klingt gut." Während sie zwei Gläser aus dem Schrank nahm, fragte er sich, was stattdessen vorgefallen war. Er fühlte sich richtig mies und das hatte nichts mit dem Restalkohol in seinem Körper zu tun. Um irgendetwas zu tun, setzte er Wasser auf. Ein Smoothie allein würde kaum reichen, um ihn wieder auf Vordermann zu bringen.

„Hier, Bitteschön!" Rebecca hielt ihm sein Gas hin.

„Danke." Als er das Glas in der Hand hielt, wurde ihm sein Durst wieder bewusst. Er trank es in einem Zug aus und füllte das Glas sofort mit eiskaltem Wasser und stürzte auch dieses hinunter.

„Ich sollte dann jetzt auch gehen", sagte sie leise. Sie hielt es kaum noch in seiner Gegenwart aus.

„Becks, warte. Ich wollte noch..." Er suchte immer noch nach Worten. „Was ist passiert? Habe ich mich irgendwie... daneben benommen?" Abwartend sah er sie an.

Zögernd blickte sie zu ihm auf und musste blinzeln. Nach gestern Abend wusste sie, dass es das letzte Mal sein würde, dass er sie so intensiv ansah. „Du hast mir alles erzählt", antwortete sie leise. „Von Annie und dass du sie liebst und..." Sie schluckte. „Wie lange du sie schon liebst." Ihre Stimme zitterte und sie wandte sich ab.

Ohne darüber nachzudenken, nahm Matt sie in den Arm und drückte sie. „Es tut mir leid." Einerseits war er erleichtert, dass er sich nicht völlig hatte gehen lassen, andererseits... „Ich hätte, dir schon längst die Wahrheit erzählen sollen. Du weißt, es hat nie an dir gelegen, dass es zwischen uns nicht geklappt hat. Nie!"

„Ja, das hast du mir gestern auch immer wieder gesagt", murmelte sie erstickt an seinem T-Shirt. Sie wollte nicht weinen, nicht vor ihm. Sie spürte noch einmal genau, wie es sich anfühlte von ihm umarmt zu werden. Mit einem tiefen Atemzug machte sie sich los.

„Becks, wir passen doch auch gar nicht zusammen." Matt zog sie neben sich auf den Barhocker. „Ich bin nicht der, für den du mich hältst. Glaub mir, du willst etwas ganz anderes."

„Du weißt doch gar nicht, was ich will", antwortete sie ihm leise.

„Ich weiß, dass ich dir nicht das Leben bieten kann, das du gern hättest. Die schicke Wohnung, der teure Urlaub..."

„Matt, wenn du denkst, dass mir all diese materiellen Dinge wichtiger sind, als echte Liebe, dann kennst du mich wirklich nicht!", unterbrach sie ihn und schaute ihn enttäuscht an.

„So habe ich das nicht gemeint, entschuldige. Ich..." Matt suchte nach Worten. „Du liest all diese Bücher, guckst dir französische Filme im Original an, du und deine Freunde lachen über ganz andere Sachen als ich. Ich habe überhaupt keinen Zugang dazu." Er suchte ihren Blick. „Becks, wir kommen aus verschiedenen Welten."

„Vielleicht. Vielleicht auch nicht." Sie sah ihn ernst an und neigte ihren Kopf. „Aber hauptsächlich liebst du eine Andere."

„Ja", antwortete er schlicht.

„Wenn sie wirklich so ist, wie du sie beschrieben hast, dann solltest du um sie kämpfen." Sie griff nach seiner Hand und drückte sie. „Du hast nichts zu verlieren, Mattie."

Matt lachte freudlos auf. „Wenn du es sagst."

„Ich gehe jetzt." Ihre Stimme klang entschlossener als sie es selbst empfand.

„Danke, für alles Becks!" Er suchte ihren Blick und nickte ihr zu. „Nicht nur für gestern Nacht..."

Sie schenkte ihm ein leises Lächeln. „Ach Mattie." Sie stellte sich auf die Zehenspitzen und drückte ihm einen letzten Kuss auf die Wange. Sog noch einmal seinen unverwechselbaren Duft ein und ging.

„Mach's gut, Becks!" Matt sah ihr hinterher mit einer Mischung aus Bedauern und Erleichterung. Er war erleichtert, dass sie jetzt die Wahrheit kannte. Aber wie viel einfacher wäre es gewesen, wenn er Becks Gefühle hätte erwidern können.

Das Leben war wirklich nichts für Feiglinge. Mechanisch nahm er sich ein Brötchen und biss lustlos hinein. Er musste die Pferde versorgen und Annie sollte doch heute Mrs. Cuthbert beim traditionellen Lammbraten helfen. Er könnte sie abfangen und ihr ganz traditionell ein paar Weidenkätzchen bringen, um ihr Glück zu wünschen. Das hatte er ohnehin vorgehabt, aber nun hatte er einen zusätzlichen Vorwand, um mit ihr zu sprechen. Er nickte sich selbst zu. Ja, das würde er machen, aber erst brauchte er noch einen Kaffee und eine Kopfschmerztablette.

***

„Wo hat der Osterhase wohl die Eier versteckt?", fragte Laura laut in die Runde und nahm ihre Enkeltochter an die Hand. „Komm Poppy, lass uns suchen gehen!"

Robert kniete daneben und filmte, während Annie auf der Terrasse stand und zuschaute. Nervös wippte sie in ihren schwarzen Boots auf und ab. Warten gehörte wirklich nicht zu ihren Stärken. Edward wollte jeden Augenblick hier sein und sie hoffte, er würde ihren Vorschlag genauso toll finden wie sie. Aber selbst wenn nicht, es machte ihr nicht mehr so viel aus, wie noch vor 24 Stunden. Es würde ihr immer noch sehr viel bedeuten, wenn Poppy ihn kennenlernen würde. Den richtigen Edward. Aber sie hatte begriffen, dass sie in den letzten Jahren einem Traumgespinst nachgejagt hatte. Edward würde nicht alle ihre Probleme lösen und sie wollte es auch gar nicht mehr. Es war, als hätte sich in ihr ein Knoten gelöst, der sie viel zu lange daran gehindert hatte, wirklich die Verantwortung für ihr Leben zu übernehmen.

Als er gestern von seiner Zukunftsvision angefangen hatte, war ihr klargeworden, dass sie das gar nicht wollte. Sie wollte eigene Entscheidungen treffen und einen wirklichen Partner an ihrer Seite haben. Jemand, der an sie glaubte und sie unterstützte.

Ihr war aufgegangen, dass sie das alles mit Matt als Freund bereits lebte und dass sie sich schon eine ganze Weile nach mehr gesehnt hatte. Sie hatte es nur verdrängt. Unbewusst hat sie sich anscheinend verboten an eine Beziehung auch nur zu denken, nachdem es mit Edward so schiefgegangen war. Mittlerweile war ihr klar, dass Edward und sie überhaupt nicht zueinander passten. Sie kamen aus total entgegengesetzten Welten und hatten gänzlich andere Werte.

Mit Matt hingegen verband sie so vieles. Er liebte Poppy und die Süße liebte ihn. Sie hatten die gleiche Heimat, denselben Musikgeschmack. Sie waren beide gern draußen in der Natur, setzten sich für Umweltschutz und Nachhaltigkeit ein. Sie musste wirklich dringend mit ihm reden. Er war gestern ohne ein Wort gegangen, was sie ihm nicht verübeln konnte. Sie hatte ihm eine Nachricht auf sein Handy geschickt, aber die hatte er sich anscheinend noch nicht angesehen. Bestimmt zum tausendsten Mal fragte sie sich, ob er sehr sauer auf sie war und ob er ihre Entschuldigung annehmen würde.

Mechanisch holte sie ihr Smartphone aus der Jackentasche und warf einen Blick darauf. Nichts. Keine Nachricht, kein verpasster Anruf. Nichts!

Mit einem tiefen Seufzen schob sie das Gerät zurück und versuchte sich wieder auf die Ostereiersuche ihrer Tochter zu konzentrieren. Dabei überlegte sie, ob es eine gute Idee gewesen war, sich heute so auffällig zu kleiden. Aber sie brauchte heute jedes bisschen Selbstsicherheit das sie kriegen konnte, also hatte sie ihre schwarze Bikerjacke und ihren roten Lieblingspulli mit einem weitschwingenden, schwarzen Rock kombiniert. So hatte sie sich zu Schulzeiten immer gekleidet, wenn ihr alles und jeder auf den Keks gegangen war. Zumindest am Nachmittag, wenn sie die lästige Schuluniform hatte ablegen können.

„*Mommy*! Ei!", rief Poppy in diesem Moment und strahlte sie an.

„Toll, mein Schatz!" Annie winkte und versuchte zu lächeln. Aber Poppy sah schon wieder weg und suchte weiter, immer angeleitet von ihrer Oma.

Wieder wanderten Annies Gedanken zu Matt. Sie hoffte, ihn auf Gracewood Hall zu treffen. Hoffentlich traf sie ihn auch allein an, denn sie wollte auf keinen Fall, dass jemand ihr Liebesgeständnis mitbekam. Denn das war es, was Annie Matt sagen wollte. Dass sie ihn liebte.

Letzte Nacht hatte sie kaum geschlafen, sondern war jede Begegnung mit Matt in den letzten zwei Jahren durchgegangen und hatte versucht herauszufinden, wann genau sie sich in ihn verliebt hatte. Zu Schulzeiten hatte sie ihn kaum gekannt. Überhaupt hatte sie sich damals sehr wie ein hässliches Entlein gefühlt und war den Jungs eher aus dem Weg gegangen. Es muss ein schleichender Prozess gewesen sein. Seit Poppys Geburt waren sie Freunde und bis zu ihrer gemeinsamen Nacht hatte sich nichts an ihrer Beziehung verändert.

Bei der Erinnerung daran liefen ihr wohlige Schauer über den Rücken und ihre alte Bekannte, die Sehnsucht, meldete sich. Sie hatte wirklich nicht gewusst, dass ihr Körper zu solchen Empfindungen im Stande war. Annie hatte schon befürchtet, zu denjenigen zu gehören, die nie einen Orgasmus erlebten und war versucht gewesen, Sex als etwas Nebensächliches abzutun. Dass ihr Körper so sehr auf Matt reagierte, hatte sie überwältigt. Bevor sie sich völlig ihren Träumereien hingeben konnte, klingelte es an der Tür.

„Ich geh' schon!", rief Annie und lief in Windeseile durch das Wohnzimmer zur Haustür.

Ein ramponierter und zerknitterter Edward stand vor ihr. Da das Pflaster auf seiner Nase eher klein war, konnte man sehr gut erkennen, dass sich ein Bluterguss gebildet hatte und in den nächsten Tagen in allen Farben des Regenbogens schillern würde.

„Hey Rocky! Was geht?" Annie konnte sich ein Grinsen nicht verkneifen.

„Wie bitte?"

Zum ersten Mal seit sie ihn kannte, ließ er es zu, dass man ihm seine Verunsicherung ansah und Annie ging das Herz auf. Spontan trat sie einen Schritt auf ihn zu und drückte ihn freundschaftlich. „Hallo! Schön, dass du da bist."

„Morgen." Er genoss die kurze Umarmung. „Du siehst toll aus!"

Annie lachte auf und trat einen Schritt zurück. „Vielen Dank!" Sie freute sich über sein Kompliment. „Wie geht es dir?"

„Es ging mir schon besser, aber ich habe Schmerztabletten bekommen und dafür bin ich sehr dankbar." Edward versuchte zu lächeln und ließ es sofort bleiben.

Auch Annie verzog mitfühlend das Gesicht. „Komm rein, Poppy sucht gerade Ostereier."

„Hältst du das für eine gute Idee?" Er zögerte.

„Ich halte das sogar für eine sehr gute Idee!" Annie zog ihn am Arm.

Edward folgte deutlich langsamer und stellte sich leise neben sie auf die Terrasse. Schweigend beobachteten sie wie sich Poppy mit Feuereifer auf die kleinen, bunten Schokoeier stürzte.

Annie grinste. „Jetzt hat sie den Dreh raus. Eben wusste sie noch gar nicht, was sie tun sollte."

Auch Edward begann zaghaft zu lächeln. Er musste zugeben, dass es niedlich war zu sehen, wie sehr sich die Kleine freute, wenn sie wieder ein Ei gefunden hatte. Mit großer Ernsthaftigkeit gab sie es ihrer Oma, die die Eier aufbewahrte. Aber Oma klaubte immer wieder ein paar Eier aus dem Körbchen und ließ sie unauffällig ins Gras fallen.

„Möchtest du etwas trinken?", fragte Annie nun und deutete auf die Wasserflasche, die auf dem Tisch stand.

„Nein, danke." Edward drehte sich zu ihr um und wollte etwa sagen, aber Annie fuhr schnell fort.

„Gut, dann komme ich gleich zur Sache. Ich muss nämlich bald los zur Arbeit."

Edward zog die Augenbraue fragend in die Höhe, aber Annie ließ sich dadurch nicht aus dem Konzept bringen.

„Edward, ich habe nachgedacht. Ich möchte wirklich, dass du Poppy kennenlernst und sie dich." Sie sprach schnell, damit er sie nicht unterbrach. „Du wärst einfach Edward. Ein guter Freund von mir. Es würde mir so viel bedeuten, wenn ihr nur ein bisschen Zeit miteinander verbringen würdet. Nicht alleine natürlich!", beeilte sie sich zu sagen. „Ich wäre immer dabei." Sie sah ihn fragend an. „Und nach einer Weile sehen wir weiter. Noch ist sie ja klein..." Annie wusste nicht, ob er ihr wirklich zugehört hatte. Er guckte immer noch Poppy zu, die mittlerweile schaukelte. Ihre Eltern hatten einmal kurz genickt und bemühten sich seitdem so zu tun, als wären Annie und Edward nicht da.

„Edward?", fragte Annie jetzt vorsichtig. „Was sagst du?"

Endlich drehte er sich zu ihr um. Er holte sein Smartphone aus der Hosentasche und begann zu tippen. „Ich brauche noch deine Bankverbindung. Ich habe schon alles vorbereitet. Du solltest Ende der Woche die erste Rate haben."

Annie war verwirrt. „Danke. Das ist gut." Sie versuchte sich zu konzentrieren. „Ich werde ihr ein Konto einrichten und versuchen den Großteil zu sparen..."

„Es wird ihr an nichts fehlen. Darüber musst du dir keine Sorgen machen. Ich habe bereits alles vorbereitet. Sie bekommt zum Schulabschluss eine Summe, die für ihre Studiengebühren reichen sollte."

„Edward, das ist sehr großzügig..." Annie fehlten die Worte, das ging weit über seine gesetzlichen Pflichten hinaus. „Was sagst du zu meiner Idee?" Sie sah ihn abwartend an, aber Edward hatte in den Anwaltsmodus geschaltet.

Er hörte ihr gar nicht zu, sondern hielt ihr sein Smartphone hin. „Du weißt deine Bankverbindung auswendig?"

Annie nahm ihm zögernd das Gerät aus der Hand und tippte die verschiedenen Ziffern in die entsprechenden Felder. Anschließend gab sie ihm sein Handy zurück. „Danke."

Edward nickte nur und tippte weiter. Schließlich sah er sie an. „Ich gehe davon aus, dass ich nicht als ihr Vater auf der Geburtsurkunde eingetragen bin."

„Wir können das ändern!", beeilte sich Annie zu sagen. „Ich wollte nicht, dass du zu irgendetwas verpflichtet wirst. Ich habe mir immer nur gewünscht, dass du an unserem, an ihrem Leben teilnimmst", fügte sie leise hinzu.

„Es wäre schön, wenn wir es offiziell machen. Eventuell wollen sie einen Vaterschaftstest für die Geburtsurkunde." Fragend sah er sie an.

„Das kriegen wir hin." Annie versuchte zurück zum eigentlichen Thema zu kommen. „Edward! Wärst du so freundlich und würdest mir auch antworten?" Es war nicht so, dass sie das Geld nicht sehr gut gebrauchen konnte. Die meisten Kindersachen waren teuer. Aber deswegen hatte sie sich nicht um Kontakt zu ihm bemüht!

Endlich sah er sie an. „Passt dir der übernächste Sonntag?", fragte er. „Vorher muss ich noch einen Fall vorbereiten."

„Wie bitte?" Annie runzelte die Stirn.

„Wenn sich das Wetter hält, können wir zur Steilküste fahren oder du überlegst dir etwas."

„Du meinst... ein Ausflug?" Auf Annies Gesicht breitete sich ein Lächeln aus.

„Ja, ich finde ihn gut." Er griff ihre Hand und drückte sie. „Ich habe letzte Nacht kaum geschlafen und über vieles nachgedacht. Und auf genau so eine Lösung gehofft. Der rechte Haken deines Freundes war wie ein Weckruf." Verlegen fuhr er sich durchs Haar. „Ich weiß noch nicht, wohin das führen wird, aber ich will es zumindest versuchen."

Annie strahlte ihn an. „Du ahnst nicht, wie sehr ich mich freue!"

„Du wirst mir dabei helfen müssen." Edward schaute erst sie, dann Poppy an. „Ich hatte eine ziemlich verkorkste Kindheit. Und Jugend", fügte er nach einer Pause zurück.

„Solange wir über alles reden können, kriegen wir das hin." Annie fühlte sich so leicht, wie seit Ewigkeiten nicht mehr. Ihr war selbst nicht bewusst gewesen, wie sehr diese Sorge auf ihr gelastet hatte.

„Es tut mir wirklich leid, dass ich mich so mies verhalten habe, damals." Edward sah sie bittend an.

„Wenn wir uns jetzt auf dich verlassen können, ist alles gut", antwortete sie, dabei kullerte ihr eine Träne die Wange hinunter.

„Ich verspreche es." Er trat auf sie zu und nahm sie in den Arm.

Annie lehnte sich an und spürte noch einmal wie die Anspannung von ihr wich.

„Was ist mit dir? Was sind deine Pläne?", fragte Edward nach einer Weile.

Annie machte sich los. Verwundert stellte sie fest, dass ihre Eltern und Poppy hineingegangen sein mussten. Sie hatte das gar nicht bemerkt. Sie warf einen Blick auf ihre Uhr. „Ich würde dir gern davon erzählen, aber ich habe jetzt leider keine Zeit dazu. Ich muss los zur Arbeit."

„Zur Arbeit oder zu Matthew?", hakte Edward nach.

„Beides. Hoffentlich." Annie spürte wie sie errötete und versuchte es zu ignorieren. „Das mit uns ist doch geklärt, oder?"

Edward grinste und verzog gleich darauf das Gesicht.

„Besonders wirkungsvoll sind diese Schmerztabletten scheinbar nicht", stellte Annie trocken fest.

„Es geht. Aber ich muss ja auch noch Auto fahren..." Er sah sie offen an und nahm den Gesprächsfaden wieder auf. „Annie, du warst die Erste, die mir wirklich nahe gekommen ist. Aber das ist schon so lange her. Also..."

Annie atmete erleichtert aus. Sie hatte gar nicht gemerkt, dass sie die Luft angehalten hatte. „Gut zu wissen!" Sie grinste ihn an. „Lass uns nächste Woche telefonieren. Dann können wir alles besprechen." Annie wandte sich zur Terrassentür. „Passt dir Mittwoch so um 20 Uhr? Dann schläft Poppy meistens tief und fest."

Edward nickte. „Das passt." Er zog eine Visitenkarte aus seiner Brieftasche. „Hier stehen alle Nummern drauf. Das ist meine private Nummer." Er drehte die Karte um. „Soll ich dich zur Arbeit fahren?"

„Ich glaube, das ist keine so gute Idee." Annie deutete auf seine Nase. „Matt arbeitet auch dort..." Langsam ging sie ins Haus und Edward folgte ihr.

„Dann mache ich jetzt los. Ich will dich nicht aufhalten." Er drückte sie kurz an sich.

„Ich wünsche dir noch schöne Ostern!", sagte Annie, ohne groß darüber nachzudenken.

Edward zuckte mit den Achseln und lachte freudlos auf. „Ich muss zu meinen Eltern. Sie geben einen Brunch."

„Oh!" Annie hatte seine Eltern an der Uni kurz gesehen. Er wollte sie damals vorstellen, aber sie waren dermaßen blasiert und mit sich selbst beschäftigt. Allein bei der Vorstellung sie plötzlich und unter den veränderten Umständen wiederzusehen, lief es Annie eiskalt den Rücken hinunter. „Was wirst du ihnen erzählen?", fragte sie. Bei der Vorstellung, dass ihre Süße zu diesen Leuten

Grandma und *Grandpa* sagen sollte, wurde ihr ganz anders.

„Das überlege ich mir auf der Fahrt... Es wird sich etwas ändern müssen. Ich werde mich... " Sein Blick wurde abwesend und verlor sich in der Ferne. Auch wenn seine Mutter ihn mit ihrer Oberflächlichkeit in den Wahnsinn trieb, war die größere Herausforderung sein Vater. Das war schon immer so gewesen. Edward hatte sein Leben lang versucht, ihre Erwartungen zu erfüllen. Endlich konnte er sich eingestehen, dass ihre Vorstellungen nicht seine waren. Auch wenn er noch nicht wusste, wie genau er sein Leben gestalten wollte, war er jetzt bereit es herauszufinden. Er würde endlich für sich selbst einstehen und seine Kindheit loslassen. Wie gut, dass die Fahrt bis zu seinen Eltern lang war, da hatte er genug Zeit sich einen ersten Plan zu machen.

Annie hatte ihn beobachtet. Sie beneidete ihn nicht um die anstehende Begegnung mit seinen Eltern. Aber das war so oder so ein Kampf, den er allein ausfechten musste.

„Ich denk an dich!" Sie stellte sich auf die Zehenspitzen und gab ihm einen leichten Kuss auf die Wange. „Danke, dass du gekommen bist."

Edward versuchte ein Grinsen. „Bis dann! Wir telefonieren." Er küsste sie ebenfalls auf die Wange und ging dann ohne sich umzusehen zu seinem Mietwagen, der immer noch an der Straße stand.

***

Annie verspätete sich. Lange konnte er sich nicht mehr an seinem doppelten Espresso festhalten. Allmählich begann sich auch Mrs. Cuthbert schon zu wundern. Unruhig lief Matt in der Küche von Gracewood Hall auf und ab, immer die Fenster im Blick. Die Weidenkätzchen hatte er draußen neben den Fahrradständer gelegt.

„Ich mache mir noch einen Kaffee", sagte er in den Raum hinein.

„Du brauchst keinen weiteren Kaffee, mein Lieber! Du läufst jetzt schon wie ein Tiger durch den Käfig." Mrs. Cuthbert schaute von ihrem Kartoffelberg auf. „Überhaupt siehst du fruchtbar aus. Ist irgendetwas passiert?"

„Vielen Dank, Mrs. Cuthbert, für Ihre aufmunternden Worte!" Matt blieb einen Augenblick stehen und warf ihr einen ironischen Blick zu. „Das macht mir wirklich Mut!"

„Brauchst du denn Mut?", fragte sie zurück, aber Matt hörte sie schon nicht mehr. Er hatte Annie auf ihrem Rad entdeckt und stürzte hinaus.

„Was ist denn jetzt los?", wunderte sich die Haushälterin, aber ihre Frage verhallte ungehört. Sie überlegte nur kurz, dann stand sie auf und schaute durch das Fenster in der Tür nach draußen. Was sie dort sah, zauberte ihr ein leises Lächeln auf die Lippen. Leise seufzend wandte sie sich wieder den Kartoffeln zu.

Mit den Weidenkätzchen in den schwitzenden Händen lief Matt Annie entgegen. Sein Kopf war vollkommen leer, alle Worte, die ihm eben noch auf der Zunge gelegen hatten, waren weg. Er konnte auch nicht lächeln, das kam ich ihm irgendwie falsch vor. Er hatte noch nie in seinem Leben so große Angst gehabt. Sie sah toll aus! Vertraut und gleichzeitig aufregend anders. Rot stand ihr einfach fabelhaft, es ließ ihre Haut strahlen. Endlich bremste sie vor ihm ab.

„Hallo Ann."

„Hallo Matt." Langsam stieg sie vom Fahrrad und schaute ihn an. Am liebsten hätte sie sich in seine Arme gestürzt, aber nicht nur das Rad stand ihnen im Weg, sondern auch jede Menge unausgesprochene Worte. War jetzt der Moment gekommen?

„Ich bin spät dran." Annie guckte erschrocken. Hatte sie das gerade laut gesagt? Und dann auch noch in einem solch abweisenden Ton?

262

Matt blieb wie angewurzelt stehen. Was sollte er jetzt tun? Kam er zu spät? Hatte sie sich bereits für diesen Edward entschieden? Die wildesten Gedanken schossen in Lichtgeschwindigkeit durch seinen Kopf. Unsicher blickte er sie an, bis ihm aufging, dass er irgendetwas sagen musste. Mühsam klaubte er sein letztens bisschen Mut zusammen.

„Du hast Weidenkätzchen geschnitten?", kam Annie ihm zuvor. Auch sie hatte das dringende Bedürfnis etwas zu sagen. Irgendetwas um den Nachhall ihrer Worte zu vertreiben.

„Ähm, ja." Matt blickte auf seine Hand und streckte sie ihr hin. „Die sind für dich. Ich wollte dir Glück wünschen."

„Glück?"

„Naja, ja, ähm, für dein neues Leben", stammelte er.

Annie zog die Stirn kraus. „Neues Leben?" Wovon redete er bloß?

„Ja." Allmählich fand Matt zu seiner Sprache zurück. „Für dein neues Leben mit ihm." Puh, jetzt war es raus. Er streckte ihr noch einmal den Strauß hin.

„Mein neues Leben mit ihm?", echote Annie tonlos. Einen Augenblick hatte sie geglaubt, er meinte ihr gemeinsames Leben. Wie gut, dass sie sich an ihrem Rad festhalten konnte. Enttäuscht senkte sie den Blick und betrachtete ihre schwarzen Boots. Letzte Woche hatte Poppy sie in die Finger gekriegt und sämtliche Schnallen geöffnet. Annie wunderte sich immer noch, wie sie das geschafft hatte. Der Gedanke an Poppy gab ihr Kraft. Mit einem Ruck hob sie den Kopf und sah Matt fest an.

„Es gibt kein neues Leben mit Edward. Zumindest nicht so, wie du das anscheinend denkst." Sie machte eine kurze Pause. „Er will nur Poppy kennenlernen und endlich Verantwortung übernehmen."

Matt versuchte zu verstehen, was sie eben gesagt hatte. Er ließ die Weidenkätzchen sinken. „Dann seid ihr kein Paar?", fragte er leise.

Annie schüttelte den Kopf. „Nein."

Ein kleiner Stein kullerte langsam von Matts Herzen. „Bist du traurig darüber?", hakte er nach. Er musste es wissen.

„Nein." Annie lächelte ihn zaghaft an. „Wir kommen aus verschiedenen Welten. Es hätte sowieso nie geklappt."

Der kleine Stein löste eine ganze Lawine aus. Matt fühlte sich um Tonnen leichter. Sein Herz schlug wieder kräftig in seiner Brust und ein breites Lächeln wuchs auf seinem Gesicht.

„Dann bleibst du hier?"

Annie lächelte ihn nun richtig an. „Ja. Wo sollte ich sonst meinen Laden eröffnen? Außerdem habe ich gehört, dass der Kindergarten hier richtig gut sein soll!"

„Deinen Laden?" Matt strahlte übers ganze Gesicht. „Du willst wirklich..."

Annie nickte lachend. „Ja, will ich! Deine Idee ist so gut! Ich habe schon ausgerechnet, wie viele Gerichte ich verkaufen müsste, um davon leben zu können!"

„Das hast du getan?"

„Natürlich! Als nächstes will ich prüfen, ob es hier in Beddingsham und Umgebung überhaupt einen Bedarf gibt!" Annies Augen begannen zu leuchten. „Die Zeit bis zum Semesterbeginn reicht dafür genau aus. Es ist beinahe beängstigend, wie perfekt das alles passt!"

„Siehst du! Als hätte ich es geahnt!", rief Matt aus.

Annie sah ihn an und spürte, wie sich ihr Herz öffnete. Ein breites Lächeln erschien auf ihrem Gesicht. „Weißt du, ich habe mich die ganze Zeit so sehr auf das Studium gefreut, aber die Frage was danach geschehen soll, total verdrängt. Jetzt ist alles klar." Sie schüttelte ihre Locken und stellte endlich das Fahrrad ab. „Naja, nicht alles. Natürlich nicht! Es gibt noch so viel zu bedenken, aber ich habe einen Plan. Das macht mich so glücklich!" Sie trat einen Schritt auf ihn zu. „Danke Matt! Du bist immer da, selbst wenn ich gar nicht merke, dass ich dich brauche." Sie machte eine kleine Pause und Matt befürchtete schon das Schlimmste. Sie würde doch jetzt nicht von Freundschaft sprechen! Oder etwa doch?! Mit großen Augen sah er sie an, unfähig sich zu rühren.

Annie trat noch einen kleinen Schritt auf ihn zu. Sie stand jetzt so nah, dass sie ihren Kopf in den Nacken legen musste, um ihn anzusehen.

„Matt, es tut mir so leid! Das ganze Durcheinander und dass ich nicht ehrlich zu dir gewesen bin. Ich hätte dir von Edward erzählen müssen und dann bin ich..." Sie senkte verlegen den Blick, „...einfach so bei dir aufgetaucht und habe mich dir an den Hals geworfen und..."

„Und?", fragte er tonlos.

„Und ich habe erst viel später gemerkt, dass ich mich schon lange danach gesehnt habe." Annie flüsterte beinahe.

Matt brauchte nur eine Sekunde, um zu begreifen, was das hieß. Die Weidenkätzchenzweige fielen achtlos zu Boden, als er sie an sich zog und stürmisch küsste. Es tat so gut sie endlich im Arm zu halten! Hier gehörte sie her. Langsam löste er sich von ihr.

„Ich bin wirklich froh, dass zu hören!", flüsterte er.

„Oh, Matt!", seufzte Annie und schmiegte sich an ihn. Erleichterung durchströmte sie.

„Ann." Behutsam nahm ihr Gesicht in die Hände und hauchte zarte Küsse auf ihre Stirn und ihre Wangen. Kurz vor ihren Lippen hielt er einen Augenblick inne. „Sieh mich an", bat er sie leise.

Flatternd öffnete sie die Augen und blickte ihn lächelnd an.

„Ann Taylor, ich liebe dich!" Die goldenen Sprenkel in seiner Iris leuchteten. „Ich habe dich schon immer geliebt. Du bist in meinem Herzen."

Seine Worte berührten sie tief in ihrem Innern. Die Liebe flutete ihr Herz und brachte sie zum Strahlen. „Matt, ich liebe dich auch! Es tut mir so leid, dass ich so lange gebraucht habe..."

„Hör' auf dich zu entschuldigen. Küss mich lieber!", murmelte er an ihren Lippen und küsste sie sacht.

Annie seufzte genüsslich und reckte sich ihm noch ein wenig weiter hin. So hatte er sie noch nie geküsst, so vorsichtig, als sei sie zerbrechlich. Sie fühlte sich sicher und geborgen, dass sie sich ganz fallen ließ. Alle Anspannung fiel von ihr ab und sie seufzte erneut.

Ihr Seufzer weckte die Leidenschaft in ihm. Matt drückte sie noch enger an sich, vergrub seine Hand in ihre Locken und vertiefte den Kuss. Er hätte ewig so weitermachen können. Von irgendwo hörte er Glockengeläut. In diesem Moment schwor er sich, dass die Glocken binnen eines Jahres für sie beide läuten würden. Hier auf Gracewood Hall würde er die Liebe seines Lebens heiraten.

„Matt?" Sie löste sich sanft von ihm. „Es tut mir leid, aber..."

„Du entschuldigst dich schon wieder. Wird das eine neue Gewohnheit?", fragte er und hauchte kleine Küsse hinter ihr Ohr.

„Ich weiß nicht..." Annie seufzte und schmolz langsam dahin. Wie gut, dass er sie immer noch im Arm hielt.

Irgendwo klappte eine Autotür und brachte sie ins Hier und Jetzt zurück. Ruckartig stand sie wieder gerade. „Ich komme zu spät. Mrs. Cuthbert ..."

„Mrs. Cuthbert hat Verständnis!", versicherte er ihr und zog sie wieder zu sich heran. Er schenkte ihr ein verschmitztes Grinsen, bei dem Annielaut lachen musste. Dennoch machte sie sich von ihm frei.

„Das mag ja sein, aber noch brauche ich diesen Job." Sie drehte sich zu ihrem Rad um. „Du brauchst deinen auch!"

„Wenn du es sagst, wird es wohl so sein." Er bückte sich nach den Zweigen und gemeinsam liefen sie die letzten Meter bis zum Haus. Annie lehnte ihr Rad an und griff nach den Weidenkätzchen. „Sehen wir uns nachher?" Sie schaute voller Vorfreude zu ihm auf.

Matt grinste zurück, alle Nachwirkungen des Alkohols waren verflogen. „Ich freue mich schon darauf!" Er gab ihr einen schnellen Kuss. Dann schlenderte er überaus froh zum Stall.

Annie blickte ihm eine Sekunde hinterher, drückte ihr grinsendes Gesicht an die Zweige in ihrer Hand. Sie war verliebt! In ihren besten Freund und es fühlte sich großartig an! Beherzt sprang sie die Stufen zur Küchentür hinauf und trat ein.

Mrs. Cuthbert wusch milde lächelnd Kartoffeln.

***

„*Daddy* ist da!" Claire sprang auf und rannte zur Tür hinaus, dicht gefolgt von ihrem kleinen Bruder. Auch Nora stand auf, deutlich langsamer allerdings als ihre Kinder. Sie war etwas enttäuscht, dass Timothy nicht eher gekommen war und so die Ostereiersuche verpasst hatte. Um sich die Zeit zu vertreiben, hatten sie zu dritt im Salon das neue Puzzle gepuzzelt. Die Kinder waren allerdings nicht sehr konzentriert bei der Sache gewesen, denn sie hatten gespannt auf die Ankunft ihres Vaters gewartet. Sie wollten ihm ihre kleinen Geschenke zeigen und von der lustigen Sucherei erzählen.

Mr. Cuthbert hatte die Ostergeschenke für die Kinder ganz früh heute Morgen schon versteckt, damit sie gleich nach dem Frühstück suchen konnten.

„*Daddy*!" Claire und Henry umringten ihren Vater und bestürmten ihn. „Wir haben schon Eier gesucht."

„Der Osterhase war schon da!"

Timothy war in die Knie gegangen und drückt und küsste die Zwei. „Wie bitte? Der Osterhase war da?" Er grinste über das ganze Gesicht. „Und ihr habt schon alle Geschenke gefunden! Seid ihr sicher?"

„Gibt es noch mehr?", rief Henry und hüpfte aufgeregt auf und ab.

„Ich würde lieber noch mal nachsehen."

„Ich sage Oma Bescheid!", verkündete Claire und sprintete davon. Henry überlegte kurz, ob er ihr hinterher laufen oder bei seinem Vater bleiben sollte. In der nächsten Sekunde lief er an seiner Mutter vorbei ins Haus. *„Daddy ist da!"*, rief er ihr übermütig zu. „Es gibt noch mehr Eier!"

Nora musste lächeln. „Ich sehe es, mein Schatz!" Sie blieb stehen und sah Timothy zu, wie er seine Reisetasche aus dem Auto holte. Sie machte sich nicht die Mühe ihren Missmut zu verhehlen.

„Hallo Schatz!" Timothy wollte ihr einen Kuss geben, aber Nora drehte den Kopf weg.

„Schön, dass du es geschafft hast", sagte sie eisig.

„Du musst mich gar nicht so anmaulen. Ich bin so schnell gekommen, wie ich konnte." Seine gute Laune verpuffte innerhalb von einer Minute.

„Ganz bestimmt." Nora zog die Augenbrauen hoch. „Du hättest dich auch gestern Abend ins Auto setzen können."

„Entschuldigung! Weißt du eigentlich, wann ich aus dem Büro raus bin?"

„Nein, das weiß ich nicht", gab Nora zurück. „Du bist nicht an dein Handy gegangen."

„Ich habe es nicht gehört. Wir haben gearbeitet."

„Wir?", fragte Nora skeptisch und verschränkte die Arme.

Timothy lachte und trat einen Schritt auf sie zu. „Du musst nicht eifersüchtig sein, Schatz!" Er gab ihr einen Kuss auf die Wange.

„Ich bin nicht eifersüchtig. Ich bin sauer!", stellte sie klar und blieb stocksteif stehen. „Du hättest mich zurückrufen können. Oder eine Nachricht schicken."

„Ach Schatz, es war schon so spät. Ich wollte dich nicht wecken." Tim legte ihr einen Arm um die Schultern. „Heute früh wollte ich einfach so schnell wie möglich bei euch sein. Mein Smartphone habe ich noch nicht einmal angeschaltet." Er suchte ihren Blick. „Ich liebe nur dich! Komm ins Haus, mein Zitronentörtchen! Ich freue mich endlich hier zu sein.", sagte er und gab ihr einen Kuss.

„Zitronentörtchen?" Nora runzelte die Stirn. Ganz besänftigt war sie noch nicht.

Timothy lächelte sie warm an. „Wenn du sauer bist, finde ich dich ganz besonders süß!" Er küsste sie noch einmal. „Schatz, ich habe mich genug über dieses Projekt geärgert! Lass uns endlich Ostern feiern!"

„Gut." Nora seufzte. „Ich habe dich nur so sehr vermisst. Du kommst schon unter der Woche immer so spät nach Hause und jetzt arbeitest du sogar an den Feiertagen."

„Ich habe dich auch vermisst!" Timothy ließ die Tasche fallen und zog sie mit beiden Armen zu sich heran. „Ich mache es wieder gut!", versprach er und lächelte vielsagend. „Heute Abend wenn die Kinder schlafen."

Nora musste lachen. „Wehe, wenn nicht!"

„Wenn du möchtest auch noch den ganzen Montag und Dienstag. Ich habe mir einen freien Tag verdient, findest du nicht?" Er beugte sich vor und küsste sie leidenschaftlich. „Und dann mache ich mit dir, was du willst!", versprach er ihr heiser und Nora liefen wohlige Schauer über den Rücken.

Kapitel 21

„Hallo, die Damen!" Matthew erschien überpünktlich in der Küche, um Annie abzuholen. Allerdings war Annie von ihrer Putzrunde noch nicht wieder zurück. Nachdem sie Mrs. Cuthbert bei der Zubereitung des Mittagessens geholfen hatte, war sie im Obergeschoss verschwunden, um die schmutzigen Handtücher einzusammeln und vor allem die Bäder zu putzen.

Matt stutzte, er hatte Annie in der Küche vermutet.

„Falls du Annie suchst, die ist noch im Haus unterwegs. Aber sie müsste gleich hier sein", gab ihm Mrs. Cuthbert bereitwillig Auskunft, während sie die Marzipandecke des traditionellen Simnel Cakes flambierte.

„Okay." Unschlüssig trat er näher. „Mmh! So ein Stück Früchtekuchen würde ich jetzt auch nehmen!"

„Tut mir leid, der ist für die Bedfords." Mrs. Cuthbert lachte. „Vielleicht bleibt etwas übrig."

„Das bezweifle ich." Matt grinste schief. „Es sind doch alle da."

„Außer Nicholas", wandte Mrs. Cuthbert ein.

Matt zog skeptisch die Augenbraue hoch. „Gerade Mr. Yoga ist ja auch bekannt dafür, besonders viel Kuchen zu essen! "

Mrs. Cuthbert lachte auf. „Auch wieder wahr. Aber ich habe noch etwas von der Zitronen-Baiser-Torte. Die muss gegessen werden, morgen schmeckt sie nicht mehr!"

Augenblicklich war Matt versöhnt. „Da sage ich nicht nein!"

Mrs. Cuthbert grinste. „Das dachte ich mir. Möchtest du sie gleich essen oder mitnehmen?"

„Mitnehmen bitte." Wie selbstverständlich öffnete Matt den Schrank, in dem Mrs. Cuthbert die Vorratsbehälter aufbewahrte. Matt wusste, wo sich was befand, denn bei größeren Feiern oder Veranstaltungen auf Gracewood Hall half er immer als Kellner aus.

In diesem Augenblick klopfte es an der Tür zur großen Halle.

„Das wird sie sein", verkündete Mrs. Cuthbert, die mit dem Kuchen in den Händen aus der Vorratskammer kam.

Matt eilte zur Tür und öffnete sie. Vor ihm stand Annie, beladen mit einem überquellenden Wäschekorb und einem Eimer voller Putzutensilien. „Oh, du bist schon da." Sie ächzte. Da hatte Matt ihr schon den schweren Korb abgenommen.

„Warum gehst du denn nicht zweimal? Du stürzt noch die Treppe hinunter!", rief er besorgt.

„Ach was, das wird nicht passieren!", winkte Annie ab und lief mit flotten Schritten voran in den Waschkeller. Matt folgte ihr. Kaum hatte sie den Eimer weggestellt, zog er sie in seine Arme.

„Na, schöne Frau, bereit für den Feierabend?"

„Matt!", quiekte Annie überrascht auf.

Schelmisch zwinkerte er ihr zu. „Ich habe den ganzen Tag von dir geträumt!"

„Aha. Und hast du auch gearbeitet?", fragte sie mit gespielter Strenge und machte sich von ihm los. Sie wollte endlich die alberne Schürze loswerden, die sie sich heute übergezogen hatte, um ihre Lieblingsklamotten zu schonen. Vorher sie musste aber noch eine Waschmaschine ansetzen.

„Natürlich, Miss!" Matt machte einen Diener. „Ich war sogar sehr fleißig! Ich finde, ich habe dafür einen Kuss verdient!"

„Ach, findest du?" Annie konnte ihr Grinsen kaum unterdrücken. „Nun, ich bin noch nicht fertig mit meiner Arbeit. Diese Handtücher hier müssen noch gewaschen werden."

Matt seufzte tief und ließ sich theatralisch auf dem Tisch nieder. „Ob ich es noch sooo lange aushalte?!"

Annie schüttelte grinsend den Kopf und begann die Handtücher in die Trommel zu werfen. „Kommst du noch mit zu uns? Ich weiß nicht, ob ich Poppy schon wieder bei meinen Eltern lassen sollte, in den letzten Tagen war so viel los..."

„Ich komme sehr gern zu euch. Mrs. Cuthbert hat noch Zitronen-Baiser-Torte für uns."

„Mmh, köstlich!" Annie griff nach dem Waschpulver.

Matt sprang vom Tisch herunter und trat hinter sie. Mit einer Hand strich er ihr die Haare aus dem Nacken, mit der anderen hielt er sie fest. „Nicht ganz so köstlich wie du!", flüsterte er und begann kleine Küsse auf ihrer zarten Haut zu verteilen. Dabei öffnete er ihr das Schürzenband und warf sie achtlos beiseite.

Annie spürte wie sie errötete, aber es war ihr egal. Sie lehnte sich an ihn und gab sich seinen Liebkosungen hin. Auch wenn sie es eben nicht gesagt hatte, sie sehnte sich schon den ganzen Tag nach ihm und seinen Berührungen.

Mrs. Cuthbert lief oben in der Küche emsig hin und her. Gleich würde die Haushälterin den Tisch für den Tee decken.

Matt drehte Annie zu sich um. So köstlich es war, ihren wundervollen Po zu spüren, er wollte sie endlich richtig küssen. Er setzte sie auf die Waschmaschine, die langsam zu rumoren anfing und nahm ihr Gesicht in beide Hände. Darauf hatte er den ganzen Tag gewartet.

„Wir müssen wieder hoch", flüsterte sie an seinen Lippen. „Mrs. Cuthbert wundert sich bestimmt schon."

Matt schob ihre Beine auseinander und zog sie näher an sich heran. Er bahnte sich küssend einen Weg zu ihren Schlüsselbeinen. „Mrs. Cuthbert wundert sich über gar nichts!", stellte er klar und küsste sie wieder.

„Matt, wir sollten wirklich gehen" , flüsterte sie wieder und rückte etwas von ihm ab. „Abgesehen davon, finde ich es hier nicht gerade... einladend." Sie schaute sich um.

„Also ich finde es hier sehr einladend!" Matt zwinkerte ihr zu und begann ihre Schenkel entlang zu streichen.

„Witzbold", erwiderte sie lächelnd und fuhr ihm über das kurze Haar. „Du weißt genau, was ich meine." In diesem Moment wurde sie sich bewusst, wie schön es war, dass sie Matt schon so lange und gut kannte. Sie vertraute ihm total, bei ihm konnte sie ganz sie selbst sein. Was gab es wichtigeres in einer Beziehung? Ihr Lächeln wurde noch ein wenig leuchtender, als ihr klar wurde, was für ein Geschenk das war.

Matt beugte sich vor und gab ihr einen zarten Kuss. Dann ließ er seine Stirn an ihre sinken. Er hätte nichts gegen ein kleines Stelldichein gehabt, zu sehr war er begeistert von der Möglichkeit sie jetzt küssen und berühren zu können. Die Aussicht darauf beflügelte ihn nicht nur, sie entspannte ihn gleichzeitig. Denn er hatte vor, sein ganzes Leben mit ihr zu verbringen und mit ihr gemeinsam alt zu werden.

„Na schön, lass uns gehen!" Er legte seine Arme um sie und hob sie von der Maschine herunter. „Auch wenn es sehr schade ist, diese rumpelnde Waschmaschine ungenutzt zu lassen." Er zwinkerte ihr zu. „Gott sei Dank habe ich zuhause auch eine!"

Annie schüttelte prustend den Kopf. „Gut, dann weiß ich ja jetzt Bescheid."

„Ja, nicht wahr?!", antwortete Matt gut gelaunt und griff sich ihre Schürze. „Dann lass uns mal Feierabend machen und zu unserer kleinen Prinzessin fahren." Er nahm sie an die Hand und zog sie in Richtung Treppe.

Annie wurde ganz warm ums Herz, als sie hörte wie er ‚unsere Prinzessin' sagte. Was war das Leben für eine merkwürdig, wundervolle Sache!

Wenn es *Princess Pops* nicht geben würde, wäre sie nie nach Beddingsham zurückgekehrt und hätte sich nie in Matt verliebt. Sie musste an Liz und ihre positive Lebenseinstellung denken. Zum ersten Mal begriff Annie, wie recht Liz tatsächlich hatte, wenn sie immer wieder betonte, dass Vertrauen ins Leben das allerwichtigste war. Für einen kurzen Augenblick ahnte Annie, dass großartige Dinge auf sie warteten und alles genau so werden würde, wie es sein sollte.

„Matthew! Gut, dass ich dich noch treffe!" Arthur war gerade in die Küche getreten, als sie aus dem Keller kamen. Mrs. Cuthbert war nirgends zu sehen. „Wir brauchen dich morgen früh beim Aufbauen", fuhr Arthur fort. „Es kommen doch mehr Gäste als ursprünglich angenommen zu Nigels Überraschungsparty."

„In Ordnung." Matt nickte. „Wann genau?"

„Die Gäste werden gegen zwölf Uhr hier sein." Arthur überlegte kurz. „Um acht Uhr reicht bestimmt. Mrs. Cuthbert und Nora wissen Bescheid. Ich werde mit Nigel einen Ausritt machen. Dann ist er nicht im Weg."

„Soll ich dann zuerst zum Stall und die Pferde bereit machen?"

Arthur nickte. „Bitte nur füttern und putzen. Ich weiß nicht, wann Nigel wach wird. Ich möchte ihn eigentlich nicht wecken." Arthur stutzte kurz. „Wobei es schon lustig wäre, ihn ein wenig auf die Schippe zu nehmen...", überlegte er laut.

Matt sah ihn abwartend an.

„Das überlege ich mir noch", murmelte Arthur leise. Dann schüttelte er den Kopf und wandte sich wieder an Matt. „Es bleibt dabei. Du machst die Pferde soweit fertig. Satteln können wir sie später selbst. Danach kommst du bitte her zum Aufbauen."

„Soll ich auch beim Servieren helfen?" Matt überlegte, dass er sich dann umziehen müsste. Er konnte schlecht in Stallkleidung durch den Saal laufen.

„Das wird nicht nötig sein. Es wird ganz zwanglos." Arthur drehte sich zu Annie um. „Ach, Annie..."

In diesem Moment kam Mrs. Cuthbert herein und rief: „Annie, ich brauche dich spätestens um acht Uhr. Die Torten backe ich heute. Aber all die anderen Sachen..."

Mrs. Cuthbert rückte sich die Brille zurecht und begann in ihrem großen Kalender zu blättern, in dem sie alles vermerkte was sie nicht vergessen wollte.

„Geht klar!", antwortete Annie und nickte auch Arthur zu.

„Wie ihr seht, es ist alles wie immer." Arthur machte eine ausholende Handbewegung. „Mrs. Cuthbert hat das Regiment über die Küche, Nora und Vivien kümmern sich um die Deko und Richard und Timothy werden die Kinder betreuen."

„Arthur?", wandte Annie ein, bevor er verschwinden konnte.

„Ja?", fragte dieser gespannt.

„Können wir vielleicht in der Woche einmal in Ruhe sprechen? Ich habe da ein paar... äh... Ideen." Ein besseres Wort war ihr spontan nicht eingefallen.

Arthur überlegte, was sie meinen könnte. „Selbstverständlich. Begleite mich doch kurz zum Gewächshaus, dann kannst du mir etwas genauer verraten, worum es geht. Dann bin ich schon vorgewarnt", sagte er augenzwinkernd und wandte sich der Tür zu.

„Ja, gern!", antwortete Annie überrascht und holte schnell ihre Sachen aus der Garderobe.

Arthur wandte sich zur Tür. „Brauchen Sie etwas aus dem Küchengarten, Mrs. Cuthbert?"

Mrs. Cuthbert schüttelte leicht abwesend den Kopf. „Nein, danke!"

Annie stellte sich mit Jacke und Tasche neben Arthur und guckte fragend zu Matt.

Der nickte ihr zu, als Zeichen, dass er auf sie warten würde. „Bis morgen, Arthur!", sagte er.

„Bis morgen!", antwortete Arthur und trat hinaus ins Freie.

***

Matt wartete mit dem Kuchen und den Weidenkätzchen bei den Fahrrädern auf Annie, die ihm beinahe hüpfend entgegen kam.

„Und was hat er gesagt?"

Annie lächelte und ihre Augen blitzten. „Viel habe ich ihm ja nicht verraten, aber er ist gespannt und ich glaube, er freut sich!"

„Das klingt gut!" Matt gab ihr einen Kuss. Er konnte wirklich nicht genug davon bekommen. „Verrätst du mir mehr?", fragte er dann.

„Bist du etwa neugierig?" Annie lachte und öffnete ihr Fahrradschloss.

„Na klar! Schließlich war es meine Idee!" Matt schwang ein Bein über sein Rad und nickte ihr aufmunternd zu.

Auch Annie stieg auf ihr Fahrrad. „Deswegen sollst du auch als Erster Einzelheiten erfahren!" Voller Elan fuhr sie los und begann zu erzählen. „Ich will erst einmal klein anfangen. Ich habe mich erkundigt, was ich brauche um zubereitete Speisen verkaufen zu dürfen. Einiges davon wusste ich schon. Da ich kein großes Startkapital habe, werde ich klein anfangen. Ich will Dienstag in den Bioladen fahren und fragen, ob sie Interesse an einer Kooperation oder so haben. Ich stelle mir eine Art Shop-in-Shop-Variante vor." Mit leuchtenden Augen berichtete Annie von ihren Ideen. „Wirklich großartig wäre es, wenn ich auf dem Sommerfest von Gracewood schon mit meinem eigenen Logo auftreten könnte!"

„Vielleicht hast du bis dahin auch schon deinen eigenen Laden!", warf Matt ein.

„Oder zumindest in Aussicht!", bemerkte Annie, aber Matt war nicht zu bremsen.

„Du musst groß denken und träumen, Schatz!", rief er aus.

Annie lachte, als sie seine übermütig blitzenden Augen sah. „Aber auch gut planen und kalkulieren", erinnerte sie ihn.

„Das bestreite ich gar nicht, aber mach dich nicht von Anfang an so klein. Deine Kreationen sind köstlich! Lecker UND leicht! Hinterher fühlt man sich immer gestärkt und nicht träge!"

Annies Herz sprang über vor Freude und Glück. Es war herrlich von ihren Plänen zu erzählen und seine Meinung zu hören. Es machte so viel Freude mit ihm auch die absurdesten Möglichkeiten in Betracht zu ziehen.

Sie unterhielten sich so angeregt, dass sie kaum bemerkten, wie sie ihrem Ziel immer näher kamen. Als sie die Räder in der Garage abgestellt hatten, zog Matt sie noch einmal stürmisch an sich und küsste sie leidenschaftlich. Er konnte einfach nicht genug von ihr bekommen. Während er sie an sich drückte, überlegte er, dass er sie und sich am liebsten spontan aus Raum und Zeit gehoben und ihnen eine kleine Auszeit gegönnt hätte. Drei Monate würden sicher genügen.

Sie seufzte leise an seinen Lippen und löste sich langsam von ihm. „Lass uns reingehen. Poppy wartet sicher schon."

Bevor Matt antworten konnte, knurrte sein Magen. „Ich glaube, das ist eine gute Idee. Nicht dass ich noch anfange an dir zu knabbern!" Er lächelte sie schelmisch an und Annie bekam weiche Knie. Sie biss sich auf die Lippe. Ihr Sehnsuchtsmonster regte sich schon eine Weile und wurde immer wacher. Sie gab ihm einen schnellen Kuss und zog ihn dann entschlossen ins Haus. Später, dachte sie.

***

Stunden später standen die Weidenkätzchen längst im Wasser, die Zitronen-Baiser-Torte war verspeist und Poppy hatte ausgiebig gespielt. Ihre Eltern saßen im Wohnzimmer vor dem Fernseher, Matt las der Kleinen gerade eine Gute-Nacht-Geschichte vor und Annie nutzte die Gelegenheit Jess auf den neuesten Stand in Sachen Edward zu bringen.

Jess freute sich sehr für sie, fragte aber gleich mit tausend zwinkernden und grinsenden Smileys nach Matt.

Annie schmunzelte, während sie ihr vorschlug sich nächste Woche zu treffen. Die Entwicklungen zwischen Matt und ihr waren noch viel zu neu, um sie jetzt übers Smartphone zu teilen. Sie wusste ja selbst nicht, wie es weitergehen würde.

Bei der ersten sich bietenden Gelegenheit hatten sie sich kurz in ihr Zimmer geschlichen. Ihre verstohlenen Küsse hatten sie an ihren Traum erinnert. Deswegen hatte sie ihre schwarzen langen Strümpfe hervorgeholt und sie gegen ihre Strumpfhose getauscht. Alle Unsicherheiten, die sie wie jede Frau in sich getragen hatte, hatten sich mit jeder Berührung, jedem bewundernden Blick von Matt aufgelöst. Seit der Schwangerschaft von Poppy hatte sie einen großen Respekt vor ihrem Körper empfunden. Ihr war gar nicht bewusst gewesen, welche Wunder er vollbringen konnte. Ganz ohne, dass sie etwas dafür leisten musste.

Ihr Körper brauchte nur Liebe und Hingabe, dann war er zu Unglaublichem fähig. Sei es eine Schwangerschaft, Geburt oder auch die phantastische Erfahrung eines Orgasmus. Kurz musste Annie schmunzeln, dass bei ihr scheinbar die richtige Reihenfolge etwas durcheinander geraten war.

Versonnen sah sie aus dem Küchenfenster und genoss das Farbenspiel der Dämmerung. Das abnehmende Licht ließ die Schatten unterschiedliche Blautöne annehmen. In Gedanken ging sie wieder alle Begegnungen mit Matt in den letzten Tagen durch. Immer wieder versuchte sie zu ergründen, wann sie sich in ihn verliebt hatte. Wann hatte sie begonnen mehr in ihm zu sehen, als nur den guten Freund? Warum konnte sie nicht einen Moment nennen? Annie musste an den Moment im Salon auf Gracewood denken, als ihr seine wunderschönen Augen aufgefallen waren. Hatte sie sie wirklich noch nie vorher wahrgenommen? Spielte es überhaupt eine Rolle? Seit Poppy auf der Welt war, wusste sie doch, dass sich das

278

Leben nicht kategorisieren ließ. Plötzlich fiel ihr ein, dass sich ihre Freundinnen aus Schulzeiten immer ein wenig lustig über ihre Pro- und Kontralisten gemacht hatten. Sie hatten nie verstanden, dass diese Listen Annie ein Gefühl von Kontrolle gaben. Annie zuckte mit den Achseln. Kein Wunder, dass sie jetzt keinen Kontakt mehr miteinander hatten. Sie hatten einfach nicht genug gemeinsam gehabt.

Bei Matt brauchte sie eine solche Liste erst gar nicht. Er liebte Poppy, sie konnten über alles reden und er brachte sie zum Lachen. Bei dem Gedanken, dass er sie noch ganz woanders „hinbrachte", spürte sie die sexy Strümpfe auf ihrer nackten Haut mit einem Mal überdeutlich.

Sie nahm sich einen Augenblick und betrachtete sich in der dunklen Fensterscheibe. Spontan drehte sie sich im Kreis. Ein kühler Luftzug fuhr ihr unter den Rock und ließ sie wohlig schaudern. Sie konnte es gar nicht erwarten, wieder mit Matt allein zu sein.

Entschlossen setzte sie sich auf einen der Küchenstühle, aber sie war viel zu aufgeregt um still sitzen zu bleiben. Unruhig rutschte sie hin und her und steigerte dadurch unbewusst ihre Erregung.

Ganz ehrlich, sie konnte ja wohl so viel an Sex mit Matt denken, wie sie wollte! Schließlich war sie erwachsen und außerdem konnte niemand ihre Gedanken lesen! Sie schloss wohlig seufzend die Augen.

SEX mit Matt!

SEX mit MATT!

ATEMBERAUBENDER SEX MIT MATT!!!

„Ist Matt immer noch oben bei Poppy?", fragte ihr Vater, der plötzlich neben ihr stand.

Annie sprang erschrocken auf. Ihr Herz setzte für eine Millisekunde aus und galoppierte nun wie ein Rennpferd in Ascot los.

„Dad!" Mehr brachte sie nicht raus. Sie schnaufte, als hätte sie einen 100-Meter-Lauf hinter sich.

Ihr Vater bemerkte scheinbar nichts. „Der Sonnenuntergang ist heute wirklich wunderschön! Du solltest ihn dir vom Wohnzimmer aus ansehen."

„Ähm ja." Annie fuhr sich verlegen durchs Haar. Ihr Blick fiel auf die Uhr. Ihr *Dad* hatte recht, es war schon spät. Sollte Matt sie nicht holen, wenn sie fertig mit Lesen waren? Sie runzelte die Stirn und wandte sich zur Tür. „Ich gehe mal hoch und sehe nach. Wolltest du noch etwas anderes von mir?"

„Nein, nein. Ich wollte mir eigentlich nur etwas zu trinken holen", erwiderte Robert und öffnete die Kühlschranktür.

Ihr Herz beruhigte sich allmählich, während sie langsam und leise die Treppe nach oben ging. Es war verdächtig ruhig. Sie horchte angestrengt, aber ihr Blut rauschte so laut in ihren Ohren, dass sie nichts anderes wahrnahm. Also bog sie um die Ecke in den dunklen Flur und prallte mit Matt zusammen.

„Aah!", rief sie erschrocken.

Ebenso überrascht hielt Matt ihr reflexartig den Mund zu. „Sei leise! Sonst wacht sie wieder auf!"

Sie ließ ihren Kopf sinken und konzentrierte sich ganz auf ihren Atem. Es war ja nicht so, dass sich ihr Herz von der ersten Attacke schon erholt hätte. Es schlug ihr bis zum Hals.

„Ist alles okay bei dir?", fragte Matt besorgt und suchte ihren Blick, aber Annie konnte nur mit der Hand wedeln. „Ich habe mich auch erschrocken. Wer kann denn auch ahnen, dass du hier im Dunkeln herumschleichst."

„Ich?" Annies Kopf ruckte hoch. „Du solltest..."

„Ja, ich weiß", beschwichtigte Matt sie. „Aber die Süße war schon so müde, dass sie beim Lesen fast eingeschlafen ist. Da dachte ich mir, dass ich sie auch ganz ins Bett bringen kann. Was mir ja auch gelungen ist." Er freute sich sichtlich darüber.

Annie lächelte zurück. Ihr Herz beruhigte sich allmählich. „Ich habe mich ja auch nur gewundert, wo du so lange bleibst. So viel Geduld hat sie beim Vorlesen ja nun auch nicht."

„Gott sei Dank!" Matt zog sie näher an sich heran.

Auf einmal war die Energie, die sie umgab eine völlig andere. Es war, als wäre ein Schalter umgelegt. Ihm so nahe zu sein und seinen festen Körper zu spüren, selbst wenn sie vollständig bekleidet waren, ließ sie innerlich vibrieren.

„Da bleibt mehr Zeit für uns."

„Um was zu tun?", fragte sie heiser und schaute gespannt zu ihm auf.

„Ach, da fällt mir schon etwas ein." Langsam kam er noch näher und Annie schloss in Erwartung eines Kusses die Augen. „Die Frage ist nur, wo?", flüsterte er an ihren Lippen und ein kleiner Seufzer entwich ihr.

Annie war gedanklich schon ganz woanders, deswegen bemerkte sie erst nach einem Augenblick, dass Matt ihr tatsächlich eine Frage gestellt hatte. Blinzelnd kam sie in die Wirklichkeit zurück. Ungeküsst.

„Ähm..." Sie sah sich suchend um. Viele kuschlige Ecken bot das Haus nicht. Im Wohnzimmer saßen ihre Eltern, Küche, Bad, sowie das Schlafzimmer ihrer Eltern schieden selbstredend aus. In ihrem eigenen Zimmer schlief Poppy, blieb nur noch...

„Im Arbeitszimmer steht eine kleine Ausziehcouch, aber da liegt bestimmt irgendwelches Zeug drauf. Wäsche, Bücher, Ordner..." Annie zeigte auf die Tür zu ihrer linken Seite.

„Egal." Matt griff nach ihrer Hand und zog sie mit sich. „Hauptsache allein!" Die Straßenbeleuchtung erhellte das Zimmer gerade ausreichend. Der Raum glich eher einer Rumpelkammer, als dass hier jemand tatsächlich arbeiten konnte. Er sah die Silhouetten von Ordner- und Papierstapeln, und war froh, dass er das Licht nicht angeknipst hatte. Kurz wunderte er sich, dass es hier so aussah, die Taylors waren normalerweise ziemlich ordentlich, aber dann schob er den Gedanken energisch beiseite. Annie hatte recht gehabt, das winzige Sofa war unter den diversen Wäschekörben fast nicht zu sehen. Mit zwei Griffen hatte er sie beiseite gestellt. Dann drehte er sich wieder zu Annie um und zog sie zu sich heran. „Wo waren wir stehen geblieben?", fragte er leise. Dabei strich er ihr sanft eine Locke hinters Ohr.

Seine Berührung hinterließ ein Prickeln auf ihrer Haut und weckte die Leidenschaft in ihr.

„Ich glaube, du wolltest gerade das hier tun", flüsterte sie verheißungsvoll und küsste ihn. Plötzlich merkte sie, dass die Lust, die er heute Nachmittag in ihr geweckt hatte, die ganze Zeit nur darauf gelauert hatte, wieder aufzulodern. Ungestüm warf sie sich gegen ihn, so dass er auf die Couch plumpste, die unter ihm laut knarzte.

Matt gab einen überraschten Laut von sich, aber Annie lächelte nur verwegen und zog langsam ihr Shirt aus. Sie wollte sich ihm zeigen. Wollte von ihm berührt werden. Wollte seine starken Hände auf ihrer Haut spüren. Allein beim Gedanken daran loderten die Flammen hoch und nur er würde es löschen können. Sie ließ ihn nicht aus den Augen, als sie langsam, Zentimeter für Zentimeter, ihren Rock hob.

Matt wusste nicht, wie ihm geschah und wo er zuerst hinsehen sollte. In ihre Augen, die keck funkelten, auf ihre wundervollen, runden Brüste oder auf ihre Schenkel, die sie nun so verführerisch präsentierte. Seine Erregung wuchs sichtlich. Gespannt rutschte er hin und her und versuchte der Enge seiner Jeans zu entgehen. Er wollte sie berühren, aber sie entzog sich ihm und trat einen Schritt zurück. Dabei blitzte nackte Haut auf. Matts Augen weiteten sich für einen Moment und er begriff. Fasziniert lehnte er sich zurück und genoss Annies Darbietung.

Annie lächelte geheimnisvoll. Langsam hob sie ihren Rock noch ein Stückchen weiter nach oben. Der Rocksaum kitzelte ihre nackte Haut. Sie beobachte, wie Matts Augen groß wurden und fühlte sich unglaublich. Mächtig, sexy, einfach unwiderstehlich gut. Sie beugte sich vor, um ihn neckend zu küssen und zog dabei ihren Slip aus.

Der leise Pfiff, den er anerkennend ausstoßen wollte, blieb auf halber Strecke stecken und verwandelte sich in ein ungläubiges Schnauben. Er entdeckte Seiten an ihr, von denen er nicht einmal zu träumen gewagt hatte. Sie richtete sich auf, ihr Slip baumelte kurz an ihrem Finger, bevor sie ihn achtlos fallen ließ. Er hatte das Gefühl seine Hose müsste gleich platzen, so erregt war er.

Als sie sich endlich rittlings auf seinen Schoß setzte, küsste er sie leidenschaftlich und legte all seine Gefühle in diesen Kuss. Später, würde er ihr sagen, wie sehr er sie liebte, aber jetzt würde das reichen müssen. Seine Hände gruben sich in ihr Haar. Er wollte sie hier und jetzt. Ungeduldig nestelte er an ihrem BH und schleuderte ihn weit von sich.

Annie stöhnte auf, als seine Zunge über ihre harten Spitzen fuhr. Lustvoll begann sie sich an ihm zu reiben. Der feste Jeansstoff scheuerte an ihrer empfindlich geschwollenen Mitte, während Matt sich intensiv ihren Brüsten widmete. Nur Augenblicke später durchzuckten sie grelle Blitze der Leidenschaft und fachten das Feuer in ihr auf das Tausendfache an. Annie krallte sich fest. Vergeblich versuchte sie leise zu sein. Es gelang ihr nicht und sie biss ihm in die Schulter, bevor sie sich ganz fallen ließ.

Matt zuckte zusammen. Der unvorhergesehene Schmerz versetze seiner Lust einen kleinen Dämpfer. Nachdem ihre Leidenschaft sich entladen hatte, versuchte er vorsichtig, sie anders zu positionieren.

„Oh Matt!", flüsterte sie ihm heiser ins Ohr. „Ich will dich spüren!"

„Babe, nichts würde ich mir mehr wünschen, aber ich habe nichts dabei." Er küsste sacht ihren Nacken.

Annie hob den Kopf und blinzelte. „Wieso?"

Matt musste schmunzeln. „Weil ich dachte, du liebst mich nicht", erinnerte er sie und fuhr fort ihren Rücken zu streicheln und dabei langsam mit den Händen an ihrem Körper hinunter zu wandern.

„Oh, stimmt." Annie war die Enttäuschung deutlich anzusehen. Fieberhaft überlegte sie, ob sie noch irgendwo Kondome hatte.

Matt gab ihr einen sanften Kuss. „Das heißt aber nicht, dass wir keinen Spaß haben können!" Mit einem Satz stand er auf.

„Matt!", quiekte sie überrascht auf.

Schwungvoll legte er sie auf der kleinen Couch ab. Sie lächelte ihn an und öffnete einladend ihre Schenkel. Dabei rutschte ihr Rock ein wenig höher.

„Oh, Ann", stöhnte er auf und beugte sich über sie. „Ich verspreche dir, ich mache mein Versäumnis wieder gut." Er begann Küsse auf ihrem Oberkörper zu verteilen und wanderte dabei zielstrebig auf ihre Mitte zu. „Du wirst mich noch anbetteln, dass ich aufhören soll!"

„Tatsächlich?", fragte sie kühn und ließ dabei ihr Becken kreisen.

„Ehrenwort!", antwortete er heiser und widmete sich dann ganz der Befriedigung ihrer Lust.

Ostermontag
Kapitel 22

Annie erwachte frisch und ausgeruht eine Minute vor dem Klingeln ihres Weckers. Das war ihr seit Ewigkeiten nicht mehr passiert! Sie konnte es selbst kaum fassen. Da Poppy noch schlief, schaltete sie ihn schnell aus und kuschelte sich dann noch einmal unter die Decke. Wie schön wäre es, wenn sie sich jetzt noch einmal an Matt kuscheln könnte. Aber leider war er gestern Abend in sein Cottage gefahren, denn ihr Bett war zu klein für zwei Erwachsene. Außerdem schlief Poppy regelmäßig bei ihr im Bett, wenn die Süße schlecht geträumt hatte oder so.

Annie seufzte leise. Diese Nacht hatte *Princess Pops* durchgeschlafen. Matt hätte also doch hier bleiben können. Bei der Vorstellung regelmäßig morgens neben Matt aufzuwachen kribbelte Annies ganzer Körper vor Glück. Sie konnte sich nichts Wundervolleres vorstellen!

Für die Zukunft würden sie eine Lösung finden, da war sie sich sicher. Jetzt allerdings musste sie aufstehen und sich fertig machen. Langsam setzte sie sich auf und schlich auf Zehenspitzen aus dem Zimmer.

***

Matt war ebenso schnell wach, obwohl er deutlich später ins Bett gegangen war. Abgesehen davon, dass Ann gestern Abend nach ihrem Liebesspiel schachmatt gesetzt war, hatte ihn noch etwas anderes in sein Cottage getrieben. Er hatte eine Idee gehabt und noch etwas an dieser Idee gefeilt. War hin und her gelaufen, hatte hier gemessen und dort geräumt. Er war nicht ganz fertig geworden, aber das Ergebnis konnte sich schon sehen lassen.

Das Cottage war recht geräumig und der Dachboden ließ sich auch noch ausbauen. Als er klein gewesen war, hatte hier eine alte Dame gewohnt. Dann hatte es viele Jahre leer gestanden. Als er es damals zu einem wirklich guten Preis gekauft hatte, hatte er eine Menge Arbeit reinstecken müssen. Aber das Ergebnis machte ihn noch heute stolz. Gestern Nacht hatte er also das kleine, fast unbenutzte Zimmer im Erdgeschoss ausgemessen und vorbereitet.

Bevor er unter die Dusche sprang setzte er Kaffee auf und schob die Tiefkühlbrötchen, die er immer für alle Fälle auf Vorrat hatte, in den Ofen.

***

Als Annie im Herrenhaus ankam, lief dort bereits alles auf Hochtouren. Mrs. Cuthbert schälte Gemüse, während Mr. Cuthbert die Champagnergläser polierte.

„Guten Morgen!", rief Annie ihnen fröhlich zu.

„Annie, du bist schon da?!", rief Mrs. Cuthbert erstaunt. Mr. Cuthbert winkte nur lächelnd mit dem Poliertuch.

Annie verstaute ihre Jacke und Tasche und band sich eine Schürze um. „Ich war zeitig wach. Alle anderen haben noch geschlafen. So konnte ich mich schneller fertig machen." Sie lächelte. „Außerdem dachte ich mir schon, dass bestimmt genug zu tun ist."

„Das ist wahr." Mrs. Cuthbert sah sich in der vollgestellten Küche um. „Annie, bitte mach doch ein Frühstückstablett für die Familie fertig. Die Erwachsenen werden wohl nur eine Kleinigkeit essen, wenn überhaupt, aber die Kinder brauchen etwas."

Annie trocknete sich gerade die Hände ab und nickte. „Also Tee, Obst, Sauerteigbrote mit Butter und Honig und Müsli?"

Mrs. Cuthbert musste schmunzeln. „Du kennst ihre Vorlieben schon richtig gut."

„Ich arbeite ja auch schon eine Weile hier", gab Annie augenzwinkernd zurück und setzte Wasser für den Tee auf.

„Ach, und Arthur und Nigel brauchen noch ein kleines Picknick", fügte Mrs. Cuthbert hinzu.

Annie nickte. „Dann mache ich für sie Brote mit Rührei und Tee."

„Das klingt gut. Annie hast du schon etwas gegessen? Mach dir auch noch etwas!"

„Jaja", winkte sie ab. „Ich nehme mir nachher was."

„Nicht, dass du mir umfällst!" Mrs. Cuthbert hob den Zeigefinger.

„Sie müssen sich keine Sorgen um mich machen, Mrs. Cuthbert. Ich hatte schon einen Toast." Annie lächelte gewinnend. „Ich nasche lieber später vom Buffet!"

Mrs. Cuthbert lachte auf. „Sein Verhalten färbt schon auf dich ab!"

„Wessen Verhalten?", fragte Annie verwirrt und wurde prompt rot, als ihr einfiel, was Matt und sie gestern Abend gemacht hatten.

„Gibt es etwas Neues vom Studium?", fragte Mr. Cuthbert dazwischen.

Annie ließ sich nur zu gern auf den Themenwechsel ein. „Es gibt tatsächlich Neuigkeiten, aber noch ist nichts spruchreif", erklärte sie geheimnisvoll mit einem Strahlen in den Augen.

„Uh, da sind wir aber gespannt!" Die Cuthberts sahen sich erstaunt an.

Annie flitzte durch die Küche und stellte Schüsseln und Teetassen aufs Tablett. „Ich hoffe, ich weiß nächste Woche mehr. Sobald ich sicher bin, dass es klappt, erfahren Sie es!"

„Dann warten wir geduldig!", versicherte Mr. Cuthbert mit einem Zwinkern.

Annie lachte auf, als sie Mrs. Cuthberts Enttäuschung sah. „Ich kann Ihnen von Poppys Ostereiersuche erzählen!", schlug sie schnell vor.

„Das würden wir sehr gern hören!", freute sich Mrs. Cuthbert.

***

Matt war gerade angezogen, da klingelte es an der Tür.

„Du bist aber pünktlich!"

„Soll ich wieder gehen?", fragte Connor und wandte sich halb um. „Ich muss am Feiertag nicht arbeiten..."

„Nein! Nein! Komm rein!" Matt zog ihn am Ärmel seines Malerkittels. „Ich bin dir echt dankbar, dass du das machst."

„Das will ich auch hoffen!" Connor grinste. „Aber das mach ich nur für die Kleine, nicht für dich, damit das klar ist."

„Glasklar!" Matt grinste zurück, dann fiel sein Blick auf ein riesiges Bild, das neben Connor stand. „Was ist das?"

„Ein Bild von meiner Schwester. Sie hat es auf dem Dachboden unserer Eltern gefunden." Connor drehte es um. Es zeigte eine detailreiche Märchenlandschaft mit Feen, Kobolden, Prinzen, Prinzessinnen und einem verwunschenen Schloss im Hintergrund. „Ich dachte, es könnte der Süßen gefallen."

Matt war beeindruckt. „Es ist toll! Da kann man ja stundenlang raufschauen."

„Das kannst du gern machen, aber bitte erst wenn es an der Wand hängt." Connor drängte Matt ins Haus. „Rieche ich da frische Brötchen? Und Kaffee?"

„Ich habe dir ein Frühstück versprochen."

„Weiß ich doch!" Connor zwinkerte ihm zu. „Ich wollte damit sagen, dass du mal hinne machen sollst! Ich hab Kohldampf!" Connor stellte das Bild im Flur ab und lief weiter. „Ich sehe mir den Raum schon mal an."

„Ich habe schon alles abgeklebt!", rief Matt ihm hinterher. Connors Antwort verstand er nicht hundertprozentig. Es könnte so etwas wie „deine Stümperarbeit" gewesen sein, aber er war sich nicht sicher. So oder so, er musste sich beeilen. Schließlich wollte er pünktlich im Stall sein.

***

„Happy Birthday my Darling!", flüsterte Arthur Nigel ins Ohr, um ihn zu wecken. Aber Nigel grunzte nur und drehte sich auf die andere Seite. „Aufgewacht, die Sonne lacht!", versuchte es Arthur wieder, aber Nigel zog sich grummelnd die Decke über den Kopf. „Komm schon! Du kannst doch nicht deinen ganzen Geburtstag verschlafen!" Arthur zog die Bettdecke wieder runter. „Alle sind schon los."

„Los?", fragte Nigel undeutlich.

„Ja, los." Arthur setzte sich aufrecht hin. „Richard, Tim und die Kinder sind im Wald. Nora und deine Mutter im Atelier und wollen nicht gestört werden und Mrs. Cuthbert hat auch schon den Frühstückstisch abgeräumt."

„Wie bitte?", empört richtete Nigel sich halb auf. „Haben die meinen Geburtstag etwa vergessen?"

„Natürlich nicht, Liebling!", beruhigte Arthur ihn. „Aber sie hatten sich für den letzten freien Tag eben auch etwas vorgenommen. Wir können ja beim Tee zusammen feiern."

„Beim Tee? Weißt du eigentlich, wie lange das noch dauert?" Nun war Nigel endgültig wach und sauer. Was dachten die sich eigentlich?

Arthur hatte Mühe sich das Lachen zu verkneifen. „Ich bin doch da. Wir zwei machen etwas Schönes! Was hältst du von einem Ausritt? Das haben wir ewig nicht mehr gemacht!"

„Wir könnten doch auch hier bleiben und den Tag im Bett verbringen?", schlug Nigel mit einem spitzbübischen Grinsen vor.

Jetzt lachte Arthur doch. „Stimmt, das haben wir auch ewig nicht gemacht."

„Siehst du!", triumphierte Nigel und rückte näher an Arthur heran. „Das ist doch viel gemütlicher, als ein Ausritt."

„So verlockend es klingt…" Arthur küsste ihn auf die Stirn. „Die Pferde brauchen Bewegung und wir auch. Erst frische Luft, dann ab in die Laken!", bestimmte er und stand auf.

„Du und deine Totschlagargumente", grummelte Nigel und fügte sich. „ICH habe doch heute Geburtstag!"

„Eben! Und deswegen reiten wir jetzt aus!"

***

Sobald Arthur und Nigel aus dem Haus waren, kamen Vivien und Nora beladen mit diversen Tüten und Kartons die Treppe hinunter. Vivien kicherte auf einmal. Nora sah sie fragend an. „Was ist denn so lustig?"

„Ach, mir ist nur gerade aufgefallen, wie viel Spaß mir das macht!" Vivien kicherte wieder. „Und wenn mein verrückter Sohn sich nicht selbst eine Überraschungsparty gewünscht hätte, dann würde ich jetzt wahrscheinlich an dem neuen Bild für die Ausstellung arbeiten und nicht durch mein eigenes Haus schleichen, bewaffnet mit Dekokram und mit Lockenwicklern im Haar!" Nun brach sich Viviens Erheiterung endgültig Bahn und sie lachte schallend los.

Nora lachte entspannt mit, Viviens Gelächter konnte man sich einfach nicht entziehen. Der gestrige Saunabesuch und die wundervolle Nacht mit Tim hatten ihre Wirkung nicht verfehlt.

„Lass uns tanzen!", rief Vivien übermütig. Im großen Saal angekommen, stellte sie alles ab und lief als erstes zur Stereoanlage. Kurze Zeit später schallte Abba in voller Lautstärke durch den Raum und Vivien tanzte ausgelassen zu ihrem Lieblingslied aus ihrer Jugend.

Nora lächelte und begann hüftschwingend diverse Girlanden auszupacken. Auch in der Küche sorgte der Discoklassiker für heitere Stimmung. Annie sang laut mit, während sie die Spülmaschine bestückte, Mrs. Cuthbert schwang die Hüften beim Hacken der Gartenkräuter und selbst Mr. Cuthbert wippte mit dem Fuß im Takt.

„Guten Morgen! Die Party hat anscheinend schon begonnen!", rief Matt überrascht, als er von draußen hereinkam.

„Das kannst du laut sagen", antwortete Mr. Cuthbert vergnügt und Mrs. Cuthbert ergänzte weise: „Man soll die Feste feiern, wie sie fallen."

Annie strahlte ihn an, sie hatte nur noch Augen für ihn. Die Cuthberts warfen sich einen wissenden Blick zu, als Matt mit schnellen Schritten die Küche durchquerte und sie schwungvoll in die Arme nahm und ausgiebig küsste. Es war ihm egal, wer zusah und was sie davon halten würden. Früher oder später würden es sowieso alle erfahren. Da war es doch besser, sofort für Klarheit zu sorgen.

„Guten Morgen, Frau meines Lebens", flüsterte er und sah ihr verliebt in die Augen. Annie strahlte noch ein wenig heller.

„Guten Morgen", hauchte sie ein wenig atemlos.

„Na, endlich!", erklärte Mrs. Cuthbert von hinten.

Matt drehte sich zu ihr um, ohne Annie loszulassen. „Was lange währt, wird endlich gut", konterte er mit einem weiteren Sprichwort. Just in diesem Moment war auch der Song zu Ende.

Nora war unbemerkt eingetreten und antwortete lächelnd. „Gut Ding will Weile haben!"

„Dann wäre das auch geklärt", warf Mr. Cuthbert ein und stand auf, um die polierten Gläser in den Saal zu bringen.

„Matthew, wir brauchen dich und die Leiter", erklärte Nora und ging gleich darauf wieder hinaus.

„Ich komme", rief Matt ihr hinterher und wandte sich wieder zu Annie um. „Hast du später noch Zeit?", fragte er leise. „Ich möchte dir etwas zeigen."

Annie nickte. „Klar, habe ich Zeit. Was ist es denn?"

„Eine Überraschung!" Matt schenkte ihr ein Lausbubenlächeln, das sie zum Lachen brachte und küsste sie fest. ‚Ich liebe dich', formte er lautlos mit den Lippen, bevor er Richtung Saal verschwand. Die Musik setzte wieder ein, deutlich leiser allerdings.

Annie stand wie angewurzelt da und träumte vor sich hin. ‚Ich liebe dich auch', schickte sie ihm in Gedanken hinterher.

Mrs. Cuthbert beobachtete sie schmunzelnd. Dann klatschte sie energisch in die Hände. „Na dann Mädchen, legen wir los!"

Annie erwachte aus ihrem Tagtraum. „Aye, aye Captain!", antwortete sie gut gelaunt und machte sich an die Arbeit.

***

Im Wald war es wunderschön. In der Nacht hatte es geregnet. Die Luft roch frisch und klar und die Bäume zeigten nun ihr erstes Frühlingsgrün noch deutlicher. Die Vögel im Wald zwitscherten in ihren schönsten Melodien. Es war ein richtiges Konzert. Arthur und Nigel ritten im Schritt nebeneinander her.

„Wir sollten viel öfter ausreiten", seufzte Nigel. „Das war eine gute Idee von dir. Aber am allerbesten gefällt mir deine Geburtstagsüberraschung!" Nigel schüttelte grinsend den Kopf. „Mich über solche Umwege zu den Jones zu lotsen! Danke, Schatz!" Er schaute verliebt auf den schlafenden Beagle Welpen. Sie hatten ihn in ein Körbchen gelegt und es provisorisch am Sattel befestigt. Der Kleine war erst einige Meter mit ihnen an der Leine gegangen, aber dann hatte die Aufregung ihren Tribut gefordert und der Welpe war selig eingeschlummert.

„Ich freue mich, dass er dir gefällt!", antwortete Arthur lächelnd. „Als Thomas Jones mir erzählte, dass ihre Hündin trächtig ist, habe ich sofort an dich gedacht.

Obwohl du ja nach Abbys Tod gesagt hast, dass du keinen neuen Hund willst."

„Abby war eben eine ganz besondere Hündin..."

„Ich weiß." Arthur ritt näher an Nigel heran und strich ihm verständnisvoll über den Arm. „Weißt du schon, wie du ihn nennen willst?"

„Barclay." Nigel strahlte übers ganze Gesicht. „Er heißt Barclay."

„Na dann, willkommen in der Familie, Barclay Bedford!" Arthur lachte. Es war so schön seinen Mann so glücklich zu sehen.

„Das werden nicht die einzigen Veränderungen sein, die Gracewood in den nächsten Monaten erleben wird", verkündete Nigel.

Arthur wandte den Kopf ruckartig zur Seite. „Was soll das denn heißen? Schwanger kannst du ja nicht sein!"

„Was?" Nigel bekam große Augen und fing schallend an zu lachen. Barclay fiepte im Schlaf. „War das etwa dein erster Gedanke?" Nigel senkte sofort seine Stimme, konnte sich aber ein Grinsen nicht verkneifen. „Wo kommt das denn auf einmal her? Haben dich die Besichtigungen der Bräute in letzter Zeit verwirrt?"

„So ein Blödsinn!" Abwehrend schüttelte Arthur seinen Kopf. „Erzähl lieber was du meinst!"

„Ich habe mir die Zahlen angesehen", begann Nigel zu berichten und Arthur zog eine Augenbraue hoch.

„Ja, stell dir vor! Nur weil ich mich lieber mit anderen Sachen beschäftige, heißt das nicht, dass ich nicht rechnen kann!"

„Das weiß ich doch, Schatz! Ich war nur überrascht", lenkte Arthur ein.

„Jedenfalls habe ich etwas recherchiert und ein paar Telefonanrufe getätigt und jetzt kann ich es dir endlich sagen." Nigel holte tief Luft. „Es sieht ganz danach aus, dass wir im Sommer eine Konzertreihe starten können."

„Konzerte?", fragte Arthur verwirrt.

„Genau! Außerdem möchte ich Gartenführungen anbieten, vielleicht verbunden mit einer traditionellen *teatime*. Ich habe schon mit den Cuthberts gesprochen und außerdem möchte ich ganz unbedingt ab diesem Jahr einen Weihnachtsmarkt auf Gracewood Hall etablieren!"

„Wow! Das ist ja eine ganz Menge." Arthur war platt. „Warum hast du mir nicht früher davon erzählt? Und was für Konzerte werden das sein?"

„Ganz unterschiedliche. Bekannte und noch unbekannte Folkbands, ein paar Klassikkonzerte. Es ist noch nicht ganz sicher. Ich wollte dir nichts sagen, falls es nicht klappt und ich dann wieder als der kreative Spinner dastehe! Außerdem dachte ich, es reicht, wenn ich enttäuscht bin."

„Schatz, du bist kein Spinner!", rief Arthur aus.

„Psst! Barclay schläft doch!", erinnerte Nigel ihn.

„Sorry!", entschuldigte Arthur sich. „Ich freu mich nur so! Das sind tolle Neuigkeiten. Ich wollte nicht heute an deinem Geburtstag damit anfangen. Aber jetzt..." Arthur konnte es nicht fassen. Tatsächlich war es so, dass Liz Blogposts zwar die Bekanntheit von Gracewood Hall gesteigert hatten, aber noch nicht in ausreichendem Maße. „Wie bist du denn an die ganzen Künstler gekommen?", wollte er noch wissen.

„Du wirst es nicht glauben. Nachdem ich die Zahlen gesehen hatte, war ich kurz davor in Panik zu verfallen. Dann habe ich mich zusammengerissen, eine Liste mit Ideen aufgeschrieben und eine Minute nachdem ich fertig war, hat mir Reginald Brown geschrieben, wie es mir geht. Wir waren zusammen im Internat und er arbeitet jetzt bei einem Indie-Plattenlabel." Nigel blickte triumphierend zu Arthur hinüber.

„Das ist so toll! Ich freu mich!" Arthurs Augen blitzten und er merkte, wie eine Last von seinen Schultern fiel. Er nahm Nigels Hand und drückte einen Kuss darauf.

„Ja, nicht wahr?!" Nigel schaute Arthur verliebt an. „Wie das Leben manchmal so spielt..."

***

Später lagen Arthur und Nigel aneinander gekuschelt im Bett und hingen ihren Gedanken nach. Arthur war richtig stolz auf sich, dass er Nigel nicht nur lange vom Haus fern gehalten hatte, sondern ihn auch noch ins Obergeschoss schleusen konnte, ohne dass das Geburtstagskind etwas ahnte. Barclay spielte auf dem Fußboden mit Nigels Schuh. Seine Hundespielzeuge lagen unbeachtet neben ihm.

„An so ein kleines Stelldichein mitten am Tag könnte ich mich gewöhnen!" Nigel zwinkerte Arthur verschmitzt zu.

„Tatsächlich?" Arthur zog eine Augenbraue hoch und zog Nigel mit Schwung auf sich. „Ich weiß gar nicht, was du meinst."

„Ich zeige es dir sehr gern", bot Nigel an und küsste ihn leidenschaftlich.

In diesem Moment klingelte Nigels Handy und unterbrach sie. „Na endlich meldet sich mal jemand!", rief Nigel aus und hangelte nach dem Gerät auf seinem Nachttisch.

Arthur schluckte seine Enttäuschung über die Unterbrechung herunter. „Wer ist es?"

„Es ist Nick, mit einem Videoanruf", antwortete Nigel und legte sich wieder neben Arthur, bevor er abhob. „Hey Nick!"

„Happy Birthday großer Bruder!", rief Nick ins Telefon und stutzte als sich das Bild fertig aufgebaut hatte. „Störe ich bei irgendetwas?"

„Naja...", ließ sich Arthur vernehmen.

„Nein, nein", versicherte Nigel und stieß Arthur vorsichtig in die Seite. „Wo bist du und was machst du?", erkundigte er sich bei seinem kleinen Bruder.

„Ich bin in Japan. Ich soll ein Modeshooting mit den Kirschblüten machen."

„Für welches Magazin?", wollte Nigel wissen.

„Du klingst nicht sehr begeistert", stellte Arthur fest.

„Kein Großes. Naja, das Wetter könnte besser sein und das Model etwas professioneller und außerdem hat sie rote Haare." Nick ließ die Schultern hängen.

„Rote Haare? Vor den Kirschblüten? Die blühen doch rosa, oder?" Nigel überlegte.

„Genau. Die Klamotten sind auch alle Rot und Rosa." Nick grinste schief.

„Wie cool!", rief Nigel begeistert aus. „Da kommen Jugenderinnerungen auf!" Er warf Arthur einen viel sagenden Blick zu.

„Ja, ich weiß!", rief Arthur aus. „Du meinst diese Schauspielerin aus den Achtzigern mit den roten Haaren! Wie hieß sie noch?"

„Molly Ringwald!", rief Nigel triumphierend aus.

Nick runzelte verwirrt die Stirn. „Sorry Jungs, aber das ist keine große Hilfe!"

„Ich habe die Filme bestimmt tausendmal gesehen und du warst kein einziges Mal dabei?" Nigel konnte es nicht glauben, aber Nick zuckte nur mit den Achseln.

„Nick, wir suchen dir einen Trailer raus", versprach Arthur. „Vielleicht inspiriert dich das."

„Das wäre super! Ich gucke auch gleich mal. Danke für den Tipp!" Nick hob die Daumen. „Und ihr feiert noch schön! Lass es dir gut gehen, altes Haus und grüß alle von mir!"

„Danke! Mach ich!" Nigel erhob die Stimme, wie so oft am Ende eines Telefonats. „Wann sehen wir dich wieder?"

„Ich weiß nicht genau, spätestens zum Sommerfest!", versprach Nick und hob die Hand zum Gruß. „Ich muss weitermachen. Bye!"

„Bye!", riefen ihm Nigel und Arthur zu und winkten. Dann war die Verbindung unterbrochen.

„Auf so einen Film hätte ich jetzt auch Lust", stellte Nigel fest, als er sein Handy beiseitelegte. „Und was meinte er mit, feiert schön?!", fragend wandte er sich zu Arthur um.

„Er meinte, wir sollen schön feiern!" Arthur zog Nigel lächelnd in seine Arme und machte dort weiter, wo sie eben aufgehört hatten. Ein wenig Zeit, war noch bis die Gäste kamen.

***

Vivien und Nora standen im Saal und bestaunten ihr Werk. Sie hatten mit Matthews Hilfe den großen, langen Tisch in viele kleine Tische umgebaut und im Saal verteilt. Girlanden waren vor die Fensterfront gespannt. Davor standen auf dem Fußboden große Windlichter, in denen beglitterte Stumpenkerzen brannten. Von der Decke hingen außerdem noch die drei Discokugeln, die Vivien vor Jahren in einem Vintageladen in San Francisco entdeckt hatte und unbedingt haben musste. Wenn es nach Vivien ging, kamen sie bei jedem Fest zum Einsatz. Rechts neben der Stereoanlage, hatten sie Platz zum Tanzen gelassen und in der linken Ecke konnten die Gäste lustige Fotos von sich schießen.

Mr. Cuthbert hatte blühende Obstzweige im Garten geschnitten, sie standen in kleinen und großen Gruppen auf den Tischen und dem Buffet, das an der Innenwand aufgebaut war. Ergänzt wurden sie durch das Tulpengesteck aus dem Blumenladen, das immer noch frisch war.

Damit das Ganze nicht zu sehr nach Hochzeit aussah, hatten sie zwanglose Tischläufer in verschiedenen Rot- und Rosatönen verteilt.

„Es sieht toll aus!", freute sich Nora.

Vivien nickte. „Ja, das haben wir gut gemacht."

„Gut?", fragte Annie ungläubig, die beladen mit einer großen Tortenplatte hereinkam. „Ich finde es phantastisch!"

„Oh Annie, was bringst du denn da?" Vivien beugte sich interessiert vor.

„Kleine Lemontartes und Rhabarber-Quiches, Himbeer-Schoko-Brownies und Minicupcakes mit einem Frosting mit Holunderblüten."

„Oh mein Gott! Und das sind nur die Desserts. Dafür muss ich hundert Stunden auf den Crosstrainer." Nora war sichtlich hin und her gerissen zwischen Versuchung und Verzweiflung.

Annie lachte. „Wer die Wahl hat..."

„Ich glaube, ich muss doch das enge Kleid anziehen. Da passt außer einer halben Grapefruit nichts mehr rein."

„Kind, es ist eine Party!" Vivien sah ihre hübsche, groß gewachsene Tochter liebevoll an. „Das Leben will genossen werden. Wo bleiben eigentlich die Männer mit den Kindern?" Sie wandte sich zum Gehen.

„Du hast ja recht, *Mum*." Nora nickte und lief ihr munter hinterher. „Ich ziehe einfach einen Jogginganzug an, da kneift nichts und tanzen kann ich damit auch!"

Annie lachte laut auf und eilte zurück in die Küche, um weitere Köstlichkeiten zu holen.

„Du bist und bleibst ein Frechdachs!", antwortete Vivien belustigt beim Hinausgehen.

***

Mrs. Cuthbert stand zufrieden vor dem aufgebauten Buffet. Saftiges Sauerteigbrot lag neben einem leuchtenden Möhrenbrot und leicht süßen Mohnbrötchen. Dazu hatte sie verschiedene Sorten Kräuterdips und Buttervarianten zubereitet. Frisches Gemüse und Obst stand ebenso bereit wie eine Auswahl an den obligatorischen Eiersalaten und geräucherten Fischen. Im Ofen wartete noch ein herrliches Stück Roastbeef mit Bohnen im Speckmantel auf seinen Einsatz.

„Hier sind noch die Säfte, Mrs. Cuthbert." Annie trug zwei große Krüge herein. „Matt bereitet eben noch den Champagner vor. Wissen Sie, wie weit die Familie ist?"

Mrs. Cuthbert nahm ihr lächelnd einen Krug ab und stellte ihn dazu. „Ich nehme an, sie kommen gleich hinunter. Ich habe eben schon Claire und Henry gehört."

„Dann sind wir pünktlich fertig geworden", freute Annie sich.

Die Haushälterin nickte. „Ich hoffe jedes Mal, dass das Essen auch für alle reicht", gab sie zu.

Annie lachte herzlich. „Wie beruhigend zu wissen, dass es Ihnen dabei genauso geht. Selbst mit all ihrer Erfahrung."

„Das wird, glaube ich, nie anders." Mrs. Cuthbert lächelte ergeben. „Komm, meine Liebe, wir gönnen uns noch eine Tasse Tee und eine kleine Stärkung, bevor es losgeht."

***

„Schatz, willst du dich nicht fertig machen?", fragte Arthur verwundert, als er aus der Dusche trat.

„Wofür?", fragte Nigel verwirrt. Er war doch tatsächlich kurz eingeschlafen. Arthur musste schmunzeln. Er staunte immer wieder darüber, dass Nigel immer und überall schlafen konnte. Gut, manchmal trieb es ihn in den Wahnsinn. Vorzugsweise dann, wenn er selbst mitten in der Nacht wach lag, kein Auge zu tun konnte und Nigel neben ihm friedlich schlummerte.

„Du hast heute Geburtstag, schon vergessen? Deine Familie möchte dir vielleicht auch gratulieren."

„Ach, jetzt auf einmal!", tat Nigel beleidigt. Dann hüpfte er aber doch beschwingt aus dem Bett. „Ich weiß schon genau, was ich anziehen werde! Nick hat mich da auf eine Idee gebracht!"

„Muss das sein? Du weißt, dass ich das Hemd nicht mag", rief Arthur halb verzweifelt aus und ließ sich aufs Bett fallen. Er war an Nigels extravaganten Kleidungsstil gewöhnt, aber manchmal setzte Nigel einfach noch eins drauf.

„Erstens beißt sich das rosa Hemd mit deiner Haarfarbe und zweitens spielt der Film in den ACHTZIGERN!"

„Die Achtziger sind wieder im Kommen!", gab Nigel entschieden zurück und wühlte weiter in den Tiefen seines Schranks.

Arthur wusste, dass Nora eine Fotoecke einrichten wollte und hatte sich schon auf ein paar schöne Bilder gefreut.

„Ich hab's!", triumphierte Nigel und schwenkte ein rosafarbenes Satinhemd wie eine Fahne. „Dazu habe ich die perfekte Kombi!" Wieder verschwand Nigels Kopf, nur um Sekunden später wieder aufzutauchen. „Tadaa!"

Arthur kniff die Augen zusammen. Bei dem Wort „Kombi" war ihm ganz anders geworden.

„Nun guck schon!", bat Nigel. „Es wird toll aussehen!"

Mutig öffnete Arthur ein Auge und war positiv überrascht. Nigel hielt einen schwarzen Smoking in der Hand. Der Satinstreifen an der Hose hatte tatsächlich dieselbe Farbe wie das Hemd. Insgesamt erinnerte das Outfit zwar ein wenig an „Miami Vice", aber damit konnte Arthur gut leben. Er lächelte erleichtert. „DU wirst toll aussehen!", verbesserte er Nigel.

„Ja, nicht wahr? Dabei hast du das Beste noch gar nicht gesehen!" Nigels Kopf verschwand wieder im Schrank und kam bedeckt mit einem schwarzen Capone Hut wieder hervor. „Und, was sagst du?!" Nigel drehte sich auffordernd im Kreis.

„Großartig", hauchte Arthur und ergänzte in Gedanken: ,Wie ein rothaariger Michael Jackson.'

Das Geburtstagskind warf ihm eine Kusshand zu und verschwand im Bad.

Schmunzelnd stand Arthur auf und suchte seine eigenen Anziehsachen heraus.

„Ich kann es kaum erwarten, von hier wegzukommen", flüsterte Matt Annie ins Ohr. Sie saßen in der Küche und machten eine verspätete Pause. Sobald alle Gäste gut versorgt waren, hatten sie Feierabend. Morgen früh würden sie dann zum Aufräumen wieder da sein.

„Um mir die Überraschung zu zeigen?", fragte Annie neugierig zurück. Sie hatte die halbe Zeit überlegt, was es wohl sein würde, war aber zu keinem Ergebnis gekommen.

„Das auch!" Matt zwinkerte ihr zu und hauchte ihr einen Kuss hinters Ohr. Am liebsten hätte er sie mit in den Waschkeller genommen. Leider ging das gerade nicht, denn Mr. Cuthbert war unten im Keller. Dennoch bemerkte er ihre Gänsehaut und den Blick, den sie ihm zuwarf. Bevor er ihr einen zweiten Kuss geben konnte, ging die Tür auf und Mrs. Cuthbert kam herein.

„Ich muss schon sagen, Mrs. Cuthbert", rief er aus, „mit dieser Rhabarber-Quiche haben Sie sich selbst übertroffen!"

„Schön, dass sie dir schmeckt!", antwortete Mrs. Cuthbert geschmeichelt. Dann stutzte sie. „Die sind doch für die Gäste!"

„Keine Sorge, Mrs. Cuthbert!", mischte sich Annie ein. „Ich habe ihm die gegeben, die mir verrutscht war!"

„Dann ist ja gut!", antwortete Mrs. Cuthbert erleichtert. Sie wollte sich gerade hinsetzen, da spitzte sie die Ohren. „Die ersten Gäste kommen."

„Ich höre nichts!", erwiderte Matt. „Sind Sie sicher, Mrs. Cuthbert?"

In diesem Augenblick öffnete sich die Tür und Richard schaute herein. „Die ersten Gäste sind da. Ist alles fertig, Mrs. Cuthbert?"

„Aber natürlich", antwortete sie wie aus der Pistole geschossen und warf Matt einen triumphierenden Blick zu.

Matt und Annie waren sofort aufgestanden. Sie sollten mit der Garderobe helfen.

„Fein!", antwortete Richard und eilte wieder hinaus und durch die Halle, um die Gäste seines Sohnes willkommen zu heißen und sie leise in den Saal zu bringen. Es sollte schließlich eine Überraschungsparty sein. Wieder einmal dankte er seinen Vorfahren im Stillen für die solide Bauweise, die fast sämtliche Geräusche verschluckte. Man hörte einfach nichts. Außer Mrs. Cuthbert, die hatte, wie alle wussten, Ohren wie ein Luchs.

Erfreulicherweise kamen alle Gäste pünktlich und nahezu zeitgleich. Selbst Max, Liz und die kleine Lilly waren schon da und wurden herzlich begrüßt. Die Kinder spielten los, sobald sie sich sahen. Lilly passte mit ihren fünf Jahren perfekt zu dem vierjährigen Henry und seiner sieben Jahre alten Schwester Claire.

Nora drückte Liz fest an sich. „Wie schön, dass ihr es einrichten konntet! Wir sehen uns viel zu selten", rief sie aus und ergriff Liz Hände. „Wie geht es euch?" Sie hielt inne und schaute hinunter. Nora bekam große Augen. An Liz Hand funkelte ein wunderschöner blauer Saphir. Ihr Kopf schnellte nach oben, um in Liz leuchtendes Gesicht zu schauen. Bevor sie losschreien konnte, drückte Liz ihre Hand und schüttelte lächelnd den Kopf.

„Pssst!", flüsterte sie.

Nora war verwirrt. „Wie jetzt?", flüsterte sie zurück. „Hat er dich nun gefragt oder nicht?"

Liz strahlte noch ein wenig mehr und nickte. „Ja, hat er. Gestern Abend."

„Und du hast ja gesagt!", seufzte Nora verträumt.

„Natürlich! Was denkst du denn?!" Sie drehte sich zur Seite und beobachtete Max, der mit Timothy plauderte.

„Das ist so romantisch!", seufzte Nora nochmal. Dann schaute sie auf. „Es war doch romantisch, oder?"

Liz lachte. „Ja, war es. Sehr sogar! Vor allem, weil ich überhaupt nicht damit gerechnet habe." Liz strahlte. „Süße, ich erzähl dir alles in Ruhe, aber heute ist Nigels Tag!" Liz sah sie bittend an.

„Ach Darling, ein Blick in deine funkelnden Augen verrät sowieso alles! Und der riesige Klunker stellt sogar unsere Discokugeln in den Schatten!"

Liz musste lachen und drückte Nora an sich. „Ich kann es selbst noch gar nicht glauben!"

„Was haben denn deine Eltern gesagt?", wollte Nora wissen. „Halten die euch nicht für verrückt?"

In diesem Moment trat Matt mit einem Tablett mit Gläsern leise zu ihnen. Nora nahm sich lächelnd ein Glas Champagner, während Liz nach dem Orangensaft griff.

„Weil wir uns erst ein paar Monate kennen, meinst du?" Liz schüttelte den Kopf. „In meiner ganzen Familie gibt es einige Paare, die schon ganz schnell wussten, dass sie zusammen gehören." Wieder warf sie Max einen Blick zu, der ihn mit blitzenden Augen quer durch den ganzen Saal erwiderte. „Sie mögen Max und sind genauso vernarrt in Lilly, wie ich es bin."

„Was sagt denn Lilly dazu?"

„Lilly ist begeistert! Max hatte vorher mit ihr gesprochen und seitdem ist sie mehr denn je überzeugt, dass es den Weihnachtsmann wirklich gibt, denn sie hatte sich ja eine *Mum* von ihm gewünscht!" Liz bekam prompt feuchte Augen vor lauter Glückseligkeit.

Nora musterte sie und den Saft in ihrer Hand genau. „Bist du schwanger?"

Liz guckte überrascht. „Nein!", rief sie aus. „Wo denkst du hin! Sehe ich so aus?" Erschrocken guckte sie an sich herunter und begutachtete ihren Bauch. „Ich hätte doch ein wenig besser aufpassen müssen, die letzten Tage...", sagte sie mehr zu sich selbst, als zu ihrer Freundin.

Jetzt war es Nora, die auflachte. „Jetzt übertreib mal nicht! Gerade du musst dir überhaupt keine Sorgen machen! Du hast eine Wahnsinnsfigur!"

„Du doch auch!" Sie hob den Zeigefinger. „Ich habe nur gerade überlegt, ob die Leute denken könnten, wir müssten heiraten."

„Seit wann kümmert es dich, was die Leute sagen?", wunderte sich Nora.

„Auch wieder wahr!", grinste Liz.

„Apropos Leute, was macht die Wohnungssuche?", wechselte Nora das Thema.

„Die Wohnungssuche ist dermaßen frustrierend", berichtete Max gerade Timothy. „Du kannst es dir nicht vorstellen. Entweder sind die Wohnungen viel zu groß oder zu heruntergekommen oder zu weit weg von dem Kindergarten."

„Aber kommt Lilly nicht nächstes Jahr sowieso in die Schule?", fragte Tim nach.

„Ja, aber wir dachten, wir könnten schnell umziehen." Max guckte genervt.

„Habt ihr bei uns draußen in Hampstead mal geschaut? Für Kinder ist es dort wirklich ideal, mit dem großen Park und die Schulen sind alle toll!"

„Ja, ich weiß." Max seufzte. „Wir werden das Ganze wohl noch mal anders angehen. Liz hat letztens beschlossen, dass wir ganz bald das perfekte Zuhause für uns finden werden. Du weißt ja, wie sie ist." Er lächelte bei dem Gedanken an sie.

Tim sah ihn von der Seite an. „Du solltest es offiziell machen."

„Wie offiziell?", Max schaute verwirrt.

„Du solltest sie bitten, deine Frau zu werden!", erklärte Tim. „Oder ist ihre Familie so furchtbar? Ich habe gehört, du hast direkt Sprachunterricht bekommen." Er grinste frech und boxte Max freundschaftlich in die Seite.

„Liz Familie ist ganz wunderbar. Freundlich, offen, interessiert. Sie sind toll und ihre Mutter kann hervorragend kochen." Max geriet ins Schwärmen. „Da haben sie es wirklich verdient, dass wir unseren Teil zur Verständigung beitragen. Ich habe schon überlegt, Lilly und mich zu einem Sprachkurs anzumelden."

„Worauf wartest du denn noch? Ich könnte morgen mit dir Ringe aussuchen gehen", bot Tim an.

Max grinste. „Dein Angebot kommt zu spät, alter Freund."

„Wow! Wann denn?"

„Gestern!", Max grinste wie ein Honigkuchenpferd.

„Herzlichen Glückwunsch!" Timothy freute sich sehr, dass Max nach den Jahren der Trauer um Lillys Mutter wieder voll und ganz am Leben teilnahm. Er drückte ihn und klopfte ihm freundschaftlich auf den Rücken.

„Achtung, Nigel kommt!", wisperte Vivien halblaut und die Gespräche verstummten. Max sah, wie Liz und Nora langsam auf sie zugingen.

Max legte ihr den Arm um die Schultern und küsste sie auf ihre Schläfe. „Da bist du ja!", flüsterte er. „Hast du es Nora erzählt?"

Liz schaute verliebt zu ihm auf. „Das musste ich gar nicht. Nora hat es sofort erraten."

Max drückte sie noch einmal an sich, als die Flügeltür aufging und ein überaus vergnügter Nigel eintrat. Hinter ihm stand Arthur, mit dem Welpen im Arm.

„Überraschung!", riefen alle laut und die Kinder rannten hervor und bewarfen ihren Onkel mit Konfetti.

„Ich wusste es!", rief Nigel und hüpfte auf und ab. „Ich wusste es!" Er drehte sich zu Arthur um, küsste ihn stürmisch und lief anschließend auf seine Familie und Freunde zu.

Die Kinder stürzten allerdings sich sofort auf Arthur.

„Oh, ist der niedlich!", rief Lilly und streichelte Barclay, der sofort ihre Hand ableckte. „Wie heißt er denn?"

„Dürfen wir mit ihm spielen, Onkel Arthur?", fragte Claire mit großen Augen.

„Ich will auch mal!" Henry hüpfte aufgeregt und versuchte an den Welpen zu gelangen.

Arthur lächelte. „Sicher, dürft ihr mit Barclay spielen. Aber nicht so stürmisch. Er ist noch ein Baby!"

„Wir sind ganz vorsichtig!", versprach Claire und die anderen nickten eifrig.

„Dann los. Nachher gehen wir noch eine kleine Runde mit ihm im Garten." Arthur schaute ihnen hinterher, wie sie in eine ruhige Ecke des Saals gingen und den Hund dabei fortwährend streichelten. Dann wand er seine Aufmerksamkeit der Party zu. Glücklich beobachtete er, wie Nigel umringt von allen dastand und Glückwünsche und Geschenke entgegen nahm.

„So stand er schon als kleiner Junge da, wenn wir seinen Geburtstag gefeiert haben." Richard war neben ihn getreten.

„Ich kann es mir gut vorstellen", antwortete Arthur.

„Weißt du, manchmal sieht man seine Kinder an und plötzlich überlagern sich die Zeiten."

Arthur schaute ihn fragend an.

„Wenn sie noch klein sind, bekommt man auf einmal eine Ahnung davon, wie sie aussehen werden, wenn sie deutlich älter sind." Richard schluckte bewegt. „Und anscheinend...", seine Stimme brach.

„Und anscheinend funktioniert es auch andersherum", beendete Vivien den Satz. „Ich habe es auch gesehen." Sie lächelte Richard warm an.

Er legte den Arm um sie und gab ihr einen Kuss aufs Haar.

„Und das alles nur, weil Nigel sich eine Überraschungsparty gewünscht hat!", fasste Arthur zusammen.

Richard und Vivien lachten. „Genau!", bestätigte Richard. „Auch solche Situationen haben wir schon oft mit ihm erlebt. Das müssen seine amerikanischen Gene sein."

„Was soll das denn heißen?", fragte Vivien verwundert und schaute zu ihrem Mann hoch.

„Ich wollte damit nur sagen, dass ihr mein Leben bunt macht und ich euch liebe!", erklärte Richard lächelnd. „Ist deine vierbeinige Überraschung bei ihm genauso gut angekommen wie bei den Kindern?", wandte er sich an Arthur.

„Oh ja, er hat sich sehr gefreut!" Lächelnd schauten die Drei zu den Kindern und dem Welpen.

„Das war eine gute Idee. Gracewood ist ohne Hund irgendwie so leer. Ich gehe mal rüber und begrüße unser neues Familienmitglied", bekundete Vivien.

„Ich begleite dich", sagte Richard, der sie immer noch im Arm hielt.

Arthur nickte ihnen zu. „Viel Spaß! Ich sage mal allen anderen Hallo!"

Kapitel 23

Matt und Annie fuhren Hand in Hand mit dem Fahrrad den Hügel ins Dorf hinunter. Annie fühlte sich ein wenig wie in einem der Filme, die sie früher als Teenie gesehen hatte. Aber auch wenn es ein wenig albern war, genoss sie die Unbeschwertheit.

„Was ist denn jetzt die Überraschung?", fragte sie Matt zum wiederholten Mal.

„Warte es ab!", antwortete Matt wie zuvor und lächelte vergnügt.

„Ist sie bei dir zuhause?", fragte Annie, als sie den Abzweig zum Cottage nahmen. „Kannst du mir nicht wenigstens einen kleinen Tipp geben?", bat sie ihn. Geduld war wirklich nicht ihre Stärke.

Vor dem Cottage angekommen, lehnten sie die Räder an die Hauswand. Matt nahm Annies Hände und zog sie zu der Gartenbank, die unterm dem Küchenfenster stand. Ernst sah er sie an.

„Ann."

„Ja?"

„Ich weiß nicht, ob ich es gestern richtig ausgedrückt habe. Es ist so." Matt machte eine Pause und sammelte seine Gedanken. Im Kopf klang irgendwie alles blöd. „Ich habe dir gesagt, dass ich dich liebe."

Wieder machte er eine Pause und Annie hatte Mühe ihre Ungeduld im Zaum zu halten.

„Ich liebe dich", setzte Matt erneut an. „Du bist die Frau meines Lebens. Das weiß ich schon sehr lange. Genau genommen seit du zur Uni gegangen bist und auf einmal nicht mehr da warst. Ich habe dich so vermisst. Ich bin einmal sogar zu dir gefahren, um dich zu besuchen, aber..."

„Du hast was gemacht?" Jetzt unterbrach sie ihn doch, sie konnte es einfach nicht glauben. „Aber? Wann denn? Ich habe dich nicht gesehen!" Mit großen Augen schaute sie ihn an.

„Als du im dritten Semester warst. Ich weiß eigentlich auch nicht... Ich wollte dir einfach nur ‚Hallo' sagen und mit dir einen Kaffee trinken gehen oder so."

„Und warum hast du es nicht getan?" Annie war wirklich neugierig.

„Naja, ich habe vor dem Gebäude der Wirtschaftswissenschaften gesessen und darauf gewartet, dass du raus kommst. Eine halbe Ewigkeit. Zwischendurch kam ich mir echt bescheuert vor, es hätte ja auch sein können, dass du an dem Tag gar nicht dort sein würdest. Daran hatte ich vorher gar nicht gedacht." Matt kratzte sich, immer noch verlegen, am Kopf.

„Und?" Annie hielt es vor Spannung kaum aus. Das kam ihr alles vor wie in einem Film, nur dass es um ihr eigenes Leben ging. Irgendwie total surreal.

„Naja, so um die Mittagszeit bist du tatsächlich aus dem Gebäude gekommen. Gemeinsam mit zwei Typen und einem Mädchen. Die sahen alle so oberschlau aus. Ihr wart so vertieft in euer Gespräch, dass ich... naja, ich bin wieder nach Hause gefahren und kam mir wie der letzte Idiot vor." Matt starrte auf seine Schuhspitzen und wurde immer leiser. „Ich dachte, ein Stallbursche würde so gar nicht in deine neue Welt passen. Was sollte ich dir schon bieten können?!"

Annie wurde ganz warm ums Herz. Sie erinnerte sich an ihr drittes Semester und ihre Mitstudenten. Sie waren eine nette Truppe gewesen und hatten tatsächlich tolle Gespräche geführt. Aber dann war alles anders geworden.

„Matt?" Annie suchte seinen Blick. „Sieh mich an."

Er blickte auf und schenkte ihr ein schiefes Lächeln.

Sie lächelte zurück. „Ich wäre auf jeden Fall und sehr gern einen Kaffee mit dir trinken gegangen. Du warst der einzige Junge auf unserer Schule, der immer nett war zu mir. Du hast dich nie über mich lustig gemacht und mich

Oberstreber genannt. Wobei wir beide wissen, dass das noch einer der netten Kommentare war."

Matt nickte und zuckte gleichzeitig mit den Schultern.

„Ich mochte dich schon immer", bekannte sie.

„Wirklich?" Nun war es Matt, der ungläubig guckte.

„Ja, du warst immer lustig, nie gemein oder so. Bei dir war immer etwas los. Alle mochten dich." Annie lächelte ein wenig wehmütig. „Deswegen habe ich mich auch gefreut, dich zu sehen, als ich wieder hier war!"

„Du hast dich gefreut?" Matt runzelte die Stirn. „Davon habe ich aber nichts gemerkt."

Jetzt war es Annie, die nach unten auf ihre ineinander verschränkten Hände sah. „Ich habe mich einfach fürchterlich geschämt. Ich hatte so tolle Pläne, wie ich super erfolgreich hierher zurückkomme und es den ganzen Idioten aus der Schule zeigen würde. Und dann war ich schwanger, als ich hierher kam."

Matt grinste plötzlich.

„Wieso lachst du da so?"

„Weil ich mich noch mehr in dich verliebt habe, als du damals vor mir standst. Du wolltest es nicht wahrhaben, aber du hast von innen heraus so geleuchtet."

„Niemals! Ich war fett, mit Pickeln überall und Elefantenbeinen", widersprach Annie vehement.

„Nein, mein Schatz! Du hast geleuchtet. Du warst das pure Leben." Er zog sie näher an sich heran. „Wunderschön und sehr anziehend."

„Es hat dich gar nicht gestört, dass ich von einem anderen schwanger war?", fragte sie leise.

„Naja, schön war das nicht und natürlich war ich am Anfang total überrascht. Aber er war ja nicht da. Er war ja so blöd dich gehen zu lassen." Er gab ihr einen sanften Kuss. „Sein Verlust, war mein Gewinn! Und als Poppy dann da war und in meinen Armen lag, da blieb die Welt für mich stehen. Sie war so klein und so perfekt."

Annie seufzte bei der Erinnerung an diesen wundervollen Moment und lehnte sich an ihn. „Ja, das war sie."

„Weißt du Schatz, du bist die Liebe meines Lebens. Aber für Poppy würde ich mein Leben geben!"

„Oh Matt!", hauchte sie. Ihr Herz flog ihm zu. Voller Liebe und Vertrauen strahlte sie ihn an.

„Und deswegen." Endlich hatte er die perfekte Überleitung. Er zog sie zur Haustür.

„Kommt jetzt die Überraschung?"

„Ja", antwortete er schlicht und schenkte ihr ein verschmitztes Lächeln, während er aufschloss.

Auf den ersten Blick wirkte alles wie immer. Matt ließ Küche und Wohnzimmer links liegen und ging geradewegs den Flur hinunter. Schwungvoll zog er sie vor die offene Tür des kleinen Zimmers und beobachtete ihre Reaktion. Connor hatte ganze Arbeit geleistet, es sah toll aus.

Annie war sprachlos. Aus dem Raum, der keinen echten Nutzen gehabt hatte, war ein lichtdurchflutetes Zimmer geworden. Sämtlicher Krempel war verschwunden. Die Wände strahlten in einem sonnigen Gelb und an der Heizung lehnte ein wundervolles Märchenwimmelbild. Sie zwinkerte. Bedeutete es das, was sie dachte?

„Was sagst du?", fragte Matt leise.

„Ist es das, was ich denke?", fragte sie zurück und schaute ihn an.

„Nein, es ist mein neuer Fitnessraum. Das Rudergerät kommt nächste Woche."

„Matt!" Sie wollte ihm in die Seite boxen, aber er wich ihr aus und hielt ihre Faust fest.

„Wenn du möchtest und ich hoffe sehr, dass du es tust. Dann ist es ab sofort Poppys Kinderzimmer." Er sah sie offen an. „Ann, ich liebe euch beide so sehr und ich möchte mit euch zusammen sein. Tag und Nacht und jeden Tag. Hier ist mehr als genug Platz. Bitte zieh bei mir ein."

„Bist du dir ganz sicher?" Aufmerksam blickte sie ihm ins Gesicht. „Es ist noch so frisch und neu."

„Für mich nicht", entgegnete er entschieden.

„Aber gleich uns beide...", wandte sie ein.

Matt schmunzelte. „Dich gibt es nur im Doppelpack", stellte er fest. Er trat einen Schritt auf sie zu. „Und ich will euch beide!"

Langsam breitete sich ein Strahlen auf ihrem Gesicht aus. „Ja!", rief sie aus und sprang ihm in die Arme. „Ich will bei dir einziehen!" Sie küsste ihn stürmisch. Plötzlich hielt sie inne. „Und du bist dir sicher, dass es dir nicht zu viel wird und es nicht zu früh ist?!", erkundigte sie sich erneut.

Matt schüttelte entschieden den Kopf. „Es ist alles, wovon ich je geträumt habe!", versicherte er ihr. „Ein schönes Heim, Kinder und eine sexy Frau."

Annie lachte laut auf und stutzte dann. „Kinder?", fragte sie.

Matt grinste. „Oben ist noch Platz für drei Räume und ein Bad."

„Bist du verrückt? Vier Kinder? Und wer fragt mich?", rief sie aus.

„Nein, ich bin nicht verrückt." Er lief mit ihr in den Armen den Flur entlang. „Ein Raum soll dein Arbeitszimmer werden, als Geschäftsfrau brauchst du eins."

„Ich werde doch mein Arbeitszimmer nicht direkt neben den Kinderzimmern haben." Ohne es zu merken, verlor sich Annie bereits in Details.

Das Glück breitete sich warm in Matt aus.

„Außerdem sind es dann immer noch drei Kinder. Wie soll ich denn da mein Geschäft aufbauen? Wie hast du dir denn das vorgestellt?", fragte sie nach.

Sie waren im Schlafzimmer angekommen. Matt gab ihr einen schmatzenden Kuss. „Eins nach dem anderen", sagte er lakonisch.

Ihr „Haha!" wurde zu einem „Ahh!", als er sie schwungvoll aufs Bett warf.

„Und ich weiß auch schon, womit wir anfangen!" Er wackelte mit den Augenbrauen und brachte sie damit zum Lachen.

„Matt! Du bist unmöglich!", rief sie aus, als er sich die Schuhe von den Füßen kickte.

Mit einem Satz lag er neben ihr und küsste sie sanft. Annie schmolz dahin. „Ich liebe dich!", flüsterte er.

„Ich liebe dich auch!" Ihre Augen leuchteten warm.

„Ich werde mein Leben mit dir verbringen und wir fangen sofort damit an", versprach er feierlich und besiegelte dieses Versprechen mit einem Kuss.

ENDE

Danksagung

Hallo meine Liebe,

ja, genau dich meine ich, die du gerade mein Buch in den Händen hältst.

Ich möchte mich bei dir bedanken, dass du dir die Zeit genommen hast „Frühlingserwachen auf Gracewood Hall" zu lesen. Ich hoffe sehr, dass es dir gefallen hat und du nun beschwingt in deinen Tag zurückkehren kannst!

Wenn du mir eine große Freude machen möchtest, dann schreibe sehr gern eine Bewertung auf Amazon oder Thalia oder dort, wo du das Buch gekauft hast. Ich freue mich schon darauf, von dir zu lesen! Super gern kannst du auch einen Post bei Instagram oder Facebook hochladen, um "Frühlingserwachen auf Gracewood Hall" mit so vielen Menschen wie möglich zu teilen. Darüber würde ich mich riesig freuen!

Ich danke dir von Herzen und wünsche dir einen wunderschönen Tag oder auch eine gute Nacht, je nachdem welche Uhrzeit bei dir jetzt gerade ist.

Es ist unglaublich wie viele Menschen an der Entstehung eines Buches beteiligt sind. Diesmal hatte ich das Glück ein ganzes Lektorenteam an meiner Seite zu haben.

Bedanken möchte ich mich bei der großartigen Christin, die sich die Zeit genommen hat, trotz ihres Familienlebens mit den zwei süßen kleinen Jungs, Job und Hobby "Frühlingserwachen" wieder und wieder zu lesen und darüber nachzudenken. WANN machst du das alles? Von welchem Planeten kommst du?

Liebe Sandra, vielen Dank, dass du zwischen Beruf und Hochzeitsvorbereitungen die Zeit gefunden hast, mein zweites Buch in Ruhe zu lesen. Ich freue mich schon so sehr auf Euren großen Tag!

Judith, was soll ich sagen? Und was soll ich jemals ohne dich machen? DANKE! Und pass schön auf dich auf! Vielleicht fährst du mal wieder Rad? Das Wetter soll ja jetzt besser werden. ;)

Ein großes Dankeschön geht wieder an meine Freundin Laura für ihre Zeit und Warmherzigkeit. Es ist so schön, dass es dich gibt!

Danken möchte ich auch all den Menschen in meiner Instagramcommunity. Ihr seid so großartig! Lustig, ernst, kreativ, liebevoll! Es ist mir immer ein Fest bei Euch vorbeizuschauen.

Nun zu meinen drei Lieblingsmenschen auf der Welt. Ich danke euch für eure Geduld mit mir. Ich weiß, es war nicht immer einfach, wenn ich mit meinen Gedanken mal wieder nicht bei euch war und immer mit einem Auge auf den Rechner geschielt habe. Dann habe ich auch noch unser Leben auf noch mehr Nachhaltigkeit umgestellt. So viele Veränderungen auf einmal.

Meine große Tochter, ich bin so überglücklich über unser gegenseitiges Vertrauen. Es ist für mich eine große Freude dir zuzuhören, wie du dir Gedanken über deine Welt machst. Lass uns öfter zusammen Tee trinken!

Mein Süßer, was bist du gewachsen im letzten Jahr. Du versetzt mich immer wieder in Staunen.

Schatz, du bist der Mann an meiner Seite. Keiner kennt mich so wie du. Danke, dass es dich gibt und danke, dass du da bist.

Euch Drei liebe ich so sehr! Ihr seid in meinem Herzen!

Freu dich auf Teil 3

Sommerfrische

auf

Gracewood Hall

Nicholas Bedford lebt seinen Traum. Als Fotograf reist er an die schönsten Plätze der Erde. Freiheit und Spontanität bestimmen sein Leben.

Als er in der Millionenmetropole Kalkutta die schöne Yogalehrerin Milla Sjögren trifft, ist er von ihrem Wesen sofort fasziniert. Doch bevor er sie richtig kennenlernen kann, verlieren sie sich auch schon wieder aus den Augen.

Monate später sieht er sie ausgerechnet auf dem traditionellen Sommerfest von Gracewood Hall wieder und auf einmal steht seine ganze Welt Kopf.

LESERSTIMMEN:

"Absolute Leseempfehlung !!!"
"Die Seiten fliegen nur so dahin."
" Ich liebe diese Reihe!"

Weitere Einblicke gibt es hier:

info@sandrarehle.de

https://www.facebook.com/sandra.rehle

https://www.instagram.com/sandrarehle

https://www.pinterest.de/sandrarehle

oder folgt mir auf Amazon: https://amzn.to/2SzBby